Jonathan Kellerman

Ossessione

romanzo

Traduzione dall'inglese di Sara Brambilla

Nne

Prima edizione: gennaio 2014
Titolo originale: *Compulsion*

via delle Fornaci, 66 – 00165 Roma
tel. 06.39366384

Stampato in Italia – Printed in Italy

Progetto grafico: Grafica Effe

Jonathan Kellerman

Ossessione

Per Gina Centrello

1

A Kat piaceva infrangere le regole.

Non parlare con gli sconosciuti.

Quella notte aveva parlato con parecchi di loro. Con alcuni aveva anche ballato. Ammesso che si potesse definire 'ballare' il modo in cui si muovevano quei falliti. La conseguenza terribile ed evidente era stata un piede calpestato, gentile concessione di un fallito con addosso una camicia rossa.

Non fare la pazzia di mescolare gli alcolici.

Allora come poteva giustificare il Long Island, che era sostanzialmente una miscela di tutti i liquori possibili, nonché la massima goduria del mondo?

Quella notte ne aveva bevuti tre. Oltre ai bicchierini di tequila, alla birra al lampone e alla marijuana che le aveva offerto quel tizio con la camicia da bowling retrò. Per non parlare del... faceva fatica a ricordarselo. Ma che importava?

Non guidare dopo aver bevuto.

Già, ottimo piano. Cosa avrebbe dovuto fare quella notte, farsi accompagnare a casa da uno di quei falliti a bordo della sua Mustang?

Il 'piano' prevedeva che Rianna si limitasse a bere un paio di bicchieri e che toccasse a lei guidare, in modo che Kat e

Bethie potessero spassarsela. Solo che Bethie e Rianna avevano rimorchiato due finti biondi con delle false camicie firmate. Erano due fratelli che avevano qualcosa a che fare con delle tavole da surf a Redondo.

'Pensavamo di andare a divertirci con Sean e Matt (*risatina*). Se per te va bene, Kat.'

Che cosa avrebbe dovuto rispondere? Restate con me, la regina dei falliti?

Ed eccola lì, alle tre o alle quattro del mattino, che barcollava fuori dal Light My Fire in cerca della sua automobile.

Dio, era così buio, perché diamine non c'era illuminazione esterna o qualcosa del genere?

Fece tre passi, inciampò sull'asfalto con uno dei suoi tacchi a spillo e per poco non si slogò una caviglia.

Sforzandosi di mantenere l'equilibrio, si raddrizzò.

Ti ha salvata la tua prontezza di riflessi, supergirl, si disse. E tutte quelle lezioni di danza che ti hanno costretto a frequentare. Anche se non l'avrebbe mai confessato a sua madre, per non dare adito a considerazioni del tipo 'te l'avevo detto'.

La mamma e le sue regole. *Non vestirti di bianco da settembre in poi.* Questo era sensato a Los Angeles.

Kat fece altri due passi e una bretella sottile del top color prugna di lamé le scese dalla spalla. La lasciò lì, perché le piaceva il tocco dell'aria notturna sulla pelle nuda.

Dal momento che si sentiva un tantino provocante, si scostò i capelli, ma poi si ricordò di averli tagliati e che quindi non aveva un granché da scostare.

Le si annebbiò la vista – quanti Long Island si era scolata? Forse quattro.

Quando riuscì a fare un respiro profondo, si sentì schiarire le idee.

Poi si confusero di nuovo. E si schiarirono. Come imposte che venivano aperte e chiuse. Pazzesco, magari la marijuana aveva qualcosa che non andava... Dov'era la Mustang? Affrettò il passo, incespicò di nuovo; i suoi riflessi da supergirl non furono sufficienti e dovette aggrapparsi a qualcosa. La fiancata di un'automobile. Non la sua, ma una piccola Honda scassata o giù di lì... *dov'era* la Mustang?

Siccome nel parcheggio c'erano soltanto poche macchine, avrebbe dovuto essere facile individuarla. Ma l'oscurità incasinava tutto... quei falliti dei proprietari del Light My Fire erano troppo spilorci per installare dei lampioni, come se non guadagnassero abbastanza con le folle di clienti che attiravano; i buttafuori e le tende di velluto erano soltanto una farsa.

Stronzi spilorci. Come tutti gli uomini.

Tranne Royal. Chi poteva aspettarsi che alla fine la mamma avrebbe avuto un simile colpo di fortuna? Chi poteva immaginare che qualcuno sarebbe andato a segno con la vecchia?

Kat rise fragorosamente a quel pensiero. Andare a segno con la mamma. Era poco probabile, visto che Royal andava in bagno ogni dieci minuti. Non significava che aveva la prostata fuori gioco?

Attraversò barcollando il parcheggio nero come la pece. Il cielo era così buio che non riusciva nemmeno a vedere la recinzione o i magazzini e i depositi che costituivano quel quartiere schifoso.

Il sito internet di quel locale affermava che si trovava a Brentwood. Forse sarebbe meglio dire nel buco immondo della zona occidentale di Los Angeles... Bene, ecco la sua stupida Mustang.

Si precipitò verso l'automobile, coi tacchi che ticchettavano sull'asfalto irregolare. Ogni colpo provocava una serie di piccoli echi che la riportavano a quando aveva sette anni e la mamma la obbligava a prendere lezioni di tip tap.

Quando finalmente raggiunse la macchina, cercò le chiavi a tastoni nella borsetta e le trovò. Le caddero di mano.

Le udì sferragliare quando toccarono terra, ma era troppo buio per scorgere il punto preciso. Piegandosi bruscamente, vacillò, si sostenne appoggiando una mano a terra e con l'altra tastò l'asfalto.

Non erano da nessuna parte.

Accovacciata, avvertì un odore chimico – di benzina, come quando si fa il pieno e, anche se dopo ci si è lavati le mani mille volte, non si riesce a liberarsi della puzza.

C'era una perdita di benzina? Ci mancava solo quello.

Benché avesse percorso soltanto novemila chilometri, quella macchina non era altro che una fonte di guai. All'inizio aveva pensato che fosse una figata, ma poi aveva stabilito che era difettosa e aveva smesso di pagarla. Buongiorno, espropriatore di autoveicoli. Di nuovo.

'Abbiamo versato noi l'acconto, Katrina. Tu non dovevi far altro che ricordarti il quindici di ogni...'

Dov'erano quelle maledette chiavi? Sfregò le nocche sul terreno. Un'unghia finta le si staccò, facendole venire voglia di piangere.

Ah, eccole!

Rialzandosi in piedi a fatica, fece scattare la serratura, si lasciò cadere sul sedile del guidatore e avviò il motore. L'auto esitò, poi partì e – vai, supergirl – Kat guidò dritto nella notte buia. Ah, già, accendi i fari.

Lentamente, con l'accuratezza esagerata degli ubriachi, rallentò, mancò l'uscita, tornò indietro, la imboccò. Svoltando a sud in Corinth Avenue, si diresse verso Pico Boulevard. Il viale era completamente deserto quando girò per prenderlo. Sterzò troppo, andò a finire sul lato sbagliato della strada, sbandò e poi riportò finalmente in carreggiata quella stupida macchina.

All'imboccatura di Sepulveda Boulevard trovò il semaforo rosso.

Non c'erano automobili all'incrocio. Né poliziotti.

Passò.

Dirigendosi verso nord, si sentì libera, come se tutta la città – tutto il *mondo* – le appartenesse.

Come se qualcuno avesse sganciato una bomba atomica e lei fosse l'unica sopravvissuta.

Non sarebbe stata una figata se avesse potuto recarsi in automobile a Beverly Hills, passare con una miriade di semafori rossi, entrare senza intoppi da Tiffany in Rodeo Drive e prendere tutto ciò che voleva?

Un pianeta senza persone. Rise.

Attraversò Santa Monica e Wilshire Boulevard e proseguì finché Sepulveda Boulevard si immetteva nel Pass. A breve distanza, alla sua sinistra, c'era la 405, dove si vedeva soltanto una manciata di luci posteriori. Dalla parte opposta si ergeva il pendio della collina che sfumava in un cielo senza luna.

Non c'erano luci accese nelle case da milioni di dollari sulla collina, piene di persone ricche che dormivano. La stessa manica di idioti con cui aveva a che fare al La Femme.

Donne come sua madre, che fingevano di non essere piene di rughe o grasse come maiali.

Al pensiero del lavoro, Kat s'irrigidì e fece un respiro profondo. Poi le uscì un rutto fragorosissimo e si sbellicò dalle risate, accelerando.

A quell'andatura, avrebbe superato la collina e raggiunto il suo appartamento in men che non si dica.

Quella piccola, stupida topaia di Van Nuys, anche se aveva detto a tutti che si trovava a Sherman Oaks perché era sul confine. Ma poi, che importanza aveva?

All'improvviso i suoi occhi iniziarono a chiudersi e dovette scuotersi per rimanere sveglia. Schiacciò con forza il pedale dell'acceleratore e l'automobile schizzò in avanti.

Va' a vele spiegate, ragazza!

Qualche secondo più tardi la Mustang scoppiettò, emise un fischio e si arrestò.

Riuscì a portarsi sulla destra e a fermarsi sul ciglio della strada. Lasciò l'automobile ferma per un attimo e provò ad avviarla di nuovo.

Ma non ottenne nient'altro che un fischio.

Altri due tentativi e poi cinque minuti di pausa.

Merda!

Ci mise un po' a trovare l'interruttore delle luci interne; quando l'automobile si illuminò le venne mal di testa e vide delle lucine gialle danzarle davanti agli occhi. Quando scomparvero, guardò la spia della benzina.

Esaurita.

Merda, merda, merda! Com'era potuto succedere? Avrebbe giurato...

Venne rimproverata dalla voce della mamma. Si coprì le orecchie con le mani e si sforzò di pensare.

Dove si trovava il distributore di benzina più vicino? Non ce n'era uno nel raggio di chilometri.

Colpì il cruscotto con una tale violenza che si fece male alle mani. Pianse, affondò nel sedile, si asciugò le lacrime.

Quando si rese conto di essere ben visibile per via delle luci interne, le spense.

E adesso?

Avrebbe chiamato l'Automobile Club! Perché non ci aveva pensato prima?

Ci mise quello che le parve un tempo infinito per trovare il cellulare nella borsetta. Ancora di più per scovare la sua tessera dell'Automobile Club.

Fece fatica a comporre il numero verde perché, nonostante la luce del cellulare, i tasti erano minuscoli e le tremavano le mani.

Quando l'operatore rispose, gli lesse il suo numero di tessera. Dovette farlo due volte perché aveva la vista annebbiata ed era dura distinguere un tre da un otto.

L'operatore la lasciò in attesa, tornò e le comunicò che la sua tessera era scaduta.

«È impossibile» disse Kat.

«Mi dispiace, signora, ma non la usa da diciotto mesi.»

«È fuori discussione, accidenti!»

«Mi dispiace, signora, ma...»

«Col cavolo che ti dispiace...»

«Signora, non c'è motivo di essere...»

«Eccome se c'è.» Kat riattaccò.

E adesso?

Pensa, pensa, pensa. D'accordo, piano b: chiama Bethie al cellulare, e se interrompi qualcosa peggio per lei.

Il telefono squillò cinque volte prima che si attivasse la segreteria telefonica di Bethie.

Kat riattaccò. Il cellulare si spense.

Non accadde nulla quando premette il tasto di accensione. Questo le riportò alla mente il vago ricordo di qualcosa che si era dimenticata di fare.

Ricaricare il cellulare prima di uscire quella sera: come diavolo aveva potuto scordarselo?

Le tremava tutto il corpo, un peso le opprimeva il petto e sudava. Ricontrollò che l'automobile fosse chiusa a chiave. Magari sarebbe passato un agente della stradale di pattuglia.

E se fosse passata l'auto di qualcun altro?

Non parlare con gli sconosciuti.

Che scelta aveva? Quella, o dormire lì tutta la notte.

Si era quasi addormentata quando la prima auto fece la sua comparsa, sfrecciando verso di lei e facendola trasalire con i fari.

Una grossa Range Rover: bene.

Kat fece un cenno con la mano fuori dal finestrino. Quel bastardo la superò a tutta velocità.

Un paio di minuti dopo dei fari rischiararono il suo specchietto retrovisore e si avvicinarono. Il veicolo si fermò proprio accanto a lei.

Uno schifoso camioncino a sponde basse, con un sacco di roba ammucchiata dietro, sotto un telone.

Il finestrino del passeggero si abbassò. Comparve un giovane messicano. Un altro messicano era seduto al volante. La guardarono in modo strano.

Il passeggero scese. Era piccolo e trasandato.

Kat si abbassò sul sedile e, quando l'uomo si avvicinò e disse qualcosa attraverso il finestrino, fece finta che lui non ci fosse.

Ma lui rimase lì, spaventandola a morte.

Kat continuò a fingere di essere invisibile e infine il messicano tornò sul camioncino.

Dopo che il furgone se ne fu andato, le ci vollero cinque minuti prima di riuscire a respirare regolarmente. Si sentiva il perizoma umido. Se lo sfilò e lo gettò sul sedile posteriore.

Non appena le mutandine caddero sul sedile, la sua sorte mutò. *Una Bentley!*

Ciao ciao, Range Rover!

Era un veicolo grintoso, grosso, nero e lucido. E stava rallentando.

E se fosse stato Clive? Be', avrebbe potuto gestire la situazione, piuttosto che dormire lì...

Mentre la Bentley si stava fermando, Kat abbassò il finestrino per cercare di dare un'occhiata al guidatore.

La grossa automobile nera rallentò, ma poi proseguì.

Va' al diavolo, ricco bastardo!

Kat saltò giù dalla Mustang agitando le mani spasmodicamente. La Bentley si fermò e fece marcia indietro.

Kat si sforzò di apparire sicura di sé, sorridendo e indicando la sua automobile. Il finestrino della Bentley si abbassò silenziosamente. All'interno c'era soltanto il guidatore.

Non era Clive, ma una donna!

Grazie, Signore.

«Signora,» comincio Kat con la voce melliflua che usava al La Femme «la ringrazio tantissimo per essersi fermata. Sono rimasta senza benzina. Se potesse accompagnarmi in un posto in cui possa trovare un...»

«Certo, cara» rispose la donna. Aveva una voce gutturale, come quell'attrice che piaceva alla mamma. Lauren, Lauren... Hutton? No, Bacall. L'aveva salvata Lauren Bacall!

Kat si avvicinò alla Bentley. La donna le sorrise. Era più vecchia di sua madre, coi capelli grigi, grossi orecchini di perle, trucco elegante, un completo di tweed e una specie di sciarpa di seta viola dall'aria costosa avvolta intorno alle spalle in quella maniera informale che risulta naturale alle persone eleganti.

Come credeva di essere la mamma.

«Apprezzo molto il suo gesto, signora» sospirò Kat, desiderando improvvisamente che quella donna fosse sua madre.

«Sali a bordo, cara» disse l'altra. «Troveremo la benzina che ti occorre.» Le si rivolse con un ricercato accento anglosassone.

Accidenti, un'aristocratica a bordo di una Bentley.

Kat salì in macchina raggiante. Quella che era iniziata come una notte schifosa si sarebbe trasformata in un evento memorabile.

Mentre la Bentley si allontanava lentamente, Kat ringraziò di nuovo la donna. Lei annuì e accese la radio. Musica classica – Dio, che impianto stereofonico, sembrava di essere in una sala da concerto.

«Se posso ripagarla in qualche modo...»

«Non è necessario, cara.»

Era una donna dalla corporatura massiccia, con le mani robuste e ingioiellate.

«La sua automobile è straordinaria.»

Lei sorrise e alzò il volume. Kat si mise comoda e chiuse gli occhi. Pensò a Rianna e Bethie con quei tipi dalle camicie contraffatte. Sarebbe stato spassoso raccontare loro quella storia.

La Bentley si mosse silenziosamente e a velocità moderata.

I sedili confortevoli, l'alcol, la marijuana e il calo di adrenalina fecero sprofondare Kat in un sonno improvviso, quasi comatoso.

Russava rumorosamente quando l'automobile svoltò e s'inerpicò senza sforzo su per le colline.

Si stavano dirigendo in un luogo buio e freddo.

2

Stavo pranzando con Milo al Surf Line Café di Malibu quando ricevemmo la telefonata.

Oltre al bel tempo non avevamo nessun motivo per trovarci lì. Il ristorante era un bungalow di legno con le finestre che occupavano tutta la parete e un'ampia veranda rivestita di legno, abbarbicato in cima al fianco occidentale della Pacific Coast Highway, poco più a sud di Kanan Dume Road. Trovandosi a ottocento metri dall'oceano e non godendo di una vista sul mare, era stato chiamato con il nome sbagliato. Ma il cibo era ottimo, e perfino a quella distanza si sentiva l'odore dell'acqua salata.

Erano le tredici ed eravamo seduti in veranda a mangiare sgombro alla griglia e a bere birra. Milo era tornato da un soggiorno di una settimana a Honolulu, dove era riuscito a mantenere un colorito bianco come il latte scremato. L'illuminazione metteva in evidenza le caratteristiche peggiori della sua carnagione: i brufoli, le cicatrici lasciate dall'acne, le rughe di espressione e la mandibola da mastino, trascinata verso il basso dalla forza di gravità. La luce di quella giornata era splendida, ma tutto ciò che poté fare fu occultare i difetti peggiori.

Nonostante questo e la più brutta camicia hawaiana che avessi mai visto, aveva una bella cera. Non vi era traccia delle contrazioni nervose e delle continue smorfie che tradivano i suoi tentativi di nascondere il dolore alla spalla.

La sua camicia era un'orgia di elefanti color pulce, di cammelli color acquamarina e scimmie ocra su un mare di rayon verde oliva, incollata al suo torace prominente.

Il viaggio alle Hawaii aveva fatto seguito a una degenza di ventinove giorni in ospedale, durante la quale si era ripreso da una sparatoria che gli aveva lasciato una dozzina di proiettili nel braccio sinistro e nella spalla. L'uomo che gli aveva sparato, uno psicopatico ossessivo, era morto, risparmiando a tutti la seccatura di un processo.

Milo aveva sminuito le sue ferite definendole 'un maledetto, stupido graffio superficiale'. Io avevo visto le lastre: alcune pallottole avevano mancato il cuore e i polmoni di pochi millimetri. Un frammento di proiettile per la caccia al cervo si era conficcato troppo in profondità perché si potesse asportarlo senza causare gravi danni muscolari, e questa era la causa delle contrazioni nervose e delle smorfie.

Nonostante tutto questo, era stato programmato un ricovero di soli tre giorni. Il secondo giorno però era subentrata un'infezione da stafilococco e lui si era ritrovato per un mese attaccato a una flebo di antibiotici, recluso nel piano delle persone importanti perché viveva col dottor Rick Silverman, il direttore del pronto soccorso. Le stanze più spaziose e il cibo migliore non erano stati di nessun aiuto. Gli era venuta la febbre alta e a un certo punto aveva avuto problemi alle funzioni renali.

Alla fine aveva superato il peggio, e iniziò a lamentarsi della sistemazione e dell'attrice ventunenne nella stanza d'angolo in fondo al corridoio.

Ufficialmente le era stato diagnosticato un esaurimento; in pratica, il direttore del reparto di disintossicazione dell'ospedale si era trasferito da lei. Due paparazzi erano riusciti ad aprirsi un varco nella sicurezza, per essere poi cacciati via senza troppi complimenti da una delle guardie del corpo private dell'attricetta.

«Se non riescono ad arrivare a lei, magari si accontenteranno di te» gli dissi.

«Oh, come no, *People* e *Us* non possono uscire indenni dalla guerra delle vendite senza primi piani della vasta tundra polare del mio famoso posteriore.» Uscì a fatica dal letto, si avviò a passi pesanti verso il corridoio e guardò di traverso la guardia giurata che si aggirava vicino alla sua porta. Il tizio si allontanò. «Maledetto ficcanaso.»

Era decisamente in via di guarigione.

Dopo essere stato dimesso, fingeva che tutto andasse bene. Io, Robin, Rick e tutti quelli che lo conoscevano fingevamo di non notare la sua rigidità e mancanza di energia. Il medico insistette affinché si prendesse del tempo libero, e il capitano non ebbe nulla da ridire.

Milo e Rick parlavano da mesi di una vacanza ai tropici, ma quando arrivò il momento, dall'umore di Milo si sarebbe detto che dovesse andare in prigione.

Mi spedì soltanto una cartolina: raffigurava enormi lottatori di sumo delle isole Samoa che si azzuffavano sulla sabbia bianca.

A.
Mi sto annoiando da morire. Questi sono gli abitanti del posto. Un altro po' di luau[1] e mi gioco il contratto da modello.
Saluti primitivi

M.

In quel momento finì la seconda birra e disse: «Perché stai sogghignando?»

---

[1] Piatto tipico hawaiano a base di foglie di taro, crema di cocco e piovra o pollo.

«Non me n'ero accorto.»
«Sono un ottimo osservatore. Lo stavi facendo.»
Mi strinsi nelle spalle.
«È per via della mia camicia, vero?»
«La tua camicia è fantastica.»
«Sei fortunato che qui non ci sia una macchina della verità. Come, non sai apprezzare la vera *couture* isolana?»
«Ci sono gli elefanti a Oahu?»
«Non prendere tutto alla lettera.» Tastò il rayon con le dita grassocce. «Se ne avessi trovata una con sopra Freud intento a psicanalizzare un mahimahi[2], te l'avrei presa.»
«Le noci di macadamia andavano benissimo.»
«Sì, sì.» Si scostò i capelli neri dalla fronte, ordinò un'altra birra e la scolò velocemente. I suoi luminosi occhi verdi scrutarono l'autostrada sottostante. Socchiuse le palpebre.
«Tutto a posto?»
«Domani torno al lavoro. Tutto quel tempo libero mi stava facendo uscire di senno. Il problema è che, una volta arrivato in ufficio, non avrò niente da fare. Nessun caso nuovo, punto e basta... Figurarsi uno interessante.»
«Come fai a saperlo?»
«Ieri ho inviato un'e-mail al capitano.»
«È un periodo tranquillo nella zona occidentale di Los Angeles» osservai.
«La quiete prima della tempesta, o peggio.»
«Cosa ci sarebbe di peggio?»
«La mancanza della tempesta.»

Insistette per pagare ed era sul punto di prendere il portafoglio quando gli squillò il cellulare. Colsi l'occasione per porgere al cameriere la mia carta di credito.
«Che cosa spregevole.» Di colpo si concentrò su quanto

[2] Pesce bianco simile al delfino.

gli stavano dicendo. «Va bene, Sean, perché no? Ma se dovesse verificarsi un *vero* crimine non se ne fa nulla.»

Mentre ce ne andavamo, gli chiesi: «Sean ha per le mani un finto crimine?»

«Un furto d'auto a Brentwood. È stata rinvenuta una macchina rubata.» Come molti investigatori della omicidi, Milo metteva qualsiasi reato che non fosse la perdita di vite umane sullo stesso piano dell'attraversare la strada senza badare al traffico.

«Perché ti ha chiamato?»

«Perché pensa che possa esserci sotto dell'altro, visto che ci sono tracce di sangue su uno dei sedili.»

«Mi sa che c'è dell'altro.»

«Mica litri, Alex. Giusto qualche goccia.»

«Di chi?»

«È proprio questo il vero mistero. Quel ragazzino sfacciato ha bisogno della mia competenza. Nessuno gli ha detto che sono in vacanza fino a domani.»

Tenni la bocca chiusa. Quando era di quell'umore, era inutile ironizzare.

Sean Binchy era in attesa davanti a una casa color crema, con indosso il suo solito completo scuro, la camicia e la cravatta blu, le Dr. Martens lucide. Era un giovane investigatore allampanato dai capelli rossi, nonché un ex bassista ska-punk che aveva scoperto contemporaneamente Gesù e il dipartimento di polizia di Los Angeles. Aveva avuto Milo come guida, era stato mandato via dai superiori per essere trasferito alla sezione che si occupava delle rapine e poi era finito al reparto addetto ai furti d'auto. Correva voce che tutti quegli spostamenti avevano qualcosa a che fare con la sua 'mancanza di creatività'.

La casa alle sue spalle era uno di quegli imponenti, maestosi e noiosi progetti da sogno che iniziavano a dominare i quartieri lussuosi di Los Angeles.

Si trovava in una zona esclusiva di Brentwood, a ovest di Bundy Drive e a nord di Sunset Boulevard, dove le strade si restringono e l'erba prende il posto dei marciapiedi. Su gran parte della via incombevano degli eucalipti lussureggianti. Gli edifici più vicini alla casa color crema erano delle costruzioni a un solo piano che stazionavano nel braccio della morte residenziale, in attesa della sfera d'acciaio per le demolizioni.

Sean indicò un ampio passo carraio di pietra che conduceva a due box identici. Davanti a una delle due saracinesche era parcheggiata una berlina Arnage nera della Bentley.

«Una quattroruote da pezzo grosso» disse Milo. «Ci mancava anche questa.»

«Salve, tenente. Salve, dottor Delaware.»

«Com'erano le Hawaii?»

«Ti ho portato delle noci di macadamia» rispose Milo.

«Grazie. Bella camicia.»

Lo sguardo di Milo si spostò sulla Bentley. «Qualcuno l'ha rubata e ha avuto il coraggio di lasciarci sopra delle macchie di sangue?»

«O di qualcosa che sembra proprio sangue.»

«Altrimenti di cosa potrebbe trattarsi?»

«Sono abbastanza sicuro che sia sangue, tenente. Non ho ancora richiesto le analisi perché prima volevo sentire la sua opinione.»

«Chi l'ha ritrovata?»

«Il proprietario.» Binchy sfogliò il suo blocchetto. «Nicholas Heubel. Un onesto cittadino. Non era necessario che ci chiamasse subito.»

Milo si avvicinò alla vettura. Senza incontrare impedimenti, la luce del sole ne colpiva la vernice, così lucida da sembrare catrame fuso. «Come l'ha trovata?»

«Facendo un giro in macchina, era a tre isolati di distanza.»

«Non si può dire che il ladro abbia fatto una gran scorribanda.»

«Se pensa che sia il caso di lasciar perdere, lo farò. Volevo soltanto accertarmi di non aver tralasciato nulla.»

«L'automobile era aperta?»

«Sì.»

«Dammi un paio di guanti e mostrami queste presunte macchie di sangue.»

3

Pelle di prima qualità di diverse mucche, impiallacciatura nodosa di un albero o due. Il tutto aveva l'odore di un circolo privato di Mayfair.

L'interno della Bentley era bianco avorio e profilato di nero: era impossibile non vedere la macchia. La chiazza in questione era larga circa due centimetri e mezzo e si trovava sul lato destro del sedile del guidatore. Si spandeva verso il bordo ed era più diluita in corrispondenza del punto più basso. Era colata, oppure qualcuno l'aveva asciugata.

Pensai che potesse trattarsi di una vecchia macchia di ketchup, ma avrei scommesso che fosse emoglobina.

«Non è che si noti molto» osservò Milo.

«Potrebbero essercene delle altre, ma con la moquette nera è difficile scorgere una cosa qualsiasi senza un esame approfondito» ribatté Sean.

«Controllato il bagagliaio?»

«L'ho aperto e gli ho dato un'occhiata. Si direbbe che non ci sia mai stato niente dentro. Intendo letteralmente. Ci sono un paio di ombrelli ancora chiusi e assicurati alla parete. Il proprietario ha detto che erano un optional. Costano ottocento dollari e non li ha usati nemmeno una volta.»

Milo si tese i guanti di lattice sulle mani, si piegò e accostò il capo alla macchia senza toccarla. Controllò la moquette, una serie di spie e i pannelli delle portiere, esaminandoli e annusandoli. Poi aprì uno sportello posteriore. «Dall'odore sembra una macchina nuova.»

«Ha un anno.»

«Il contachilometri segna 4.800. A quanto pare non sono soltanto gli ombrelli a non essere usati dal proprietario.»

«Ha anche una Lexus» disse Sean. «Sostiene che dà meno nell'occhio ed è più affidabile.»

Milo osservò di nuovo la macchia. «Sembra sangue, ma non vedo tracce di incidenti, né ad alta né a bassa velocità. Qualche idiota, probabilmente un ragazzo della zona, ci avrà fatto un giro e si sarà tagliato con una pipa per fumare marijuana scheggiata. L'automobile è stata rubata dal box?»

«Dal passo carraio.»

«Il proprietario non ha pensato di mettere sotto chiave una quattroruote simile?»

«Immagino di no.»

«Ha lasciato le chiavi nel quadro dell'accensione?»

«Sostiene di no. Stavo per fargli altre domande, ma è dovuto entrare a rispondere al telefono.»

Milo mi guardò. «Probabilmente erano inserite, a nessuno piace fare la figura dello stupido. Rubare un veicolo così appariscente è segno di immaturità e di impulsività. Il che si addice a un teppista del quartiere. E lo stesso si può dire dell'averlo abbandonato nei paraggi. Che ne pensi, Alex?»

«Mi sembra sensato.»

Si rivolse di nuovo a Sean. «Se si trattasse di un caso serio, passerei al setaccio la zona a cominciare dal punto in cui è stata abbandonata l'auto, per scoprire se qualcuno ha dei figli adolescenti con problemi comportamentali. Ma non lo è.»

«Quindi non devo proseguire le indagini» concluse Sean.

«Il proprietario ti ha chiesto di proseguirle?»

«Si è spaventato per il sangue, ma non vuole farne un affare di stato perché la macchina non ha subìto danni.»

«Se fossi in te, Sean, gli direi di prendere il Meguiar e di lasciar perdere.»

«Che cos'è?»

«Un detersivo per pulire la pelle di prima qualità.»

«D'accordo, glielo suggerirò» disse Sean.

«Buona giornata.»

Mentre ci dirigevamo verso la Seville, la porta della casa color crema si aprì e un uomo si precipitò all'esterno.

Doveva avere tra i trenta e i quarant'anni, era alto un metro e ottanta, con le membra lunghe e flaccide, i capelli castani tagliati corti che si stavano ingrigendo sulle tempie e un paio di occhialini dalle lenti ovali. Indossava una maglietta grigia, un paio di pantaloni da tuta blu di ciniglia e scarpe marroni da barca senza calze. Gli occhiali erano appollaiati in cima a un naso affilato e dritto. Aveva le labbra serrate e strette come se qualcuno gli stesse strizzando le gote.

«Tenente?» Superando Sean, si diresse verso di noi, scrutò la camicia di Milo con l'orgia di elefanti, poi la mia polo nera e i miei jeans. Ci lanciò uno sguardo furtivo nel tentativo di capire chi di noi due fosse incaricato del caso.

«Milo Sturgis.»

Tese una mano dalle dita affusolate. «Nick Heubel.»

«Piacere.»

Heubel indicò la sua Bentley con un pollice. «Strano, eh? Ho detto all'investigatore Binchy che non avevo intenzione di farne un dramma, ma adesso ci ho ripensato. E se il colpevole fosse qualcuno che abita nei paraggi, in cerca di qualcosa di più che una semplice trasgressione da quattro soldi?»

«Direi piuttosto una trasgressione costosa» ribatté Milo.

Heubel sorrise. «Mi chiedo cosa mi fosse passato per la testa quando l'ho comprata. Basta guidarla per una settimana per rendersi conto che è soltanto una macchina e che ci si è fatti fregare dall'illusione... Comunque, quel che intendevo dire è: cosa succederebbe se fosse in circolazione un delinquente del posto con gravi problemi psichici e se il furto fosse solo un sintomo?»

«Di cosa, signor Heubel?»

«Del fatto che ha intenzione di prendersi tutto ciò che vuole.» Gli occhi di Heubel erano di un marrone chiaro, e vispi dietro gli occhiali.

«Teme che possa tornare a commettere un altro reato?» chiese Milo.

«Non lo definirei un timore» rispose Heubel. «Piuttosto... direi che sono abbastanza preoccupato. Ha avuto la sfacciataggine di venire qui e andarsene via con l'automobile.»

«Ha idea di quando sia successo?»

«Ho detto all'investigatore Binchy che potrebbe essere accaduto tra le ventitré, quando sono rincasato, e stamattina, quando sono uscito e ho scoperto che la macchina era scomparsa. Volevo andare al Country Mart per fare colazione. Per un attimo mi sono chiesto se l'avevo parcheggiata nel box, ma poi mi sono reso conto che non era possibile perché là dentro c'è l'altra mia automobile, e uso il secondo box come magazzino.» Roteò gli occhi. «Era scomparsa. Non riuscivo a crederci.»

«A che ora è uscito stamattina?»

«Alle sette e tre quarti. Se vuole che restringa ulteriormente il lasso di tempo in cui hanno commesso il furto, dubito che si sia verificato dopo le cinque del mattino, perché ero sveglio e mi trovavo in ufficio, che è sul davanti della casa, quindi penso che avrei sentito eventuali rumori. Anche se non posso esserne certo. Se c'è una cosa che si può dire di quel maledetto affare è che ha un motore silenzioso.»

«Alle cinque» sottolineò Milo. «È mattiniero.»

«Mi piace essere pronto quando apre la Borsa di New York. A volte, quando controllo i mercati internazionali, mi alzo anche prima.»

«È uno speculatore finanziario?»

«Svolgo piccole operazioni nel mercato delle materie prime. Stamattina non ho trovato nulla di allettante, quindi ho pensato di andare a fare colazione e qualche telefonata.»

«Deve essere remunerativo svolgere piccole operazioni di Borsa.»

Heubel si strinse nelle spalle e si grattò la testa. «Più del lavoro ordinario. Comunque, quando l'investigatore Binchy mi ha chiamato, gli ho riferito che l'avevo già ritrovata.»

«In questo stesso quartiere» disse Milo.

«A tre isolati più a ovest, a Villa Entrada.»

«C'è una ragione specifica per cui si è recato lì?»

Heubel sembrò perplesso.

«Sa se a Villa Entrada abita qualche delinquente che può aver fatto una cosa simile?» domandò Milo.

«Oh,» esclamò Heubel «no, nient'affatto. Stavo soltanto facendo avanti e indietro, non so nemmeno dirvi perché, visto che non nutrivo molte speranze. Probabilmente tanto per fare qualcosa, capisce? Forse cercavo solo di calmarmi.»

«Certo.»

«Se mi aveste chiesto di fare una scommessa, avrei detto che si trovava nella zona est di Los Angeles o a Watts o su un autocarro diretto a Tijuana. Potete immaginarvi quanto sono rimasto sorpreso quando l'ho vista parcheggiata sul ciglio della strada, con le chiavi inserite nell'accensione.»

«A proposito delle chiavi,» approfittò Milo «come...»

«Lo so, lo so, sono stato uno stupido» ammise Heubel. «Le chiavi che uso di solito sono nel cassetto della scrivania, ma chi avrebbe mai pensato che qualcuno potesse trovare le altre?»

«Il mazzo di scorta?»

«È attaccato a uno di quegli affari magnetici; lo tengo nel vano di una ruota, nel caso dovessi smarrire le chiavi che uso abitualmente.» Heubel arrossì. «Sciocco, vero?»

«Chi sapeva che si trovava lì?»

«È proprio questo il punto» disse Heubel. «Nessuno. Sono

così scrupoloso che, quando porto la macchina all'autolavaggio, lo tolgo da lì. Immagino di non essere stato abbastanza scrupoloso. Magari qualcuno, passando per caso, mi ha visto mentre lo spostavo. Ma credetemi, ho imparato la lezione.»

«Tutto è bene quel che finisce bene» commentò Milo.

«Giusto. Ma la macchia di sangue è una seccatura, non trova, tenente? Me ne sono accorto soltanto quando sono tornato a casa.» Sbatté le palpebre. «È di questo che si tratta, vero?»

«È possibile, ma anche se le analisi confermassero questa ipotesi, non c'è comunque traccia di violenza.»

«Che cosa intende dire?»

«In realtà non c'è poi così tanto sangue, e di solito nei casi di violenza si possono vedere quelli che noi definiamo 'schizzi dovuti all'impatto': sgocciolii, spruzzi o macchie di considerevoli dimensioni. Stavolta si direbbe che qualcuno si sia pulito una ferita sul cuoio.»

«Capisco,» fece Heubel «ma qualcuno ha pur sempre perso del sangue lì dentro, e non sono stato io.»

«Ne è sicuro?»

«Al cento percento. La prima cosa che ho fatto è stata entrare in casa per controllarmi le gambe, magari avevo una puntura di zanzara e non me n'ero accorto. Ma il sangue non sarebbe passato comunque attraverso i calzoni, i miei Diesel invernali sono maledettamente spessi.» Si batté la coscia. «Ho controllato le gambe davanti e dietro, ho perfino usato uno specchio. Non ho trovato nulla.»

«Si è dato parecchio da fare» disse Milo.

«Ero un po' scosso, tenente. Prima mi rubano la macchina sul passo carraio, poi la ritrovo e vedo che c'è del sangue. Immagino che quando farete l'esame del DNA e scoprirete che non combacia con quello di nessuna vittima di atti di violenza riuscirò a dimenticare tutto.»

«Non c'è motivo di eseguire l'esame del DNA.»

«No?» esclamò Heubel. «Ho sentito dire che le tecniche sono molto migliorate dai tempi di O.J. Simpson. Con tutte le nuove analisi, si riescono a ottenere rapidamente risultati.»

Milo lanciò un'occhiata a Sean.

«Più rapidamente, ma ci vuole comunque del tempo. E l'esame del DNA è una procedura molto costosa» precisò Sean.

«Ah,» sospirò Heubel «vedo che non attribuite molta importanza a questo caso.»

«Non è che non comprendiamo la sua situazione...»

«Lo spavento,» intervenne Milo «il senso di oltraggio.»

«Può dirlo forte» disse Heubel. «Ma il problema principale è come fate a sapere che il responsabile non è ancora in giro ad architettare qualcosa.»

Milo gli impartì quella che lui definiva una 'lezione della scientifica sul controllo dei danni'. Il che era sempre più necessario a causa delle continue invenzioni televisive.

I punti basilari erano: le magie della scientifica erano un'ottima fonte di intrattenimento per il pubblico, ma i dettagli della scena del crimine si rivelavano importanti in meno del dieci percento dei reati; il ministero della Giustizia era così oberato dagli esami del DNA che aveva dovuto incaricare un laboratorio del New Jersey di sbrigare il lavoro in eccedenza, e il suo contributo si era dimostrato così scadente che si era deciso di fare quel tipo di test in tempi brevi soltanto per i casi di omicidio e di violenza.

«Anche nel caso di un reato grave, signor Heubel, possono volerci dei mesi.»

«Caspita. E come fate a risolvere i crimini, tenente?»

Milo sorrise. «Brancoliamo nel buio e a volte abbiamo fortuna.»

«Scusi, non volevo... Soltanto il dieci percento?»

«Nella migliore delle ipotesi.»

«Va bene, ho capito... È soltanto che uno va a vivere in un certo quartiere perché è convinto di essere relativamente protetto; ma immagino che anche questa sia un'illusione.»

«Questo è un quartiere sicuro, uno dei più sicuri della nostra giurisdizione.» Tralasciò di svelargli il piccolo segreto imbarazzante della zona occidentale: gli atti di violenza erano sporadici nei quartieri di lusso, ma i furti con scasso, compresi quelli di automobili, non lo erano affatto. Perché, come aveva detto un ladro colto sul fatto, 'È proprio lì che c'è la roba che scotta'.

Nicholas Heubel guardò Milo: «Allora non dovrei far altro che tranquillizzarmi e dimenticare che sia accaduto.»

«Stia a sentire. Se l'investigatore Binchy ha tempo, può chiamare dei tecnici per eseguire una raschiatura, in modo da verificare, almeno, se si tratta di sangue. Se gli specialisti della scena del crimine hanno tempo, possono controllare anche il resto dell'automobile. Se lei lo desidera.»

«Che cosa dovrebbero cercare?»

«Altre tracce di sangue, qualsiasi anomalia. Potrebbe volerci tempo.»

«Quindi non avrei la macchina per alcuni giorni.»

«Potrebbe darsi.»

«Be',» disse Heubel «non ho visto nient'altro da nessuna parte...» Abbozzò un sorriso tirato. «L'ho ispezionata con una torcia elettrica. Mi sa che ho confuso le prove.»

«Ha pulito la macchina con l'aspirapolvere?»

«No, ma ho lasciato le mie impronte digitali...»

«L'automobile sarà piena delle sue impronte, visto che la guida lei. Se non ha passato l'aspirapolvere e se qualcuno ha lasciato una macchia o una fibra degne di nota, possono ancora essere trovate.»

Heubel si passò un dito sotto una lente degli occhiali. «Il dieci percento, eh? Avrei scommesso il novanta. Mi sa che non è proprio il mio campo.»

«È per questo che siamo qui. Vuole che l'investigatore Binchy chiami i tecnici?»

«Dovranno smontare i pannelli delle portiere?»

«No. Useranno dei tamponi, magari eseguiranno delle raschiature superficiali, inumidiranno qualsiasi cosa riusciranno a trovare con una soluzione salina, aggiungendo diversi reagenti, sostanze chimiche che reagiscono coi fluidi corporei. Possono compiere un'analisi sul posto in cerca di proteine umane e, se si tratta di sangue, risalire al gruppo. Bastano pochi minuti, ma i tecnici potrebbero arrivare tra parecchio tempo, forse giorni, quindi sarebbe meglio che lei non usasse la macchina. Nel frattempo, l'investigatore Binchy può raccogliere tutte le informazioni in suo possesso e redigere un rapporto completo per il nostro archivio.»

Sean batté una scarpa contro l'altra.

«In effetti ho un'altra automobile che posso usare» disse Heubel. «Mi faccia pensare.»

«Decida lei.»

«È bello avere la possibilità di decidere» concluse Heubel. «O illudersi di poterlo fare.»

Mentre ci allontanavamo in macchina, scrutai Milo: «Un rapporto completo? Vuoi forse punire Sean perché ti ha fatto perdere tempo?»

«Non sono così vendicativo.»

«Hai anche in mente di metterlo in castigo e di portargli via il Game Boy?»

Rise. «Quel che voglio fare è pararmi il culo. È probabile che uno come Heubel conosca il sindaco. Mi manca solo – a *Sean* manca solo – che durante i cocktail parlino dell'inefficienza della polizia.»

«Ah,» dissi «stavi proteggendo il pivellino.»

«È questo che deve fare lo zio Milo.»

«E chi lo sa,» continuai «magari la macchia potrebbe portare a nuovi sviluppi.»

Voltò il capo verso di me. «Un conto è tener buoni i ricchi, Alex, ma pensare che dei lugubri vampiri nostalgici, seguaci di Manson, girino per le strade di Brentwood per fare strage di speculatori finanziari è tutt'altra cosa.»

«I veri seguaci di Manson giravano per Beverly Hills e Los Feliz, e facevano strage di ricchi di tutti i tipi.»

«Si tratta di un furto in cui non è stato causato nessun danno, commesso da un teppista abbastanza riguardoso da abbandonare il veicolo in un posto in cui molto probabilmente il proprietario l'avrebbe ritrovato.»

«Bene.»

Lui ribatté: «Non usare quel tono di voce con me, giovanotto» ribatté Milo.

4

Se Sean aveva chiamato i tecnici della scientifica per fargli passare al setaccio la Bentley, non informò mai Milo.

Per una settimana nella zona occidentale di Los Angeles non vennero segnalati nuovi omicidi. Maledicendo i fattori psico-socio-economici che avevano causato un autunno tranquillo, Milo si mise a lavorare ad alcuni vecchi casi irrisolti. Ma i registri degli omicidi che stava cercando erano introvabili o così approssimativi da essere inutili, quindi si ritrovò senza lavoro.

L'ottavo giorno dopo il suo rientro, gli telefonai per sapere come stava. Il suo capitano aveva appena ricevuto una direttiva dall'ufficio del capo della polizia. Un violentatore assassino di nome Cozman 'Cuz' Jackson, in attesa dell'esecuzione in Texas, si stava arrampicando sugli specchi per sfuggire all'iniezione letale, confessando di aver commesso omicidi in tutto il Paese e promettendo di indicare i punti in cui aveva sepolto le vittime.

Prima di accettare l'indagine, il Texas pretese che la polizia locale trovasse delle prove.

La presunta vittima californiana di Cuz Jackson era Antoine Beverly, un quindicenne residente nella zona meridionale di Los Angeles, scomparso a Culver City sedici anni prima mentre era intento a vendere porta a porta abbonamenti a riviste. A quei tempi Jackson viveva nei paraggi, a Venice, e lavorava a una quindicina di chilometri dal percorso di Antoine, in qualità di tuttofare presso un rifugio di animali di West Chester.

Nell'archivio centrale non c'era traccia del dossier di Beverly. La polizia del centro voleva che Milo lo cercasse nel dipartimento della zona occidentale di Los Angeles e ricontattasse i testimoni, qualora l'avesse trovato.

Per il momento, non aveva avuto successo. Disse: «È ora di lanciare una *fatwa* sul Grande Demonio Burocratico. Lascia che ti dica com'è successo: di solito un dossier come questo sarebbe dovuto finire ai ragazzi della squadra speciale della omicidi, ma a loro piacciono i casi eclatanti e prestigiosi dalla risoluzione facile, e questo non lo è affatto, quindi hanno passato la palla al dipartimento della zona ovest di Los Angeles. Il capitano pensa che a questo punto mi vada bene qualsiasi cosa, e l'ha rifilato a me.»

«Be',» commentai «perlomeno è una novità.»

«Cosa?»

«Il fatto che un capitano abbia pietà di un subordinato.»

«Devo andare, Alex.»

La nuvola grigia che aleggiava sopra di lui non si era ancora dissipata. Forse a causa del piombo nel suo braccio e del dolore che continuava a tormentarlo. O dell'erosione subìta dal suo spirito dopo che aveva trascorso vent'anni nella polizia di Los Angeles in qualità di investigatore gay.

Quel concetto era completamente cambiato, ma a un ritmo così lento che la sua mente non l'aveva mai percepito come un progresso.

Quando era una recluta, si era sforzato di nascondere il suo orientamento sessuale. Ma la verità era emersa comunque, dando adito a sorrisetti, sussurri e dimostrazioni di totale ostilità. Smise di nascondersi, ma evitò di mettersi in mostra. Più di una volta, quando aprì il suo armadietto, trovò lettere piene di insulti e minacce. Non poté far parte della squadra che formava il nucleo della omicidi perché una serie di colleghi diede retta alle maldicenze e fece richiesta di trasferimento.

Sfruttando l'isolamento nel modo migliore, Milo fece un sacco di straordinari e totalizzò una delle più alte percentuali di crimini risolti del dipartimento. Non sapendo come comportarsi con lui, il dipartimento titubò finché i progressi compiuti nel campo dei diritti civili e una gran quantità di lettere piene di gratitudine inviate dai familiari delle vittime non resero più difficile tormentarlo.

Poi un vecchio omicidio lo riportò ai tempi in cui era una recluta, riesumando delle imprudenze commesse dal capo della polizia e fruttandogli un accordo: se non le avesse rese pubbliche, sarebbe stato promosso tenente, e avrebbe potuto evitare le incombenze burocratiche tipiche di quel rango e continuare a occuparsi di omicidi.

Dopo averlo cacciato dalla stanza degli investigatori, lo relegarono in un ufficio delle dimensioni di un ripostiglio, che una volta era stato davvero uno sgabuzzino, gli fornirono un computer che funzionava male e la sporadica assistenza di investigatori senza esperienza, se nessun altro aveva bisogno di loro, dicendogli di scegliersi i suoi casi. Traduzione: 'Sta' fuori dai piedi e noi ricambieremo il favore.'

Un'altra persona si sarebbe scoraggiata, ma Milo si adattò di buon grado a quella sistemazione, installando un secondo ufficio in un ristorante indiano nei paraggi e chiudendo un caso dietro l'altro. Nel frattempo continuò a coltivare il suo unico passatempo: lamentarsi.

La sua percentuale di casi risolti attirò l'attenzione del nuovo capo, un uomo ossessionato dalle statistiche criminali. Al capitano, di nome Raymond Grant, non importava con chi la gente andasse a letto.

Milo ottenne un computer migliore, maggiori rinforzi e turni flessibili. Nel suo bugigattolo non arrivarono mai inviti alle grigliate del reparto, ma non era mai stato un tipo socievole e doveva già fare grossi sforzi per trovare il tempo da passare con Rick.

Se la sua vita era diventata più semplice, lui non lo dava a vedere.

Senza dubbio i genitori di Antoine Beverly consideravano ancora il caso del figlio di vitale importanza, ma il pessimismo di Milo era fondato: sedici anni sono un lasso di tempo abbastanza lungo per occultare qualsiasi prova e, nel braccio della morte, confessare è un espediente comune che di solito non porta a nulla. Tuttavia, avrebbe dovuto essere felice di lavorare. O forse la pensavo così perché quell'anno il mio lavoro si stava rivelando soddisfacente. Diversi casi di custodia di minori avevano preso la piega giusta: i genitori si sforzavano sinceramente di non assillare i figli e gli avvocati trattenevano i loro impulsi distruttivi. E a volte le mie relazioni finivano addirittura sulle scrivanie di giudici assennati che si prendevano la briga di leggerle.

Fantasticai su un mondo più gentile e benevolo, forse come reazione a tutte le notizie brutali di prima pagina. Quando sollevai l'argomento con Robin, lei sorrise, accarezzò il cane e disse: «Potrebbe essere uno degli effetti positivi del riscaldamento globale. Gli attribuiamo la colpa di tutti i mali.»

Eravamo tornati insieme dopo la nostra seconda rottura in dieci anni e vivevamo nella casa sopra Beverly Glen Boulevard, che lei aveva arredato e che io in sua assenza avevo trovato simile a una tomba. Aveva ricevuto una commissione a sei cifre da un pezzo grosso del commercio elettronico per fabbricare un quartetto di strumenti intagliati a mano – chitarra, mandolino, mandola, violoncello –, progetto che l'avrebbe tenuta occupata per quasi tutto l'anno. Era un incarico da sogno, se si sorvolava sul fatto che il pezzo grosso era affetto da sordità tonale e non sapeva suonare nemmeno una nota.

La carpa del nostro laghetto aveva avuto una dozzina di pesciolini, le piogge abbondanti avevano ravvivato le piante del giardino e poi c'era 'il cane che sorrideva sul serio': un bulldog francese di un anno di nome Blanche, una creaturina bionda dal pelo caldo e soffice, così intelligente, affettuosa e dolce che ho pensato di donare i suoi cromosomi alla ricerca sulla biologia della simpatia. Non che ci fosse qualcuno che studiasse quella materia. Un cane che non assale gli uomini non fa notizia.

Il nono giorno dopo il ritorno di Milo al lavoro, qualcuno venne aggredito.

Accadde in una di quelle vie in cui di solito non succedono cose del genere.

Alle 6:32 di una tranquilla domenica mattina, nella zona meridionale di Westwood, dove le casette ordinate sono sovrastate dalla guglia della chiesa mormone di Santa Monica Boulevard, un'insegnante in pensione di settantatré anni di nome Ella Mancusi aprì la porta del suo bungalow rivestito di stucco verde menta, percorse tre metri per prendere il giornale e si ritrovò faccia a faccia con un uomo armato di coltello.

L'unico testimone, un redattore di testi pubblicitari di nome Edward Moskow, che soffriva di insonnia, stava bevendo il caffè e leggendo il giornale nel suo soggiorno, due case più a sud. Per caso guardò fuori dalla finestra, vide quel che gli parve un uomo intento a colpire Ella Mancusi e rimase a osservare inorridito la vecchia signora accasciarsi in una pozza di sangue.

Quando Moskow raggiunse Ella, la donna era già morta e l'assassino stava scappando.

L'investigatore del coroner contò nove coltellate, quattro delle quali letali. In base alla profondità e alla larghezza dei tagli, si ipotizzò che l'arma fosse una lama potente, non seghettata e affilata solo da un lato, caratteristiche compatibili con una specie di coltello da caccia.

La cosa più degna di nota fu la descrizione dell'assassino fornita da Moskow: si trattava di un uomo alto, robusto, dai capelli bianchi, che indossava degli indumenti scuri e larghi e un berretto a quadretti blu.

«Uno di quei berretti che portano gli anziani. Quel tipo era un vecchiaccio. Quando è tornato alla sua macchina, si muoveva in modo rigido, come fanno le persone avanti negli anni.»

Il tizio col berretto aveva lasciato l'automobile in folle sul ciglio della strada, con la portiera del guidatore aperta, mentre massacrava la sua vittima. Una volta finito, aveva ripulito la lama su una gamba dei pantaloni, era tornato al volante e se ne era andato a velocità moderata.

L'occhio vigile di Moskow aveva seguito il veicolo.

«Era una Mercedes S600, ultimo modello, nera, lucida e pulita. Il fiore all'occhiello delle quattro porte, se non si tiene conto della Maybach. Ne sono certo, perché sono appassionato di automobili. Costa centocinquantamila dollari. Ho scorto solo una parte della targa.»

Una lettera e tre cifre. Milo mandò qualcuno sulle tracce del veicolo, prima di andare a ispezionare la scena del crimine. Quando mi telefonò, aveva già messo a segno un colpo.

«È stata rubata all'autonoleggio Prestige di Beverly Hills ed è stata restituita prima che aprisse, alle nove. All'autonoleggio non si erano nemmeno accorti che mancasse finché non ho telefonato. Il contachilometri indica che sono stati percorsi sessantotto chilometri.»

«L'autonoleggio era chiuso a chiave?»

«Presumibilmente ci deve essere una catena.»

«Ha commesso l'omicidio alle sei e mezza e due ore e mezza dopo l'aveva già riportata al suo posto» dissi.

«Che faccia tosta.»

«Una grossa auto nera di lusso rubata e restituita.» Milo si accigliò. «Di nuovo.»

«Sean ha portato avanti le indagini sulla Bentley?»

«Heubel ha autorizzato soltanto il tampone della macchia, non gli esami tecnici elaborati. Sean ha preso l'attrezzatura necessaria e l'ha fatto da solo. Si tratta di sangue umano, gruppo zero positivo. Ma non possiamo ancora collegare la Bentley a questo pasticcio. E non fare battute sul fatto che c'è una probabilità su mille.»

«Dio me ne scampi e liberi.»

«Ci penso io quando lui è occupato. Vuoi dare uno sguardo alla scena del crimine?»

«Certo.»

«Ci vediamo tra venti minuti.»

Il corpo di Ella Mancusi era stato portato all'obitorio. Le uniche tracce dell'omicidio erano i mattoni inzuppati di sangue e il prato bagnato.

È più difficile trovare indizi su una superficie irregolare e io non sono un esperto, ma nel corso degli anni avevo visto abbastanza da supporre che si trattasse di macchie di sangue arterioso e che la perdita fosse stata lenta.

L'anziana aveva cessato di vivere quando il volume del sangue era calato, il cuore si era fermato e la sua anima era defluita via da lei.

Milo, più dritto di quanto l'avessi visto da tempo, stava parlando con Sean Binchy. Ciocche di capelli neri gli ricadevano sul viso e lui le scostava invano. Ci sarebbe voluto un uragano per scompigliare i capelli corti e ricoperti di gel di Sean. Mi allontanai dalle macchie di sangue e mi avvicinai a loro.

Sean era pallido. «Un'anziana signora. Un'insegnante.»

«Stanno portando la Mercedes in laboratorio. Sean chiederà a Heubel di lasciarci la Bentley per effettuare ulteriori analisi. Se non acconsentirà saremo sfortunati, come direbbe il viceprocuratore distrettuale più grintoso che conosca» disse Milo.

«Forse, se gli parlo di questa faccenda, accetterà. Mi sembra un tipo gentile» replicò Sean.

«Oppure otterrai l'esatto contrario.»

«Che cosa intende dire?»

«I ricchi evitano di ficcarsi nei guai» commentò Milo, e fece per andarsene.

«Uhm, tenente, ufficialmente mi sto ancora occupando del furto d'auto.»

«Vuoi che ne parli con qualcuno?»

Sean si morse il labbro. «Non so se il tenente Escudo ne sarebbe felice, e avrò bisogno di lui per la valutazione del mio rendimento.»

Milo strinse gli occhi. «Che cosa stai dicendo, Sean?»

Sean riguardò il sangue. «Farò tutto ciò che posso per esserle d'aiuto.»

Mi aspettavo che Milo lo apostrofasse in tono iroso, invece disse: «Vedi dove riesci ad arrivare con Heubel, poi ne riparleremo.»

Sean fece il saluto militare e se ne andò a passo di marcia.

«Quand'è che gli concederanno più tempo per riposare?» chiesi.

«Quando salirà di grado.» Milo si voltò a guardare la casetta verde. «Hai delle osservazioni da fare?»

«Vittima anziana, lo stesso vale per l'assassino; tutta quella violenza mi induce a pensare che probabilmente si tratta di una questione personale. Controllerei fidanzati, ex mariti e relazioni sentimentali finite male.»

«Un litigio tra amanti attempati? Il mio testimone sostiene che era vedova, e che l'unico ospite che abbia mai visto è un tizio sui quarant'anni che lui presumeva fosse suo figlio. Dentro ci sono i tecnici. Quando avranno finito, mi metterò a frugare tra i suoi effetti personali.»

Da un bungalow in stile spagnolo a due case di distanza

uscì un uomo. Stropicciandosi gli occhi, distolse lo sguardo dal sangue.

«Eccolo» disse Milo. «Perché non fate due chiacchiere mentre vado a vedere come procede la perquisizione della casa?»

Edward Moskow aveva tra i cinquantacinque e i sessant'anni, era calvo e aveva la barba grigia e riccia. La sua felpa del college di Swarthmore aveva i polsini logori ed era di una taglia troppo grande. I pantaloni kaki erano sbiaditi in un bianco sporco, smunto quasi quanto i suoi piedi nudi.

Mi presentai, omettendo la mia qualifica.

Moskow annuì.

«Che spettacolo orribile» osservai.

«Non lo dimenticherò mai.» Si toccò la fronte. «Ce l'ho impresso nella mente.»

«Se c'è qualcos'altro che ricorda...»

«Vecchio bastardo.» Aveva una voce sommessa e roca. «È incredibile. E dire che a quell'età dovrebbero aver perso lo stimolo.»

«Spesso succede.»

Mi guardò come se si fosse appena reso conto che stavamo intrattenendo una conversazione.

«Lo si definisce 'logoramento criminale'. Altrimenti noto come 'troppo stanco per stecchire qualcuno'» spiegai.

Fece un lieve cenno d'assenso.

«Signor Moskow, secondo lei quanti anni potrebbe avere quell'uomo?»

«L'ho visto solo per pochi secondi.» Moskow fece una smorfia e gli si arruffò la barba. «Gli ho guardato soprattutto il braccio.» Alzò il proprio per mimare un colpo sferrato verso il basso. «Pensavo che la stesse picchiando, e sono corso ad affrontarlo. Quando sono arrivato sul posto, lui stava tornando verso la sua automobile e ho visto il sangue sotto la signora Mancusi. La macchia si allargava... c'era un lago di sangue... non ho mai visto nulla di simile.» Rabbrividì.

«Ritornando alla sua età...»

«Oh, sì, scusi... Settanta? Sessantacinque? Settantacinque? Non sono in grado di dirlo, so soltanto che si muoveva come un vecchio. Non zoppicava, era soltanto rigido. Come se fosse impacciato.»

«Lento.»

Ci pensò sopra. «Non correva, ma non aveva nemmeno un passo incerto. Gli ho visto soltanto la schiena mentre si dirigeva verso la macchina. La definirei un'andatura moderata. Una normale camminata. Come se avesse appena consegnato un pacco o qualcosa del genere. E non si è voltato a guardare. Urlavo, eppure era come se non ci fossi. Quel bastardo non si è nemmeno preso la briga di girarsi, si è limitato a proseguire, a salire in macchina e andarsene. È questo che mi fa rabbia. Si comportava come se fosse tutto normale.»

«Come se niente fosse.»

Moskow giocherellò con un filo che pendeva dal collo della felpa.

«Quindi non l'ha mai visto in volto» ripresi.

«No. Roba da matti. Gridavo a squarciagola nella speranza che qualcuno uscisse di casa, ma non l'ha fatto nessuno.» Si guardò intorno. «Sembra una città fantasma. Tipico di Los Angeles.»

«Che cosa gli ha urlato?»

«Chi si ricorda... probabilmente qualcosa del tipo 'Fermati, stronzo!'» Stava tormentando l'orlo della felpa con l'unghia del pollice. «La signora Mancusi giaceva lì, ricoperta di sangue, e quel bastardo se n'è andato tranquillamente. Gli sono corso dietro, il che, col senno di poi, è stata un'idiozia. Ma al momento non ci ho pensato. Poi ho visto il coltello e mi sono fermato di colpo.»

Gli si inumidirono gli occhi.

«Come ha fatto a vedere il coltello?»

«Se l'è ripulito sul davanti dei pantaloni. Sopra il ginocchio. Con noncuranza, come se fosse una cosa naturale.»

«E poi?» gli chiesi.

«Poi se l'è messo in tasca, è salito in macchina e se n'è andato. È accaduto tutto in pochi secondi.»

«L'automobile era in folle.»

«Non ricordo che l'abbia messa in moto, quindi è probabile. Non mi sembra di aver sentito il rumore del motore, ma forse l'ho coperto con la mia voce. Quel modello particolare è piuttosto silenzioso.»

«Che direzione ha preso?»

Indicò verso sud. «Ha superato la mia casa.»

Conoscevo il quartiere dai tempi in cui frequentavo l'università: avevo vagato per quelle stesse strade in cerca di scorciatoie che mi riportassero al mio squallido e angusto monolocale di Overland Avenue. «È una specie di labirinto, con tutti quei vicoli ciechi.»

Moskow si irrigidì. «Pensa che sia di queste parti?»

«No, ma potrebbe aver studiato il tragitto per la fuga.»

«Be', non l'ho mai visto nel quartiere. E lo stesso vale per l'automobile. Questa non è propriamente una zona da S600.»

«Non passano molte Mercedes?»

«Ne passano parecchie, ma non S600.»

«È un esperto di automobili.»

«Ho avuto qualche catorcio che ho sistemato io stesso.» Abbozzò un mezzo sorriso. «Ho avuto una DeLorean. Che esperienza. Allora, abbiamo a che fare con un mafioso attempato?»

«Cosa glielo fa credere?»

«La grossa automobile nera, le modalità dell'omicidio che ricordano un'esecuzione, l'età di quel tizio. Mi è venuto in mente che magari potrebbe essere un vecchio sicario della mafia che non ha ancora perso il suo istinto criminale.» Tirò il filo allentato e lo sfregò tra l'indice e il pollice. «Quello stupido berretto.»

«C'è qualche ragione per cui la signora Mancusi dovrebbe avere dei legami con un vecchio mafioso?»

«Non l'avrei mai pensato. Ma d'altra parte, chi avrebbe mai immaginato una cosa simile?»

«La conosceva bene?»

«Non molto. Era una persona tranquilla, apparentemente gentile. Ci salutavamo e basta.»

«Frequentava molte persone?»

«Soltanto quel tizio di cui ho parlato al tenente.»

«Veniva spesso?»

«Forse una volta al mese, è per questo che credevo fosse suo figlio. Magari anche più spesso, non è che tenessi sotto controllo la sua casa.»

«Può dirmi qualcos'altro di lui?»

«Sui quarant'anni, biondo, trasandato. Adesso che ci penso, non li ho mai visti insieme. Bussava alla porta e lei lo faceva entrare. Quando se ne andava, non lo accompagnava mai fuori.»

«La Mancusi faceva fatica a camminare?»

«Tutt'altro, era arzilla e godeva di ottima salute.»

«C'è qualcos'altro che può dirmi sul tizio biondo?»

«È un tantino tarchiato, e quando ho detto che è trasandato intendevo che sembra non si curi del suo aspetto.»

«Non ha idea di come si chiami?»

«Non l'ho mai sentita pronunciare il suo nome. Come ho detto, in realtà non li ho mai visti insieme. Non sembrava mai felice di essere qui, quindi è probabile che i loro rapporti fossero tesi. E l'ultima volta che è venuto a trovarla, circa un mese fa, è rimasto fuori a parlare con la signora Mancusi attraverso la porta aperta. Suppongo che si trattasse di lei, perché vive da sola. Non sono riuscito a sentire cosa si dicevano, ma sembrava che stessero discutendo. Poi lui ha fatto così.» Battendosi una mano su un fianco, piegò una gamba e fece una smorfia. «Si è comportato in modo un tantino... teatrale, capisce cosa intendo dire? Mi è parso strano che un uomo adulto, che non sembrava effeminato, avesse un atteggiamento così appariscente. Rimasi colpito da quei gesti bizzarri. Soprattutto perché stava parlando con sua madre. Ammesso che fosse sua madre.»

«Pensa che stessero litigando?»

«Senta, non voglio mettere nessuno nei guai,» disse Moskow «e non potrei nemmeno giurarlo. Era solo una mia impressione.»

«Provocata dal suo linguaggio del corpo, quindi.»

«Dal modo in cui si muoveva, mi è sembrato un po'...»

«Aggressivo?»

«Più che altro sulla difensiva» rispose Moskow. «Come se la signora Mancusi gli avesse detto qualcosa che non voleva sentire.»

5

«Pensa che ci sia di mezzo la mafia solo perché si chiama Mancusi?» chiese Milo.

Ci trovavamo al Café Moghul, a due passi dalla stazione di polizia. I proprietari del ristorante lo considerano un rottweiler umano e sono fin troppo disponibili a offrirgli buffet privati. Lo guardai farsi largo tra piatti di agnello al curry, aragosta tandoori, okra speziata, lenticchie e riso. Accanto al gomito aveva una caraffa di tè ghiacciato ai chiodi di garofano. Dopo tutto quel sangue sul passo carraio di Ella Mancusi e le immagini mentali che mi ero fatto dell'omicidio, riuscii a malapena a versarmene un bicchiere.

«Moskow non l'ha detto,» risposi «ma probabilmente in parte è dovuto a quello. O magari sa qualcosa. L'intera faccenda – il fatto che l'assassino sapesse quando sarebbe uscita a prendere il giornale, che abbia lasciato l'automobile accesa e che abbia studiato la via di fuga – mi fa pensare a un professionista. E lo stesso vale per la sua condotta: brutalmente metodica, senza fughe precipitose.»

«Il nonnino è un tipaccio» disse. «Ti sembra che ammazzarla in pieno giorno, concedendosi meno di tre ore per ripulire la macchina e rimetterla in ordine, sia un comportamento da professionisti? Per non parlare del riportarla a Beverly Hills in bella vista.»

«Dove si trova l'autonoleggio?»

«In Alden Drive, vicino a Foothill Boulevard.»

«Nella zona industriale di Beverly Hills» osservai. «È piuttosto tranquilla, la domenica mattina.»

«Si trova anche a cinque minuti dal dipartimento di polizia di Beverly Hills.»

«Ma una Mercedes nera non attirerebbe l'attenzione di nessuno. Soprattutto nell'autonoleggio. C'erano tracce di sangue sulla macchina?»

«A prima vista no. Vediamo cosa dice il laboratorio.»

«Si è pulito il coltello sul davanti dei calzoni, facendo attenzione a non combinare pasticci. Gli sono bastate due ore e mezza per ripulire l'automobile prima di restituirla. Magari ha un nascondiglio, un posto tra la scena del crimine e il luogo in cui ha lasciato la macchina.»

«Metà Westside» ipotizzò. «Penso che informerò i mezzi di comunicazione. Quanti nonnetti accoltellatori credi che ci siano?» Inforcò l'aragosta, la masticò e la inghiottì. «Un accoltellatore sfacciato, visto che ha commesso il misfatto in pieno giorno.»

«Magari per lui era più sicuro ucciderla di giorno, perché se avesse messo a segno il colpo di notte avrebbe dovuto fare irruzione in casa sua. La signora Mancusi aveva un impianto d'allarme?»

«Da quattro soldi. Alla porta principale e a quella sul retro, ma non alle finestre.»

«Per un vecchio potrebbe essere un problema entrare da una finestra» dissi. «Deve aver pensato che la maggior parte della gente la domenica mattina presto dorme. Abbiamo a che fare anche con una vittima che probabilmente non avrebbe potuto opporre molta resistenza, e con un'arma silenziosa. L'ha aggredita così all'improvviso che lei non ha nemmeno avuto il tempo di gridare. Se ieri sera Moskow non si fosse dimenticato di prendere il sonnifero, nessuno si sarebbe accorto di nulla. Gli altri vicini hanno detto qualcosa?»

Si coprì le orecchie con le mani, poi ripeté quel gesto sugli occhi e sulla bocca.

«Moskow è pulito?»

«Immacolato.» Allontanò il piatto. «Si è asciugato la lama sui calzoni. Che cosa significa questo gesto?»

«Potrebbe trattarsi di una manifestazione di disprezzo.»

«Con le ferite profonde che le ha inferto è impossibile che non abbia lasciato tracce sull'auto.»

«Ha pulito quelle più evidenti e se n'è tornato a casa in libertà, poi la Mercedes è stata passata al vapore all'autonoleggio.»

«Propendo decisamente per il disprezzo» disse Milo. «C'è parecchia rabbia in questi gesti. Il problema è cosa può aver fatto un'insegnante settantatreenne in pensione per suscitare una reazione simile.»

«Le persone possono nascondere dei segreti.»

«Be', per ora i suoi non sono emersi. La casa era pulita, ordinata, come ci si aspetta da una nonna.» Riavvicinò il piatto e iniziò a trangugiare il cibo.

«Sarà anche stato accecato dalla rabbia, ma ha studiato il piano con freddezza. Magari non era stato altrettanto attento la volta precedente» dissi.

«A cosa alludi?»

«Alla macchia sulla Bentley.»

«La Bentley non aveva a che fare con nessun cadavere, Alex. Non me la sento di collegare i due casi.»

Rimasi in silenzio.

«Sì, sì, ci sono dei parallelismi» ammise. «Adesso trovami un altro omicidio che stabilisca un nesso tra i due casi e spiegami come un tizio così attento possa aver lasciato una macchia in bella vista.»

«Era buio quando ha riportato indietro la Bentley, e quindi se l'è lasciata sfuggire. Oppure qualcosa l'ha innervosito e se n'è andato in tutta fretta.»

«È una teoria fiacca, dottore.»

«Oppure è possibile che l'abbia lasciata lì apposta.»

«Si tratta di un'altra manifestazione di disprezzo?»

«*Guarda come l'ho fatta franca.* Magari la Bentley era una prova in previsione di oggi.»

«Abbiamo a che fare con uno psicopatico attempato a cui piace giocare.» Milo tamburellò sul tavolo con la forchetta. «Oppure la Bentley non c'entra nulla con Ella.»

«Potrebbe anche essere.»

«Non ci credi.»

«E tu?»

Sospirò. «Ho incaricato gli archivisti di controllare se sono stati denunciati dei crimini nelle ore in cui è stata sottratta la Bentley. Per ora non è emerso nulla.»

Si infilò in bocca una cucchiaiata di lenticchie. «Una persona di quell'età. È veramente strano.»

«Sai come si dice. Al giorno d'oggi, avere settant'anni è come averne cinquanta.» Prese una chela d'aragosta. «E su vuol dire giù, e basso vuol dire alto.»

«Se abbiamo a che fare con un membro della criminalità organizzata, potrebbe trattarsi di un lavoro di squadra» disse. «Uno ruba la macchina, la passa all'assassino, poi si offre di aiutare a pulirla e magari la riporta al suo posto. Se sommi tutti questi elementi al fatto che l'assassino è stato attento a toccare soltanto i sedili anteriori, la pressione dovuta alla mancanza di tempo si riduce.»

«Una squadra criminale di addetti ai box.» Mentre rompeva la chela lungo la giuntura, rimase immobile, come se volesse ascoltarne il suono. «I mafiosi non commettono nessun crimine eclatante dai tempi di Mickey Cohen, ma in Valley Boulevard e alla sala giochi di Canon Drive a Beverly Hills circolano degli strozzini.»

«E anche Canon Drive è vicino all'autonoleggio.»

«Già.» Strappò un brandello di carne dalla chela, mangiò e ripeté l'operazione con un'altra chela. «Allora pensi che la nostra gentile insegnante in pensione abbia un torbido passato da pupa del gangster?»

«Oppure un vizio nascosto. Tipo il gioco d'azzardo.»

«È riuscita ad accumulare un debito tale da farsi massacrare? È assurdo, Alex. L'ultima cosa che uno strozzino vuole fare è ammazzare la sua preda e perdere qualsiasi speranza di venire pagato.»

«A meno che lo strozzino non abbia rinunciato a riscuotere il credito» risposi. «Oppure non era lei a giocare d'azzardo, ma qualcun altro, e si sono serviti di lei per infliggergli una punizione esemplare.»

Gli descrissi l'infelice discussione a cui aveva assistito Moskow, intercorsa tra Ella e l'uomo biondo che pensava fosse suo figlio.

«Litigavano» disse.

«Di solito la causa principale dei contrasti è il denaro. Forse il figlio ha chiesto soldi alla madre e lei glieli ha rifiutati.»

«Non ce lo vedo uno strozzino di alto livello a trucidare un'anziana signora per il solo scopo di incutere terrore al suo povero figliolo.»

«Probabilmente hai ragione» ammisi. «Ma i tempi sono cambiati, e adesso viviamo in un'epoca crudele.»

«Cosa vuoi dire?»

«Guarda un telegiornale a caso.»

Tornò a gettarsi sul cibo.

«Oppure potrebbe esserci un'altra interpretazione degli eventi: l'uomo biondo non è suo figlio, ma il suo esattore» continuai.

Tolse la copertina di plastica blu dalla sua cartellina e me la porse. All'interno c'erano il modulo del rapporto preliminare non ancora compilato, alcune carte che sembravano i documenti personali di Ella Mancusi e una busta che conteneva una foto a colori dieci per quindici.

Nell'istantanea una donnicciola dai capelli bianchi, con un vestito a fiori munito di cintura e tacchi alti, era accanto a un uomo flaccido, dai capelli chiari, sui quarant'anni. Alle loro spalle c'era lo stucco verde menta. Ella Mancusi aveva un viso da uccellino e occhi scuri e luminosi. Aveva il rossetto sulle labbra e lo smalto sulle unghie. Sorrideva, ma c'era qualcosa che mancava a quelle labbra incurvate verso l'alto.

L'uomo biondo teneva le braccia lungo i fianchi. Aveva le spalle rigide, come se fosse stato costretto a mettersi in posa per la foto. «Corrisponde al tizio descritto da Moskow.»

«Leggi il retro.»

Voltai la foto.

Io e Anthony, il giorno del mio compleanno. Ho preparato una torta al cioccolato. La scritta era vergata in un elegante corsivo e recava la data del dicembre di due anni prima.

«Il figlio le è così affezionato da farle preparare la sua torta di compleanno» osservai.

Mi soffermai sul sorriso di Ella Mancusi, e mi resi conto di cosa mancasse. L'orgoglio materno.

«Suppongo che sia figlio unico,» disse Milo «perché le poche foto che ho trovato in casa ritraevano solo lui, soprattutto da piccolo, ai tempi della scuola elementare. Quella donna aveva conservato il certificato di nascita e dodici anni di pagelle. Arrivava alla sufficienza, quando si applicava. Nella contea risulta esserci un Anthony Mancusi e la sua fedina penale è macchiata soltanto dal reato di guida in stato di ebbrezza, risalente a sei anni fa e ridotto poi a una semplice infrazione. Se ha dei problemi di alcolismo, non devono essere ereditari. L'unico liquore che Ella aveva in casa era una bottiglia di sherry chiusa e ricoperta di polvere.»

Si stropicciò il viso. «Non possedeva molte cose, Alex. Tutti i documenti importanti erano contenuti in tre scatole di sigari accanto al letto. Diciotto anni fa aveva lasciato il suo impiego alla scuola unificata di Los Angeles. Come ultimo incarico, ha insegnato scienze sociali alla scuola media Louis Pasteur. Le scrissero una bella lettera. Era rimasta vedova molto tempo prima, quando Anthony era adolescente. Il marito si chiamava Anthony Sr, faceva il sorvegliante in un caseificio di Santa Fe Springs e morì sul lavoro per un attacco di cuore. Ella aveva estinto il mutuo della casa dopo undici anni; tra la sua pensione e quella di Senior se la cavava bene. La classica signora onesta del ceto medio che trascorre il resto della vita in un quartiere tranquillo. Perché diavolo ha fatto quella fine?»

Diedi un'altra occhiata alla foto. «È il compleanno di sua madre e lui vorrebbe trovarsi da tutt'altra parte. Se si considera il resoconto fornito da Moskow di quella conversazione furibonda, abbiamo del materiale su cui lavorare. C'era un testamento nella scatola?»

Milo ci pensò sopra. «No. Credi che Junior l'abbia fatta fuori per l'eredità?»

«Non sarebbe la prima volta che succede.»

«Certo, ma che razza di bestia dovrebbe essere per tagliare a fette sua madre come un arrosto della domenica?» Fece cenno di portare il conto. La donna sorridente e occhialuta che lo serviva sempre arrivò di corsa e gli chiese come fosse stato il pranzo.

«Era tutto delizioso» rispose lui, porgendole alcune banconote. «Tenga il resto.»

«È troppo, tenente.»

«Non si preoccupi.»

«La prossima volta le faccio lo sconto» disse lei.

«Non si disturbi.»

«Mi disturbo eccome.»

Fuori dal ristorante Milo si tirò su i calzoni e guardò l'orologio. «È ora di parlare con Tony Mancusi Jr, il nostro bevitore molesto.»

«Anche se sulla sua fedina penale non figurano reati gravi

non significa che non abbia problemi col gioco d'azzardo» dissi.

«Sì, ma perché immischiarsi con degli strozzini in carne e ossa se si può accendere il computer e rivolgersi a una finanziaria online?»

«E perché una stella del cinema che alloggia al Four Seasons abborda una passeggiatrice da trenta dollari sul Sunset Boulevard quando potrebbe avere delle squillo più attraenti delle sue colleghe di lavoro? Talvolta il pericolo e lo squallore rendono tutto più eccitante.»

«Compreso il gioco. Va bene, andiamo a parlare con questo tizio. Male che vada, gli porterò la cattiva notizia» disse Milo.

Il telefono di Anthony James Mancusi Jr era staccato, il che rese Milo ancora più determinato a scovarlo.

Dai documenti a bordo della sua Toyota di otto anni risultava che risiedeva a Olympic Boulevard, quattro isolati a est di Fairfax Avenue. L'indirizzo corrispondeva a un edificio rosa con sei appartamenti, che dava su un piccolo cortile pieno di verde. Fascino d'altri tempi, fiori in boccio, viottoli immacolati. Se non si teneva conto del logorante rumore del traffico, non era niente male.

Il padrone di casa, un uomo asiatico sui sessant'anni di nome William Park, abitava in uno degli appartamenti al pianterreno. Venne ad aprire la porta con in mano una copia della rivista *Smithsonian*.

«Tony?» si stupì. «Se n'è andato tre mesi fa.»

«Come mai?» chiese Milo.

«Quando è aumentato l'affitto, si è cercato qualcosa di meno costoso.»

«Aveva problemi economici?»

«In ogni appartamento ci sono due camere da letto. Magari Tony pensava di non averne bisogno» replicò Park.

«In altre parole, aveva problemi economici.»
Il signor Park sorrise.
«Per quanto tempo ha vissuto qui?»
«Abitava già qui quando ho acquistato il palazzo. Parlo di tre anni fa. Prima, non lo so.»
«Era un inquilino tranquillo?»
«Quasi sempre» rispose Park. «È nei pasticci?»
«Sua madre è appena passata a miglior vita e abbiamo bisogno di trovarlo.»
«Passata a miglior vita... oh.» Ci osservò attentamente. «Per cause... non naturali?»
«Temo di sì, signor Park.»
«È terribile... Aspettate, posso darvi l'indirizzo di Tony per l'inoltro. A volte ricevo ancora posta per lui.»
«Adesso ha qui della sua posta?»
«No, ci scrivo sopra 'da inoltrare' e il postino la porta via.» Park scomparve nel suo appartamento lasciando aperta la porta, che dava su una stanza bianca e ordinata.
Milo inclinò la testa. «Prima l'attento signor Moskow, adesso lui. Non si può dire che la polizia e i cittadini non collaborino. Forse il mondo non è così meschino, dopotutto.»
Era una cosa insolita da dire, dopo aver visto Ella Mancusi riversa nel suo stesso sangue. Tuttavia, era bello sentirlo così ottimista.
«È il riscaldamento globale» mormorai.
«Eh?»
«Niente.»
Park fece ritorno e porse a Milo un pezzo di carta.
Casella postale Los Angeles 90027.
East Hollywood. Molto probabilmente era soltanto una buca per le lettere. Milo sorrise nonostante la delusione e ringraziò Park.
«Sono disposto a fare qualsiasi cosa per esservi d'aiuto. Povero Tony.»

«Allora era un buon inquilino» disse Milo. «*Quasi sempre.*»

«A volte pagava l'affitto in ritardo, ma versava sempre la sovrattassa senza lamentarsi.»

«Che lavoro fa?»

«Mi ha detto che un tempo lavorava nel mondo del cinema; faceva il macchinista, spostava gli scenari. Alcuni anni fa si è fatto male alla schiena e da allora ha dovuto arrangiarsi con la pensione di invalidità. Sua madre gli dava una mano, a volte pagava l'assegno dell'affitto. Qualcuno l'ha uccisa?»

«La conosceva bene, signor Park?»

«Io? Non la conoscevo affatto, mi limitavo a incassare l'assegno.»

«Tony le ha mai parlato di lei?»

«No, Tony non parlava molto.»

«È un tipo silenzioso.»

«Estremamente silenzioso» convenne Park.

«Sua madre gli pagava spesso l'affitto?»

«Uhm... direi la metà delle volte. Forse, negli ultimi mesi, anche di più.»

«Quanto di più?»

«Mi pare che negli ultimi sei mesi abbia pagato quattro volte.»

«Le spediva gli assegni per posta?»

«No, me li dava Tony.»

«Che tipo di invalidità aveva Tony?»

«Intende dire se era paralizzato o qualcosa del genere? No, sembrava normale. Ma questo non significa nulla. Qualche anno fa ho avuto un'ernia del disco. È stato doloroso, ma me lo sono tenuto per me.»

«Tony soffriva in silenzio.»

«Non sospettate di lui, vero?» chiese Park. «Non è mai stato un tipo violento.» Si sentiva a disagio all'idea di aver affittato un appartamento a un probabile assassino.

«Le stiamo ponendo solo le domande di rito» disse Milo.

«Lo spero. Non ha mai causato guai.»

***

La casella postale si trovava in un centro commerciale cosparso di rifiuti in Vermont Avenue, appena sopra Sunset Boulevard, in una di quelle piccole camere blindate dall'odore metallico piene di cassette di ottone, dove ai noleggiatori vengono concesse le chiavi e un accesso illimitato.

Un cartello sulla vetrina diceva 'In caso di problemi rivolgersi alla lavanderia Avakian qui accanto'.

Nella lavanderia, un uomo intento a districare un mucchio di camicie sgualcite disse 'sì' senza nemmeno sollevare lo sguardo. Baffi alla William Saroyan, mani svelte.

«Polizia. Stiamo cercando uno dei vostri noleggiatori di cassette postali. Anthony Mancusi.»

Finalmente alzò lo sguardo. «Tony? Porta sempre qui il grosso della biancheria. Con il prezzo dell'acqua e del sapone, è più conveniente venire da noi, senza dover nemmeno usare la lavatrice. Cos'è successo?»

«È morta sua madre, signor...»

«Bedros Avakian.» Schioccò la lingua. «Morta, eh? Mi dispiace. Come mai la polizia è venuta qui?»

«Non è morta per cause naturali.»

«Oh, mi dispiace tantissimo.»

«Potrebbe fornirci il suo indirizzo, per piacere?»

«Ah, sì, aspettate, vado a prenderlo.»

Avakian si diresse verso una piccola scrivania e batté sui tasti di un computer portatile. «Avete una penna? Fate a Tony le mie condoglianze.»

La nuova abitazione di Anthony Mancusi Jr era situata in un sudicio edificio a tre piani a Rodney Drive, non lontano dal centro commerciale. Era privo di attrattive e di viste panoramiche, e se si cercavano informazioni bisognava rivolgersi a un'agenzia immobiliare di Downey Road.

La porta d'ingresso era chiusa a chiave. Sui citofoni erano elencati diciotto inquilini, ciascuno con una cassetta della posta. Nessuno rispose nell'appartamento di 'A. Mancusi'.

«Un passo indietro rispetto alla sua ultima residenza» osservai. «Questo, e il fatto che la madre gli abbia pagato gran parte dell'affitto, lascia intendere che abbia problemi economici.»

Milo suonò di nuovo il citofono, estrasse un biglietto da visita e lo infilò nella cassetta della posta di Mancusi. «Andiamo all'autonoleggio.»

Mentre ci dirigevamo verso l'auto, la mia attenzione venne attirata da un movimento vicino alla casa. Un uomo con una camicia bianca a maniche corte e un paio di pantaloni marroni si incamminò verso di noi strascicando i piedi.

I capelli, più radi rispetto a due anni prima, erano ossigenati, e aveva messo su peso in tutti i punti prevedibili. Ma questo era pur sempre l'uomo per nulla entusiasta di farsi fotografare con sua madre.

Milo mi disse di aspettare lì e andò a salutarlo. Il luccichio del distintivo dorato indusse Tony Mancusi a tirare indietro la testa, come se fosse stato schiaffeggiato.

Milo disse qualcosa.

Mancusi si batté entrambi i lati della testa. Aprì la bocca e il lamento che emise evocò nella mia mente l'immagine di animali incatenati al macello.

La fine delle speranze.

6

A Tony Mancusi tremavano le mani mentre cercava di infilare la chiave nella serratura. Quando gli cadde per la seconda volta, me ne occupai io. Una volta all'interno della stanzetta sudicia che definiva 'casa', si appoggiò alla parete e si mise a piangere.

Milo lo guardò, impassibile come un nano da giardino.

Certi investigatori attribuiscono grande importanza alla prima reazione delle persone alle cattive notizie, sospettando sia dei parenti troppo stoici che di quelli isterici e dal comportamento eccessivamente melodrammatico. Io evito di esprimere giudizi perché ho visto vittime di stupri indifferenti fino al punto di sembrare insolenti, astanti innocenti contorcersi per quello che doveva essere senso di colpa, psicopatici fornire dimostrazioni di spavento e dolore così convincenti da far venire voglia di coccolarli e imboccarli.

Ma era difficile non rimanere colpiti dai fremiti che scuotevano le spalle grassocce di Mancusi e dalle urla atroci che per poco non lo sollevavano dal divano logoro. Dietro di lui, sulla parete, c'era un letto a scomparsa.

Ella Mancusi si era preparata la sua torta di compleanno. Magari suo figlio se l'era ricordato.

Quando l'uomo smise di lamentarsi per riprendere fiato, Milo parlò: «Ci dispiace per la perdita che ha subìto.»

Mancusi si alzò a fatica. All'improvviso trascolorò in modo evidente. Passò dal pallore dovuto alla permanenza al chiuso a un colorito verdastro. Si precipitò nel cucinino che distava meno di due metri e vomitò nel lavandino.

Quando i conati cessarono, si spruzzò dell'acqua sul volto e ritornò a sedersi sul divano, con gli occhi arrossati e ciocche di capelli chiari incollate sulla fronte sudata. Si era macchiato la camicia di vomito, appena sotto il colletto stropicciato.

«So che è un momento difficile per parlare, ma se ha qualcosa da riferirci...» iniziò Milo.

«Cosa potrei avere da *riferirvi*?»

«Le risulta per caso che qualcuno avrebbe potuto desiderare di fare del male a sua madre?»

«Chi?»

«È proprio quello che stiamo...»

«Faceva l'insegnante!» esclamò Mancusi.

«Era andata in pensione...»

«Le hanno dato un premio! Era severa ma giusta, tutti le volevano bene.» Agitò un dito. «Vuoi un bel voto? Fa' il tuo dovere! Questo era il suo motto.»

Mi chiesi come potesse conciliarsi con un figlio che viveva della pensione di invalidità e si faceva prestare i soldi dell'affitto. E che arrivava alla sufficienza, quando si applicava.

«Quindi non le viene in mente nessuno» incalzò Milo.

«No. Questa storia è... è assurda.»

Una parte di vomito cadde sulla moquette, a pochi centimetri dagli scarponi di Milo.

«È un incubo assurdo.» Mancusi abbassò il capo; ansimò.

«Tutto a posto?»

«Mi manca un po' il fiato.» Si tirò su a sedere, respirando lentamente. «Mi succede sempre quando sono teso.»

«Se non le dispiace, avremmo altre domande da porle.»

«Cosa volete sapere?»

«Dopo la morte di suo padre, sua madre ha avuto altre relazioni sentimentali?» domandò Milo.

«Sentimentali? Le piaceva leggere. Guardava alcuni teleromanzi. Il suo interesse per le vicende sentimentali si fermava qui.» Mancusi si scostò i capelli, alzò la testa e si riavviò una ciocca ossigenata sulla fronte madida di sudore. Un'affettata sinfonia di movimenti che ricordava la posa notata da Ed Moskow.

«Aveva degli amici intimi, uomini o donne?»

Mancusi scosse il capo, notò la chiazza di vomito sul pavimento e inarcò le sopracciglia. La moquette era cosparsa di macchie di grasso e ricoperta di briciole e bioccoli di polvere. Era di una tonalità beige, ma ormai era diventata scura come i denti di un fumatore.

«Non faceva nessun tipo di vita sociale?» chiese Milo.

«No. Da quando era andata in pensione, alla mamma piaceva stare da sola. Aveva dovuto sopportare per trent'anni quella scocciatura della scuola unificata di Los Angeles.»

«Quindi è diventata una persona riservata.»

«È *sempre* stata una persona riservata. Adesso poteva essere sé stessa.» Soffocò un singhiozzo. «Oh, mamma...»

«È difficile affrontare un'esperienza simile» disse Milo.

Silenzio.

«Sua madre aveva degli hobby?»

«Cosa?»

Milo ripeté la domanda.

«Perché?»

«Sto cercando di conoscerla.»

«Hobby» rifletté Mancusi. «Le piacevano i rompicapi, le parole crociate. Il sudoku. Il sudoku era il suo preferito, le piacevano i numeri. Era laureata in matematica, ma le facevano insegnare scienze sociali.»

«Altri giochi?»

«A cosa allude? Faceva l'insegnante. Non è stata... non le è successo tutto questo a causa dei suoi hobby. È stato un... un... un *pazzo*.»

«Quindi non aveva hobby o interessi che potrebbero averla fatta indebitare?»

Mancusi spostò gli occhi marroni e umidi sul volto di Milo. «Che cosa sta dicendo?»

«Abbiamo bisogno di porle queste domande, signor Mancusi. Sua madre comprava biglietti della lotteria, giocava a poker online o qualcosa di simile?»

«Non aveva nemmeno il computer. E neppure io.»

«Non era solita navigare in internet?»

«Perché me lo sta chiedendo? Mi ha detto che non è stata derubata.»

«Scusi,» spiegò Milo «dobbiamo essere scrupolosi.»

«Mia madre non giocava d'azzardo.»

«Era una persona abitudinaria?»

«Cosa intende dire?»

«Faceva sempre le stesse cose... tipo uscire alla stessa ora ogni mattina a prendere il giornale?»

Mancusi rimase seduto immobile, con lo sguardo vitreo. «Si alzava presto.» Si premette lo stomaco. «Oh... ci risiamo.» Corse di nuovo al lavandino. Stavolta gli vennero i conati ma non riuscì a vomitare, quindi tossì e ansimò. Aprì un piccolo frigorifero, estrasse una bottiglia contenente un liquido chiaro, che stappò, e bevve a grandi sorsi. Tornò con la bottiglia ancora in mano.

Acqua tonica dietetica.

Afferrò una parte del suo ventre e la premette con forza, producendo un rotolo di adipe. «Sono troppo grasso. Una volta bevevo Gin Tonic, adesso soltanto acqua tonica senza zucchero.» Bevve a canna e non riuscì a trattenere un rutto. «La mamma non ha mai messo su un grammo da quando si è sposata.»

«Seguiva una dieta?» chiese Milo.

Mancusi sorrise. «Non ne ha mai avuto bisogno, poteva mangiare la pasta, i dolci, qualsiasi cosa. Io ho preso da papà; è morto per un attacco di cuore. Devo fare attenzione.»

«Al solito, colesterolo.»

Mancusi scosse il capo. «Hanno... fatto del male a mia madre?»

«Hanno?»

«Chiunque sia il colpevole. È stata una brutta morte? Ha sofferto? Mi dica di no.»

«È stata rapida» rispose Milo.

«Oddio.» Altre lacrime.

Milo gli porse un fazzoletto di carta, dopo averlo estratto dal pacchetto che porta sempre con sé quando deve comunicare a qualcuno la morte di un parente. «Signor Mancusi, il motivo per cui le ho posto delle domande sulla vita sociale di sua madre è che un testimone ha descritto l'aggressore come un uomo della sua età.»

Mancusi contrasse le dita. Il fazzolettino cadde. «*Cosa?*»

Milo ripeté la descrizione dell'assassino fornita da Edward Moskow, compreso il berretto a quadretti blu.

«È pazzesco» disse Mancusi.

«Non le suona familiare?»

Mancusi si scostò di nuovo i capelli. «Naturalmente no. Papà aveva un sacco di berretti come quello. Dopo essere diventato calvo, li metteva per non prendere il sole sulla testa. È totalmente assurdo.»

«Che mi dice di una Mercedes nera S600? Questo le suona familiare?» chiese Milo.

«Non m'intendo di automobili» rispose Mancusi.

«È una grossa berlina a quattro porte» disse Milo. «Uno dei modelli più prestigiosi.»

«Non è possibile che la mamma conoscesse una persona con una macchina del genere. Faceva l'insegnante, per l'amor di Dio!»

«La prego di non offendersi per la domanda che sto per farle, signor Mancusi, ma sua madre conosceva qualcuno affiliato – anche lontanamente – alla criminalità organizzata?»

Mancusi rise. Calpestò la macchia di vomito. «Lo chiede perché siamo italiani?»

«Abbiamo bisogno di fare chiarezza su questo punto.»

«Be', la sa una cosa, tenente? La mamma *non* era italiana. Era tedesca, il suo nome da nubile era Hochswelder. Il ramo di papà era italiano. Lui era cresciuto a New York e sosteneva di aver conosciuto, quando era un bambino, mafiosi di tutti i tipi. Mi raccontava storie del genere.»

«Che storie?»

«Cadaveri gettati fuori dalle automobili, tizi uccisi a colpi di pistola mentre si trovavano dal barbiere. Ma è impossibile, è pazzesco, erano soltanto storie e la mamma non le sopportava, le definiva 'volgari'. Il suo concetto di poliziesco corrisponde alla *Signora in giallo,* non ai *Soprano.*»

Tornò in cucina e posò la bottiglia di acqua tonica sul bancone. «Gioco d'azzardo, malavitosi... è ridicolo.»

«Immagino che lo sembri, ma...»

«Non c'è nessun motivo per cui dovessero ucciderla, d'accordo? Nessun motivo, nessun motivo, cazzo. È stupido, assurdo, non sarebbe dovuto accadere... le dispiacerebbe alzarsi?»

«Scusi?»

«Si alzi» disse Mancusi. «Per piacere.»

Dopo che Milo ebbe ubbidito, Mancusi passò dietro di lui e tirò giù il letto a scomparsa. Mentre lo faceva, trasse un respiro profondo, si portò una mano sulle reni e si raddrizzò. «L'ernia.»

Milo portò a termine l'opera, mettendo in mostra un materasso sottilissimo e lenzuola grigie che un tempo dovevano essere state bianche.

Mancusi cercò di abbassarsi verso il letto. Il sudore gli colava lungo le guance.

Milo si fece avanti per aiutarlo.
«No, no, va tutto bene.»
Lo guardammo piegarsi pian piano. Si rannicchiò sul letto, con le ginocchia piegate sul petto e il respiro ancora affannoso. «Non ho nulla da dirvi. Non so nulla.»
Milo gli chiese se c'erano altri membri della famiglia.
Mancusi scosse il capo in tutta fretta facendo oscillare il materasso sottile. «La mamma ha avuto un aborto dopo la mia nascita, e non c'è nessun altro.»
«Nemmeno zie o zii...»
«Nessuno a cui fosse legata.»
Milo attese.
Mancusi disse: «Nessuno.»
«Nessuno che possa aiutarla?»
«A fare cosa?»
«A superare questo momento.»
«Una volta il Gin Tonic mi era di aiuto. Magari mi ci rifugerò di nuovo. Crede che farei bene?» Rise amaramente.
Milo non rispose.
«Che vada tutto a farsi fottere, dovrei poter mangiare e bere tutto ciò che voglio» piagnucolò Mancusi. «Dovrei smettere di cercare di fare colpo sugli altri.» Le lacrime gli scesero lungo le guance. «Su chi potrei fare colpo?»
Si girò supino. «Potreste darmi un Aleve? Si trova nell'armadietto vicino ai fornelli.»
Trovai il flacone, estrassi una pillola e riempii un bicchiere d'acqua del rubinetto.
Mancusi mi guardò: «Me ne servono due.» Al mio ritorno, mi strappò di mano le due compresse e respinse il bicchiere con la mano. «Le mando giù senz'acqua.» Mi diede una dimostrazione. «È la mia specialità... Ho bisogno di riposare.» Si girò dall'altra parte.
«Mi dispiace tantissimo per la perdita che ha subìto» disse Milo. «Se le viene in mente qualcosa, mi chiami.»
Non ottenne nessuna risposta.

Mentre ci dirigevamo verso la porta, Mancusi aggiunse: «La mamma non ha mai potuto sopportare quei berretti.»

Fuori dal palazzo, Milo mi domandò: «Credi che abbia recitato?»

«Moskow l'ha descritto come un tipo dai gesti teatrali, ma chi può dirlo?»

«Teatrali in che senso?»

Gli riferii del suo modo di gettare indietro i capelli con una mano sul fianco.

Si accigliò. «Ha appena fatto un movimento simile. Però ha vomitato davvero.»

«Alla gente viene la nausea per i motivi più disparati» dissi. «Compresi i sensi di colpa.»

«Pensi che si tratti di una catarsi simbolica, o come la definite voi?»

«Io la definisco 'vomitare'. È un figlio unico senza parenti stretti. Mi piacerebbe sapere se c'è un testamento.»

«Sono d'accordo» annuì. «Il problema è trovarlo.»

«Magari quei parenti a cui non era legata lo sanno.»

«Tony ha sminuito i rapporti di parentela perché non vuole che parli con quelle persone?»

«Le questioni di famiglia» affermai. «È sempre quello il punto di partenza.»

Milo attraversò tre isolati, aprì il bagagliaio dell'auto civetta, si infilò i guanti e rovistò nella scatola degli effetti personali che aveva portato via dalla camera da letto di Ella Mancusi. Non trovò riferimenti ad altri parenti oltre che a Tony, ma la sua attenzione venne attirata dal biglietto da visita di un avvocato tra un mucchio di altri cartoncini legati con un elastico.

Avv. Jean Barone, Whilshire Boulevard, Santa Monica.

Gli altri erano di idraulici, elettricisti, addetti alla riparazione di impianti di condizionamento d'aria e di riscaldamento e di un servizio di consegna a domicilio della spesa.

Uomini che entravano e uscivano da quella casa e che magari conoscevano le abitudini di Ella Mancusi. Se non fossero emerse subito altre piste, avrebbero dovuto investigare su tutti loro.

Milo telefonò a Jean Barone e, dopo che la donna ebbe incassato il colpo, disse che sì, era stata lei a redigere il testamento della signora Mancusi, ma preferiva non discutere gli affari dei clienti per telefono.

Mentre ci dirigevamo a Santa Monica, Milo commentò: «Magari è una mia idea, ma mi sembrava ansiosa.»

Jean Barone ci venne incontro nell'atrio angusto e vuoto del suo palazzo, un edificio a due piani a ovest di Yale. Quel posto aveva bisogno di una rinfrescata. L'avvocatessa sembrava essersi appena rifatta il trucco. Era una donna di mezza età, dai capelli bruni ondulati, con un attillato tailleur blu pavone finto Chanel. Dopo aver controllato il tesserino identificativo di Milo, ci condusse in ascensore nel suo studio composto da due stanze. Sulla semplice porta bianca c'era solo il suo nome. Sotto il diploma campeggiavano anche i titoli di notaio e consulente fiscale iscritto all'albo.

L'ufficio odorava di Shalimar. Si sedette dietro a una scrivania scura in finto legno. «Che brutta fine ha fatto la signora Mancusi. Avete idea di chi sia il colpevole?»

«Non ancora. Può dirci qualcosa su di lei?»

«In realtà, non molto. L'unica cosa che ho fatto per lei è stato redigere il suo testamento, cinque anni fa.»

«Chi l'ha mandata da lei?»

«Le pagine gialle. Mi ero appena laureata, non avevo ancora referenze. Nei primi sei mesi ho avuto pochissimi clienti oltre lei. È stato un gioco da ragazzi, in sostanza un documento standardizzato.»

Aprì un cassetto ed estrasse un foglio di carta. «Eccone una copia. Non c'è bisogno di riservatezza con i defunti.»

«Non ne abbiamo trovate in casa della signora Mancusi.»

«Non ne ha volute» disse l'avvocato Barone. «Mi disse di tenerlo qui.»

«Come mai?»

L'avvocato Barone si strinse nelle spalle. «Magari non voleva che qualcuno lo trovasse.»

Milo esaminò il testamento. «Tutto qui?»

«Data la sua situazione, non c'era bisogno di complicare le cose. I suoi beni comprendevano la casa, la pensione e un po' di denaro in banca. Non aveva né diritti di prelazione, né ipoteche, né pignoramenti.»

«È indicato solo un erede.»

«Il figlio» confermò l'avvocato Barone. «Le ho suggerito dei provvedimenti per ridurre l'imposta di successione che sarebbe gravata su di lui. Tipo intestare la casa a entrambi aggiungendo la clausola di usufrutto permanente a beneficio della signora. Ma non l'ha ritenuto opportuno.»

«Perché no?»

«Non ha voluto dirmelo e io non ho indagato. Era più preoccupata dalla mia tariffa oraria, evidentemente non voleva spendere un dollaro in più.»

Milo mi porse il testamento. Nell'eventualità in cui Anthony Mancusi Jr fosse morto prima della madre, sarebbe andato tutto all'Esercito della salvezza.

«Le ha mai parlato di suo figlio?» le chiese Milo.

«Sospettate di lui?»

«Stiamo indagando su tutte le persone che avevano dei legami con lei.»

«Scommetto che non si tratta di un gruppo numeroso.»

«Cosa la induce a crederlo?»

«Era una donna gentile,» disse Jean Barone «ma un tantino... Ho avuto la sensazione che non fosse molto socievole.

Non le piaceva perdersi in chiacchiere, veniva subito al sodo. O forse voleva soltanto ridurre al minimo le spese. Sa come sono le persone di quella generazione. Sempre attente a non sborsare un dollaro di troppo.»

«A differenza della generazione attuale» disse Milo.

«I miei due figli hanno dei bei lavori, ma la loro carta di credito è sempre scoperta.»

«Magari la signora Mancusi pensava che il figlio fosse un irresponsabile, e per questo non voleva intestargli la casa.»

«In realtà non l'avrebbe intestata a lui...» L'avvocato Barone sorrise. «Di fatto è la stessa cosa, quindi, forse, non ha tutti i torti. Ma non mi ha mai detto che non si fidava di lui. Non esagero quando sostengo che era molto riservata. Ma gentile, educata. È così difficile credere che sia stata uccisa. Si è trattato di una rapina?»

«Non sembrerebbe.»

«Pensa che il figlio volesse anticipare gli eventi?»

«Per ora non pensiamo a niente.»

«Se lo dice lei.» L'avvocato Barone batté le ciglia.

Milo si alzò. «Grazie per la copia del testamento. E per il tempo che ci ha concesso gratis.»

«Senza dubbio,» replicò stringendogli la mano «siete la cosa più interessante che mi sia capitata in tutta la settimana.»

Mentre ci allontanavamo in automobile, dissi: «Deve essere l'uniforme... ops, tu non la porti.»

«No, è la mia acqua di colonia» rispose. «*Eau de* gonzo.»

Erano le quattro del pomeriggio quando ci avviammo verso l'autonoleggio Prestige di Beverly Hills. Durante il viaggio, Milo chiamò il laboratorio che aveva analizzato l'automobile. Avevano trovato nella Mercedes un paio di capelli e parecchie fibre di lana, cotone e lino, ma nessuna traccia di sangue e o di fluidi organici. La macchina era stata pulita di recente con l'aspirapolvere da qualcuno che era stato attento a non lasciare impronte. L'indomani il laboratorio avrebbe tolto i pannelli delle portiere, ma il tecnico avvertì Milo che non era il caso di aspettarsi un granché.

«La storia della mia vita» commentò Milo, e accelerò. «Il bene principale di Ella era la casa. Quanto credi che valga?»

«In quella zona di Westwood? Almeno tre milioni» risposi.

«È quello che pensavo anch'io. Bel colpo di fortuna per un fallito come Tony.»

«Ella non ci teneva a ridurgli l'imposta di successione, e non è intervenuta quando ha perso l'appartamento di Olympic Boulevard ed è finito in quella topaia.»

«Sua madre lo considerava un fallito, e lui lo sapeva.»

«Non c'è niente di meglio della mancanza di autostima per fomentare la rabbia» osservai. «E qui abbiamo a che fare con una settantatreenne sana e giovanile, intenzionata a rimanere in circolazione ancora per un bel pezzo. La qual cosa significa che Tony avrebbe dovuto continuare a vivere nella povertà.»

La ricetrasmittente dell'auto civetta ci interruppe con un messaggio in cui si richiedeva di chiamare la stazione di polizia. «Sturgis, sto andando in un... Chi? Va bene, ditegli... domani. Nel pomeriggio. Li chiamerò domattina per fissare un appuntamento... trattateli bene.»

Milo riattaccò. «Sono comparsi alla stazione di polizia i genitori di Antoine Beverly. Quando gli hanno detto che mi occupo io del caso, hanno chiesto di vedermi. Ti va di assistere? Potrebbe rivelarsi utile la sensibilità di uno psicologo.»

«Certo, basta che mi avvisi con un paio d'ore d'anticipo.»

«Grazie. Oh, accidenti, guarda che cromature.»

L'autonoleggio di lusso Prestige era un parcheggio di cemento ricoperto da un tendone di tela, con segnaletica dai caratteri minuti, due dozzine di veicoli accalcati con i paraurti a contatto e, da un lato, un ufficio simile a una rimessa. Le 'cromature' erano Porsche, Ferrari, Lamborghini, una mastodontica Rolls-Royce Phantom, un paio di coupé GT Bentley – cugine più piccole dell'imponente berlina di Nicholas Heubel. In prima fila c'erano tre Mercedes S600. Due argentate e una nera. Accanto all'automobile nera c'era un posto vuoto.

Entrambi i lati della corsia d'accesso erano delimitati da paletti di ferro. Tra loro, una catena allentata serpeggiava sul cemento. Sul palo di destra era attaccato un anello a cui era agganciata una serratura. Lucente, ma economica.

La risata di Milo risuonò amara. «Hanno automobili che valgono un sacco di milioni e si avvalgono di un sistema di sicurezza che potrebbe andar bene in un negozietto. Riuscirei a forzarlo anche sotto l'effetto di mille sostanze psicotoniche.»

Nell'ufficio, un omino sui trent'anni era seduto accanto a un tavolo da gioco pieghevole e ascoltava musica reggae. Sulla sua camicia blu era appuntata una targhetta con scritto sopra 'Gil'. I tatuaggi che gli ornavano il collo e le braccia lasciavano intendere che la sua soglia del dolore era alta. Aveva i capelli neri ben pettinati e, sul mento, una barbetta squadrata come una tessera dello Scarabeo. Alla parete erano appesi il calendario di un negozio di utensili e le pagine centrali di *Playboy*, che mi fecero sentire come un bambino di dieci anni.

Milo gli mostrò il distintivo. L'uomo spense la radio. «Sì, mi hanno detto che sareste venuti.»

«Siete un po' fuori mano, signor...»

«Gilbert Chacon.»

«Come fanno i clienti a trovarvi, signor Chacon?»

«Non noleggiamo automobili ai clienti. L'autonoleggio si trova a La Cienega Boulevard. Questo è il deposito dei veicoli di superlusso. Riceviamo chiamate dagli alberghi e ci occupiamo della consegna.»

«Un ospite desidera un'automobile e voi gliela portate.»

«Sì,» disse Chacon «ma non abbiamo a che fare con gli ospiti; soltanto con gli alberghi, viene messo tutto sui loro conti.»

«Quindi non c'è mai molta confusione qui.»
«In questo posto non viene nessuno.»
«Qualcuno è venuto, ieri notte.»
Chacon fece una smorfia. «Non era mai successo prima.»
«Che tipo di impianto di sicurezza avete?»
«Catena e lucchetto» rispose Chacon.
«Tutto qui?»
Chacon si strinse nelle spalle. «La polizia è a un minuto di distanza, ci sono agenti dappertutto a Beverly Hills.»
«C'è un guardiano notturno?»
«No.»
«Avete un sistema d'allarme?»
«No.»
«E come fate con tutte quelle auto costose?» chiese Milo.
Chacon si voltò e allungò la mano. Toccò con le dita la parete ricoperta di assi. Evidentemente quella sensazione dovette piacergli, perché iniziò a lisciare il legno. «Le automobili sono dotate di allarmi.»
«Compresa la Mercedes che è stata rubata?»
«Vengono tutte prodotte con un sistema d'allarme» disse Chacon.
«Il sistema era attivato?»
Chacon sollevò la mano dalla parete e la posò sulla scrivania. Alzò lo sguardo sul basso soffitto di cartongesso. «Avrebbe dovuto esserlo.»
Milo sorrise. «In un mondo perfetto.»
«Sono il sorvegliante diurno, arrivo alle nove e smonto alle quattro e mezza. Di notte è tutto nelle mani dell'autonoleggio principale.»
«A La Cienega Boulevard.»
«Sì.»
«Chi ha la chiave per aprire la serratura?»
«Io.» Chacon s'infilò una mano in tasca ed estrasse un portachiavi.

«Chi altri?»
«L'autonoleggio principale. Forse altre persone, non lo so. Ho iniziato a lavorare qui soltanto un paio di mesi fa.»
«Allora potrebbero esserci in giro dei duplicati?»
«Non avrebbe senso» rispose Chacon.
«La serratura sembra nuova» intervenni.
«E allora?» esclamò Chacon.
«Qualcuno è riuscito ad aprire la catena» continuò Milo. «Ha rubato la Mercedes, ha percorso sessantotto chilometri, l'ha ripulita, l'ha riportata qui prima delle nove e ha rimesso la catena al suo posto. Ammesso che fosse al suo posto quando lei è arrivato qui.»
«Lo era.»
«Che ora era?»
«Come ho detto, vogliono che venga qui alle nove.» Chacon alzò di nuovo lo sguardo verso il soffitto.
«Magari è arrivato un po' in ritardo?»
«Non credo.»
«Allora è arrivato in orario.»
«Sì.»
«Al suo arrivo, alle nove, non ha visto nulla di strano che l'ha indotta a dare una seconda occhiata?»
«No.»
«Chi ha il compito di chiudere a chiave la catena alle quattro e mezza?»
«Io.» Chacon si leccò le labbra. «E infatti me ne sono occupato io.»
«E se un'automobile viene restituita dopo le quattro e mezza?»
«Se proviene dall'autonoleggio principale, aprono la catena e la portano dentro.»
«Succede spesso?»
«Ogni tanto.»
«E che mi dice della scorsa notte?»

Chacon si alzò e aprì uno schedario vicino al frigorifero. Miss Gennaio sorrise dalla pagina centrale mentre Chacon sfogliava gli incartamenti.

«Ieri non ci sono state consegne. In questo momento, abbiamo soltanto un'auto in uscita. Una Phantom nera all'Ermitage di Burton Way. Uno sceicco arabo e il suo autista la useranno per tre settimane.»

«Gli affari sono fiacchi?»

«Dipende dai momenti.» Chacon distolse di nuovo lo sguardo, stavolta spostandolo da una parte all'altra.

«Di recente è venuto qualcuno che ha mostrato interesse per le automobili?» insisté Milo.

«No.»

«Sa perché le poniamo queste domande?»

«No.»

«Quell'auto è stata usata per commettere un omicidio.»

Chacon sbatté le palpebre un paio di volte. «Sta scherzando! Chi è stato ucciso?»

«Una gentile vecchietta.»

«Che brutta notizia.»

«Veramente brutta. Potrebbe essere stata uccisa da un anziano signore non altrettanto gentile» convenne Milo, e descrisse l'assassino dal berretto blu.

«Mi rifiuto di crederlo» disse Chacon, sovrastando la musica.

«Ritiene impossibile che uomo anziano possa compiere un'azione simile?»

«No, volevo dire che non ho mai visto una persona del genere.»

«Nemmeno qualcuno che si aggirava nei paraggi dell'autonoleggio e osservava le vetture?»

Chacon scosse il capo. «Questo è un posto molto tranquillo. Viene qualcuno soltanto quando un'automobile si guasta e l'autonoleggio principale manda un meccanico.»

Milo spense la radio. Il silenzio indusse Chacon a sbattere ripetutamente le palpebre.

«Nessuno si è attardato con fare sospetto; ma non ha visto nemmeno qualcuno che ciondolava qui intorno? Neppure un senzatetto?»

«Proprio no.»

«Ne è assolutamente certo?»

«Se ci fosse stato qualcuno, gliel'avrei riferito.» Chacon allungò la mano verso la radio, ma poi ci ripensò.

«Perché lei ha intenzione di collaborare.»

«Sì.»

Tornammo all'automobile. Quando inserimmo il nome di Chacon nel computer, comparve sullo schermo un indirizzo di Boyle Heights, nessuna pendenza od ordinanza in sospeso. Tre arresti dieci anni prima. Due aggressioni quando era in una banda di teppisti e un furto con scasso ridotto poi a furto di poco conto, il tutto avvenuto nel distretto di Rampart.

«Un tempo faceva parte di una banda giovanile» dissi.

«Guarda un po' chi mettono a sorvegliare le automobili di lusso.»

«Si è trasferito in un altro quartiere e fa un lavoro onesto.»

«Pensi che sia tornato sulla retta via?»

«A volte capita.»

«Ma tu non lo credi» disse.

«Che cosa intendi dire?»

«Alludo alla domanda sulla nuova serratura. Ti chiedi se si è dimenticato di chiudere a chiave e poi, stamattina, quando ha trovato la catena rotta, ne ha comprata una di ricambio.»

«Mi hai letto nel pensiero» dissi. «E poi, continuava a muovere gli occhi.»

«Sembrava un maledetto flipper. Magari è andata anche peggio, e ieri notte qualcuno l'ha pagato per non chiudere la catena.»

«Oppure l'assassino l'ha forzata» ipotizzai. «Questa robaccia va bene per un negozio da quattro soldi.»

Milo guardò verso la rimessa. «Un tizio col passato di Chacon sa come vanno queste cose e non ha nessun motivo di fare una soffiata. Se mi avvicino al colpevole, posso tornare a fare pressione su di lui, accusandolo di concorso in reato e favoreggiamento.»

Quando, non *se.*

Era bello vederlo pensare al futuro.

7

L'incontro con i genitori di Antoine Beverly era fissato per le dodici del giorno seguente.

Quando arrivai nell'ufficio di Milo, trovai sulla porta un biglietto con su scritto 'A., stanza 6'.

Era la stanza più grande in fondo al corridoio. Alla maniglia della porta era appeso un cartello che diceva 'Interrogatorio in corso: si prega di non disturbare'.

Bussai una volta ed entrai.

Una coppia di afroamericani di mezza età era seduta alla scrivania, di fronte a Milo. La donna teneva davanti a sé la fototessera di un ragazzo e, dopo avermi scrutato, rivolse di nuovo la sua attenzione al ritratto.

L'uomo seduto accanto a lei indossava un completo marrone, una camicia bianca e una cravatta dorata fissata con un fermacravatta d'argento. Sul bavero era appuntata una spilla con la bandiera americana. Aveva i capelli grigi tagliati corti, radi sulla fronte. Sotto un paio di sottili baffi bianchi abbozzò un sorriso di circostanza.

La donna portava un tailleur nero con i pantaloni. I suoi capelli ondulati erano di una tonalità più scura degli abiti. Si staccò dalla foto con riluttanza e posò i palmi delle mani sul tavolo.

Milo ci presentò: «Signora e signor Beverly, questo è il nostro psicologo, il dottor Delaware. Dottore, questi sono Gordon e Sharna Beverly.»

Gordon Beverly fece per alzarsi e si sedette di nuovo. Sua moglie disse: «Piacere, dottore.» Mi diede una stretta di mano fresca e asciutta. Mi sedetti accanto a Milo.

«I signori Beverly mi hanno portato questa foto di Antoine» mi informò Milo.

Esaminai la foto, forse più a lungo del necessario. Era un ragazzo sorridente, dagli occhi limpidi, con uno spazio tra gli incisivi. Capelli corti, camicia blu, cravatta a quadretti.

«Dottore, ho appena spiegato ai signori Beverly che l'ho coinvolta in questo caso a causa delle sue complessità.»

Sharna Beverly si voltò verso di me: «Ci vuole uno psichiatra perché, se non è stato quel maniaco del Texas, si tratta comunque di un maniaco. L'ho capito subito e ho continuato a dirlo agli altri investigatori.» Un'unghia dipinta d'argento sfiorò il bordo della foto. «È passato così tanto tempo. Nessuno ha fatto nulla.»

«Ci hanno provato,» specificò il marito «ma non hanno trovato nessuna pista.»

Dallo sguardo fisso di Sharna Beverly si sarebbe detto che l'uomo avesse bestemmiato. Si rivolse ancora a me. «Sono venuta qui per dirle com'era Antoine, per farle capire che non è scappato.»

«Non lo sospetta nessuno, signora» la tranquillizzò Milo.

«Sicuramente lo sospettavano sedici anni fa. Continuavano a dirmi che era scappato, scappato. Ad Antoine piaceva fare scherzi, ma era un bravo ragazzo. I nostri altri figli hanno frequentato l'università e l'avrebbe fatto anche lui. Ammirava soprattutto il fratello maggiore, Brent, che ha un diploma come tecnico del suono e lavora nel cinema. Gordon Jr fa il contabile nell'azienda idroelettrica.»

Gordon Beverly aggiunse: «Antoine voleva diventare un medico.»

«Probabilmente avrete già sentito queste cose un milione di volte,» continuò la moglie «ma è sempre meglio ripeterle piuttosto che ignorarle. Dottore, mi dica la verità. Lei che si intende di maniaci, quante possibilità pensa ci siano che quel demonio del Texas stia dicendo la verità?»

«Vorrei essere in grado di fornirle una risposta certa, signora Beverly. Ma non possiamo saperlo. Vale certamente la pena di dar retta alle sue parole. A ogni particolare.»

«Appunto» disse la donna. «*Ogni* particolare. Era ciò che dicevo agli investigatori sedici anni fa. Ma loro sostenevano che non c'era altro da fare.»

Guardai la foto. Un ragazzo bloccato nel passato.

«Avrebbero dovuto almeno farci la cortesia di rispondere alle nostre telefonate.»

«All'inizio rispondevano, ma poi hanno smesso» precisò Gordon.

«Hanno smesso quasi subito.» Sfidò il marito a controbattere.

«Mi dispiace tantissimo» intervenne Milo.

«Non è il caso che si dispiaccia, tenente. Bisogna fare qualcosa al più presto.»

«Per tornare a quanto stavamo dicendo, signora, come ha fatto Antoine di preciso a trovare quel lavoro con le riviste?» chiese Milo.

«Vendeva abbonamenti» rispose Gordon Beverly. «Era un bel quartiere abitato da bianchi, avrebbe dovuto essere sicuro.»

«Non ti ha chiesto *cosa* faceva, ma *come* è riuscito a trovarlo» lo rimproverò lei. «Antoine lo trovò a scuola. Qualcuno aveva affisso un volantino alla bacheca della scuola appena prima delle vacanze estive. Ad Antoine piaceva lavorare.»

«Era ambizioso» disse il marito. «Diceva che voleva diventare un chirurgo. Gli piacevano le materie scientifiche.»

«Stando al volantino, erano guadagni facili,» continuò Sharna Beverly «sembrava che le riviste si vendessero da sole, finendo direttamente nelle mani della gente. Dissi ad Antoine che era assurdo, ma lui non volle sentire ragioni. Trascrisse il numero e un sabato si presentò a un colloquio. Portò con sé un paio di amici, e tutti e tre accettarono l'incarico. Vennero mandati a Culver City, che a quei tempi era abitata solo da bianchi. Lavorarono per cinque giorni di fila e Antoine fu quello che vendette più abbonamenti. Il lunedì seguente non fece più ritorno a casa.»

«Antoine o gli altri ragazzi ebbero qualche inconveniente sul lavoro?» domandai.

«Antoine disse che un paio di persone lo avevano insultato e gli avevano sbattuto la porta in faccia» rispose la donna.

«Gli dissero la parola che inizia per N e altre cose di quel genere» aggiunse Gordon.

«Non capirò mai perché mandarono quei ragazzi in un quartiere popolato da bianchi» rifletté Sharna. «Anche gli abitanti di Crenshaw leggono le riviste.»

«Avrebbe dovuto essere più sicuro» disse il marito.

«A quanto pare non lo era» sbottò lei.

Lui le toccò un gomito. La donna si ritrasse al contatto. Passò una mano sulla foto. «Mandarono quei bambini in casa di estranei.»

«Sedici anni fa gli investigatori passarono al setaccio il quartiere in cui lavorava Antoine?» chiese Milo.

«Sostenevano di aver parlato con tutti» rispose Sharna. «In caso contrario, crede che avrebbero ammesso di non averlo fatto?» Incrociò le braccia sul petto.

«Come si chiamava la ditta che assunse Antoine?»

«'Gioventù in azione'. Chiusero dopo la scomparsa di Antoine. Perlomeno a Los Angeles.»

«A causa della sua scomparsa?»

«Dopo quanto era successo, le scuole non gli permisero più di farsi pubblicità. Sono andata in biblioteca per cercarli su internet, ma non sono riuscita a trovarne nessuna traccia. L'ho fatto ieri, quando ho saputo che saremmo venuti qui. L'unica persona di cui mi ricordo è un certo signor Zint, che mi chiamò per dirmi che era molto dispiaciuto. Mi parve preoccupato che potessimo fargli causa. Non sapeva nulla di utile.»

Dissi: «Antoine lavorava con due amici.»

«Will e Bradley» confermò lei. «Wilson Good e Bradley Maisonette. Si conoscevano fin dai tempi dell'asilo. Aiutarono a portare la bara e piansero come bambini. Dissero che Antoine era quello che aveva venduto di più.» Abbozzò un sorriso riluttante. «Era bravo a convincere la gente.»

Milo annotò i nomi.

Sharna Beverly prese la foto e se la strinse al seno. Le sue dita coprirono la parte superiore del volto di Antoine. Il suo sorriso eterno mi fece male agli occhi.

«Brad o Will riferirono che era successo qualcosa di strano in quei cinque giorni?» le domandai.

La donna rispose: «No, e io glielo chiesi. Il furgone li aveva fatti scendere uno alla volta a Culver City. Antoine era sceso per primo e sarebbero dovuti venire a prenderlo per ultimo. Quando giunse il momento, non lo trovarono. Il furgone attese per un'ora, poi partì alla ricerca di Antoine. Quindi il signor Zint riportò Bradley e Will davanti alla scuola, che era sempre il punto di raccolta. Poi chiamò la polizia. Bradley e Will erano sconvolti. Soprattutto Bradley, che aveva già assistito a una sparatoria da un'auto in corsa.»

«Non nel nostro quartiere» spiegò Gordon. «Era andato a trovare un cugino a Compton.»

«Se dipendesse da me, andrei di volata in Texas a torchiare quel demonio con attizzatoi roventi e userei la macchina della verità che manda scariche elettriche adoperata con i membri di Al Qaeda a Guantanamo. Così sì che si metterebbero subito in chiaro le cose» fece Sharna, e guardò il marito di traverso.

L'uomo si toccò la spilla con la bandiera.
«Tenente,» proseguì la donna «crede che ci sia del vero nelle storie che racconta quel demonio?»
«Magari potessi saperlo, signora Beverly. Purtroppo, la verità è che questi delinquenti mentono con la stessa facilità con cui respirano, e farebbero qualsiasi cosa per sfuggire alla morte.»
«Allora cos'ha in mente di fare?»
«Le sembrerà frustrante, ma ho intenzione di ricominciare dal principio. Visto che Bradley Maisonette e Will Good erano così amici di Antoine e furono gli ultimi a vederlo, vorrei ripartire da loro. Ha idea di dove possa trovarli?»
«Non c'è scritto sul dossier?»
«Il dossier è piuttosto incompleto.»
«Be', Will insegna calcio in una scuola cattolica, ma non so quale.»
«Al St Xavier» disse Gordon Beverly.
La moglie lo guardò fisso.
«Una volta era alla Sentinel, Shar. Qualche anno fa allenava giù a Riverside, poi si è trasferito qui. Gli ho telefonato per chiedergli se si ricordava qualcos'altro su Antoine. Ha risposto di no.»
«Ma guarda un po',» esclamò lei «cos'altro c'è che non mi hai riferito?»
«Era inutile dirtelo, visto che non c'era nessuna novità.»
Sharna Beverly scosse la testa. «Bradley Maisonette non se la passa troppo bene. Da quanto ho saputo, ha trascorso la maggior parte della sua esistenza in prigione. Ha sempre avuto problemi in famiglia.»
«La nostra è una famiglia unita» andò avanti Gordon. «Quando Antoine tornò a casa entusiasta del denaro che avrebbe guadagnato, ero felice per lui.»
Sharna fissava il vuoto. «Le riviste si vendono *da sole*, la gente *adora* le riviste. Gli dissi: 'Antoine, è troppo bello per

essere vero.' Gli dissi che dovevo conoscere le persone coinvolte per accertarmi che non approfittassero di lui. Antoine fece una scenata, si mise a saltare su e giù, implorando e supplicando. 'Fidati di me, mamma. Non mettermi in imbarazzo, mamma, i genitori degli altri ragazzi non si immischiano.' Risposi: 'Se gli altri sono stupidi, dovrei esserlo anch'io?' Antoine mi implorò ancora un po', sfoderando il suo sorriso meraviglioso.» Lanciò uno sguardo furtivo alla foto. Strinse le labbra.

«Dissi ad Antoine: 'Al giorno d'oggi è proprio questo il problema, nessuno prende a cuore le cose.' Ma mio figlio continuava a insistere, dicendo che, se mi fossi fatta vedere, Will, Brad e gli altri l'avrebbero preso in giro per tutta l'estate. Poi tirò fuori la pagella, piena di sette e otto e con un nove in condotta. Sosteneva che questo dimostrava che era intelligente e ci si poteva fidare di lui.» Si accasciò. «Quindi cedetti. Fu l'errore più grave che abbia mai commesso, e ne pago le conseguenze da sedici anni.»

«Tesoro, continuo a dirti che non c'è motivo di...» fece Gordon.

La donna aveva gli occhi infiammati dall'ira. «Non fai altro che ripetermelo.» Si alzò, si diresse verso la porta e si premurò di chiuderla senza far rumore, esprimendo più rabbia di quanto avrebbe potuto fare se l'avesse sbattuta.

Gordon Beverly si scusò.

«Non c'è nulla di cui deve scusarsi» disse Milo.

«È una brava madre e una brava moglie. Non si meritava quello che le è capitato.»

«Quello che *vi* è capitato.»

Il volto di Gordon Beverly ebbe un fremito. «Forse per una madre è peggio.»

«Che divertimento» disse Milo, quando fummo da soli nel suo ufficio. «Adesso ho dei piccoli ami attaccati al cuore e della gente per bene che li tira. È arrivato il momento di indagare su questa Gioventù in azione, nel caso improbabile che sia ancora attiva e la signora B. si sia sbagliata.»

Non si era sbagliata. Milo si diede da fare per rintracciare gli amici di Antoine. Quando digitò il nome di Wilson Good comparvero vari accenni a partite di calcio disputate alla scuola superiore St Xavier, a sud di Los Angeles. Oltre ad allenare, Good era a capo del dipartimento di educazione fisica.

La fedina penale di Bradley Maisonette era considerevole. Più di una dozzina di condanne per droga, oltre ai prevedibili furti che costellavano un'esistenza da tossicodipendente. Undici mesi prima era stato scarcerato sulla parola per l'ultima volta. Abitava in centro, in un monolocale sovvenzionato dallo Stato. Milo telefonò all'ufficiale giudiziario incaricato di sorvegliarlo, trovò la segreteria telefonica e gli lasciò un messaggio.

Estrasse un sigaro dal taschino, tolse l'involucro di plastica e ne inumidì la punta, ma lo tenne in mano. «Credi che dovrei fare qualcos'altro?»

«Perché le autorità del Texas non mandano qui Jackson e non gli ordinano di indicare i luoghi in cui ha sepolto le sue vittime?»

«Perché c'è il forte rischio che scappi: ci ha già provato quattro volte, una ci è quasi riuscito e ha anche ferito una guardia. Non lo faranno mai uscire dal carcere finché qualche dipartimento di polizia non troverà delle prove fondate. Finora, tre delle dichiarazioni rilasciate da Jackson si sono rivelate false; si trattava di crimini che non sapeva fossero già stati risolti. Probabilmente quel bastardo naviga su internet in cerca di omicidi efferati ancora insoluti da poter confessare. Sfortunatamente, bisogna tenerlo in considerazione perché la posta in gioco è troppo alta. Se riuscissi a trovare il maledetto dossier di Antoine, potrebbe fornirmi degli indizi.»

«Che fine hanno fatto gli investigatori che si occuparono del caso all'inizio?»

«Uno è morto, l'altro vive nell'Idaho. Perlomeno, è lì che gli mandano la pensione. Ma non ha risposto alle mie telefonate. Nel frattempo, dobbiamo pensare a Ella Mancusi, il cui corpo è ancora caldo. Perché ho la sensazione che spezzerò il cuore ai Beverly?»

Ripose in un cassetto l'inizio del nuovo dossier di Antoine. Cambiò idea e lo appoggiò accanto al computer. «Ho fatto mettere Tony Mancusi sotto sorveglianza da tre nuovi agenti che preferiscono rimanere in borghese. Non ho ancora ricevuto segnalazioni di crimini commessi la notte in cui è stata rubata la Bentley, e Heubel ha fatto lavare la macchina accuratamente il giorno in cui Sean ha eseguito la raschiatura, quindi non c'è nessuna possibilità di trovare qualcosa. Metterò questo caso in fondo al cassetto.»

«Ti è servito a qualcosa riferire il caso di Ella ai mezzi di informazione?»

«Sai com'è il *Times*: forse sì, forse no. Lo inseriranno tra le notizie di cronaca nel telegiornale delle sei di stasera.»

Squillò il telefono. Ascoltò, prese appunti, riattaccò. «Era un messaggio di uno dei cugini di Ella presumibilmente non implicati nel caso. Vuole parlare con me. Lavora qui vicino, in un negozio di lampade in Olympic e Barrington. Magari la fortuna ci arride.»

L'Illuminazione e Cristalli Splendenti era uno spazio abbagliante di trenta metri quadrati.

Aaron Hochswelder ci accolse sulla porta, ci disse che era lui il proprietario e che aveva mandato gli impiegati a prendere un caffè. Ci accompagnò nel retro del negozio. Il calore prodotto da un centinaio di lampadari mi ustionò la nuca. La luce accecante faceva pensare a un'esperienza premorte. Hochswelder era sui sessant'anni, ma aveva ancora i capelli scuri, era alto e magro, con la faccia da cavallo e gli occhi da volpe. Indossava una camicia verde a maniche corte, dei calzoni cachi e un paio di scarpe classiche lucide.

«Grazie per essere venuto subito. Forse non sono affari miei, ma sentivo la necessità di parlarle. Non riesco ancora a credere che a Ella sia successa una cosa del genere.»

«Era sua cugina?» chiese Milo.

«Di primo grado. Suo padre era il fratello maggiore di mio padre. Ella mi faceva da baby-sitter.» La sua attenzione venne attratta dalla lampadina spenta di un lampadario veneziano. Allungò la mano e la avvitò, facendole produrre una scintilla. «Ha idea di chi possa essere il colpevole?»

«Non ancora. Qualsiasi cosa sia in grado di dirci potrebbe esserci d'aiuto.»

Hochswelder si mordicchiò una guancia. «Non so se sia il caso di dirlo, ma avete già parlato con suo figlio Tony?»

«Sì.»

«Che ne pensate?»

«Di cosa?»

«Della sua... personalità.»

«Si direbbe che abbia subìto un rovescio di fortuna.»

«Questo presupporrebbe che un tempo ne abbia avuta.»

«La sua vita è stata dura?» domandò Milo.

«Se l'è voluta lui.» Gli avambracci ossuti di Aaron Hochswelder si irrigidirono. «Non ho intenzione di agitare le acque, ma...»

«C'è qualcosa in Tony che la infastidisce?»

«È difficile parlare in questo modo della propria famiglia, ma dovrebbe prenderlo in considerazione.»

«Come probabile assassino?»

«È un pensiero doloroso. Non dico che sarebbe capace di fare davvero una cosa simile...»

«Ma?» interloquì Milo.

«È possibile che conosca persone poco raccomandabili?

Non dico di sì. È solo che... è veramente dura. Mi sento un traditore.» Hochswelder inspirò dal naso ed espirò dalla bocca. «Voglio dire soltanto che Tony è l'unico che mi venga in mente. All'interno della famiglia.»

«Tony ci ha detto solo che non ha molti parenti.»

«Perché ha deciso di non avere nulla a che fare con noi.»

«Chi sareste *voi*?»

«Io, mia moglie e i nostri figli, mio fratello Len, sua moglie e i loro figli. Mio fratello fa il dentista e vive a Palos Verdes. Nessuno dei nostri figli ha rapporti con Tony. Il che, a dire il vero, è un bene.»

«Teme che possa avere una cattiva influenza su di loro?»

Hochswelder fece scrocchiare le dita. «Non voglio che pensiate che mi stia vendicando di Tony. È solo che... mi ha telefonato stamattina per dirmi di sua madre. È così che l'ho scoperto. Era la prima volta che lo sentivo dopo anni. Mi ha detto che non aveva la forza di avvisare nessun altro e che avrei dovuto farlo io. Voleva sottrarsi alla responsabilità. Mi ha anche fatto capire che avrei dovuto occuparmi io del funerale. E non solo dal punto di vista finanziario.»

«Come si è comportato quando l'ha chiamata?»

«Non piangeva e non singhiozzava. Più che altro sembrava... distante.»

«Distante in che senso?»

«Lontano.»

«Tony si è mai drogato?»

«Da ragazzo» rispose Hochswelder. «A detta dei miei figli. Penso anche – e lo pensa tutta la famiglia – che potrebbe essere gay, quindi ha un sacco di problemi.»

«Perché lo pensa tutta la famiglia?»

«Non abbiamo mai saputo che frequentasse delle ragazze e non si è mai sposato. Non è effeminato, ma può sembrarlo... non so come spiegarvelo, a volte all'improvviso si comporta da finocchio, capite? In modo affettato. Una volta ne parlavamo. Di come a un certo punto Tony faceva una di quelle cose... tipo gettare indietro i capelli o battere le ciglia. E poi di colpo tornava a essere una persona normale.»

«Quando l'ha visto per l'ultima volta?»

«Mi pare il giorno del Ringraziamento di quattro anni fa. Mio fratello organizzò una riunione di famiglia e Tony si presentò con Ella. Sembrava che non si lavasse i vestiti da tempo. Aveva messo su un po' di peso. Forse aveva già pranzato, perché non mangiò molto da Len. Si alzò prima del dolce, andò in bagno e, quando tornò, disse che avrebbe chiamato un taxi e andò ad aspettare fuori. Ella era molto imbarazzata. Fingemmo tutti che non fosse accaduto nulla e continuammo a mangiare normalmente.»

«C'era qualche motivo per cui se ne andò in anticipo?»

«È questo il punto, non c'erano state liti o nulla di simile. All'improvviso si alzò e andò via. Come se si fosse infuriato per qualcosa, ma vi assicuro che non accadde nulla per cui dovesse infuriarsi.»

«Tony ha un carattere collerico?» chiese Milo.

Hochswelder si grattò una tempia. «Non direi proprio. Era tutto l'opposto; è sempre stato piuttosto tranquillo. Non lo capisce nessuno.»

«Per il fatto che è effeminato?»

«Quello e per le sue stranezze, tipo alzarsi prima del dolce e andarsene. Tipo starsene sempre per conto suo. Anche suo padre era così, ma perlomeno, quando partecipava alle riunioni di famiglia, lui fingeva di essere socievole. Anche se, a dire la verità, per la maggior parte del tempo se ne stava fuori a fumare – era un fumatore accanito, è stata quella la causa del suo infarto. Lavorava in un caseificio che faceva consegne alle case di produzione e trovò lavoro a Tony Jr in una di esse, mi sembra alla Paramount. Sostanzialmente faceva il custode, trasportava le cose, ma quella gente paga bene per le forti pressioni dei sindacati. Avrebbe potuto sistemarsi dal punto di vista economico, ma sosteneva di essersi fatto male alla schiena, abbandonò il lavoro e da allora non ha più fatto nulla.»

«Sosteneva?»

«Sono sicuro che abbia dei dolori. Li abbiamo tutti.»

«Mi parli della sua tossicodipendenza.»

«So soltanto quello che mi hanno riferito i ragazzi.»

«I suoi ragazzi?»

«I miei e quelli di mio fratello Len. Non che Tony fosse uno dei nostri principali argomenti di conversazione, è semplicemente saltato fuori. Parliamo di tutto in famiglia.»

«Cos'hanno detto che prendeva?»

«Non sono mai entrati nei dettagli. Più che altro dicevano che era sempre fatto, e per questo andava male a scuola. Cosa che, ne sono sicuro, fu un duro colpo per Ella. L'istruzione contava molto per lei.»

«Ha mai detto di essere delusa?»

«Ella non era tipo da esprimere i suoi sentimenti. Ma tutti pensavano che Tony fosse un'enorme delusione per lei. Inoltre, credo che giochi d'azzardo. In realtà, so che lo fa. Mio figlio Arnold l'ha visto in uno di quei casinò indiani vicino a Palm Springs. Arnold e la sua famiglia erano in vacanza e lui e Rita – la moglie – stavano giocando con le slot-machine, giusto per passare il tempo, non sono giocatori accaniti. Quando andarono a prendere i bambini all'asilo del casinò, Arnold vide Tony al tavolo del blackjack. Arnold era sul punto di salutarlo, anche se lui e Tony non erano molto intimi, solo per essere cordiale. Ma poi Tony giocò una mano e perse tutto il denaro e, imprecando, si allontanò dal tavolo a passi pesanti. Arnold pensò che non fosse il momento giusto per mettersi a chiacchierare.»

«Avete visto Tony giocare d'azzardo in altre occasioni?»

«No, ma Arnold ha detto che dal modo in cui era seduto – tutto curvo per nascondere le carte – sembrava che ci fosse abituato.»

«Si droga e gioca d'azzardo» disse Milo. «Nient'altro?»

«Ed è gay» gli ricordò Hochswelder. «Ma non lo sto accusando, vi sto soltanto comunicando delle informazioni. Non voglio che pensiate che abbia qualcosa contro Tony. Non è così, mi dispiace per lui. In tutta onestà, non deve essere stato facile vivere con Tony Sr. Lui sì che aveva un carattere collerico, la tipica indole impetuosa degli italiani. Ma con quello che è accaduto a Ella... pensavo soltanto che fosse il caso di parlarne con voi.»

«Restiamo su un piano puramente teorico, signor Hochswelder,» lo interruppe Milo «e supponiamo che Tony sia implicato nell'omicidio di Ella. Che movente crede che potrebbe avere?»

«No, tenente, non posso spingermi fino a questo punto.»

«Su un piano teorico» lo incalzò Milo. «Solo tra noi, adesso, senza che nulla venga messo a verbale.»

Hochswelder si mordicchiò il labbro superiore. «Conoscendo Ella, probabilmente ha lasciato tutto a Tony. Non aveva motivo di non farlo, era il suo unico figlio. Però, secondo me, lasciare denaro a chi non lavora è come buttarlo nel water.»

«Non crede all'infortunio di Tony.»

«Chi può dirlo?» esclamò Hochswelder. «Lo sanno solo lui e Dio.»

«Come descriverebbe il rapporto tra Tony e la madre?»

«Come le ho detto, Ella non parlava mai della sua vita privata.»

«Non li ha mai visti litigare?»

«No, non mi è mai capitato. Tranne quella volta, il giorno del Ringraziamento.»

«Ella si arrabbiò con lui?»

«Al loro arrivo sembravano entrambi tesi. Ella ostentava una specie di sorriso di circostanza, come se fingesse di essere felice.»

«E Tony?»

«Era chiuso nel suo mondo.»

«Ha idea di quale possa essere stato il motivo della loro tensione?»

«Assolutamente no.»

«Cambiamo argomento per un attimo. Chi erano gli amici di Ella?»

«Non credo ne avesse» rispose Hochswelder. «Lei e Tony Sr erano soliti stare per conto loro. La invitavamo tutti gli anni a Natale, dicendole di portare Tony Jr. Ogni anno si presentava con un bel cesto di frutta; lui non veniva mai. A dire il vero, ci chiedevamo se gliel'avesse mai detto.»

«Perché non avrebbe dovuto farlo?»

«Sapeva che era un tipo asociale. E dopo la scenata del giorno del Ringraziamento di quattro anni fa, forse si vergognava.»

«Già, se n'era andato prima del dolce.»

Hochswelder sistemò una lampadina. «Si fidi di me, tenente, vale la pena di trattenersi per assaggiare i nostri dolci. Li preparano mia moglie e mia cognata. Quell'anno c'erano sei tipi di torte, un budino di pane e conserva di frutta. Dal modo in cui Tony guardò la tavola imbandita, si sarebbe detto che avessimo cercato di offrirgli della spazzatura.»

8

Lasciammo il negozio di lampadari e uscimmo nella sera mite.

«Quel posto è l'inferno di Dante. Che tipo simpatico, eh?» disse Milo.

«Non aveva mica intenzione di sparlare di Tony...»

Risalimmo a bordo dell'auto civetta e Milo la mise in moto. «Sembrano una tribù molto unita e invece non lo sono. Hai tratto qualche conclusione da quanto ha detto?»

«La sua descrizione dei Mancusi è interessante. Padre asociale, dal carattere collerico, famiglia isolata. Di solito gli individui violenti tendono a chiudere la mandria nel recinto, quindi Tony potrebbe aver avuto un'infanzia difficile.»

«Pensi che questo sia il motivo per cui Junior odiava la madre al punto tale da farla a pezzi?»

«A volte i bambini maltrattati se la prendono col genitore che non ha fatto nulla per salvarli. Moskow ha detto che, quando Tony veniva a trovarla, Ella non lo accompagnava mai alla porta, quindi c'erano dei problemi tra loro.»

«Non valeva la pena di alzarsi dalla sedia per lui, ma per il giornale del mattino sì.»

«Ed è stato proprio allora che l'hanno fatta fuori» notai. «Interessante.»

«Non ti sembra un po' esagerato?»

«Forse no. Dando la caccia ai simboli ci si può ritrovare in luoghi oscuri di tutti i tipi.»

«Il fatto che Tony sia oppresso da tutta questa rabbia primigenia e da un dolore cronico non ha certo migliorato il suo carattere, vero?»

Meditai qualche minuto. «Finché Ella l'ha aiutato dal punto di vista economico, è riuscito a tenere sotto controllo i suoi sentimenti. Quando lei ha tirato i cordoni della borsa, si è visto abbandonato per l'ennesima volta. È andato a trovarla, l'ha supplicata, ma lei ha risposto di no. Lui si è messo a discutere. Lei si è infuriata. Se ha davvero perso la calma e ha minacciato di modificare il testamento, lasciando tutto all'Esercito della salvezza, questa potrebbe essere stata la causa scatenante.»

«Ella ha detto all'avvocato Barone che non voleva portarsi a casa una copia del testamento. Magari aveva intenzione di nasconderlo a Tony.»

«Una casa da tre milioni di dollari» continuai. «Una bella tentazione. Se Tony ha dei problemi di gioco d'azzardo, magari conosceva qualche delinquente che avrebbe portato a termine il lavoro.»

Per un po' Milo guidò in silenzio. «È una ricostruzione plausibile, ma Hochswelder ha definito Tony un giocatore d'azzardo incallito basandosi sul resoconto di seconda mano di un unico episodio. E Tony non gli va a genio, quindi tutto ciò che dice è sospetto.»

Passammo un altro isolato più avanti. «È possibile che un ciccione trasandato che non fa né l'arredatore, né il fiorista né il coreografo sia gay? Assolutamente no.»

Risi. «Credi che il suo orientamento sessuale sia fondamentale?»

«Tu no?»

«Cosa intendi dire?»

«La mamma avrebbe avuto un altro motivo per non approvarlo» rispose. «A volte i genitori sono molto intransigenti su quell'argomento.»

Quando tornammo alla stazione di polizia, Milo parlò con l'agente in borghese incaricato di sorvegliare Tony Mancusi. Il soggetto aveva lasciato il suo appartamento una sola volta per andare a comprare un burrito e una soda in un chiosco di Sunset Boulevard, vicino Hillhurst Avenue. Avrebbe potuto percorrere quella distanza a piedi, ma aveva preso la macchina, che aveva usato come sala da pranzo, fermandosi a bivaccare nel parcheggio.

«L'agente Ruiz ha anche notato che il soggetto ha gettato i rifiuti dal finestrino dell'automobile, invece di usare il cestino della spazzatura a tre metri di distanza. L'agente Ruiz aveva anche iniziato a stilare una lista di contravvenzioni a carico del soggetto. Quando ho fatto notare all'agente che buttare i rifiuti in una proprietà privata è un segno di maleducazione, ma non un reato, è rimasto visibilmente deluso.»

«Com'è solerte» osservai.

«Ha ventun anni ed è uscito dall'accademia soltanto sei mesi fa. Gli altri due sono altrettanto inesperti. Mi sembra di dirigere un asilo, ma perlomeno sono motivati.»

«Mancusi non è andato da nessuna parte dopo pranzo?»

«È tornato subito a casa, ed è ancora lì. Mi piacerebbe avere un motivo valido per ottenere le registrazioni delle sue telefonate.»

Sfogliando i messaggi lasciati sulla sua scrivania, mise da parte i primi quattro, lesse il quinto e disse: «Ne succedono di tutti i colori. Sean è diventato creativo.»

Sebbene Binchy fosse ancora alle prese col furto d'auto, aveva continuato a passare in rassegna i verbali della polizia in cerca di incidenti verificatisi nel lasso di tempo in cui era stata sottratta la Bentley. Come Milo, non aveva trovato nessun caso di omicidio, stupro o aggressione. Ma il giovane investigatore si era spinto oltre e aveva scovato un caso di scomparsa.

Milo gli telefonò, espresse la sua approvazione con un grugnito e si fece riferire i dettagli.

«Katrina Shonsky, femmina di razza caucasica di ventotto anni, capelli biondi e occhi marroni, alta un metro e sessanta, sui cinquanta chili. Quella sera è uscita con le amiche, è tornata a casa in macchina da sola e da allora non se n'è saputo più nulla. La madre ha sporto denuncia di scomparsa tre giorni dopo. Ci è voluto tempo per inserire il suo nome negli archivi.»

«Bravo Sean» commentai. «Dirigi un ottimo asilo, papà Sturgis.»

Il signore e la signora Hedges abitavano in un grande appartamento simile a un loft, al quattordicesimo piano di un palazzo di lusso in Wilshire Corridor. Le pareti di vetro, rivolte a sud, evitavano l'oceano e davano su Inglewood, Baldwin Hills e le rotte dei voli in partenza dall'aeroporto di LAX. L'altitudine e la notte senza stelle trasformarono chilometri di complessi abitativi in uno spettacolo di luci.

Royal e Monica Hedges erano seduti su un basso divano nero di Roche Bobois e fumavano all'unisono. L'appartamento aveva i pavimenti di granito nero, le pareti ricoperte di un lucente intonaco bianco che mandava scintille e grossi quadri pieni di macchie, soprattutto grigie.

Monica Hedges aveva tra i cinquanta e i sessant'anni. Minuta, bionda e talmente scarna da sembrare disseccata, aveva gli occhi marroni segnati da rughe profonde, il volto tirato all'inverosimile e magnifiche gambe lasciate in mostra da un vestitino nero.

Royal Hedges dimostrava settant'anni come minimo e sfoggiava un parrucchino castano tendente al rosso, così ben fatto da sembrare quasi vero, e un pizzetto dello stesso colore. Indossava una camicia di seta rossa, pantaloni bianchi e mocassini scamosciati rosa senza calze. Nascose il suo quarto sbadiglio dietro le mani coperte di macchie marroni e gettò la cenere in un portacenere cromato.

«Katrina è la mia unica figlia» disse Monica Hedges. «È nata dal mio secondo matrimonio; suo padre se n'è andato da tempo.»

«È scomparso?» chiese Milo.

«È morto.» Dal suo tono non trasparve dolore. Il linguaggio del corpo del terzo marito lasciò intendere che quella era stata la prova più dura che la donna avesse dovuto superare. «Non mi sto facendo prendere dal panico, tenente, ma sono un po' nervosa» continuò lei. «Katrina ha già fatto altre stupidaggini in passato, ma mai come questa, ormai è più di una settimana. Non posso fare a meno di preoccuparmi, sono sua madre. Anche se mi aspetto che arrivi da un momento all'altro con una delle sue *stupide* scuse.»

«Torno subito» disse Royal, le diede una pacca sul ginocchio e uscì dalla stanza.

«Gli uomini e la loro vescica debole» commentò Monica. «Continuerà ad andare avanti e indietro per tutto il tempo. Siamo sposati da due anni, non conosce bene Katrina.»

«Magari Katrina è andata a trovare qualche amico o parente?» domandò Milo.

«Intende dire la famiglia di suo padre? È impossibile. Norm Shonsky non ha mai fatto parte della sua esistenza, e nemmeno i suoi parenti.» Fece un cenno trasognato. Non mostrò la minima curiosità per il fatto che un agente del grado di Milo si fosse recato a casa di una persona scomparsa. Probabilmente la gente col suo reddito era abituata a farsi servire. «Inoltre, Katrina non va mai a *fare visita* a nessuno. All'improvviso prende e parte.»

«Dove va?»

Gesticolò ancora. «Dappertutto. Messico, Europa. Una volta è arrivata perfino a Tahiti. Era questo che intendevo per stupidaggini. Se trova un volo a basso costo su internet, se ne va tutta entusiasta senza aver pianificato nulla.»

«Da sola?»

Silenzio.

«Signora Hedges?»

«Immagino che vada con degli uomini» rispose. «Se parte da sola, è sicuramente capace di trovarli nel corso del viaggio. Non perde mai l'occasione di raccontarmelo al ritorno.»

«Di raccontarle cosa?»

«Che si è comportata in un modo che non approvo. Lo fa apposta per irritarmi. Tranne quando si dimentica di portare abbastanza denaro per coprire le spese e mi chiama disperata. In questi casi sembra una presentatrice di Travel Channel. Continua a raccontarmi delle attrattive, dei musei, delle vecchie chiese caratteristiche.» Fumò avidamente. «Voglio molto bene a mia figlia, tenente, ma a volte sa essere esasperante.»

«Quanto tempo è passato dall'ultima volta che l'ha vista?»

Esitò. «Più o meno un mese. Non che avessimo litigato, ma Katrina si era convinta di aver bisogno di indipendenza. In altre parole, non voleva più avere contatti con sua madre finché le sue finanze non l'avessero costretta ad agire diversamente. Non avrei mai saputo che se n'era andata se la sua amica non mi avesse chiamata per chiedermi di Katrina.»

«Quale amica?»

«Una ragazza di nome Beth Holloway. Non l'ho mai conosciuta. Era andata con Katrina in quel locale, poi si erano divise e da allora non ha più saputo nulla di lei.»

Milo lesse l'indirizzo di Van Nuys riportato sulla patente di Katrina Shonsky. «È il suo attuale recapito?»

«Sì.»

«Katrina vive da sola?»

«Sì, in un appartamento.»
«Attualmente c'è qualche uomo nella sua vita?»
«Non che io sappia» rispose Monica Hedges abbassando la voce verso la fine della frase, come se dubitasse della propria affermazione. «Katrina era solita mantenere il riserbo sulla sua vita privata.»
«Da quanto tempo abita lì?»
«Da quindici mesi.» Spense la sigaretta schiacciandola e osservò la voluta di fumo che svaniva.
«A proposito di riserbo...»
«Mi teneva alla larga dalla sua vita privata.»
«Non si offenda, signora, ma pensa che le nascondesse qualcosa?»
«Può darsi, tenente. Se avesse frequentato qualche pezzo grosso, sarebbe senza dubbio venuta a esibirlo, soltanto per dimostrarmi che mi sbagliavo.»
«A proposito di cosa?»
«È una splendida ragazza, continuo a dirle che dovrebbe mirare più in alto e bazzicare ambienti diversi. Io e Royal siamo membri del Country Club Riviera. Ci sono sempre eventi mondani. Quando chiamo Katrina per invitarla a una festa, scoppia a ridere e poi diventa di pessimo umore.»
«Preferisce fare le cose a modo suo.»
La donna spostò lo sguardo verso la porta d'ingresso. «So che finirà i soldi e da un momento all'altro arriverà con passo leggero.»
«Ha una foto recente da darci?»
Prendendo un'altra sigaretta, attraversò il soggiorno e svoltò un angolo. Si udirono delle voci smorzate i cui toni lasciavano trapelare la tensione.
Tornò da sola, con la sigaretta spenta in una mano e una foto su carta lucida dieci per quindici nell'altra.
«Risale a circa quattro anni fa, ma Katrina non è cambiata molto.» Si sfiorò una guancia. «Ha dei buoni geni. È stata

scattata al matrimonio di una cugina. Lei fece la damigella d'onore, dopo essersi lamentata a lungo del vestito.»

Era una ragazza graziosa dal viso a forma di cuore, con un vestito lungo di satin dalle spalline imbottite, color carne incancrenita. Le maniche ad aletta della misura sbagliata svettavano, troppo gonfie, sulle braccia lisce. Come previsto, il corpetto alto e squadrato non le donava affatto. I capelli chiari di Katrina Shonsky erano raccolti e ricadevano in riccioli che sembravano salsicce color ottone. Le labbra erano atteggiate in una specie di sorriso, ma il resto del volto esprimeva disprezzo.

«Quindi,» disse Milo «è abbastanza certa che sia partita per uno dei suoi viaggi, ma per sicurezza ha denunciato la sua scomparsa.»

«So che non è andata lontano, perché non ha portato con sé il passaporto.»

«È stata nel suo appartamento?»

«Ho convinto il padrone di casa a lasciarmi entrare e ho girato dappertutto. Mentre ero là, ho riordinato un po', Dio solo sa quanto quella topaia ne avesse bisogno. Il passaporto era in un cassettone. Se ha portato con sé dei vestiti, non ne ha presi molti, tenente. Ma Katrina sarebbe capace di partire solo con la borsetta e la carta di credito.»

«La carta di credito è intestata anche a lei?»

«No. Non più, perché Katrina abusava del mio conto. Adesso ha una Visa con tetto massimo di mille dollari al mese e deve pagare i suoi conti. E sono costretta ad ammettere che l'ha quasi sempre fatto.» Incrociò le dita.

«Niente passaporto, niente vestiti» rifletté Milo. «Non si direbbe che sia partita per una vacanza.»

«In alcuni dei posti in cui va,» disse Monica Hedges «bastano un bikini e un bicchiere di vino. È anche possibile che abbia sfruttato lo sconto riservato alle commesse per rifarsi il guardaroba.»

«Lavora nel campo della moda?»

«Vende vestiti alla boutique La Femme di Brentwood. Roba di cattivo gusto eccessivamente costosa, se vuol sapere il mio parere. Le ho detto che probabilmente, tramite Royal, avrei potuto trovarle un buon posto da Harari o in uno di quei negozi di Rodeo Drive. Royal lavorava nell'industria dell'abbigliamento. Era il proprietario di una grande azienda che sbrigava lavoro in appalto per alcune importanti firme dell'alta moda.»

Giocherellò con la sigaretta spenta e allungò la mano per prendere un accendino di onice bianca. Ma Milo ci arrivò per primo.

«Il lavoro di Katrina» disse la donna tra gli sbuffi di fumo «è senza prospettive. Come tutti i lavori che ha svolto. Se vuole sapere la mia opinione, dentro di sé pensa di non meritare di meglio perché non ha ricevuto un'istruzione regolare. Si è ritirata dalla scuola superiore, alla fine è riuscita a prendere il diploma alla scuola serale e ha frequentato un semestre alla Santa Monica Community. Avrebbe dovuto terminare il biennio e trasferirsi in un college universitario. Invece si è ritirata ed è andata a vendere scarpe da Fred Segal. L'hanno licenziata perché si comportava in modo poco professionale. Le ho detto di fare buon viso a cattivo gioco e di tornare a studiare alla Santa Monica Community. Doveva frequentare soltanto un anno e mezzo. Non c'è stato verso.»

«Si direbbe che sia una specie di ribelle» intervenni.

«Una specie?» Emise una risata stridula. «Signori, voglio molto bene a mia figlia, ma è convinta di riuscire a costruirsi un'identità soltanto opponendosi a me. È sempre stata una bambina difficile. Da neonata soffriva di coliche; aveva un visino grazioso come quello di una bambola, ma piangeva ventiquattro ore al giorno. Quando finalmente questa fase si concluse, iniziò a camminare, presto, andando a ficcarsi dappertutto. Ha sempre odiato la scuola. Anche se è una ragazza intelligente. Sa cantare, ma non è voluta entrare in un coro. Visto che ha una bella presenza avrebbe potuto fare la cheerleader.» Sospirò. «Magari prima o poi maturerà.»

«Torniamo a quella notte. Katrina è uscita con due amiche. Beth Holloway e...»

«Rianna qualcosa. Ha un cognome straniero.»

«In che locale sono andate?»

«In una bettola nella zona ovest di Los Angeles, più simile a un deposito che a un vero e proprio locale.»

«Ci è stata?»

«Ci sono andata ieri e ho parlato con degli uomini mostruosi, dei buttafuori. Si trova nell'orribile zona industriale vicino a Pico Boulevard, in una di quelle traverse. Ho parlato anche col direttore. Ma nessuno mi è stato d'aiuto. Mi hanno detto che il locale era pieno e non si ricordano di Katrina o di un'altra persona in particolare, e in quel posto non ci sono telecamere di sicurezza. Non lo trova stupido, tenente?»

«Io non gestirei di certo un locale in questo modo» disse Milo. «Come si chiama il nightclub?»

«Light My Fire.»

«Come la canzone.»

«Come, scusi?»

«Ha i numeri di telefono di Beth e Rianna?»

«No, ma posso dirle dove trovare entrambe. Beth sostiene di vendere gioielli in un negozio vicino al La Femme e Rianna lavora nel reparto cosmetici di Barneys.»

«Sa come si chiama la gioielleria?»

«Si trova vicino al posto in cui lavora Katrina, in San Vicente Boulevard, nei pressi di Barrington Avenue. Mi preoccuperei, se non si trattasse di Katrina. Anzi, sto iniziando ad agitarmi anche se si tratta di lei. Cosa farà per aiutarmi?»

Milo ignorò la domanda. «Quanto è durato il suo viaggio più lungo?»

«Dieci giorni. Era stata alle Hawaii: visitò tutte le isole, senza mai chiamarmi nemmeno una volta, e tornò con l'abbronzatura più incredibile che avessi mai visto. Sembrava una messicana o giù di lì. Un'altra volta trascorse nove giorni a Cozumel, grazie a una specie di offerta speciale.»

«Quindi questa assenza rientra nei suoi soliti schemi.»

«Significa che non farà nulla?»

«No, svolgerò delle indagini. Beth Holloway le ha detto perché Katrina si è separata da loro?»

«Sì, dopo che gliel'ho chiesto due volte. Avrebbe dovuto guidare Rianna, ma hanno preso l'automobile di Katrina perché la macchina di questa Rianna era rotta. Rianna e Beth si sono fatte rimorchiare da due uomini e hanno chiesto a Katrina se per lei andava bene che prendessero strade separate. Sostengono che Katrina fosse d'accordo. Quella è stata l'ultima volta che l'hanno vista.»

«Dubita che Katrina fosse entusiasta di quel cambiamento di programma?»

«A mia figlia non piace essere delusa dagli altri, tenente. Ha una bassa soglia di tolleranza della frustrazione, come dicevano le sue insegnanti. Per quanto mi riguarda, penso che abbia deciso di prendersi una rivincita, abbordando a sua volta un uomo. Poi se n'è andata Dio solo sa dove.»

«Senza passaporto.»

«Se si è in cerca di divertimento, lo si può trovare dappertutto» disse Monica Hedges, assumendo per un secondo una posizione più rilassata, come se si stesse abbandonando ai ricordi.

«Il fatto che avrebbe dovuto guidare Rianna significa che quella notte Katrina aveva in mente di bere.»

«Adora il Long Island, che sarebbe un intruglio di alcolici, un miscuglio scadente che Dio solo sa che effetti abbia sul cervello. Le dico sempre di bere solo cocktail classici, che non ti annebbiano la mente. Tipo il Martini o il Manhattan, senza ghiaccio. Così si capisce quanto se ne beve. Ma provi a dirlo a Katrina. Per lei, qualsiasi cosa forte con liquore alla frutta è un Martini.»

«Sa se eccede nel bere?»

Monica Hedges si spostò sul divano. «A volte succede.»

«Potrebbe essere tornata in macchina in stato d'ebbrezza?»

«E se, Dio non voglia, avesse avuto un incidente? Ma ho chiamato la polizia stradale, e quella notte non hanno avuto segnalazioni di incidenti sull'autostrada.»

«Percorreva sempre la 405 per tornare a casa?»

«Non lo so» rispose. «È il modo più rapido per raggiungere la Valley, no?» Si accigliò. «Una volta abitava vicino all'università con un'altra ragazza, una studentessa indiana che stava sempre sui libri. Ma questo non è il genere di vita adatto a Katrina, quindi la convivenza non durò a lungo. Lei si lamentava che in quell'edificio c'erano soltanto studenti e questo la faceva sentire vecchia. Sospetto che si sentisse in imbarazzo perché non aveva ricevuto un'istruzione regolare. Speravo che questo potesse fornirle delle motivazioni, ma non andò così. Voleva vivere da sola, e sosteneva che da questa parte della collina l'affitto era troppo alto. Le dissi che l'avrei aiutata a pagarlo. Non accettò mai la mia offerta, ma si limitò a fare i bagagli e a trasferirsi a Van Nuys. Anche se si ostina a insistere che si tratta di Sherman Oaks. Le sembra logico, tenente, rifiutare un'offerta sincera?»

«I ragazzi sono fatti così» rispose Milo.

Monica Hedges fumava come una forsennata. «Non ha risposto alla mia domanda. *Di preciso*, cos'ha intenzione di fare per aiutarmi?»

«Cosa vorrebbe che facessimo, signora Hedges?»

Quelle parole la fecero trasalire. La cenere cadde sul pavimento di granito. «Vorrei che scopriste dove si trova mia figlia. Usate i vostri computer per risalire ai biglietti aerei, alle ricevute della carta di credito e alle sue telefonate. Diramate un avviso a tutte le unità.»

«Signora, senza le prove che sia stato commesso un crimine, sarebbe una violazione della privacy di Katrina.»

«Oh, *per piacere*» fece Monica Hedges.

«Mi dispiace, ma la procedura è questa. Se fosse minorenne, sarebbe tutto diverso.»

«Dal punto di vista mentale, è come se avesse quattordici anni.»

Milo sorrise.

«Mi sta dicendo che non potete fare nulla?»

«Faremo tutto il possibile, nel rispetto della legge. Questo significa parlare con le amiche, recarci al locale notturno...»

«L'ho già fatto io.»

«A volte è meglio riprovare. Cercheremo anche la sua automobile. Ha ancora la Mustang gialla che risulta intestata a lei?»

«Sì, ma non l'avrà per molto. Ho appena ricevuto l'avviso che non ha pagato le ultime due rate del finanziamento che ho firmato con lei. L'accordo prevedeva che io avrei versato l'acconto e lei avrebbe pagato le rate successive.»

«Mi fornisca i dati della finanziaria e verificherò se gliel'hanno portata via.»

«L'ho già fatto io, e non l'hanno ancora presa.»

«A quanto pare, non ha perso tempo.»

«Se si vuole che qualcosa venga fatto bene, bisogna sbrigarsela da soli. Allora, vi limiterete a questo? Non mi sembra molto promettente.»

«Iniziamo da qui e poi vediamo dove riusciamo ad arrivare, signora Hedges. Mi chiami pure quando vuole, se le viene in mente qualcosa.»

«Oh, lo farò, può contarci.»

Si alzò in piedi, si precipitò alla porta e la tenne aperta.

Milo si fermò. «Devo farle un'altra domanda che potrebbe metterla in allarme, ma è la normale procedura, nell'eventualità in cui venisse davvero denunciato un incidente.»

Monica Hedges si raddrizzò e diede un tiro alla sigaretta. «Che domanda?»

«Sa di che gruppo sanguigno è Katrina?»

«È una domanda... singolare.»

«È soltanto la normale procedura.»

«Che strane procedure avete» disse Monica Hedges. «Non vorrei mai fare il vostro lavoro.»

Milo sorrise di nuovo. «La maggior parte delle persone la pensa così.»

«E io sono una di loro. Ha il mio stesso gruppo sanguigno, zero positivo. Il più comune.»

Fumò e ci osservò mentre ci dirigevamo verso l'ascensore. Quando entrammo, la udii dire: «Ecco fatto, tesoro. Va tutto bene?»

Sbatté la porta.

9

Milo aveva chiesto al parcheggiatore del palazzo di sistemare l'auto civetta nelle vicinanze. Quando arrivammo di fronte all'edificio, il veicolo non c'era più e il parcheggiatore stava maneggiando un BlackBerry. Un colpo di tosse stridulo indusse l'uomo a sollevare lo sguardo.

«Dov'è la Crown Victoria?»

«Ho dovuto spostarla, è troppo affollato.»

Non si vedevano altre automobili.

«Potrebbe andare a prenderla?» gli chiese Milo, soggiungendo un 'per favore' che fece sussultare l'uomo.

Quel tizio si avviò con passo tranquillo verso il parcheggio sotterraneo.

Milo lo osservava. «Katrina Shonsky è scomparsa da più di una settimana. La cara mammina pensa che abbia marinato la scuola e vuole che io vada a riprenderla.»

«Oppure vuole negare a sé stessa che possa essere successo qualcosa di più grave.»

«Sostiene di essere agitata, ma io ho avvertito soltanto collera.»

«A volte la collera nasconde l'ansia» dissi.

Guardò il suo Timex. «Dove diavolo l'ha parcheggiata, a

Chula Vista? Prima Tony, sua madre e Hochswelder, adesso questo gruppetto affiatato. Non ci sono più famiglie felici?»

«Nelle nostre professioni, non se ne incontrano molte.»

«Allora, cosa ne pensi della nostra ragazza scomparsa? Che peso dobbiamo attribuire alle sue fughe improvvise?»

«Zero positivo» affermai. «Come la macchia rinvenuta sulla Bentley.»

«Hai sentito cos'ha detto sua madre? È il gruppo sanguigno più comune. Come se fosse una competizione. Capisco che sentisse il bisogno di scappare, visto che è cresciuta con una persona simile.»

«Quel genere di rivalità potrebbe anche aver reso Katrina vulnerabile.»

«A cosa?»

«All'ostentazione della ricchezza. La madre ha sposato un uomo ricco, ma Katrina svolge un lavoro poco remunerativo. Se ha lasciato il locale ubriaca e con la sensazione di essere stata abbandonata dalle amiche, un'automobile che vale duecentomila dollari deve esserle sembrata un dono del cielo. Finalmente aveva l'occasione di surclassare la madre.»

«Se si è fatta dare un passaggio, non credo che sia successo al Light My Fire. Ci sono stato l'anno scorso mentre seguivo una falsa pista in un caso di omicidio per droga. La clientela maschile indossa camicie acriliche, si mette troppo gel sui capelli e balla peggio di me. Se qualcuno si fosse avvicinato a bordo della Bentley di Heubel, i buttafuori e tutti gli altri l'avrebbero notato e, non appena quel tizio fosse sceso dall'automobile, gli sarebbero saltate addosso una cinquantina di donne.» Telefonò al locale, chiese di parlare con il direttore, guardò di nuovo l'orologio e si accigliò. Il direttore si mise in linea.

Seguì una breve conversazione.

«Quel tizio è scoppiato a ridere. Mi ha detto: 'Cosa crede che sia questa, la Playboy Mansion?' Mi ha detto anche che quella notte al locale non è successo nulla di insolito e che l'ha già riferito a 'quell'impicciona della madre'.»

«Se Katrina era sconvolta perché le amiche l'avevano piantata in asso, potrebbe essersi recata in un altro locale, nel tentativo di dare una svolta alla nottata. Oppure è tornata a casa in macchina ubriaca e ha avuto qualche problema di natura meccanica. Abbiamo appena saputo che è un tipo impulsivo, e che ha smesso di pagare le rate della Mustang. Entrambi i fattori ci inducono a ritenere che non si curasse molto della manutenzione del veicolo. Per quanto ne sappiamo, potrebbe aver finito la benzina ed essere rimasta a terra da qualche parte.»

«La ragazza era in giro da sola ubriaca nel cuore della notte. È passato un riccone e le ha detto di saltare in macchina. Oppure è andata alle Hawaii.»

«Con la madre manteneva il riserbo sulla sua vita privata,» dissi «ma la sua amica si è preoccupata a tal punto da chiamare la madre.»

«Se si fosse fermata a causa di un guasto sulla 405, anche a tarda notte, qualcuno l'avrebbe notata.»

«Con litri d'alcol in corpo, magari non ha avuto il coraggio di affrontare l'autostrada e ha scelto un percorso alternativo» ipotizzai.

«Oppure ha perso completamente l'orientamento e si è diretta verso sud, Alex. E potrebbe essere finita in una zona malfamata.»

«Perché non partiamo dall'ipotesi più semplice? Quando mi dirigo a nord e voglio evitare l'autostrada, imbocco il Sepulveda Pass. Nel cuore della notte, una volta arrivati a nord di Sunset Boulevard, ci si ritrova in un tratto a rapida percorrenza, quasi sempre deserto. Ma questo significa anche andare in panne in una zona isolata.»

Dall'entrata del parcheggio sotterraneo giunse il rombo di un motore. Il parcheggiatore arrivò a bordo di una berlina Jaguar celeste, scese e rimase in piedi accanto alla portiera del guidatore.

Milo gli si avvicinò. «Se proprio insiste.»
L'uomo esclamò: «Cosa?»
«Accetto lo scambio, se aggiunge anche l'assicurazione.»
Il parcheggiatore rimase a bocca aperta. Milo si trovava a pochi centimetri dal suo volto. «Dov'è la Crown Vic, amico?»
«Ho ricevuto una chiamata da un inquilino.»
Milo estrasse il cellulare. «Vuole che la chiami anch'io? Mi dia il suo numero. E già che c'è, mi mostri un documento per un'indagine ufficiale della polizia.»
L'uomo non rispose.
Milo esibì il distintivo. «Vada *subito* a prenderla.»
«Il signore e la signora Lazarus stanno per arrivare...»
«Ci penso io. Vada.»
Il parcheggiatore si arrischiò a fissarlo negli occhi. Qualsiasi cosa vide, lo indusse a filarsela. Milo guardò la Jaguar. «Automobile economica, *puah*. Se Katrina è davvero rimasta in panne e qualcuno le ha dato un passaggio, pensi che il ladro della Bentley la stesse seguendo?»
«Oppure era in cerca di una vittima e lei soddisfaceva i suoi requisiti.»
«Un maniaco sessuale» disse. «Che cosa l'ha spinto a uccidere Ella Mancusi?»
«L'istinto predatorio» risposi.
«Immagino di sì. In altre circostanze, lascerei perdere Katrina perché la riterrei soltanto una perdita di tempo. Ma visto che sono state rubate due grosse automobili nere e che è stato ritrovato del sangue su quella maledetta Bentley...» Scosse il capo. «Dobbiamo trovare la Mustang.»
Una coppia attempata uscì dal palazzo, lo vide in piedi accanto alla Jaguar e si fermò.
Milo sogghignò. «Buonasera, signore e signora Lazarus.» Aprendo entrambe le portiere con un inchino, salutò: «Buon divertimento.»
La coppia si avvicinò all'automobile con aria perplessa. Salì a bordo e si allontanò a tutta velocità.

Dopo alcuni secondi il parcheggiatore giunse rombando a bordo dell'auto civetta e si arrestò con uno stridio di freni. Milo gli prese la mano, l'aprì e gli schiaffò sul palmo un biglietto da cinque dollari.

«Non era necessario» disse il parcheggiatore.

«E nemmeno meritato. Buona continuazione.»

Percorremmo tutto il Sepulveda Pass in direzione nord fino a raggiungere il confine meridionale della Valley, a poca distanza dal Ventura Boulevard, e proseguimmo per alcuni chilometri. A nord di Wilshire Boulevard si stendeva basso e monotono il cimitero dei veterani, poi si ergevano dei piccoli palazzi pieni di uffici e di appartamenti. Dopodiché vedemmo il fianco ondulato della collina ricoperto di luci. C'era poco traffico. Nessuna traccia dell'automobile di Katrina Shonsky.

Mentre tornavamo in città, Milo disse: «Oh, bene. Se mi fosse piaciuta la vita semplice, avrei fatto il contadino.»

«C'è sempre il sud» feci.

«Duecentoquaranta chilometri fino in Messico.»

Sollevai lo sguardo verso est, in direzione delle colline. «Ci sono un sacco di traverse da esplorare.»

«Che buontempone» borbottò, svoltando a destra e percorrendo diverse vie buie e tortuose.

Dopo un'ora si arrese. «Domani manderò una pattuglia a proseguire le ricerche e tenterò di rintracciare le amiche di Katrina. Per quanto ne sappiamo, potrebbero raccontarci una storia completamente diversa. Tipo che si trova con un buono a nulla che sua madre non approverebbe. E non tirare più in ballo lo zero positivo. Non mi va di essere preso per un tipo *comune*.»

La luce conferiva una sfumatura caramellata alle finestre dello studio di Robin, sul retro. Passai davanti al laghetto e mi fermai a dare un'occhiata alle carpe appena nate. Le luci anticate della pagoda di ferro illuminavano il suolo, permettendomi di vedere i pesci senza difficoltà. Ormai misuravano tra gli otto e i dieci centimetri. Si dimenavano allegramente nella corrente creata dalla cascata.

La prima volta che le avevo viste erano grandi come larve. Una dozzina di creaturine composte da filamenti di pesce che nuotavano impavide tra gli adulti lunghi sessanta centimetri. Le carpe si nutrono delle loro stesse uova, ma una volta che i piccoli sono nati non gli faranno mai del male. A differenza di altri pesci, non attaccano gli esemplari malati o moribondi. Forse è per questo che possono vivere più di un secolo.

Proseguii fino allo studio e picchiettai sulla finestra. Robin sollevò lo sguardo dal tavolo di lavoro e sorrise. Si portò all'orecchio un rettangolo bianco di abete rosso di montagna e gli diede un colpetto. Era in cerca di toni che le facessero capire se si trattava del legno adatto per costruire una cassa armonica. A giudicare dalle dimensioni dell'asse, quella di un mandolino.

Dall'espressione che aveva mentre la metteva da parte si sarebbe detto che non aveva avuto fortuna. Quando entrai, ne aveva in mano un altro pezzo. Blanche le si era accucciata in grembo, serena come sempre.

«Ciao» mi salutò. Blanche mi rivolse il benvenuto ansimante tipico dei bulldog.

Quando Robin mi baciò, Blanche voltò il capo di lato e mi annusò la mano.

«Una bionda e una rossa» commentai.

«Come sei fortunato.»

Osservai il pezzo di abete scartato. «Non suonava bene?»

«Anche se *lui* non se ne accorgerebbe comunque.» Guardò la scatola della Federal Express messa in un angolo. «Avete scoperto qualcosa su quella povera vecchia?»

«L'ipotesi più probabile è che c'entri qualcosa il figlio, ma non abbiamo nemmeno uno straccio di prova.»

«Un figlio che fa una cosa simile alla madre» disse lei. «Roba da non credere.»

Guardò di nuovo la scatola nell'angolo.

«Nuovi arnesi?» le chiesi.

«Una raccolta di DVD. Dal pezzo grosso del commercio elettronico. Dieci film di Audrey Hepburn accompagnati da un biglietto in cui dice che gliela ricordo.»

La Hepburn era alta un metro e sessantasette e sembrava un attaccapanni. Robin è alta a dir tanto un metro e cinquantasette ed è piena di curve.

«Siete entrambe bellissime.»

Tese le dita, come è solita fare quando è nervosa.

«Si è mai comportato in modo scorretto?» le chiesi.

«Non proprio.»

«Non proprio?»

«Quando ci siamo incontrati nella bottega del liutaio, è stato un po' indiscreto, ma non ha fatto nulla di sconveniente.»

«Be',» dissi «Audrey Hepburn ha girato dei bei film.»

«Sto esagerando, vero?»

«Magari si è fatto delle idee sbagliate sul tuo conto. Succede di continuo.»

«Che cosa intendi dire?»

«Gli uomini ti guardano sempre. Hai il fattore X, i feromoni, o quel che è.»

«Sì, come no.»

«È vero. Non te ne accorgi perché non sei una civetta.»

«Perché sono fuori dalla realtà?»

«A volte anche per quello.»

«Alex, non ti ho mai dato modo di sospettare che questa faccenda non riguardasse soltanto il lavoro.»

«Tu non hai nessuna responsabilità.»

«Fantastico.»

«Ehi,» ripresi «qual è la cosa peggiore che ti potrebbe succedere? Al massimo, quando lui farà la prima mossa, tu lo scoraggerai educatamente. Nel frattempo potresti mandargli un'e-mail per ringraziarlo in modo amichevole ma formale per i film e dirgli che ti divertirai a guardarli con me.»

Accarezzò Blanche. «Hai ragione, sono una sciocca. Come dicevano in seconda media, una *presuntuosa.*» Si toccò un orecchino a cerchio. Gettò indietro i capelli. Molto meglio lei di Tony Mancusi.

Giocherellai con il primo bottone della sua camicia.

Lei sorrise. «Il fattore X, eh? Allora tu saresti il signor Y?»

Scegliemmo due film e li guardammo a letto. *Vacanze romane* aveva retto bene per più di mezzo secolo. *Colazione da Tiffany* no e, quando finalmente comparve sullo schermo la parola 'Fine', eravamo mezzo addormentati.

Spegnendo la luce, ci sfiorammo la punta delle dita. Mormorai delle parole che avrebbero dovuto essere affettuose.

«Audrey Hepburn era bellissima, ma io non le assomiglio affatto» disse Robin, e si addormentò.

Alle dieci del mattino dopo passai a prendere Milo alla stazione di polizia e ci recammo da Barneys, a Beverly Hills.

Il pianoterra era pieno di ragazze scheletriche che vendevano cosmetici. Una bionda che si occupava solo di smalto per le unghie ci indicò Rianna Ijanovic.

Una brunetta alta e magra, uno stand più in là. Ci sorrise in una nuvola odorosa. Il banco era ricoperto da una fila di spruzzatori di profumo. Le clienti chiacchieravano con le commesse. Erano tutte a caccia dell'ultima trovata per migliorare il proprio aspetto. Milo si presentò e Rianna rispose con lo sguardo vacuo e spaventato dei bambini ai primi passi. Aveva circa trent'anni, era pallida, con le spalle quadrate, gli occhi neri e severi, un seno che ambiva a essere prosperoso e un viso che non si poteva definire bello a causa del naso irregolare e del mento troppo affilato.

«Polizia? Non capisco.»

«Siamo venuti qui per Katrina Shonsky» la informò Milo.

«Oh, oh.» Aveva un lieve accento straniero, appena udibile al di sopra del coro delle donne intente a chiacchierare.

«Potremmo parlare in un posto tranquillo?»

Rianna Ijanovic diede un colpetto sulla spalla a un'altra commessa addetta ai profumi. «Ti dispiace coprirmi?»

Uscimmo dai grandi magazzini dall'ingresso principale che dava su Wilshire Boulevard, svoltammo l'angolo di Camden Drive ed entrammo nel parcheggio.

«Ijanovic. È ceca?» chiese Milo.

«Croata. Sono in regola.»

«Anche se non lo fosse, non avrebbe importanza. Siamo venuti solo per Katrina.»

«Conosco Katrina tramite un'altra ragazza.»

«Beth Holloway?»

«Sì.»

«Siamo già andati da Beth, ma oggi non è al lavoro e non abbiamo il suo numero di telefono di casa.»

«Non la troverete a casa» disse Rianna Ijanovic.

«Dove si trova?»

«A Torrance. Ha conosciuto un uomo.» Tirò fuori la lingua.

«Non approva?» chiese Milo.

«Io ho la mia opinione, lei ha la sua.»

«Si tratta dello stesso tizio che ha conosciuto la sera in cui siete uscite con Katrina?»

«Sì.»

«Ho saputo che anche lei ha conosciuto un uomo.»

Rianna Ijanovic strinse gli occhi neri. «Chi gliel'ha detto?»

«La madre di Katrina. Gliel'ha riferito Beth.»

«Beth parla troppo.» Piegando la mano a forma di becco di papera, batté il pollice contro l'indice.

«Non ci importa nulla se Katrina sta nascondendo qualcosa a sua madre. Saperlo subito ci risparmierebbe parecchie seccature.»

«Non conosco i suoi segreti.»

«Cosa voleva dire quando ha affermato che Beth parla troppo?»

«Sono una persona riservata» rispose Rianna. «Beth è molto americana, senza offesa. Dice tutto a tutti.»

«Ci sono ragioni per cui Beth non avrebbe dovuto essere sincera con la madre di Katrina?»

«Forse» rispose, guardando dietro di noi.

«Cioè?»

«Katrina odia sua madre.»

«Gliel'ha detto Katrina?»

«Un sacco di volte.»

«Rianna, ha idea di dove possa essere la sua amica?»

«Oh, oh, mi dispiace, no.»

«E quando l'ha vista per l'ultima volta?»

«Quella sera.»

«Al Light My Fire?»

«Sì.»

«Ci parli di quella sera.»

«Siamo andate al locale. Guidavo io, non potevo bere. Beth ha conosciuto Sean. Matt è il fratello di Sean. Beth voleva stare con Sean e allora io sono dovuta stare con Matt.»

«Ha dovuto.»

«È una mia amica.»

«Dove abitano Sean e Matt?»

«A Torrance» rispose. «Sono fratelli. Dicono di aver un negozio di tavole da surf. Ma in realtà non hanno niente. Sean costruisce le tavole da surf in una fabbrica. Matt vuole fare l'attore.» Indicò i grandi magazzini con un pollice. «Lì dentro tutte vogliono diventare stelle del cinema oppure modelle.»

«Anche lei?»

«No, no, no. Io voglio lavorare.»
«Cosa faceva in Croazia?»
«Studiavo architettura.»
«Quindi lei e Beth ve ne siete andate con Sean e Matt. E vi siete recate...»
«A Torrance.» Fece di nuovo una smorfia. «Ho chiamato un taxi per tornare a casa, e mi è costato un sacco di soldi.»
«Che ora era?»
«Le quattro del mattino.»
«E Beth?»
«Lei è rimasta lì» rispose Rianna Ijanovic. «Adesso sta quasi sempre lì.»
«Con Sean?»
«Sì.»
«Allora è vero amore» intervenne Milo.
«Amore americano.»
«Come ha reagito Katrina al cambio di programma?»
«Non si è lamentata.»
«Ma non era nemmeno contenta.»
«Anche io non ero contenta. E lei lo era ancora meno.»
«Come ha manifestato la sua scontentezza?»
«Scusi?»
«Che cosa ha detto Katrina?»
«Niente. Si è voltata e se n'è andata.»
«Dov'è andata?»
«Si è buttata nella mischia.»
«Sulla pista da ballo?»
«Sì.»
«L'ha vista ballare con qualcuno in particolare?»
«No.»
«In generale, nel corso della serata, ci ha provato con qualche ragazzo?»
«Non ci ho fatto caso.»
«Nessuno, per tutta la sera?»

«C'era un sacco di gente» rispose lei. «Ero impegnata.»

«Con Matt.»

«Con Matt, qui e qui e qui e qui.» Fece una smorfia e si toccò il collo, la spalla, il seno e il didietro.

«Che seccatore, quel Matt» commentò Milo.

«Sì, è un vero scocciatore. Il signor surfista.»

«A che ora lei e Beth avete detto a Katrina che ve ne sareste andate con Sean e Matt?»

«Devo essere sincera? Non lo so.»

«Tiri a indovinare.»

«Forse all'una e mezza, o alle due. Volevano andare via da lì.»

«Beth e Sean?»

«Amore americano» disse Rianna.

«Cosa può dirci di Katrina, che tipo di persona è?»

«Kat, la chiamiamo Kat. Dopo il disastro, non l'abbiamo più chiamata Katrina.»

«Non le piace essere associata a un uragano.»

«A quella tragedia?» chiese Rianna Ijanovic. «È come avere... il nome di un animale cattivo e selvaggio.»

«Katrina non è una ragazza selvaggia.»

«Un animale? No.»

«È selvaggia sotto altri punti di vista?»

«Che cosa vuole dire?»

«Le piace divertirsi?»

«Molto.»

«Che cos'altro le piace?»

«I vestiti.»

«Allora ha trovato il lavoro ideale.»

«Scusi?»

«Alla boutique La Femme.»

«Lì costano troppo» disse Rianna. «Anche con lo sconto per le commesse. Prende in giro le vecchie signore grasse.»

«A Katrina non piacciono le clienti, quindi.»

«Vecchie, grasse e ricche» cantilenò. «Forse le ricordano sua madre?»

«Ha mai visto sua madre?»

«No.»

«È pelle e ossa.»

«Ah.»

«Katrina è ossessionata dal denaro?»

I suoi occhi neri lo guardarono con un'espressione confusa. Milo insisté: «I soldi contano molto per lei?»

«Per lei no?» ribatté Rianna.

«Intendo dire in modo particolare. Più di quanto contino per la maggior parte della gente. Per esempio, si farebbe impressionare da un uomo ricco?»

Il sorriso di Rianna si allargò lentamente. «Dovrebbe farsi impressionare dai falliti?»

«È mai uscita con uomini ricchi?»

«Da che la conosco io non è mai uscita con nessuno.»

«Da quanto tempo la conosce?»

«Da due o tre mesi.»

«Come mai non faceva vita sociale?»

«Dice che non incontra mai i ragazzi giusti.»

«E le automobili?»

«Cosa?»

«Ha una particolare passione per le automobili?»

«Particolare... no. All'inizio le piaceva la sua Mustang. Pagata dal patrigno ricco.»

«Ha mai detto qualcosa sul suo conto?»

Scosse il capo. «Che è ricco.»

«Perché non le piaceva più la Mustang?»

Si strinse nelle spalle. «Magari si era stancata.»

«Katrina si annoia facilmente?»

«Continua a spostarsi da una cosa all'altra. Come una farfalla. È colpa del disturbo da mancanza di attenzione, sa? Ha detto che l'aveva già a scuola. Ce l'ha tanta gente in America, no? Le clienti mi dicono che i loro figli saltano come canguri. Vanno tutti dagli psichiatri.»

«Kat era in cura da uno psichiatra?»

«Non so... Mi chiede queste cose perché sua madre l'ha incaricata di trovarla?»

«Lavoriamo per la città, Rianna.»

«La città vuole ritrovare Kat?»

«Se qualcuno le ha fatto del male, sì.»

«Non credo.»

«Perché no?»

«Quelli che hanno il disturbo da mancanza di attenzione fanno sempre così.» Le iridi nere saettarono a destra e sinistra e si mossero su e giù. «Saltano.»

«Era inquieta» disse Milo.

«Infelice» precisò Rianna Ijanovic. «A volte, quando beve, dice che vuole andarsene da qualche altra parte.»

«Beve molto?»

«Le piace bere.»

«Dove ha detto di voler andare?»

«Non l'ha mai detto, voleva soltanto andare da qualche altra parte. Non era una ragazza felice. Non mi piace stare sempre con lei. A volte si può prendere l'infelicità dagli altri; come il raffreddore, giusto? È amica di Beth, ci esco solo insieme.»

«Potrebbe darci il numero di cellulare di Beth, per favore?» domandò Milo.

Rianna sciorinò le cifre. «Posso tornare al lavoro? Ho bisogno di questo posto.»

«Certo» rispose lui. «Grazie per averci dedicato il suo tempo. Tenga il mio biglietto da visita. Se ha notizie di Kat, me lo faccia sapere, per favore.»

«Sì. Ma non succederà mai.»

«Perché no?»

«Se chiama qualcuno, chiama Beth.»

La riaccompagnammo all'ingresso dei grandi magazzini.

Prima di arrivare alla porta, Milo disse: «Kat le ha mai parlato di qualcuno che possedeva delle automobili costose, tipo una Ferrari, una Rolls-Royce o una Bentley?»

«Parlava di una Bentley, ma non di un tipo coi soldi.»

«Di chi si tratta?»

«Di uno con cui usciva. Un gran fallito, con le mani sempre sporche.»

«Fa il meccanico?»

«Lo chiama 'la scimmia unta'.» Rianna Ijanovic rise.

«Che cosa ci trova di divertente[3]?» chiese Milo.

«*Scimmietta* unta.» Lei fece finta di arrampicarsi nel vuoto con le mani. «È ridicolo.»

«Come si chiama questo meccanico?»

«Forse... Clyde? Non ne sono sicura.»

«Clyde cosa?»

«Clyde la scimmia unta.» Ridendo più forte, spalancò la porta e tornò di corsa nel mondo dell'apparenza.

Mentre uscivo con la macchina dal parcheggio di Barneys, Milo era occupato al telefono. «Non dovrebbe essere un'impresa trovare Clyde, il ragazzo con la Bentley.»

Partì dal concessionario principale di Westside. 'Automobili di lusso O'Malley' si trovava all'estremità orientale di Beverly Hills, ma l'ufficio assistenza era situato a Pico Boulevard, a Santa Monica.

A pochi minuti dal Light My Fire.

Milo chiamò, chiese di Clyde e disse: «Sì, è lui... c'è? Grazie. No, non è necessario.»

Riattaccò.

«Non si chiama Clyde, ma *Clive*. Probabilmente è un tipo da birra, patatine e freccette. E mentre noi parliamo, starà aggiustando una costosa quattroruote inglese.»

---

[3] In inglese *grease monkey* significa 'meccanico', per questo motivo Milo non ci trova nulla di strano.

10

L'ufficio assistenza e manutenzione del rivenditore di automobili era una costruzione grigia posta sul davanti di un garage di mattoni più alto. Nel parcheggio degli impiegati c'erano alcune automobili indefinite, esposte al sole e all'inquinamento. A breve distanza, sulla sinistra, in un'area coperta riservata ai clienti, c'erano degli status symbol che valevano milioni di dollari.

«Parcheggia accanto a quella Rolls-Royce blu» disse Milo.

«Non devo prima farmi dare il permesso?»

Diede un colpetto sul cruscotto di vinile della Seville. «Quanti chilometri ha percorso questo capolavoro?»

«Sessantamila, col secondo motore.»

«La resistenza supera sempre l'ostentazione, amico. Hai ufficialmente un'automobile superlativa.»

L'area di attesa era uno spazio angusto davanti a una macchina per il caffè vuota. Non c'erano né sedie, né riviste, né persone in attesa. Dietro un divisorio di vetro, una donna di colore che portava gli occhiali da vista spostava colonne di numeri sullo schermo di un computer.

Milo picchiettò sul vetro. Il divisorio si aprì. «Cosa posso fare per lei?»

Milo si presentò e chiese di Clive.
«Clive Hatfield? Perché?»
«Vorremmo soltanto parlargli.»
La donna premette un tasto dell'interfono. «Clive al banco principale. Il banco principale chiama Clive.»
«Oggi non ci sono molti clienti» commentò Milo.
«Noi li chiamiamo 'avventori'» corresse lei. «Vengono qui di rado.»
«Pensate voi al prelievo e alla consegna?»
«È ciò che si aspettano da noi. Una volta era un servizio gratuito. Adesso facciamo pagare ogni uscita cento dollari e non si lamenta nessuno.»
«Viviamo in un'epoca in cui si sono abbassate molto le aspettative.»
«Scusi?»
«A causa del prezzo della benzina, vero?»
«È quel che dicono i capi.»
«Chi si occupa del prelievo e della consegna?»
«Le stesse persone a cui vengono affidate le automobili.»
«I meccanici?»
«Con quello che li pagano? Non credo proprio.»
«È un lavoro qualificato.»
«È quello che dicono loro.»
«Da quanto tempo Clive lavora qui?»
Lei si avvicinò al vetro. «È sospettato di qualcosa?»
«Nient'affatto.»
«Dovete porgli le domande di rito» concluse lei. «Come in televisione.»
«Esatto.»
«Se lo dice lei.» Tornò al computer.

Aspettammo cinque minuti prima che Milo le chiedesse di chiamare di nuovo Hatfield.
«Magari sta sbrigando un lavoro rumoroso e non ha sentito» replicò la donna.

«Se vuole, possiamo andare noi a cercarlo.»

«Non si preoccupi.» Ripeté la comunicazione. Prima che l'eco dell'annuncio si fosse smorzata, la porta dietro di noi si aprì e una voce stridula disse: «Ti avevo già sentita la prima volta, Esther.» Accento marcato, ma non da birra e patatine. Forse più da *Sweet Home Alabama*.

Esther mormorò: «È tutto vostro.»

Clive Hatfield si ripulì le mani nere con uno straccio non molto più pulito della sua pelle. Aveva poco più di trent'anni, era alto, con le gambe arcuate, e portava una tuta grigia a righe. Aveva lunghi capelli castani lisci, con le punte tinte di ottone, basette folte e un naso piccolo e schiacciato. Ci studiò con gli occhi strabici mentre era alle prese col grasso. Quando si tolse parte della sporcizia, notai una striscia pallida di pelle intorno all'anulare sinistro.

«Sì?»

«Questi signori sono dei poliziotti, venuti apposta per parlare con te» lo informò lei.

«Poliziotti... che cosa... dici sul serio?»

«Andiamo a parlare fuori» disse Milo. Hatfield esitò, poi ci seguì. Passammo accanto a una Continental GT coupé rosso fiammante che Hatfield guardò con disgusto.

«Un tantino appariscente» commentò Milo.

Clive fece spallucce. «Coi loro soldi ci fanno quello che vogliono. Dove mi state portando?»

«Qui» rispose Milo, fermandosi davanti alla Seville.

Il viso di Hatfield si irrigidì quando scrutò la mia automobile. «Questa è una macchina della polizia? Siete per caso sotto copertura?» Passò un dito sul cofano della Seville, lasciando una scia grigia. «La General Motors metteva i telai delle Chevrolet su questi modelli, li addobbava per bene e poi quadruplicava il prezzo.»

«Ho sentito dire che la Bentley Continental è una Audi con gli interni più curati» affermò Milo.

Hatfield s'infilò lo straccio in una delle tasche posteriori.

«S'intende di automobili? Cosa guida quando non è in servizio?»

«Una Porsche 928.»

«Non male. Ma preferisco di gran lunga le Carrera.»

«Clive, siamo venuti qui per parlare di Katrina Shonsky.»

Hatfield si scostò i capelli dagli occhi. Nel frattempo si grattò il naso bitorzoluto, lasciandosi una macchia di grasso sulla punta. «A proposito di cosa?»

«Quando l'ha vista per l'ultima volta?»

«È per caso nei guai?»

«Le dispiace limitarsi a rispondere alla domanda?»

«L'ultima volta... allora si è messa davvero nei guai. Non mi stupisce.» Hatfield estrasse un pacchetto di Salem da un taschino e soffiò il fumo verso la presa d'aria di una Aston Martin nera. «L'ultima volta è stato quando mi ha fatto una scenata e mi ha cacciato da casa sua... direi... tre mesi fa.»

«Un litigio tra innamorati?»

«Non siamo mai stati innamorati» disse lui sorridendo. «C'è sempre stato soltanto... può immaginarsi cosa.»

«Una relazione fisica.»

«Era solo una questione fisica, non abbiamo mai avuto una relazione» specificò Hatfield. «L'ho conosciuta in un bar e poi siamo usciti qualche volta. Quella ragazza sa fingere bene. A letto, intendo; fa un sacco di scene, come se fosse sul punto di esplodere. Alla fine ho capito che faceva finta e gliel'ho detto. È stato allora che mi ha sbattuto fuori di casa.»

«In che bar vi siete conosciuti?»

«In che bar...» Hatfield si grattò la testa.

«Non mi sembra una domanda molto difficile, Clive.»

«Io e lei andavamo in un sacco di bar, non riesco a ricordarmelo su due piedi. Abito a North Hollywood, lei a Van Nuys, ma voleva bere a Sherman Oaks e a Studio City, diceva che erano posti esclusivi... direi che la prima volta è stato in... no, non in un bar vero e proprio, la prima volta è stato in un ristorante, in quel locale francese... Chez Maurice. Stavo mangiando una bistecca, mentre lei era seduta al bar, e quando sono andato in bagno ho visto il suo fondoschiena sullo sgabello e sono tornato indietro. Era una ragazza attraente, con la luce che le illuminava i capelli, facendoli sembrare dorati. Minuta, ma con un gran bel corpo. Abbiamo parlato un po' e siamo andati subito d'accordo, poi siamo finiti a casa sua. Qualche giorno dopo l'ho chiamata e abbiamo iniziato a uscire insieme. Ma non c'era nulla di serio.»

«Per quanto tempo vi siete frequentati?»

«Direi due mesi e mezzo, tre. Poi sa come vanno le cose.»

«Come?»

«Diventano complicate» rispose Hatfield. «Faceva un sacco di scenate, come tutte. Allora, cos'ha combinato stavolta?»

«Perché avrebbe dovuto combinare qualcosa?»

«Quella ragazza è senza regole.»

«In che senso?»

«Beve troppo... quegli schifosi Long Island che sanno di piscio ghiacciato. A volte fuma troppi sapete cosa. Altre volte tira troppa sapete cosa. Io mi accontento di una birra, magari due. Non mi avvicino a quella merda.»

«Scenate e droga» concluse Milo.

«Rimarreste sorpresi se sapeste quante sono come lei.» Fumò in attesa di un commento che non arrivò mai. «Io resto sempre lucido. Una volta partecipavo alle corse a Pass Christian. Dovevo mantenere i riflessi pronti.»

«Dove si trova Pass Christian?»

«In Mississippi.»

«Correva nella categoria NASCAR?»

«A volte con automobili Pro Street, altre volte con le Dixie Sportsman. So guidare anche a occhi chiusi.»

«Katrina eccede nei vizi,» disse Milo «quindi, probabilmente, non ha degli ottimi riflessi.»

«A lei interessa solo divertirsi» disse Hatfield. «Io faccio gli straordinari per pagare gli alimenti ai miei figli e lei pretende di mangiare l'aragosta. Pensava che fossi un babbeo, non siamo mai andati veramente d'accordo. Guida da cani. Una volta le ho lasciato guidare la mia Vette e per poco non ha staccato il cambio; da allora non le ho più permesso di avvicinarsi alla macchina. Quando gliel'ho detto, si è arrabbiata. Cos'ha combinato, ha distrutto la Mustang in un incidente e ha fatto del male a qualcuno?»

«È mai venuta a trovarla qui?»

Hatfield si tolse lo straccio sudicio dalla tasca e se lo passò da una mano all'altra. «Può darsi.»

«Può darsi?»

«Sì.»

«Quante volte?»

«Forse... due. Sì, due volte, la seconda mi ha messo nei guai, entrando nell'area di servizio come se fosse di sua proprietà e chiedendo di me. Nessuno può entrarci, tranne noi addetti ai lavori.»

«Come in sala operatoria» osservò Milo.

«Cosa?»

«Siete come dei medici che operano i pazienti, i capi vogliono tenere tutto sotto controllo.»

«Ha indovinato, io sono proprio come un medico» disse Hatfield, alzando le mani sporche. «Certi altri sono più simili a macellai.» Abbozzò un sorriso sbilenco. «Se i clienti sapessero cosa succede là dietro...»

«Quindi Katrina è capitata qui due volte.»

«Capitata è la parola giusta, io non l'ho mai invitata, è soltanto capitata qui. La seconda volta mi ha portato il pranzo. Una specie di schifezza vegana, pasta o quel che è. Le ho detto di lasciar perdere.»

«A quei tempi la vostra relazione era agli sgoccioli, suppongo.»

«Non c'è *mai* stata nessuna relazione. Troppe scenate.»

«Ma per due o tre mesi l'ha sopportata» insinuai.
«Soltanto per lei sa cosa. E non avremmo mai potuto avere una relazione, perché ero sposato.» Si massaggiò la striscia di pelle pallida sul dito.
«Kat ha qualcosa a che fare col suo divorzio?»
Hatfield rise. «No, accidenti. Il fatto è che ci siamo sposati a diciassette anni, abbiamo avuto quattro figli in quattro anni e ci siamo stancati l'uno dell'altra. La mia ex moglie li ha portati tutti via con sé ed è tornata a Columbus.»
«Sa di Kat?»
«Non sono affari suoi.» Fece una smorfia e si sfregò una nocca. «Non è che Kat sia stata l'unica.»
Milo lo squadrò: «Lei è uno sciupafemmine.»
«Lavoro sodo, la mia ex non può lamentarsi di nulla» disse Hatfield. «Mando gli alimenti a lei e ai bambini e mi faccio un culo così. Se mi va di spassarmela un po', nessuno può dirmi di non farlo.»
«Ha mai conosciuto le amiche di Kat?»
«No, e lei non ha mai conosciuto i miei amici. Era solo...»
«Io so cosa.»
«Esatto.» Hatfield gettò a terra la sigaretta e la schiacciò lentamente. «Non volete proprio dirmi cos'ha combinato?»
«È scomparsa.»
«Scomparsa? E allora? Spariva in continuazione.»
«Che cosa intende dire?»
«Quando la chiamavo per fare sesso, non la trovavo da nessuna parte. Qualche giorno dopo mi telefonava lei, vantandosi di essere stata in Messico, alle Hawaii o chissà dove. Si vantava di aver conosciuto un riccone che le aveva pagato il conto. Diceva di aver mangiato aragosta, granchio e filetto senza sganciare nemmeno un biglietto da dieci dollari. Quando attaccava a parlare in quel modo, sapevo che c'erano guai in vista.»
«Si spieghi meglio.»

«Si aspettava di ricevere critiche. Pensate davvero che le sia successo qualcosa?»

«È scomparsa da una settimana.»

«E allora? È fatta così: prende e va.»

«Lei guida mai queste automobili?»

«Oh, sì, sempre, per provarle.»

«Fa soltanto dei brevi giri intorno all'isolato?»

«Dipende dal problema. Se il cliente sostiene che i freni cigolano dopo aver guidato la macchina per dieci minuti, bisogna provarla per dieci minuti. Perché, volete farvi un giro?»

«Kat le ha mai chiesto di portarla a fare un giro?»

Hatfield si grattò la testa. «Perché avrebbe dovuto farlo?»

«Una di queste automobili si intonerebbe con l'aragosta e il filetto.»

Non rispose.

«Kat la tormentava?» insistei.

«Perché me lo chiede?»

«Diceva alle sue amiche che lei la portava in giro a bordo di una Bentley.»

Era una piccola bugia. A volte mi sorprendo di me stesso. Milo si voltò, in modo tale che Hatfield non potesse vedere le sue labbra piegarsi verso l'alto.

Gli occhi strabici di Hatfield lasciarono intravedere un po' di bianco. «Ha detto una cosa del genere?»

«Sì.»

«Chi può confermare che abbia detto la verità?»

«Quando le ragazze iniziano a insistere, possono diventare una vera scocciatura» ribattei.

Non rispose.

«Clive?»

«Perché avrei dovuto permetterglielo?» domandò lui.

«Clive, non ci importa nulla dei suoi capi, stiamo soltanto cercando di capire che tipo di ragazza è Kat» lo incoraggiò Milo.

«Che tipo di ragazza? È una prepotente, ecco cos'è. Sì, continuava a tormentarmi, strusciandosi contro di me, dicendomi cosa avrebbe fatto se per piacere l'avessi portata a fare un bel giretto.» Alzò il tono di voce, emettendo un piagnucolio da contralto. «C'era un'automobile che dovevo provare comunque, quindi la portai con me.»

«Che tipo di macchina era?»

«Una Rolls-Royce Phantom.»

«Non una Arnage della Bentley?»

«Conosco la differenza, amico.»

«È stata la prima o la seconda volta che è capitata qui?»

«La prima» rispose Hatfield. «È per questo che è tornata la seconda volta.»

«Perché pensava che le avrebbe fatto fare un altro giro?»

«Perché ormai si credeva la padrona, qui dentro. È entrata direttamente nel retro e ha chiesto dov'ero, andando a sbattere dritto contro il direttore.»

«La prima volta l'aspettò fuori?»

«Mi fece chiamare con l'altoparlante, come avete fatto voi. Ero impegnato e me la sono presa comoda prima di uscire. Si è arrabbiata. Appena siamo rimasti da soli, ha iniziato a tormentarmi.»

«Non l'ha mai portata a fare un giro su una Bentley?»

«No, soltanto su una Rolls-Royce.»

«Chi era il proprietario?»

«Non ce lo dicono.»

«Si è divertita?»

«Altroché» rispose Clive. «A lei interessa solo il denaro, e accalappiare uomini ricchi da sfoggiare davanti a sua madre. Perché la odia. Sono parole sue, non mie. È stupido.»

«Che cosa?»

«Pensare che qualcuno sia in gamba solo in base all'automobile che possiede. Lasci che le dica cos'altro è stupido: quelle teste di cazzo dei ricchi che spendono tutti quei soldi per mettersi in mostra, poi si fanno prendere dal panico e non tirano mai fuori dal box quelle merde di macchine. È come se avessi i soldi e ve li gettassi in faccia, ma poi me la facessi sotto dalla paura che qualcuno mi vedesse e mi portasse via tutto.»

Milo rise.

«Altroché se è ridicolo» continuò Hatfield. Si accese una seconda sigaretta. «Se trovate Kat, ditele che può chiamarmi se vuole, farò perfino finta che non abbia mai simulato. Sono stato sposato per quasi tutta la vita, quindi me ne intendo di finzione.»

Fece per andarsene, ma Milo lo trattenne, ponendogli quel tipo di domande generiche e conclusive che hanno lo scopo di allentare la tensione. Hatfield divenne un tantino più affabile e ci raccontò una barzelletta sconcia su una donna, un procione e un tubo di scarico. Ma non aveva più nulla da aggiungere su Kat Shonsky. Quando Milo gli chiese dov'era stato la notte in cui era scomparsa, rispose: «Normalmente, non sarei in grado di dirvelo. Ma per mia fortuna, stavolta lo so. Sono andato a Columbus. Era il compleanno della mia figlia maggiore.»

«A che ora è arrivato e a che ora se n'è andato?»

«Non mi credete?»

«Sono soltanto domande di rito» rispose Milo. «Se ci aiuta a fare chiarezza, ci toglieremo dalle scatole.»

«Va bene, va bene... a che ora sono arrivato... uhm... doveva essere il giovedì prima che, a quanto dite, Kat uscisse a divertirsi. Sono rimasto a Columbus per quattro giorni e poi sono andato a trovare mia madre a Biloxi. Vive in una casa di riposo; quando ci vado, la porto al casinò, spingo la sua sedia a rotelle davanti a una slot-machine e la lascio lì finché non perde tutti i suoi quarti di dollaro. Due giorni dopo sono tornato qui. Vi direi di controllare la mia scheda di presenza, ma non voglio guai coi capi, quindi vi dispiacerebbe non mettermi nei pasticci? Sono stato sincero con voi.»

«D'accordo. Ha per caso conservato i biglietti dell'aereo?»
«Perché avrei dovuto?»
«Può darci il numero di telefono della sua ex moglie?»
«Parlate sul serio?»
«Assolutamente sì, Clive.»
«Oh, accidenti.»
«Consegna le auto con tre ruote?»
Hatfield si tirò indietro i capelli e ci rivolse un sorriso coi suoi denti distanziati. «Va bene, chiedeteglielo, non ha nessun motivo di mentire. Poi potete dirle che mi avete trovato bene?»
«D'accordo, Clive.»
«Fatela stare sulle spine» disse Hatfield. «Ditele che mi avete visto con un'attrice.»
«Nome e numero, Clive.»
«Brittany Louise Hatfield. Tenete la cornetta lontano dall'orecchio, quella ragazza potrebbe assordarvi.»
Milo annotò l'informazione e lo guardò allontanarsi. Tornammo nell'ufficio sul davanti della costruzione e mostrammo a Esther una foto di Kat Shonsky.
La osservò per un po'. «Non posso giurarlo, ma potrebbe essere una delle ragazze che vengono qui a trovarlo.» Scrutò la foto più da vicino. «Niente male. È migliore di tante altre.»
«Clive ha successo con le donne?»
«Roba da non crederci» disse. «Gli portano il pranzo. Quel tizio deve avere qualcosa di speciale, ma io non ci trovo nulla.»
«Non sembra molto affascinante» commentai.
«Non ha nemmeno le mani pulite.»
«Con il lavoro che fa è difficile rimanere puliti.»
«Infatti, è per questo che frequento un insegnante.»
«Clive non le ha mai chiesto di uscire?» le chiese Milo.
«Sta scherzando!» Ci restituì la foto. «Pensa che le abbia fatto qualcosa?»
«Crede che ne sia capace?» ribatté Milo.
«Per me è uno zoticone con un carattere scontroso, ma

non ha mai perso le staffe e non si è mai comportato in modo aggressivo. Però suppongo che chiunque sia capace di qualsiasi cosa. Quindi sospettate proprio di lui?»

«Neanche lontanamente. Sarebbe meglio tenere segreta questa conversazione.»

La donna si tolse gli occhiali. «Non avevo intenzione di mettere in giro delle voci.»

«Naturalmente no. Allora Clive...»

«Con Clive è tutto a posto» disse. «Qui è tutto a posto. E io sono molto impegnata.»

Il divisorio di vetro si chiuse.

11

Mentre facevo marcia indietro per uscire dal parcheggio, una Bentley svoltò la curva e mi bloccò la strada.

Un'altra automobile nera. Con gli interni rossi.

Avanzai.

La Bentley non si spostò.

Milo tirò fuori la testa dal finestrino e disse: «Ci faccia passare.»

Il finestrino del guidatore si abbassò e un uomo con una camicia blu tirò fuori la testa e gridò: «Non sa leggere? È riservato ai clienti, amico!»

Milo sospirò: «Ah, i problemi dei maschi alfa.» Poi scese e andò a parlare con quel tizio per una trentina di secondi. Quando tornò a bordo della Seville, il guidatore sbalordito ci aveva lasciato parecchio spazio.

«Come stringere amicizie e influenzare le persone» dissi, e svoltai in Pico Boulevard.

«Se avessi il fascino naturale di Clive, sarei riuscito a ottenere un pasto gratis. Che ne pensi?»

«Suppongo che possa avere un certo fascino brutale.»

«Abbastanza brutale da fare del male a Kat Shonsky?»

«Non ha molta simpatia per le donne,» dissi «e questa in particolare l'aveva scaricato.»

«Con la moglie e i figli lontani. Si sente solo, magari gli viene voglia di sesso, si ricorda che Kat si è eccitata tutta quando l'ha portata a fare un giro su un'automobile di lusso e pensa: Perché non dovrei provarci di nuovo?»

«Sostiene di non conoscere i clienti, ma per venire a sapere l'indirizzo di Heubel non avrebbe dovuto far altro che leggere la commessa. E se ha davvero armeggiato con l'automobile di Heubel, avrebbe potuto sapere che teneva la chiave di scorta nel vano di una ruota.»

«Accidenti,» esclamò Milo «potrebbe avere un passe-partout. Quindi sospetti di lui.»

«D'altra parte, non assomiglia affatto all'assassino di Ella Mancusi. E poi c'è la questione dell'alibi.»

Trovò il numero di telefono del Mississippi di Brittany Hatfield e lo digitò. «Ciao, c'è la mamma? Un amico della California. Sì, Califo... Signora Hatfield? Sono il tenente Sturgis, della polizia di Los Angeles. No, mi dispiace, non chiamo per quello. Capisco. Farò il possibile ma, per prima cosa, può dirmi...»

Rimase a lungo in ascolto e finì per scostare la cornetta dall'orecchio. «Clive aveva ragione a proposito del suono avvolgente della sua voce. E la signora Hatfield aveva i suoi buoni motivi per urlare: a quanto pare quel tipo generoso del suo ex marito ha dei problemi con gli assegni a vuoto. Per tre mesi di fila ha pagato gli alimenti con assegni scoperti. Ha richiesto che gli venisse pignorato lo stipendio, è per questo che credeva avessi chiamato. Purtroppo ha confermato che Clive si trovava davvero in Mississippi come lui ha dichiarato. È rimasto con lei e i figli finché non si è recato a Biloxi a 'trovare quella stronza fuori di testa di sua madre'.»

Milo allungò le gambe. «Siamo tornati al punto di partenza, a tutta velocità.»

La sua scrivania era ricoperta di promemoria e messaggi. Lo avevano informato che avrebbero parlato dell'omicidio di Ella Mancusi al telegiornale della sera e che doveva essere raggiungibile in caso fossero stati necessari dei commenti. Sean Binchy aveva chiamato due volte, ma non aveva lasciato messaggi. Gordon Beverly voleva sapere se avevano fatto progressi sul caso di Antoine.

«Dopo sedici anni, per loro è ancora una ferita aperta. Mentre Tony, che ha appena perso sua madre, non ha chiamato per chiedere notizie.»

«Strano, non trovi?» Milo telefonò al poliziotto incaricato di sorvegliare Mancusi, che confermò le sue solite abitudini: il soggetto era rimasto tutto il giorno nel suo appartamento, era uscito nel tardo pomeriggio per compiere il breve tragitto fino al solito chiosco, aveva mangiato un burrito in macchina, aveva buttato i rifiuti ed era tornato a casa.

Sean aveva preso l'iniziativa di perlustrare il quartiere di Villa Entrada in cui era stata abbandonata la Bentley. Nessuno aveva visto né sentito nulla, nessuno sapeva se nella zona ci fossero dei delinquenti minorenni che andavano in giro a rubare automobili.

Non c'era traccia della Mustang di Kat Shonsky.

Milo giocherellò col messaggio di Gordon Beverly. «Inizio a sentirmi un consulente familiare. Perlomeno la madre di Kat non ha ancora superato la fase della rimozione.»

«Potrebbe farlo se le chiedessi un campione di sangue.»

«Vuoi confrontare il suo DNA con quello del sangue rinvenuto sulla Bentley? Vediamo a che punto è la prima richiesta.»

Si collegò al sito del laboratorio del New Jersey. «È ancora al punto di partenza e, finché non avremo la conferma che è stato commesso un grave delitto, ci rimarrà. Bene, è arrivato il momento di deludere i Beverly.»

«Continuo a non capire perché il Texas non costringa Jackson a essere più preciso invece di farci perdere tutto questo tempo.»

«Perché non si tratta di logica o di etica, Alex. Ma di politica.» Appoggiò un piedone sulla scrivania. I fogli si sparpagliarono e caddero sul pavimento. Non fece nemmeno lo sforzo di raccoglierli. Scartò un sigaretto e lo addentò con forza. Il legno si scheggiò. Esaminò la punta frantumata e gettò tutto nella spazzatura. Aprì il cassetto con uno strattone ed estrasse un sottile fascicolo blu. «Facciamo un altro tentativo con gli amici di Antoine.»

Richiamò l'ufficiale giudiziario incaricato di sorvegliare Bradley Maisonette da quando era in libertà sulla parola, ma trovò di nuovo la segreteria telefonica e lo stesso messaggio. La scuola superiore St Xavier lo informò che il signor Good era a casa malato. Invece di farsi dare dalla receptionist i dati personali di Good, Milo eseguì una ricerca sulla sua automobile. «Ha una Ford Explorer grigia di due anni e risiede a North Broadmoor Terrace.» Consultò la sua guida Thomas. «In collina, vicino all'Hollywood Bowl. È ora di far visita al malato.»

Squillò il telefono. Quanto udì dall'altro capo della linea lo indusse ad abbottonarsi la giacca e a stringere il nodo della cravatta. Si controllò i lacci delle scarpe, raddrizzò le spalle, sussultò impercettibilmente e si alzò.

«Hai un'improvvisa riunione in centro?» gli chiesi.

Mi fissò.

«Di colpo ti sei messo a dar peso alle apparenze.»

«Che mago! Sì, sì, il capo vuole fare quattro chiacchiere, devo recarmi nel suo ufficio il più presto possibile.»

«Di cosa vuole parlare?»

«Di casi irrisolti» rispose. «Probabilmente Sua Rettitudine ha ricevuto delle chiamate dai mezzi di comunicazione a proposito della Mancusi o di Beverly o di entrambi e non vuole sembrare disinformato.»

«Buon divertimento» dissi.

«Sai che risate... Ti dispiace andare a parlare da solo con Wilson Good?»

«No, purché ciò non vada contro la procedura.»

«In un caso delicato come quello di Antoine?» chiese. «Il tocco di un bravo strizzacervelli è quello che ci vuole. E poi piaci al capo, quindi sarebbe d'accordo.»

«Quando te l'ha detto?»

«L'ultima volta che mi ha convocato. A quanto pare ha letto il saggio che hai pubblicato la scorsa primavera e concorda sul fatto che la maggior parte dei profili criminali sono fesserie.»

«Il capo legge le riviste di psichiatria?»

«Il capo ha un master in psichiatria. Ha proposto di assumerti. Gli ho fatto notare che il dipartimento non offre stipendi molto allettanti.»

Menzionò la tariffa sindacale.

«Grazie» dissi.

«Sempre attento ai tuoi interessi. Salutami il professor Good. Magari puoi farti dare delle dritte sui passaggi e il pressing.»

«Giocavo a baseball, alle superiori.»

«In che ruolo?»

«Esterno eclettico» risposi. «Mi piazzavano ovunque avessero bisogno di me.»

L'abitazione di Wilson Good era una delle cinque case a un piano che fiancheggiavano un vicolo cieco sopra i posti più economici dell'Hollywood Bowl. Era in quello che gli intermediari definiscono 'stile architettonico della metà del secolo', come se gli anni Cinquanta fossero un decennio appestato. Si trovava così vicino all'anfiteatro che, nelle calde serate estive, era possibile sentire la musica. Il resto del panorama era costituito da alberi, boscaglia e cielo privo di ozono.

La casa di Good era di stucco color pesca, nei punti in cui non era rivestita di legno di sequoia. Sull'acciottolato dietro un cancello elettronico che circondava tutta la casa erano parcheggiate l'Explorer grigia e una Volkswagen Passat verde.

Premetti il tasto del citofono e sentii il campanello suonare le prime note del *Canone di Pachelbel*. Un tordo beffeggiatore saltellò da un callistemon fino a una siepe di caprifoglio. In lontananza, i corvi erano impegnati nei loro giochi di potere. E si sentiva il costante ronzio delle automobili: l'autostrada era la vera filarmonica di Los Angeles.

Prima di mettermi in marcia, avevo trovato una foto di Wilson Good su internet. Era stata scattata durante una festa per la vittoria di un torneo. Era un uomo di bell'aspetto, dal collo taurino e lo sguardo triste che sembrava in contrasto con le celebrazioni.

Forse era un tipo sensibile. Forse non si sarebbe infastidito se lo avessi fatto alzare dal letto.

Suonai di nuovo, ed ero sul punto di fare un terzo tentativo quando una donna arrivò a piedi lungo Broadmoor Terrace seguendo qualcosa di piccolo e marrone. L'animale strattonava, saltava e tirava il guinzaglio sottile. Lei camminava a passo svelto per stargli dietro.

Pensavo che fosse un chihuahua, ma mi sbagliavo: era il bassotto più piccolo che avessi mai visto; si agitava e caricava a testa bassa come una salsiccia all'attacco.

La donna aveva i capelli castani e le lentiggini, indossava una maglietta verde dello stesso colore della Passat, pantaloni neri attillati e scarpe nere. Aveva circa trent'anni, era alta un metro e sessanta, aveva le gambe lunghe e i fianchi larghi. Il cane si agitava all'estremità di un lungo guinzaglio. Manifestò un'immediata passione per la mia scarpa sinistra.

«Smettila, Indy» rimproverò la donna senza molta convinzione, e si sforzò di non cadere quando il cane le strattonò il polso.

«Si chiama come la corsa automobilistica?»

«Il suo motore non si spegne mai.» Prese in braccio il cane, lottando con il fagotto che si dimenava. Quando finalmente Indy si calmò, la donna guardò la casa di Wilson Good. Occhi verde muschio. Colore delicato, sguardo severo.

«Posso esserle d'aiuto?» mi domandò.

Estrassi il mio distintivo di consulente della polizia di Los Angeles. Era scaduto da tempo e insignificante, ma poche persone si prendevano la briga di controllare. La donna lentigginosa rimase troppo lontano per leggerlo nei dettagli, anche se Indy ne avrebbe avuto una gran voglia.

«Sto cercando il signor Good.»

«Sono Andrea, sua moglie» disse, come se non ne fosse sicura. «Perché ha bisogno di Will?»

«Quindici anni fa aveva un amico di nome Antoine Beverly che...»

«Certo, Antoine.» Indy iniziò a emettere dei suoni da spiritello maligno e riprese la sua battaglia contro la prigionia. Andrea Good desistette e lo rimise a terra. «Will e Antoine erano amici prima ancora di andare a scuola. Quanto accadde ad Antoine fu l'esperienza più triste che Will abbia mai vissuto. Ma non sa nulla che possa essere d'aiuto alla polizia.»

«Ne è sicura?»

«Certo. La polizia ha finalmente scoperto qualcosa?»

«Il caso è appena stato riaperto. Le dispiacerebbe chiedere a suo marito se può concedermi qualche minuto?»

«La polizia manda degli psicologi a indagare sui vecchi casi?»

«Solo su quelli particolari. Se...»

«Sono sicura che Will sarebbe felicissimo di aiutarvi,» proseguì «ma non è il momento giusto. Ha una brutta influenza e tra poco dovrà disputare un paio di partite importanti. Mi lasci il suo numero di telefono.»

«L'investigatore incaricato del caso ha già chiamato.»

«Davvero? Devo controllare la segreteria telefonica. In questo periodo Will non è molto in sé. Ha avuto la febbre alta; non è da lui, ma a scuola gira l'influenza.»

La nostra attenzione venne attratta dai lamenti soffocati che provenivano dal basso.

Indy si alzò sulle zampe posteriori, mentre agitava nel

vuoto quelle anteriori, con gli occhi che strabuzzavano. Era semisospeso, con il guinzaglio che gli serrava la gola. Andrea Good se l'era avvolto intorno alla mano.

«Oh, no!» esclamò, e allentò la presa. Indy ricadde a terra, ansimante. La donna si inginocchiò. «Mi dispiace, piccolo.»

Indy emise un ultimo guaito di protesta e le leccò il viso, dandole una dimostrazione di fiducia e amore incondizionati. Magari, un giorno o l'altro, il Vaticano inizierà a canonizzare i cani.

«Tornando a noi...» disse, rialzandosi in piedi.

«Ci piacerebbe parlare con suo marito. Spero che guarisca in fretta.»

«Oh, sì. È un tipo tosto.»

12

Non si parlò dell'omicidio di Ella Mancusi al telegiornale delle sei, ma nell'ultima parte dell'edizione delle undici, con tanto di altisonante commento baritonale e primi piani della lama sporca di sangue di un coltello presi da materiale d'archivio.

Il numero di telefono gratuito a cui comunicare informazioni riservate apparve per un secondo, e questo fu tutto. Il mattino dopo, quando chiamai l'ufficio di Milo, trovai un messaggio registrato nuovo di zecca.

'Parla il tenente Sturgis. Se chiamate per l'omicidio Mancusi, lasciate il vostro nome e numero di telefono, per piacere. Parlate lentamente e in modo chiaro. Grazie.'

Chiamai Wilson Good, nella speranza che una chiacchierata con la moglie, il riposo e il senso del dovere gli avessero sciolto la lingua. Non rispose nessuno.

Blanche era pronta per fare una passeggiata e si mise a saltellare allegramente mentre ci dirigevamo lungo la valle. Gli scoiattoli, gli uccelli e le automobili la divertivano. Gli alberi la divertivano. Le rocce erano spassose.

Una donna muscolosa intenta a fare jogging si fermò ad accarezzarla. «È il cane più bello che abbia mai visto.»

Blanche era d'accordo.

All'una, io e Robin ci recammo in automobile a Sherman Oaks a mangiare gli spaghetti da Antonio. Più tardi, le chiesi se aveva del tempo libero e ci dirigemmo all'indirizzo di Katrina Shonsky a Van Nuys.

Si trattava di un grosso complesso residenziale in un quartiere senza alberi. L'aria odorava di polvere da costruzione anche se non c'erano cantieri in vista. Aveva il fascino di un'infiammazione cutanea.

«Capisco perché volesse andarsene da questo posto» disse Robin. «Non serve a molto vivere in trenta stanze, su un terreno di ottantamila metri quadrati, se si è soli.»

«Alludi a qualcuno in particolare?»

Annuì. «Tra una settimana verrà in città per affari. Tra un impegno e l'altro, ha intenzione di passare a vedere l'opera che ha commissionato. Non è una cosa molto importante, ma non mi dispiacerebbe se ci fossi anche tu.»

«Si è comportato in modo scorretto?»

«No, ma quando parla con me sembra così ansioso. Come se volesse diventare più intimo. Sai cosa intendo?»

«Aveva altri piani, oltre alla commessa.»

«Forse sono una sciocca.»

«Ragazza presuntuosa.»

Sorrise. «Allora ci sarai anche tu?»

Tornò nel suo studio e io pensai a Ella Mancusi e Kat Shonsky. Non riuscivo a scorgere nessun legame concreto tra i due casi, oltre alle due grosse automobili nere rubate. Mi trastullai con i motori di ricerca, associando diverse varianti delle parole 'omicidio' e 'automobili di lusso'. Dal momento che non ottenni nessun risultato, tentai con 'assassinio'. Ancora niente.

Iniziai a combinare la parola 'assassinio' a specifiche marche di automobili; passai in rassegna Jaguar, Rolls-Royce, Ferrari e BMW, ma non ebbi fortuna.

Quando digitai Lamborghini e Cadillac trovai un paio di

sparatorie, una a Los Angeles, l'altra a New York. Due rapper erano stati freddati mentre uscivano dalla sala di registrazione a tarda notte, uno da solo sulla sua Murciélago, l'altro mentre girava col suo seguito a bordo di una Escalade personalizzata. Ufficialmente, entrambi i casi erano rimasti irrisolti. Ma tutti, nel mondo dell'hip-hop, sapevano chi era il colpevole.

Bentley e Aston Martin non diedero alcun risultato. Digitando 'Mercedes' non ricavai nulla su Ella Mancusi, probabilmente a causa della scarsa copertura mediatica – e questo mi indusse a dubitare dell'utilità della ricerca. Con 'Benz' comparvero alcune foto di Hitler a bordo di entrambe le sue mastodontiche 770K e le farneticazioni di un autore di blog del Qatar, secondo cui Der Führer era 'un tipo in gamba, considerato ingiustamente da tutti un assassino'.

Digitai 'Lincoln' senza aspettarmi un granché.

Alla faccia delle mie capacità profetiche.

Nove anni prima era avvenuto un duplice omicidio a Ojo Negro, un modesto villaggio agricolo a nord di Santa Barbara. Il caso era stato riportato su DarkVisions.net, un sito internet semianalfabeta che si divertiva a elencare omicidi irrisolti particolarmente raccapriccianti, e a pubblicare vignette grossolane e foto sfocate rubate da libri su omicidi realmente accaduti. I fatti, riportati 'dall'*unnico* autore e webmaster del sito, DV Zapper', erano nudi e crudi: Leonora Bright, proprietaria dell'unico salone di bellezza di Ojo Negro, e Vicki Tranh, la manicure, erano state assassinate dopo aver chiuso il negozio; i loro corpi erano stati ritrovati il mattino seguente '*acoltelati* più volte' e 'forse *smenbrati*'.

Una Lincoln nera da città era stata parcheggiata accanto al negozio appena prima del crepuscolo. In precedenza, nel corso della giornata, era stato visto un uomo alto, con addosso uno spolverino di tela lungo fino ai piedi e un enorme cappello. Era sceso dalla macchina, era passato davanti al salone ed era ripartito. In seguito, si era scoperto che si trattava di un'automobile presa a noleggio, rubata dal parcheggio di un albergo di Santa Barbara.

Non era insolito vedere dei cow-boy a Ojo Negro; nella zona diverse fattorie si opponevano a grandi aziende agricole. Ma l'andatura spavalda e la tenuta dello sconosciuto, simile a un travestimento, avevano attirato l'attenzione.

'Il Cavaliere Pallido', l'aveva soprannominato il sito. 'E, probabilmente, ai tempi del Far West il bolide di Detroit *avrebe* potuto *esere* uno *stalone* nero come il *carbonne*'.

Il mattino dopo l'avvistamento un corriere, venuto a consegnare smalto per le unghie e altri cosmetici, 'fece una scoperta da fargli *rivoltarre* lo stomaco'.

'Quello che mi chiedo' rifletteva DV Zapper 'è se Leona era sposata e magari anche Vicki e se sì, perché i suoi mariti non sono andati a cercarle per *tuto* quel tempo?'

Feci un'ulteriore ricerca digitando i nomi delle vittime.

Trovai soltanto un articolo, pubblicato dal *Santa Barbara Express* una settimana dopo l'omicidio. Scovai due elementi nuovi: l'automobile era stata rubata al Wharf Inn e 'al momento, lo sceriffo Wendell Salmey sta parlando con gli investigatori di Santa Barbara'.

Quando cercai 'Salmey' su Google, non trovai nessun riscontro e il computer suggerì che forse stavo cercando Wendell Salmon. Giusto per essere sicuro, lo confermai e venni rinviato al sito di un libro per bambini sui pesci e la cacciagione dello stato di Washington. Stampai il testo dell'articolo, tornai a DarkVision.net, cliccai l'icona del coltello insanguinato per mettermi in comunicazione con DV Zapper e gli chiesi se ci fossero novità su quel caso.

Pochi secondi dopo, ricevetti una risposta.

> Ehi, Alex, sono Jason Blasco, alias DV Zapper, alias il migliore. No, non c'è una merda. La polizia non vuole parlare.

Forse per i pregiustizi o giù di lì. Tranh era vetnamista. Lo sai??? Se sai qualcosa, mandami un messaggio.

Quando digitai 'Jason Blasco' su Google, apparve una pagina di MySpace scritta in maniera altrettanto scorretta.

Avevo appena scritto a un quattordicenne goffo dai capelli scuri che si definiva 'un mago del computer fanatico di storie violente', viveva a Minneapolis ed era un fan degli AC/DC 'anche se sono dei matusa e hanno un *baterista* di merda'.

Gli chiesi come fosse venuto a conoscenza del caso di Ojo Negro.

Su una di quele ecitanti riviste di storie polizziesche che se ne trovano un sacco di quele cazzate

Ebay???

No quelo è una merda questa roba è troppo lenta chattiamo su Messenger

Mi dispiace non ce l'ho

Stai scherzando

Mi dispiace

Che rottura amico

Allora quella rivista...

Ti piace quella merda?????

Se le storie sono belle

Mi piace quando trovano il tipo e lo fano fuori

Sì quelle sono le migliori

Ho tonelate di quela merda puoi comprarla se vuoi i detagli ecitanti e sconvolgenti

Quanto

Cinque dollari l'una

Ci penso sopra

Prendere o lassiare

Prendo

Manda contanti amico non o ancora un conto online

Gli chiesi l'indirizzo.
Aveva già una casella postale.
Ah, che gioventù intraprendente.

Dove sei Alex geograficamente intendo

Los Angeles

Figo Manson, il Persecutore Notturno, Ramirez, il Massacratore dei bassifondi, forse perfino Zodiac sono passati di lì non solo a San Francsco

Sì com'è il Minnesota

Fa schifo manda i contanti se vuoi la Federal Express dammi un numero

Va bene la posta ordinaria anche se lenta come lumaca

Se non ti scoccia la scia di bava... devo andare

Milo telefonò alle sette.
«Hai avuto molte dritte?» chiesi.

«Pensa a Noè che guarda fuori dall'oblò dell'Arca. L'autore di una telefonata anonima sostiene che Tony Mancusi sia un 'pervertito'. Gli altri sono tutti pazzi e psicotici. Mentre vagliavo le telefonate, è passato di qui Gordon Beverly. È un brav'uomo. Ha cercato di contattare in prima persona gli amici del figlio, ma non ha avuto fortuna. A te è andata meglio con Good?»

Gli raccontai del mio incontro con Andrea e Indy.

«Si innervosisce e per poco non strangola il cane. Interessante» commentò.

«L'ho pensato anch'io.»

«Allora, adesso dobbiamo indagare più accuratamente sul rispettabile signor Good.» Rise. «Uno si aspetta che la gente si faccia furba. Che apra la porta, sorrida e menta affabilmente per farci andare via.»

«I criminali la pensano in quel modo» dissi. «La gente comune può spaventarsi.»

«La gente comune con qualcosa da nascondere. Va bene, incalzerò il signor Good, una volta che avrò fatto progressi con Mancusi.»

«Vuoi che stasera torni a casa di Good?»

«No, c'è in ballo qualcosa di più importante, e quel tizio non andrà da nessuna parte. Lasciamolo cuocere a fuoco lento per un po'. Anche se volessi tenerlo sotto controllo, stanotte sono impegnato. Uno dei miei pivellini è stato rimosso dalla sorveglianza, quindi tra un'ora tocca a me tenere d'occhio Tony Mancusi.»

«È il momento di bere un caffè forte.»

«Forte e amaro. Come *moi*. Ci sentiamo domani, Alex.»

«Un'ultima cosa.»

«Hai intenzione di farmi sorridere o rabbrividire per il disgusto?»

«Forse entrambe le cose.» Gli raccontai degli omicidi di Ojo Negro e del sito internet DarkVisions.

«Un quattordicenne fanatico di storie violente. *E un piccolo fanciullo li condurrà*[4]» disse Milo.

«Magari questo fanciullo ci ha condotti a qualcosa di serio. Un'automobile nera di lusso rubata da un autonoleggio, una persona sospetta travestita da cow-boy: questo è tutto ciò che notarono di lui. Se ti cospargi i capelli di polvere bianca, indossi un appariscente berretto a quadretti e ti metti a strascicare i piedi ottieni lo stesso risultato.»

«Travestimenti» rifletté. «L'arte del fraintendimento. Ojo Negro, eh? Non ho mai sentito quel posto. Nove anni fa... quanto tempo, sai a cosa sto pensando?»

«Se c'è un legame tra questo caso e gli altri due, potrebbero essere avvenuti altri delitti nel frattempo. Non è emerso nessun altro omicidio collegato ad automobili nere, ma quello di Ella non figura ancora sulla rete, quindi internet è tutt'altro che perfetta.»

«È vero. Non so che effetto possa avere tutto questo sul mio umore... Va bene, cominciamo dalle cose più importanti: devo mettere la soma al mio mulo e andare al supermercato a fare incetta di cibo e caffeina. Ti va di fare un viaggio in campagna? Con l'indennità di viaggio e di tempo garantita dall'essere supremo?»

«Dio vuole pagarmi?»

«Il capo,» rispose «che più o meno è la stessa cosa.»

«Com'è andata la riunione?»

«Sguardo duro, stretta salda, si è fatto raccontare gli ultimi progressi e ha finto di non essere scocciato quando gli ho riferito che non ce n'erano. Ma quella sua faccia da irlandese è diventata tutta rossa. Poi, all'improvviso, mi ha chiesto se ci avvaliamo della tua consulenza. Gli ho risposto di sì, quando hai tempo. Mi ha chiesto cosa significa. Gli ho risposto che, con quel che paga il dipartimento, hai cose più

---

[4] Isaia, 11, 6.

importanti da fare. A quel punto è diventato *davvero* rosso. Si è lanciato in una filippica sul fatto che il dipartimento si è fermato in un periodo a metà strada tra il Mesozoico e il Giurassico, che è ora di modernizzarsi, che abbiamo bisogno del contributo di psicologi seri, non di strizzacervelli da due soldi che pensano solo a stigmatizzare gli agenti. Ho provato a infilare nel suo monologo una parola a proposito dei costi, ma quando si comporta così non c'è modo di interromperlo. Quindi, in sostanza, l'argomento principale della riunione sei diventato tu.»

«Accidenti» dissi. «È meglio che metta la testa sotto l'acqua ghiacciata, prima che me la monti troppo.»

«Per questo ti basta dare un'occhiata alla tabella retributiva che ha proposto. Ti daranno il trenta percento in più per l'indennità di viaggio e per la benzina, ma la paga oraria è comunque una miseria. Dovrei stilare un resoconto delle spese e tu dovresti stendere delle relazioni meticolose. Ma non faremo nessuna delle due cose, perché abbiamo del lavoro vero da sbrigare. Sei disponibile a metterti in viaggio lo stesso?»

«Uhm» risposi.

«Grazie, e non dimenticarti di mangiare. Con quel trenta percento di sconto ti ritrovi i prezzi del 1965.»

«Allora posso permettermi delle tortine di pan di Spagna e latte aromatizzato.»

«Appunto» ghignò. «Cibo che fa bene al cervello.»

13

La valle di Santa Ynez si estende tra due catene montuose, allietata dal sole e dalla bellezza. La regione, che ha la fortuna di avere temperature estive e pendii ricoperti di vitigni, viene scambiata per un paradiso terrestre. Dove non crescono le viti, prosperano i meli. Le colline sono dolci e lievi, come la brezza dell'oceano che mitiga il mattino. I turisti accorrono in massa per il vino, il cibo, le antichità, i cavalli e per inseguire il sogno di una realtà che non esiste.

La maggior parte dei paesi che punteggiano la regione – Solvang, Buellton, Ballard, Los Olivos – prospera grazie a tutto questo interesse.

Poi c'è Ojo Negro, che prende il nome dall'occhio nero con i bordi sfilacciati di una miniera di calcare abbandonata. Situato in un triangolo inospitale di terreno privo di falda acquifera, poco più a sud del punto il cui la 101 si dirige verso Los Alamos, un tempo Ojo Negro fungeva da area di servizio dell'autostrada. La ricchezza ha i suoi svantaggi: pedoni falciati da autoarticolati, il tipo di offesa ispirata dalla fugacità. Ma la gente è riuscita comunque a guadagnarsi da vivere. Quando l'autostrada venne deviata alcuni chilometri più a nord, Ojo Negro morì.

E lo stesso accadde a Wendell Salmey, lo sceriffo che, nove anni prima, aveva indagato sugli omicidi Bright e Tranh. Milo l'aveva scoperto consultando un database delle forze dell'ordine. Mi aveva anche fissato un appuntamento alle undici con George Cardenas, il nuovo sceriffo.

Milo mi aveva avvertito. 'Non aspettarti un granché, Alex. Quel tizio occupa quell'incarico da diciotto mesi. Se potessi ficcanasare qua e là, sarebbe fantastico. Magari troverai qualche tipo solitario che non vede l'ora di parlare con qualcuno'.

Ojo Negro non figurava su nessuna delle mie cartine, quindi ricorsi a internet. Lo stradario avvertiva che c'era un'uscita non segnalata a sei chilometri e ottocento metri da Baca Station Road.

Alle dieci di sera, Milo mi richiamò. Era seduto da tre ore a bordo della sua automobile per tenere sotto controllo l'appartamento di Tony Mancusi, ma non era accaduto nulla.

«Avevi voglia di parlare con qualcuno?» gli domandai.

«Avevo voglia di sentirmi attivo. Mi sono appena messo in contatto con l'investigatore della contea di Santa Barbara che ha collaborato con Salmey ai casi Bright e Tranh. Mi ha detto che, fin dal primo giorno, sono parsi subito insolubili. Ma ormai è in pensione e si annoia, quindi ti farà il favore di incontrarti. Donald Bragen abita a Buellton. Era un sergente, a quanto pare gradisce ancora farsi chiamare in questo modo. Domani pomeriggio volerà a Seattle, dove prenderà un piccolo aereo per andare a pescare in Alaska. Se domattina arriverai a Santa Barbara entro le nove, farà colazione con te al Moby Dick di Stearn's Wharf.»

«Porterò il mio arpione.»

«Ciao. Torno alla mia Red Bull e al burrito.»

«A te e a Tony piace lo stesso tipo di cucina?»

«Anche la stessa bettola» rispose.

«Per empatia?»

«Abbiamo entrambi dei palati raffinati.»

***

L'indomani mattina mi misi in viaggio alle sette, rimasi imbottigliato nell'ingorgo dei pendolari da Encino a Thousand Oaks, non badai molto ai limiti di velocità quando superai Camarillo e stavo per raggiungere Santa Barbara alle otto e quaranta. Alcuni chilometri prima dell'uscita di Cabrillo, Milo mi telefonò per avvisarmi che Donald Bragen si era imbarcato su un volo precedente e aveva annullato la colazione.

Adesso mi trovavo a quarantacinque chilometri dalla città di mare, e avevo superato il punto in cui la 101 curva verso l'interno e verso nord e dove scompare ogni traccia di acqua blu. L'uscita di Baca Station Road era ben poca cosa. La distanza da percorrere per raggiungere la svolta non segnalata si avvicinava ai nove chilometri e mezzo. Anche un segugio avrebbe potuto lasciarsela sfuggire.

Dopo aver proceduto sobbalzando lungo una strada la cui manutenzione lasciava a desiderare, attraversai a tutta velocità un boschetto di pioppi neri che finiva con la stessa rapidità di un matrimonio hollywoodiano. Su entrambi i lati della strada si vedevano distese di erba incolta color paglia, alta fino alla vita, e una manciata di tronchi d'albero grigi e contorti. Verso nord, la catena montuosa di Santa Ynez lasciava intravedere una parte di sé, ma manteneva le distanze come un'attricetta titubante.

Avvistai la vecchia miniera di calcare e rallentai per dare un'occhiata. Pannelli deformati di plastica corrugata, che pendevano da anelli di catene, nascondevano quasi tutta la cava, ma attraverso degli squarci nella plastica riuscii a scorgere un abisso scuro. Alcuni cartelli di pericolo, raffiguranti un teschio e delle ossa incrociate, conferivano al luogo un'atmosfera amichevole. Quando fui sul punto di andarmene, un movimento attirò la mia attenzione.

Un coyote rognoso se la svignò nell'erba scompigliando gli steli, e poi scomparve.

Dovetti superare altre macchie di pioppi neri e poi il nulla, prima che l'erba cedesse il passo a un deposito di robivecchi incustodito e a un cartello verde imbrattato di escrementi di uccello da cui si apprendeva che Ojo Negro si trovava a settanta metri sul livello del mare e aveva una popolazione di 927 abitanti.

Dopo meno di un chilometro vidi una donna esile, dai capelli neri, che camminava lungo il ciglio della strada con in mano una grossa gabbia di metallo. La trascinava con entrambe le mani e mi dava le spalle. Proprio quello che non avrebbe dovuto fare.

Il rumore del motore la fece voltare, ma continuò ad avanzare verso una vecchia jeep marrone parcheggiata dieci metri più avanti.

Mi fermai e abbassai il finestrino dal lato del passeggero. Si voltò bruscamente, tenendo la gabbia davanti a sé. Era una trappola per animali con un chiavistello a scatto, così pesante da incurvarle le spalle. Il fondo era ricoperto di macchie marroni.

«Ha bisogno di qualcosa?» Aveva poco più di vent'anni, era di origine sudamericana e indossava una camicia bianca da cow-boy, dei jeans e un paio di stivali. Portava i capelli folti e lucidi legati sulla nuca, lasciando scoperta l'ampia fronte liscia. Aveva gli occhi di un marrone dorato, il naso pronunciato, le labbra sottili. Era una donna straordinariamente bella, spigolosa come un rapace.

«Sto cercando lo sceriffo Cardenas.»

Abbassò un tantino la trappola. «Prosegua. È in città.»

«Quanto dista la città?»

«Si trova subito dietro la prima curva.»

«Grazie.»

«Lei è quel medico di Los Angeles?»

«Alex Delaware.»

La donna annuì. «La sta aspettando.»
«Lavora per lui?»
Sorrise. «Sono sua sorella, Ricki.»
Allungai una mano.
«Non le conviene toccarmi dopo che ho portato questa.»
«Che cos'ha catturato?»
«L'ennesimo coyote. Una delle persone anziane di cui si occupa George li ha visti trafficare con la sua spazzatura, ma non vuole bidoni a chiusura ermetica. Ha ottantanove anni, quindi ogni volta che sente un rumore o trova degli escrementi, chiama George. È un lavoro che spetta alle guardie zoofile, ma provi a farle venire quaggiù se ci riesce.»
«È una volontaria?»
«Sono venuta qui da mio fratello per una settimana, non ho molto altro da fare.» Sollevò la trappola. «Era un cucciolo molto spaventato; emetteva dei versi commoventi.»
«Ne ho appena visto uno più grande vicino alla cava di calcare.»
«Sono dappertutto.»
«Arrivano anche a Los Angeles» dissi. «Quei furfantelli astuti.»
«Non sono poi così astuti, altrimenti non finirebbero in una trappola piena di cibo per gatti. George ha trovato di tutto. Linci rosse, procioni, serpenti a sonagli. Sono stati avvistati dei leoni di montagna, ma lui non ne ha ancora visti. Comunque, devo dare una ripulita. George è nel suo ufficio. Se vuole, può seguirmi.»
Ripose la gabbia sulla jeep e partì. La curva si trovava meno di un chilometro più avanti. Dopo aver svoltato, vidi la strada principale chiamata Ojo Negro Avenue, fiancheggiata da parcheggi a spina di pesce. Quattro veicoli per ventiquattro posti. Tre furgoncini a sponde basse e un Bronco bianco con un lampeggiatore rosso sul tettuccio.
Ricki indicò a sinistra e proseguì.

La strada s'inerpicava verso una collina di terra e un paio di sicomori stentati. Parcheggiai accanto al Bronco. I marciapiedi erano crepati e sprofondati, e le erbacce si insinuavano tra le fenditure. Quasi tutte le facciate dei negozi erano buie, e alcune erano coperte con delle assi. Le attività aperte erano: un cubo bianco di calcestruzzo che recava l'iscrizione 'Sceriffo di Ojo Negro' a caratteri cubitali; un bar di stucco verde pappagallo denominato 'Luci della Ribalta'; un emporio/merceria che fungeva anche da agenzia di assicurazioni e da ufficio postale; un salone di bellezza/barbiere con foto sbiadite appese in vetrina; il cassonetto per la raccolta di cibo abbellito da uno striscione con su scritto 'Sostenete le nostre truppe'.

Le specialità della settimana al punto di raccolta di cibo erano avena, fieno e conigli vivi da riproduzione provenienti dal Belgio.

Nell'ufficio dello sceriffo un uomo giovane, completamente calvo, con indosso un paio di pantaloni cachi, era seduto davanti alla tastiera di un computer. Alle sue spalle c'era una prigione con una sola cella, lucida come la sua testa. Le pareti erano ricoperte dei consueti manifesti di ricercati, comunicati e normative di sicurezza. Il calcestruzzo non era un materiale adatto al nastro adesivo, e alcuni fogli si erano staccati, accartocciandosi.

«Dottor Delaware? Sono George Cardenas.»

«'Giorno, sceriffo.»

Mi strinse la mano cordialmente e sorrise senza riserve. Aveva la pelle chiara come quella della sorella, gli occhi dello stesso marrone dorato. Ma aveva il viso rotondo e mite, privo di quella prontezza da rapace. Sembrava il volto di un bambino; il fatto che non avesse capelli non lo invecchiava minimamente. «Vuole un caffè?»

«Nero, grazie.»

Cardenas riempì due tazze di plastica, aggiunse alla sua del latte e mi fece cenno di sedermi. «È un po' in anticipo.»

«Il mio appuntamento precedente è stato cancellato.»
«L'investigatore Bragen ha cambiato idea, eh?»
«Lo conosce?»
«Gli ho parlato stamattina per la prima volta. Immaginavo che potesse fare una cosa del genere.»
«Perché?»
«Mi è parso infastidito quando gli ho parlato del caso. L'ha definito una causa persa fin dal principio, come se non volesse agitare le acque.»
Accanto al suo computer c'era una catasta di documenti. Prese il foglio in cima alla pila e me lo porse. Era il resoconto degli omicidi Bright e Tranh stilato dallo sceriffo Wendell Salmey.
Appresi alcuni nuovi elementi che DV Zapper non aveva riferito: il salone di Leonora Bright si chiamava Stylish Lady. All'epoca dell'omicidio la donna aveva trentatré anni. Vicki Tranh, da poco arrivata da Anaheim, ne aveva solo diciannove. Il negozio non aveva subìto danni, fatta eccezione per i due cadaveri e parecchio sangue.
Entrambe avevano ancora i gioielli addosso e i guadagni della giornata erano nella cassa, il che faceva escludere il furto.
Salmey scriveva in modo più corretto rispetto al ragazzino, ma non di molto.
«Non c'è nient'altro» mi informò George Cardenas. Si tolse della polvere immaginaria dai calzoni. «Quando ho assunto l'incarico, tutti i documenti dello sceriffo Salmey erano conservati all'interno di scatole in un magazzino di Los Alamos. Ho iniziato a passarli in rassegna nel tentativo di farmi un'idea del paese. Perlopiù, si occupava di faccende di poco conto: mele rubate da un albero, un cane smarrito, di quando in quando una lite in famiglia. Era un sostenitore della diplomazia, piuttosto che della forza.»
«Era indulgente con gli abitanti del posto?»
Cardenas indicò con il pollice la cella della prigione. «Mi

hanno detto che veniva usata solo se un vagabondo doveva dormire per smaltire una sbornia. La moglie dello sceriffo morì undici anni fa, e suo figlio l'anno dopo, a causa di un incidente stradale sulla 101, nei pressi di Buellton. Da quel momento in poi, lo sceriffo si è chiuso in sé stesso.»

«Dieci anni fa, appena prima di quegli omicidi» dissi. «Lei pensa che non fosse al suo meglio.»

Cardenas si mise comodo e accavallò le gambe. «Non voglio sparlare dei morti, tutti dicono che lo sceriffo era un grand'uomo. Ma da quando è stata deviata l'autostrada, Ojo Negro è diventata un posto molto tranquillo. A me non dà fastidio, ma non è un luogo adatto a tutti.»

«Le piace la quiete.»

«A volte divento ansioso, allora chiamo mia sorella e le chiedo di venire qui per un po'; siamo gemelli, lei fa l'infermiera al Cottage Hospital di Santa Barbara, dove le concedono lunghi periodi di vacanza. Ma sono quasi sempre impegnato, quindi la quiete è perfetta.»

«È impegnato col suo lavoro di sceriffo?»

L'uomo guardò il computer. «Le sembrerà sciocco, ma scrivo. O, perlomeno, ci provo.»

«Opere di narrativa?»

Voltandosi, si mise a parlare con un cartello dell'allarme antincendio. «Ho iniziato scrivendo racconti, poi ho letto su una rivista letteraria che non c'è mercato per questo genere narrativo, quindi mi sto cimentando con un romanzo. Non ho ancora iniziato, sto ancora cercando quel che si definisce il mio punto di vista.»

«Un romanzo poliziesco?»

«Dipende da cosa salterà fuori una volta che avrò visualizzato la storia nella mente» rispose. «Mi sono specializzato in due materie all'università del New Mexico. Non riuscivo a decidere cosa preferivo tra lettere e giustizia penale, quindi ho pensato di fare esperienza nella polizia, così magari avrei avuto un argomento di cui parlare in un libro. Ho passato un paio d'anni nella polizia statale, poi è saltata fuori Ojo Negro: non avevano uno sceriffo da cinque anni, così hanno ottenuto una sovvenzione statale di due anni per pagarne uno. Mia sorella e i suoi figli non abitano molto lontano. È divorziata, e il suo ex marito non fa più parte della sua vita. Pensavo che magari avrei potuto esercitare un'influenza positiva su di loro.» Si strinse nelle spalle. «Mi sembrava una buona occasione.»

«Ho parlato con un paio di investigatori al dipartimento di polizia di Santa Fe. Steve Katz e Darrell Two Moons.»

«Li conosco di vista, ma non ho mai lavorato con loro. Ero quasi sempre ad Albuquerque a tenere a bada le bande criminali. Per via di questo lavoro ho avuto a che fare con un paio di omicidi, ho osservato il modo in cui operano i professionisti e ho capito che non fa per me. Sfortunatamente, non sarò in grado di aiutarla a risolvere questo caso. Ho trovato soltanto quel foglio.»

«Posso parlare con qualcuno che era qui nove anni fa?»

«Quasi tutti quelli che vivono a Ojo Negro risiedevano già qui nove anni fa. La maggior parte dei miei concittadini è composta da anziani che non vogliono o non possono permettersi di andarsene. L'emporio prepara la zuppa fresca quando c'è abbastanza richiesta, e il giorno più importante è quello dei controlli della previdenza sociale.»

«Mi consiglia di cominciare da qualcuno in particolare?»

Distese le gambe. «Il tenente Sturgis crede davvero che questo caso potrebbe essere legato a quelli di Los Angeles?»

«È difficile dirlo. Il legame principale è un'automobile nera rubata.»

«Una Mercedes e una Bentley, sì, me l'ha detto. Il verbale originario del furto della Lincoln è sotto la giurisdizione di Santa Barbara, perché l'automobile fu sottratta lì. Ho controllato e risulta dagli archivi. Ho trovato soltanto un documento approssimativo, relativo a un'auto rubata. Quando qualcuno associò l'automobile a quel perditempo che somigliava a Clint Eastwood, il veicolo era già stato pulito e noleggiato di nuovo, e aveva già percorso altre centinaia di chilometri. Non avevano trovato nessun motivo valido per esaminarla, tutto qui. In quanto alle persone che potrebbero ricordarsi di questo caso, ho chiesto in giro e naturalmente chiunque abbia una memoria funzionante se lo ricorda. Fu il primo omicidio dopo quarant'anni. Ma nessuno è in grado di fornire ulteriori dettagli sul perditempo, oltre al fatto che era un uomo bianco, alto, con un lungo soprabito e un cappello da cow-boy. E non sono riuscito a trovare nessuno che l'abbia visto di persona.»

«Uno sconosciuto misterioso.»

«Non ci sono mai molti forestieri, e dubito che nove anni fa le cose andassero diversamente, perché allora l'autostrada era già stata deviata. In realtà non c'è nulla che colleghi questo individuo all'omicidio, se non il fatto che si aggirava nella zona e nessuno lo conosceva.»

«Il soprabito e il cappello avrebbero potuto essere un travestimento» dissi.

«Lo penso anch'io.»

«Esclude che potesse trattarsi di una persona del posto?»

«Assolutamente sì, dottore. Questo è un paese veramente piccolo.» Sorseggiò il caffè. «Mi dispiace dirlo, ma ormai l'intera faccenda mi sembra irrisolvibile. Magari mi inventerò una conclusione e la inserirò nel mio libro.»

«Sarà sicuramente meglio della realtà» commentai.

Batté la tastiera. «Il suo lavoro mi sembra interessante. Un giorno o l'altro potrei chiederle lumi.»

«Certo. Ho notato un salone di bellezza su questo lato della strada. Un tempo era il negozio di Leonora Bright?»

«No, Cozy Coiffure ha sostituito un'altra attività, un ristorante, credo. Lo dirige la famiglia Ramirez. Estella e Ramon, una coppia senza figli. Si sono trasferiti qui da Ventura tre anni dopo l'assassinio di Leonora. Il paese ci ha messo un sacco di tempo a trovare qualcuno; ha dovuto addirittura pubblicare delle inserzioni sui giornali di altre città. Prima, la gente doveva recarsi in automobile a Los Alamos per farsi tagliare i capelli. L'omicidio è avvenuto nell'ultimo negozio lungo la strada che porta fuori città. Vuole dargli un'occhiata? Mi ci vorrebbe proprio una pausa.»

Uscimmo dall'ufficio e attraversammo la strada. Gli chiesi dell'amministrazione locale di Ojo Negro.

«Non c'è né sindaco né consiglio comunale: dipendiamo dalla contea. In pratica, i nostri problemi sono gli stessi della contea, il nostro paese è una specie di figliastro di Los Alamos o di chiunque altro ci voglia adottare.»

«Quanti abitanti ci sono?»

«Sul cartello c'è scritto circa mille, ma sono molti meno. Direi duecento al massimo. Da come vanno le cose, ben presto non rimarrà più nessuno. Bene, eccoci.»

Si era fermato davanti a una delle vetrine, coperte con delle assi. Lo stucco rosa originario faceva capolino attraverso la riverniciatura color cacao che si stava sfaldando a macchie elaborate, come una malattia della pelle.

«Chi è il proprietario?»

«È stato espropriato dalla contea, che non è mai riuscita a venderlo all'asta. A quanto pare non lo vuole nessuno.»

Il pomello della porta era provvisto di una serratura. Cardenas lo girò e la porta si spalancò.

«Non è mai chiusa a chiave?» domandai.

«Certo. Ma non è un granché come serratura. L'ho aperta stamattina con una limetta per le unghie. Entriamo.»

Quanto rimaneva del salone Stylish Lady era un locale vuoto rivestito di pannelli ricurvi di finto palissandro, oscurato dalla finestra ricoperta di compensato e dalle sudice tende avvolgibili di tela cerata che nascondevano una finestra in alto, sul retro.

Cardenas rimase davanti alla porta, tenendola aperta con il suo corpo.

«Altrimenti si chiude e lei si ritrova in una caverna.»

Lo ringraziai e mi misi a perlustrare il locale. Sul retro, la porta era fragile e sottile. I miei passi erano smorzati e felpati. I pavimenti di cemento riproducevano l'effetto di un enorme pannello acustico. Pensai alle due donne massacrate, alle loro grida inascoltate.

Nei film scadenti i saggi investigatori apprendono una gran quantità di informazioni ritornando su scene del crimine dimenticate da tempo. Ma era un luogo buio e inanimato e non sarei riuscito a cavarci nulla.

«Dove conduce la porta sul retro?»

«In una specie di vicolo. Vada a dare un'occhiata.»

Dietro al negozio c'era una striscia di terreno sassoso, parallela a Ojo Negro Avenue, larga quel tanto che bastava per lasciar passare un'automobile. A sud era senza sbocco, a nord c'era l'unica via d'uscita. Tornai dentro e mi rivolsi a Cardenas. «L'assassino avrà supposto che Leonora avesse chiuso per quella giornata e stesse facendo le pulizie.»

«Può essere» assentì lui.

«Visto che il paese è così tranquillo, non avrebbe avuto motivo di chiudere a chiave finché non se ne fosse andata.»

«La gente continua a non chiudere la porta a chiave, dottore. L'anno scorso, subito dopo il mio arrivo, una lince rossa entrò senza problemi in casa della signora Wembley, riuscì a infilarsi nel frigorifero e si mangiò tutta l'insalata di tonno. Quella donna ha ottantanove anni, provi a cambiarla, se ci riesce.»

«È la signora del coyote?»

«Come fa a saperlo?»

«Ho incontrato sua sorella mentre arrivavo in macchina.

Aveva appena rimesso in libertà un coyote che aveva catturato nella proprietà di una signora di ottantanove anni.»

«Dove ha rimesso in libertà quella maledetta bestia?»

«A tre chilometri dal paese.»

«Questo significa che tornerà subito indietro.» Si strinse nelle spalle. «Se fosse stato per me, gli avrei sparato. Ricki si batte per i diritti degli animali. Sì, si tratta della signora Wembley. Attira le bestie selvatiche perché tiene sempre in giro del cibo.»

«È una delle persone con cui ha parlato stamattina?»

«No, stava dormendo in veranda quando sono andato a prendere la trappola, e quella donna ha il sonno pesante. Se vuole, possiamo andare da lei. La signora ha sempre qualcosa da dire su tutto.»

«È il mio tipo di donna.»

«La mia ex moglie era così» disse. «All'inizio è stuzzicante. Poi ci si stanca di essere stuzzicati.»

Risi.

«Io e Ricki abbiamo divorziato a tre mesi di distanza. I nostri genitori si separarono quando avevamo nove anni e adesso sembra che anche il nostro fratello minore sia sul punto di compiere questo passo. Suppongo che non siamo fatti per il matrimonio. Se non vuole vedere nient'altro, io avrei intenzione di chiudere, dottore.»

Salimmo a bordo del suo Bronco; fece inversione di marcia e si diresse lungo la strada imboccata dalla sorella oltre il centro del paese. Raggiungemmo una manciata di abitazioni, perlopiù prefabbricati e case mobili.

Non c'era nessuno in giro, ma Cardenas guidava piano e guardava dappertutto, come fanno i poliziotti.

«Allora,» disse «si è fatto qualche idea dopo aver visto la scena del crimine?»

«Ho soltanto pensato a quanto deve essere stato facile, soprattutto dopo il tramonto.»

«In che senso?»

«L'assassino potrebbe essere entrato da una delle due porte e uscito da quella sul retro. Qualcuno ha ipotizzato chi potesse essere l'obiettivo principale?»

«Intende dire tra la Bright e la Tranh? Non che io sappia. Davo per scontato che fosse la Bright, perché lo sconosciuto era un bianco, e la maggior parte dei pazzi uccide le persone della sua stessa razza. Ma forse ho una mente ristretta.»

«Ha idea del motivo per cui Vicki si fosse trasferita qui?»

Sorrise. «Intende dire come ha fatto a trovare proprio Ojo Negro tra tutti i posti abbandonati da Dio? Non saprei. Di tanto in tanto arrivano degli immigrati, soprattutto ispanici. Con tutte le fattorie e le vigne qui intorno, è il posto ideale per chi vuole lavorare sodo e non desidera essere controllato troppo attentamente.»

«Da chi?»

«Dal Servizio immigrazione, per esempio. Prenda i Ramirez. Quando arrivarono qui, parlavano a malapena l'inglese, ma crede che qualcuno sia venuto a controllare i loro visti di El Salvador o cose del genere? Sono dei bravissimi parrucchieri, tutti sono felici che si siano stabiliti qui.» Appoggiò entrambe le mani sulla pelle abbronzata della testa. «Non che io sia un esperto.»

Svoltò la curva con facilità, si avviò lungo un viale d'accesso in terra battuta e si diresse verso una grossa casa mobile, che si trovava a parecchia distanza dalla strada ed era circondata da una distesa di erbacce. «Questa è la casa della signora Wembley. Ed eccola lì, con la sua aria arzilla e pimpante.»

14

La casa mobile era riparata da una tettoia di alluminio. Mentre avanzavamo, una rotonda sagoma rosa seduta su una poltrona sollevò lo sguardo. A tre metri di distanza, una bocca si aprì su un faccione tondo e rosso e una rivista venne sventolata.

«Accelera, George. Sei tu la legge, non possono mica denunciarti.»

Cardenas sorrise. «Non voglio smuovere il terreno, signora Wembley.»

«Smuovilo pure,» disse lei «magari crescerà qualcosa.»

Parcheggiammo e ci facemmo strada attraverso le sterpaglie morte. La signora Wembley rimase seduta sulla sedia. Indossava una felpa rosa con la scritta 'Las Vegas: la capitale del divertimento!!!' intonata alla sua carnagione. Un paio di pantaloni della tuta grigi contenevano a fatica le sue cosce. I piedi penzolavano a un paio di centimetri dalle assi della veranda. Il resto del corpo straripava dai bordi della sedia.

Quando Cardenas iniziò le presentazioni, la donna lo interruppe sfoderando un sorriso con la dentiera. «Sono Mavis, la signora era mia suocera e non vogliamo ricordarla in altro modo che non sia negativo.»

Delle dita tozze afferrarono le mie e strinsero forte.

Annuì. «È molto carino.»

«Grazie, signora.»

«Anche George è carino. È per questo che faccio in modo che le bestie entrino in casa mia, così posso vedere il mio cavaliere con l'armatura cachi. Stavolta hai mandato tua sorella, George. È colpa del mio alito?»

«Ricki aveva tempo...»

«Stavo scherzando, Galahad. Sei sempre così serio. Allora, dimmi, quel coyote era grosso, eh? Aveva i denti aguzzi. Dove l'ha liberato?»

«Abbastanza lontano.»

«Penso che ce l'abbia con me perché ti chiamo sempre.»

Si lisciò i capelli bianchi ondulati e storse il grosso naso. Le avvamparono le guance, lisce come quelle di un bambino. Il grasso è perfetto per riempire le rughe.

Cardenas scosse la testa. «Certo che no.»

«Quasi sicuramente sì» replicò Mavis, e tastò un bracciolo del suo trono. La sedia era foderata di tela blu e bianca. Il resto della veranda era costituito di tubi di alluminio e strisce di plastica.

«È nuovo il rivestimento della sedia?» chiese Cardenas.

Mavis Wembley si batté la rivista sul ginocchio piegato. «Ti piace?»

«È molto bello.»

«È di Pottery Barn, George. Adoro quei cataloghi, sono una finestra sul mondo intero. Sono adatti soprattutto alla vita in una metropoli come questa.» Diede un altro colpo alla rivista. Si trattava del *New Yorker*.

«Non sapevo che avesse l'abbonamento» fece Cardenas.

«Infatti non ce l'ho» ribatté lei. «Mi hanno mandato una di quelle offerte speciali. Quattro mesi gratis e poi lo puoi disdire senza spese. Pensavo di disdirlo, ma adesso non ne sono più tanto sicura. Tendono a essere troppo prolissi. Non farlo anche tu, quando inizierai a scrivere il tuo libro, George, la chiave di tutto è comunicare, non pontificare. Però ci sono delle notizie interessanti. Su questo numero c'è la storia di un ebreo di New York che cuce giacche di pelliccia per i rapper neri. Tutti quei contestatori protestano contro le violenze sugli animali, ma questo ebreo continua a fare maglioni di ermellino e cose del genere. È un uomo di carattere.»

«Se continua a lasciare in giro cibo, Mavis, potremo mandargli un sacco di pelli» affermò lo sceriffo.

«Una bella pelliccia di cuccioli di coyote per i rapper.» Ridacchiò. «Non sarebbe bello? Chi è quel tuo amico così carino? Un altro poliziotto o uno scrittore?»

«È uno psicologo, Mavis.»

La donna sollevò lo sguardo su di me. «Ho conosciuto alcune persone che avrebbero avuto bisogno di uno come lui. Tipo le suocere. Che cosa la porta qui?»

«Sto raccogliendo informazioni sugli omicidi di Leonora Bright e Vicki...»

«Tranh. È venuto nel posto giusto, perché so chi è stato.»

Cardenas si tirò su i pantaloni. La pistola nella fondina vacillò. «Davvero?»

«Davvero, George. E l'ho detto subito a Wendell Salmey. Non che abbia fatto un accidente in proposito.» Rivolgendosi a me, proseguì: «Era un depresso cronico, quello. E più pigro di uno che truffa lo Stato. Sempre di pessimo umore, camminava con gli occhi bassi, come se tutto ciò che valesse la pena di vedere fosse a terra.» Si sventolò con la rivista. «Dopo che suo figlio si è schiantato in autostrada perché era ubriaco è peggiorato, se ne stava seduto tutto il giorno a non fare nulla. Prima di sposarmi facevo l'insegnante, e Wendell era stato uno dei miei studenti. Era uno di quelli che andavano avanti per inerzia invece di applicarsi. L'unico motivo per cui ha assunto l'incarico di sceriffo è che pensava che non ci fosse nulla da fare – senza offese, George.» Mise di nuovo in mostra la dentiera. «Uno dei vantaggi dell'avere novant'anni è che si può dire ciò che si vuole e passarla liscia.»

«Non sapevo che avessi compiuto gli anni, Mavis.»

«Ho anticipato un po' i tempi. Il gran giorno è il mese prossimo, il sedici, nel caso tu abbia intenzione di mandarmi dei fiori, George. Wendell Salmey è morto giovane. A cinquantanove anni, per un'ulcera perforante. A proposito, che cosa c'entra uno psicologo con Leonora e quella ragazza orientale?»

«I loro omicidi potrebbero avere dei legami con un caso appena verificatosi a Los Angeles.»

«Non ha risposto alla mia domanda.»

«A volte faccio il consulente per la polizia.»

«Legge nella mente, come fanno in televisione?»

«Non proprio.»

«Sto scherzando. So cosa fanno gli psicologi. Accidenti, tutti quelli della vostra generazione sono così maledettamente seri. Allora, ha ucciso qualcun altro, eh?»

«Chi?»

«Il fratello di Leonora. Il fratellastro. È stato lui a uccidere lei e la manicure. George, ti dispiacerebbe essere così gentile da andare a prendermi in cucina una soda e una fetta di formaggio americano? Facciamo due fette, la confezione è sul banco accanto a un coltellino carino di The Sharper Image.»

Cardenas eseguì l'ordine.

Io avvicinai una sedia.

Mavis Wembley sbocconcellò il formaggio e bevve d'un fiato la lattina di soda. Dopo aver porto la lattina vuota a Cardenas, si pulì la bocca e guardò con soddisfazione il tratto di terreno infestato di erbacce. «So che è stato il fratello perché alcune settimane prima Leonora mi confidò che aveva una paura folle di lui. Avevano madri diverse, ma lo stesso padre. Era il padre quello che aveva i soldi, e morì alcuni mesi prima che Leonora mi rivelasse i suoi timori.»

«Era preoccupata per una possibile lite per l'eredità?»
«Non preoccupata, spaventata. Usò questa parola.»
«Come si chiama il fratello?» domandò Cardenas.
«Non lo so, non l'ha mai nominato, lo definiva sempre 'il mio fratellastro'. E sottolineava *fratellastro*. Per far capire che non c'era un legame stretto tra loro.»
«Com'è saltato fuori l'argomento?»
«Mi stava sciacquando la tinta e continuava a far cadere le cose, quel giorno aveva proprio le mani di pastafrolla. E questo non era da Leonora, che è sempre stata una ragazza molto coordinata. Mani d'oro, la chiamavo. A volte mi faceva anche un massaggio al collo e al cuoio capelluto che era meglio del... Comunque, quando si trasferì qui da San Francisco, tutte le ragazze erano felici per via della sua bravura. Prima di lei c'era stata Sarah Burkhardt, che era cresciuta qui; se vuol sapere il mio parere era una mezza ritardata, aveva imparato il mestiere dai libri, un vero disastro. Ci arrangiavamo con lei perché non avevamo nessun altro. Grazie a Dio ha sposato un camionista e si è trasferita. Poi è arrivata Leonora che, a San Francisco, aveva avuto come maestro un parrucchiere omosessuale alla moda.»
«Mani d'oro,» suggerii «ma non quel giorno.»
«Era maldestra. Le chiesi cosa c'era che non andava. Lei rispose 'nulla'. Io dissi: 'Su, confidati, non c'è nessun altro qui.' Infatti non c'era nessuno nel salone. Soltanto io e Leonora. Era brava, ma i suoi servizi non erano molto richiesti, perché le donne del posto credevano di poter ottenere gli stessi risultati con una confezione di tintura e qualche bigodino. Se le vedesse, lo troverebbe ridicolo.»
Chiese a Cardenas un'altra soda.
Quando lo sceriffo tornò dentro casa, disse: «Aspettiamo George. Così non dovrò ripetermi.»
«Certo. Sono d'accordo.»
«Allora pensa che sia un indizio valido? Il fratello, dico.»

«Finora è il migliore che abbiamo trovato.»

Cardenas tornò e aprì la lattina.

«Grazie, George. Torniamo a Leonora. Quel giorno capii che in realtà voleva parlare, quindi insistetti finché non lo fece. Mi disse che suo padre aveva lasciato una cospicua eredità, sua madre era già morta e la matrigna era malata. Quindi i soldi sarebbero stati divisi a metà tra lei e il fratellastro, cosa che per Leonora sarebbe andata benissimo, perché ce n'era abbastanza per tutti. Ma sapeva che a lui non sarebbe bastata. Le chiesi se fosse un tipo egoista. Fu allora che crollò e scoppiò a piangere. Disse: 'Oh Mavis, se solo sapesse. Sembra la persona più gentile del mondo, sempre desideroso di aiutare il prossimo; dà da mangiare ai senzatetto, sorride ai bambini e offre loro caramelle, ma è tutta una finzione. Nel profondo del cuore pensa solo a sé stesso, lo ha sempre fatto, ma ora so che mi procurerà dei guai seri per quel denaro e questo mi spaventa.'»

Sorseggiò la soda, che le colò sul mento, e si affrettò ad asciugarsi. «Le chiesi che tipo di guai seri, lei rispose: 'Non lo so, è proprio questo che mi spaventa, non so di cos'è capace.' Le dissi che, se era spaventata, doveva chiamare la polizia. Mi rispose che avrebbero riso di lei perché non aveva prove, solo sensazioni. Le consigliai di parlare con un avvocato. Se li paghi in anticipo non si metteranno a ridere, sostenevo. Ma era come se non mi sentisse, continuava a ripetere che il fratellastro le avrebbe dato dei problemi, e che nessuno sapeva com'era in realtà. Le domandai di cosa volesse accusarlo, ma mi rispose che sarebbe stato meglio per me non saperlo. Allora non le feci più domande.»

Porse la seconda lattina di soda a Cardenas. «Adesso sono piena. Puoi buttarla o finirla tu, George.» Aveva uno sguardo allegro. «Non preoccuparti, non ho un herpes.»

«Non ho ancora intenzione di andarmene, Mavis. Questa storia è veramente interessante.»

«Non è una storia, George, sono fatti realmente accaduti.»
«Tanto meglio.»
«La troverai ancora più interessante, una volta che ti avrò riferito quanto mi ha raccontato. Disse che il suo fratellastro aveva imparato da solo a scassinare le serrature e lei sapeva che gli serviva per fare irruzione da qualche parte. Per giunta, torturava e uccideva gli animali. Prima insetti, poi piccole bestie e poi chissà che. Faceva queste brutte cose sin da quando era piccolo. Leonora amava gli animali. Aveva due piccoli bichon frisé o come si chiamano, avrebbe fatto qualsiasi cosa per quei cani. Dopo il suo omicidio, scomparvero. Vedete un po' voi.»
«Li teneva in negozio con sé?» chiesi.
«A volte li portava, a volte li lasciava a casa. Ma il punto è che non li vide più nessuno. Lo feci notare a Wendell, ma capii che non mi prendeva sul serio. È questo che intendo quando dico che era pigro. Una donna viene massacrata e i suoi cani spariscono da casa: tu non l'avresti trovato curioso, George?»
«Certo.»
«Wendell non aveva nemmeno un briciolo di curiosità. È colpa della depressione, vero, dottore?»
Annuii.
La donna sospirò. «So che tanto va la gatta al lardo che ci lascia lo zampino, magari vale anche per il cane. Ma quando sono sazi, possono anche tornare indietro. A Wendell non importava, e nemmeno a quell'investigatore di Santa Barbara che mandarono quaggiù.»
«Donald Bragen» dissi.
«Proprio lui» esclamò. «Faceva il duro come Broderick Crawford in *Highway Patrol* – ma allora voi non eravate ancora nati. 'Sì, signora, grazie signora' e si scriveva tutto su un blocchetto. Ma almeno Broderick stava ad ascoltare. Bragen era un idiota, non aveva tempo per nessuno. Ditemi un po',

cosa pensereste se il principale indiziato avesse un movente finanziario e torturasse gli animali, e nel frattempo fossero scomparsi due cani?»

«Davvero, cosa penserei?» ribadii.

Mavis Wembley mi posò una mano sul ginocchio. «Mi piace il suo stile.»

Io e Cardenas rimanemmo con lei per un'altra mezz'ora, durante la quale parlai quasi sempre io, nel tentativo di carpirle altri dettagli sul temuto fratellastro di Leonora Bright.

Ottenni scarsi risultati: non sapeva se fosse più vecchio o più giovane di Leonora e pensava che venisse da San Francisco 'perché è da lì che proveniva Leonora e non aveva mai specificato che lui non fosse originario di quel posto'.

La ringraziai e mi alzai per andarmene.

«È stato un piacere conoscerla» salutò la donna, e afferrò la manica di Cardenas. «George, ieri notte ho sentito dei procioni rovistare nella spazzatura sul retro della casa. Mettiamo delle trappole anche per loro.»

«È un bel tipo, vero?» esclamò Cardenas, facendo marcia indietro sul viale d'accesso sterrato. «Il suo concetto di aerobica è mescolare le carte, ma è sempre in buona salute. Sostiene che sua madre sia vissuta fino a centoquattro anni.»

«Ha un DNA di prima qualità» dissi. «Noi altri andiamo in palestra illudendoci che serva a qualcosa.»

«Ha ragione. Vale la pena seguire la pista del fratello?»

«Abbiamo solo quella.»

«Quanto ha detto sul conto di Wendell concorda con ciò che mi hanno riferito altre persone. Non volevo parlarne per non mancare di rispetto ai morti.»

«Non c'era ragione di tirare in ballo l'argomento. Lui non c'entra niente.»

«Allora, cos'ha intenzione di fare adesso?»

«Torno a Los Angeles, a meno che lei non abbia dei suggerimenti.»

«Purtroppo no. Desidera che faccia qualcosa?»

«Se avesse tempo di rintracciare l'indirizzo di Leonora a San Francisco, sarebbe fantastico.»

«Certo» confermò. «Pensavo anche che dovremmo cercare il certificato di morte del padre e verificare se il nome del fratello compare da qualche parte. Probabilmente, il fatto che Leonora temesse di avere dei problemi per l'eredità appena prima di morire restringe la cornice temporale in cui può essere deceduto.»

«Giusta osservazione. Il modo più semplice di procedere potrebbe essere una ricerca tra i necrologi. Bright era il suo nome da nubile?»

«Penso di sì.» Si mise a sedere con la schiena dritta e premette l'acceleratore. «Questa è una situazione completamente diversa dal solito, per me.»

«In che senso?»

«Sto lavorando.»

15

Mi fermai a Santa Barbara e pranzai a Stearn's Wharf, il luogo in cui avrei dovuto incontrare Donald Bragen.

I pochi turisti presenti erano persone entusiaste e sorridenti che si rimpinzavano di cibo e credevano nell'immortalità. Le anatre e i gabbiani seguivano la marea gozzovigliante, soddisfatti degli avanzi. Al largo del porto si libravano grossi pellicani grigi, che scrutavano la superficie dell'acqua in cerca di prede aspettando il momento opportuno. I loro cugini marroni, più piccoli, si avventavano e si tuffavano e a volte riemergevano dimenandosi.

C'erano un sacco di modi per cacciare.

Dopo mangiato proseguii lungo il molo. Forse Bragen aveva prestato più attenzione alla pista di Mavis Wembley di quanto pensasse lei, ma non aveva scoperto nulla. Oppure la donna aveva ragione e lui l'aveva ignorata. In ogni caso, rivangare il passato sarebbe stato meno divertente che andare a pesca.

Sporgendomi sulla balaustra e inalando l'aria salata, chiamai Milo.

Rispose Rick. «Ciao, Alex. Il telefono di Milo era scarico, quindi ce li siamo scambiati. Mi ha detto che, se avessi chiamato, avrei dovuto riferirti che sarà impegnato fino alle dieci o giù di lì, forse anche più tardi.»

«Hai idea di dove sia?»

«Mi ha detto solo che sarebbe stato fuori per lavoro. Avevo il giorno libero, quindi avevamo deciso di pranzare fuori. Non appena abbiamo ordinato da mangiare, ha ricevuto una chiamata e se n'è andato. Aveva qualcosa a che fare con il ritrovamento di un'automobile. L'ha fatto andare su tutte le furie.»

«Saltare il pasto provoca questo effetto.»

«Si è portato via un sacchetto con il cibo.»

Il cellulare di Rick era staccato. A volte Milo lo spegne, quando deve concentrarsi. Tornai in autostrada e riprovai dopo qualche chilometro.

Stavolta il suo urlo mi scosse gli ossicini dell'orecchio. «Abbiamo trovato la maledetta Mustang di Kat Shonsky!»

«Eppure non sei soddisfatto.»

«Indovina dove diavolo è stata per tutto questo tempo? Nel deposito convenzionato con il dipartimento. L'hanno segnalata come veicolo abbandonato alle cinque del mattino la stessa maledetta notte in cui è scomparsa. L'hanno ritrovata a metà strada lungo il Pass, proprio come avevi ipotizzato tu.»

«Hai idea di chi l'abbia segnalata?»

«Non risulta nessun verbale» ringhiò. «L'hanno considerata una delle solite chiamate seccanti e hanno mandato un carro attrezzi. L'autista ha avuto un lampo di genio e ha notato che sull'automobile non c'erano né documenti né il tagliando dell'assicurazione, e che la targa era scomparsa. L'ha rimorchiata comunque e l'ha scaricata nel deposito. Dove si trova tuttora.»

«E il numero di telaio?» chiesi.

«Qualche giorno dopo hanno cercato di risalire al numero di telaio, l'hanno schedato e se ne sono dimenticati. Ho perso tutto questo tempo a controllare i comunicati e a parlare al telefono, mentre quel maledetto affare era in bella vista, a pochi isolati dal mio ufficio, a riempirsi di escrementi di uccello e accumulare la tassa di custodia. Se non avessi ficcato il naso in ogni deposito convenzionato con il dipartimento, probabilmente sarebbe finita in un'asta della polizia. Ho appena passato un'ora a districarmi tra i documenti per portarla al laboratorio. Prima le ho dato un'occhiata. Non ci sono evidenti tracce di sangue né segni di violenza. E ho un altro mistero da segnalarti, professore: il serbatoio della benzina era completamente vuoto; si è trovata nel posto sbagliato al momento sbagliato.»

«Oppure qualcuno le ha rubato la benzina nel parcheggio del locale e l'ha seguita finché non è rimasta a secco.»

«Appunto» disse. «È per questo che siamo amici.»

«Sono un tipo sospettoso?»

«Sei capace di metterti nei panni di una persona veramente cattiva. Vediamo cosa scoprono i tecnici del laboratorio, ma tra l'autista del carro attrezzi, tutti quelli che nel frattempo ci hanno messo le mani e un indiziato che è stato così accorto da togliere qualsiasi elemento utile all'identificazione, non mi aspetto un granché. In questo momento sto tornando al punto in cui è stata trovata l'automobile. Poi percorrerò di nuovo le strade che fiancheggiano la collina, limitandomi a quelle situate nelle immediate vicinanze. Se riesco a farmi mandare dei cani poliziotto, domani gli faremo dare una bella annusata. Allora, com'è andata nella città fantasma?»

Gli raccontai della dritta fornitami da Mavis Wembley.

«Che fratello terrificante» esclamò.

«Uno scassinatore avrebbe potuto manomettere la catena dell'autonoleggio e prendersi la Mercedes. Se aggiungi anche l'omicidio della Mancusi, abbiamo due crimini in cui compaiono automobili nere di lusso rubate, accoltellamenti e un movente probabilmente legato all'eredità.»

«Sfortunatamente Tony è un tipo casalingo che non ci condurrà da nessuna parte, e gli indizi si sono esauriti. A proposito del suo essere un 'pervertito', non mi sorprenderebbe se fosse stato il tipo dei lampadari – Hochswelder – o uno dei suoi cari parenti a fare la spia per riferirci che è gay, nel caso non l'avessimo capito la prima volta. Adesso che è saltata fuori la Mustang, mi concentrerò sulla Shonsky, perché è possibile che sia stata uccisa anche lei e questo mi consentirà di chiedere un mandato per entrare nel suo appartamento. Il giudice Feldman sta presenziando a un evento organizzato per raccogliere fondi e mi ha detto che, se andrò a casa sua alle dieci, firmerà i documenti necessari. Speriamo che la madre di Kat non si sia consolata troppo. A proposito: se avrò tempo, ho intenzione di chiederle quel prelievo di saliva, perché se il capo parlava sul serio darà la priorità all'esame del DNA. Ma, anche se otterremo un riscontro con quello della macchia, ci rivelerà soltanto ciò che sappiamo già.»

«Kat è morta.»

«Non le venderei un'assicurazione sulla vita. Dio, come sono indaffarato.»

Non era il momento adatto per ricordargli le sue proteste della settimana precedente. «Se il capo parlava sul serio, magari ti darà più uomini per tenere sotto controllo Tony.»

«È difficile credere che abbia qualcosa a che fare con la Shonsky.»

«Non è detto che ci sia un legame diretto» affermai. «Se Tony ha commissionato l'omicidio della madre, qualcuno potrebbe aver assoldato lo stesso assassino per eliminare Kat. E le donne di Ojo Negro.»

«Pensi che si tratti di un professionista itinerante con la passione per le automobili rubate?» chiese. «Che movente economico potrebbe esserci per l'omicidio di Kat? Non era propriamente un'ereditiera.»

«Da quanto abbiamo appreso sapeva essere irritante. Forse in questo caso c'erano dei motivi personali.»

«Potrebbe aver piantato il tizio sbagliato, che ha pagato qualcuno per eliminarla seguendo un piano macchinoso.»

«Oppure ha piantato l'assassino in persona» dissi. «Clive l'ha rimorchiata in un bar e non c'è ragione di credere che sia stato l'unico.»

«Anche i cattivi hanno dei sentimenti.»

«Tutti li hanno. Dipende da come vengono gestiti.»

Alcuni incidenti causati da autotreni e la solita idiozia dell'azienda dei trasporti pubblici californiani allungarono il mio viaggio di ritorno a Los Angeles; quando rientrai a casa era ormai buio. Bevvi del Chivas vicino al laghetto, mi misi Blanche sulle ginocchia e gettai cibo ai pesci. Blanche voleva guardarli mangiare, quindi ci inginocchiammo sul bordo delle rocce. I piccoli erano già quasi abbastanza grandi da inghiottire il mangime e continuavano ad avventarsi sui tremolanti circoletti d'acqua finché non si disintegravano. Gli adulti assecondavano i loro tentativi e si tenevano in disparte.

Robin uscì e ci raggiunse, mangiando alcuni avanzi con le bacchette e rinunciando al suo bicchiere di vino perché aveva in mente di lavorare ancora un po'.

Era più silenziosa del solito.

«Il pezzo grosso del commercio elettronico ti ha richiamata?» le chiesi.

Scosse il capo. «L'asse intagliata del mandolino produce un suono stonato. Se non la sistemo, non riuscirò a dormire.»

«La mia anima gemella.» La baciai, l'accompagnai nello studio e portai in casa Blanche, ormai addormentata.

La mia casella di posta elettronica era piena delle solite chiacchiere inutili, ma c'era un messaggio, inviato pochi minuti prima, che attirò la mia attenzione.

Dr. Delaware,
ho trovato il nome del fratello di Leonora Bright nel necrologio del padre. Per ora non ho scoperto nessun precedente criminale ed era troppo tardi per accedere ai registri delle

proprietà immobiliari di San Francisco e verificare se possiede una casa lì. Vedrò cosa riuscirò a fare domani.

George Cardenas

Gli mandai in risposta un'e-mail di ringraziamento e scaricai l'allegato.

La pagina dei necrologi del *San Francisco Chronicle*. Era una persona così importante da meritare un articolo con tanto di firma.

Il defunto Dr. Whittaker Bright, nato a New York, aveva studiato alla Cornell e alla Columbia e aveva insegnato ingegneria all'università di Berkeley; era un esperto di trasformatori e aveva un brevetto per l'ormai obsoleto dispositivo di commutazione che gli aveva fruttato diritti d'autore per più di un decennio. La morte era sopraggiunta dopo una lunga malattia. Dopo essere rimasto vedovo, 'Whit' Bright si era risposato e lasciava la seconda moglie, Bonnie, una figlia, Leonora di Ojo Negro, e un figlio, Ansell di San Francisco. Invece dei fiori, chiedevano di inviare donazioni all'American Heart Society.

La mia attenzione venne attirata dalla data di morte. Otto giorni prima del massacro di Ojo Negro. La storia di Mavis Wembley sembrava sempre più promettente.

Proprio quando stavo per intraprendere la ricerca di Ansell Bright, squillò il telefono. «Dottore, sono Amber, la sua segretaria. Ho ricevuto una chiamata dall'Alaska da un certo signor Bragen. Non ha voluto rimanere in linea, ma ha detto che può chiamarlo, se vuole. Comunque, sembrava che non gli importasse granché.»

Il numero di Bragen iniziava col prefisso 805. Era andato a pescare al nord, ma usava un cellulare con il prefisso di Ventura-Santa Barbara.

Rispose una voce burbera: «Sì?»

«Sergente Bragen? Sono Alex Delaware.»

«Lo psicologo» disse, come se la mia qualifica lo divertisse. «Ho preso il volo precedente. Quassù il tempo cambia in fretta e i collegamenti sono sempre a rischio. Ho passato troppi giorni all'aeroporto ad aspettare che passassero le tempeste.»

«Capisco.»

«Vuole avere delle informazioni sugli omicidi Bright e Tranh? Non c'è molto da sapere. Sin dal primo giorno sono parsi dei crimini insolubili, e anche se ci fosse stato qualcosa di rilevante per la scientifica, quell'idiota che assunsero come sceriffo rovinò tutto. Avevamo un indiziato, ma non se ne fece più nulla.»

«Di chi si tratta?»

«Dell'ex marito della Bright» rispose. «Ha un alibi inoppugnabile e ha superato l'esame della macchina della verità.»

«Perché sospettavate di lui?»

«Perché era il suo ex marito. Ma se lo scordi, non è lui.»

«Può dirmi come si chiama, tanto per sapere?»

«José qualcosa. È messicano, probabilmente un clandestino, a quei tempi non ci permettevano di chiederlo. Lavorava nel negozio di mangime; scaricava fieno e quant'altro. Sosteneva di essere uno chef molto importante a Guadalajara, ma lo dicono tutti.»

«Gli immigrati, intende.»

«Se sono tutti ricchi, perché vengono qui? Comunque non è il vostro uomo, magari lo fosse stato. Lui e la Bright rimasero sposati per sei mesi, divorziarono e lui si trasferì a Oxnard, dove trovò lavoro come cuoco in un albergo. Ed è lì che lo videro venti persone nel lasso di tempo in cui furono commessi gli omicidi. Ci furono anche dei testimoni, che lo avvistarono prima e dopo. Prima nel suo condominio, poi in un bar durante la notte, a ballare con la sua nuova ragazza, quindi è impossibile. Gli chiesi ugualmente di sottoporsi alla macchina della verità e lui accettò. Superò brillantemente il test. Sosteneva che lui e Leonora si erano separati in modo amichevole e che c'era una cartolina con gli auguri di Natale, spedita da lei, a dimostrarlo. Inoltre, sembrava davvero affranto per la sua morte. E per quanto ne so, non è detto che l'obiettivo fosse la Bright, magari era la Tranh. Non che abbia mai trovato qualcuno disposto a parlare di lei. Mi sono preso la briga di andare a trovare la sua famiglia, una tribù numerosa, giù ad Anaheim. Erano tutti lì a piangere, a disperarsi e accendere candele a Buddha. A dar retta a loro, Vicki era una santa e non aveva nemici.»

«Ha motivo di dubitarne?»

«No» rispose. «Ma non sono un tipo che si fida del prossimo. È stato là, oggi?»

«Certo.»

«Ci vivono ancora quattro gatti?»

«Forse due.»

«In un posto così insignificante, qualcuno avrebbe dovuto sapere qualcosa. Ma quei bifolchi non hanno fatto altro che ripetere quanto fossero gentili quelle due.» Proruppe in una risata aspra. «Le persone gentili sono la rovina degli investigatori.»

«Mentre mi trovavo là, ho conosciuto una donna di nome Mavis Wembley...»

«Ah, quella» borbottò Bragen. «La vecchia cicciona. Ficcava il naso dappertutto e non sapeva tenere la bocca chiusa. Ma non aveva nulla da dire nemmeno lei.»

«Non crede alla storia del fratello di Leonora?»

«Come no. Se vuole seguire quella pista, buona fortuna, amico. Non riesco a credere che sia ancora viva. Grassa come un maiale. Come quell'alieno di *Guerre Stellari*, Jabba qualcosa. Mi *convocava* in continuazione. Era così che diceva: 'Investigatore Bragen, posso *convocarla* per fare due chiacchiere?' Quando si lavora a un caso, non si può escludere nulla, quindi andavo a casa sua; e lei stava lì, seduta sulla sua sedia, a cercare di estorcermi informazioni. Ma, come ho detto, bisogna seguire ogni indizio, quindi parlai col fratello. Anche lui aveva un alibi – era al lavoro, fa un mestiere da gay – ed era una vera mammoletta. Si commosse ancor più di José... Castro, ecco come si chiamava. José Castro, come Fidel.»

«E questo è tutto su Ansell» dedussi.

«Ansell?»

«È così che risulta chiamarsi dal necrologio del padre.»

«Il tizio con cui ho parlato si è presentato come Dale. Anche sua madre lo chiamava così, e immagino che lei sapesse qual era il suo nome. È stata proprio lei a darmi il suo numero. E non perda tempo a cercarla, perché morì pochi mesi dopo Leonora. Di cancro, mentre mi pare che il padre avesse problemi cardiaci. Che famiglia sfortunata. Dale si prendeva cura di lei, era a casa sua quando telefonai.»

«Forse Dale era il suo soprannome» ipotizzai.

«Fa lo stesso. Quel tizio venne a rispondere al telefono con una voce *palpitante*. Fu come parlare con una ragazza. Non è il tipo di persona in grado di sopraffare due donne in salute e di fare ciò che è stato fatto a loro. Se vuole perdere l'appetito, dia un'occhiata alle foto dell'autopsia.»

'Venne a rispondere al telefono.' Non aveva mai incontrato Ansell 'Dale' Bright di persona, quindi non aveva la minima idea di quali fossero la stazza e la forza di quell'uomo.

«Capisco» mormorai.

«Ho messo tutto nel dossier, dottore.»

«Dov'è il dossier?»

«Probabilmente in un magazzino» rispose. «Qualche anno fa hanno spostato tutto ed è stata rubata un sacco di roba. Non è un mio problema. E non dovrebbe essere nemmeno suo. Conviene metterci una pietra sopra.»

Mavis Wembley non aveva nominato José Castro. Trovai il suo numero di telefono tra i miei appunti.

Erano quasi le dieci. Ero pronto a scommettere che fosse una nottambula.

Alzò la cornetta al primo squillo. «Tesoro! Ha risolto qualcosa?»

«Tutt'altro. Ma ho saputo che Leonora era sposata...»

«Con José. Ha parlato con Bragen, vero? Quell'imbecille si era fissato con José ancora prima di vederlo, e può immaginare perché.»

«Perché?»

«José è messicano. Girava voce che il colpevole fosse un messicano. Sa, tutte quelle dicerie sulla droga e sulle bande criminali.»

«Erano infondate?»

«A quei tempi eravamo un paese decisamente razzista. Adesso la maggior parte degli abitanti è di origine messicana, quindi nessuno apre bocca, tranne qualche vecchio cow-boy che alza un po' troppo il gomito. Il mio secondo marito era per metà messicano, avrebbe dovuto vedere che occhiatacce mi lanciavano. Josè era un bravo ragazzo.»

«Era più giovane di Leonora?»

«Aveva più o meno vent'anni. Ed era anche attraente.»

«Non ha mai pensato che fosse il colpevole?»

«Era la persona più gentile che si possa incontrare, dottore. Si è fatto strada a fatica fino a qui. Dopo la separazione, Leonora diceva che erano ancora amici, ma che il matrimonio non aveva funzionato. Vuole sapere la mia opinione? Non sono mai stati nient'altro che amici, e avevano combinato il matrimonio soltanto per far ottenere a lui il permesso di soggiorno.»

«Leonora avrebbe fatto questo per un amico?»

«Lei era così. Quando mi disse che José aveva ottenuto i documenti, era entusiasta. Poco dopo si separarono e José si trasferì a sud, ma la cosa non parve turbarla. Inoltre, che motivo avrebbe avuto lui di farle del male? Non avevano denaro. A differenza della famiglia di Leonora, che ne aveva a palate. Le dico che bisogna puntare sul fratello. Probabilmente Bragen le ha riferito che sono una vecchia pazza impicciona, ma quando vuole fare una gara di intelligenza io sono pronta.»

Risi.

«Dottore, crede che stia scherzando?»

16

L'indomani, a mezzogiorno, incontrai Milo sulle colline sopra il Sepulveda Pass in uno spiazzo vuoto, circa un chilometro e mezzo sopra il punto in cui era stata ritrovata l'automobile di Kat Shonsky.

Due accompagnatori di cani poliziotto setacciavano la boscaglia tra due belle case moderne ornate di colonne, tenendo al guinzaglio un labrador retriever color cioccolato e un border collie. Erano due cani dalla vista acuta e il pelo curato. Entrambi attratti dalla carne putrefatta.

«In risposta alla domanda che non mi hai fatto,» cominciò Milo «questo è uno dei pochi spazi aperti, senza recinzione, nei paraggi. Il che non significa nulla: Kat potrebbe essere ovunque. Ma stamattina presto abbiamo fatto annusare alcuni suoi indumenti a una muta di cani e li abbiamo sguinzagliati per tutta la zona. Per un'ora non è successo nulla, poi uno di loro è corso qui un tantino su di giri.»

«Un tantino?»

«Ha cambiato idea e ha rivolto la sua attenzione altrove. Accade più spesso di quanto si possa immaginare. Comunque, è meglio essere sicuri. Quindi adesso abbiamo portato dei cani che fiutano i cadaveri.»

«Chi è il proprietario del terreno?»
«È condiviso dalle due case confinanti. Vi abitano due sorelle sposate con degli avvocati; hanno intenzione di costruire una piscina in comune. Al momento stanno trascorrendo due settimane insieme in crociera in Sud America.»
«Eccoti una famiglia felice» dissi.
«Non così felice, se Lassie e Rin Tin Tin trovano qualcosa pieno di vermi.» Aveva il volto pallido e i vestiti completamente stropicciati, come se avesse lottato con un ladro.
«Hai passato la notte in bianco?» gli chiesi.
«Mi sono annoiato a morte a tenere sotto controllo la casa di Tony, e alle sette sono andato nell'appartamento di Kat. Sembrava il set di una di quelle trasmissioni per casalinghe.»
«Il tocco magico di sua madre.»
«Ho chiamato comunque i tecnici. Non c'erano tracce di violenza o di lotta, ma a sua madre era sfuggito un sacchettino di marijuana in fondo a una confezione di assorbenti. Non c'erano ricevute di carte di credito, la qual cosa dimostra che la vecchia Monica ha smesso di sovvenzionarla. Non c'erano nemmeno bollette del telefono o dichiarazioni dei redditi, ma Kat non teneva nessun tipo di documento in giro. In casa non aveva neppure un libro, e le uniche riviste erano vecchie copie di *Us* ed *Elle*. Aveva conservato alcuni souvenir di viaggio: ciarpame acquistato alle Hawaii, Tahiti e Cozumel. E anche fotografie. Lei in bikini che sfoggiava sorrisi troppo smaglianti, senza uomini intorno. Come se avesse chiesto a qualcuno di scattarle una foto per dimostrare che era felice.»
«Si direbbe che fosse una ragazza sola.»
Sbadigliò. «Comunque, ho preso una sua camicetta.»
Tornammo a guardare i cani. Il retriever girava intorno allo spiazzo con la concentrazione di un velocista intento ad allenarsi per una gara importante. Si fermò. Riprese a girare. Il border collie aveva perso interesse e il suo accompagnato-

re lo ricondusse a bordo dell'automobile per il trasporto dei cani poliziotto.

«Che vita da cani» esclamò Milo. «Se non succede nulla al più presto, ho intenzione di andare alla boutique in cui lavorava Kat Shonsky. Qualcuno deve sapere qualcosa sulla sua vita privata.»

«Stavo pensando agli omicidi di Ojo Negro» dissi. «Leonora Bright venne assassinata solo otto giorni dopo la morte del padre. La matrigna era gravemente malata, e questo avrebbe fatto sì che i fratelli entrassero in possesso dell'eredità prima del previsto. Un testamento standardizzato avrebbe diviso tutto il patrimonio in due parti uguali e, nel caso in cui uno dei due fosse morto, l'altro avrebbe ereditato tutto. Leonora aveva circa trent'anni, quindi è molto probabile che non abbia mai fatto testamento.»

«Quell'uomo spaventoso del fratello si libera di lei per assicurarsi che non si rivolga mai a un avvocato.»

«È un movente. E non molto diverso da quello che abbiamo ipotizzato per Tony Mancusi: uccide la madre prima che cambi il testamento.»

«Là fuori c'è un sicario specializzato nella risoluzione di problemi legati all'eredità e, guarda caso, l'hanno scovato sia Ansell che Tony?»

«So che sembra assurdo,» risposi «ma pensa alle automobili nere rubate e ai travestimenti.»

«Un sicario itinerante dagli atteggiamenti teatrali... non posso escluderlo, ma prima di formulare ipotesi devo concentrarmi sul presente. Se riuscissimo a trovare una sorta di collegamento tra Tony e Ansell, potrebbe venirmi un colpo.»

«Donald Bragen pensò che Ansell non fosse capace di commettere un simile atto di violenza perché al telefono gli era sembrato effeminato.»

«E Tony si atteggia come una donna fatale. Bene, un sicario dai modi di fare teatrali con una clientela gay. Bragen ha svolto indagini su Ansell oppure ha soltanto appurato le sue caratteristiche vocali?»

«Non conosceva nemmeno il suo vero nome, perché Ansell si faceva chiamare Dale. E fornì un alibi per l'ora dell'omicidio: era al lavoro. Bragen lo prese per buono.»

«Oh, Signore.»

«Lo sceriffo Cardenas ha detto che ha intenzione di investigare sul passato di Ansell. Ieri notte ho eseguito una ricerca approssimativa su internet, ma quel nome non ha fornito nessun riscontro. I Dale Bright che ho trovato sono una quattordicenne che gioca a hockey su prato in una scuola superiore privata della Florida, un agente d'assicurazioni sessantenne dell'Ohio e un ecclesiastico e fattore del Nebraska che scrisse un libro sul frumento e morì nel 1876.»

«Io scommetto sulla ragazza. D'accordo, accertiamoci di aver messo in chiaro ogni cosa...» Si fermò nel bel mezzo della frase.

Il retriever si mise seduto.

Rimase fermo.

Comparve prima la testa.

Kat Shonsky era stata sepolta a meno di un metro di profondità, senza vestiti, distesa supina con le gambe lievemente divaricate. La pelle grigio-verdastra marmorizzata si staccava dallo scheletro. I capelli biondo platino fungevano da nido per i vermi. Nei punti non ancora putrefatti, erano ben visibili dei segni neri. Probabilmente erano ferite da arma da taglio.

Smisi di contare alla ventitreesima.

Nella fossa c'era una sciarpa di seta viola, sistemata in diagonale sull'addome e sulla parte superiore delle cosce. Quando venne tolta, vedemmo la patente di Katrina Shonsky. Incastrata tra le grandi labbra.

«Questo è un messaggio per te» annunciò Diana Ponce,

l'investigatrice mandata dal coroner, inginocchiata sopra il cadavere.

«Dice 'guarda cos'ho fatto'» replicò Milo.

«E 'voglio che lo sappia tutto il mondo.'»

Diana Ponce prese la patente e si fece portare una busta più grande per la sciarpa. Durante l'attesa, controllò il collo di Katrina Shonsky. Non recava segni evidenti di corde, ma era quasi del tutto decomposto e l'ultima parola sarebbe spettata al coroner.

Risistemando la sciarpa sul corpo, sollevò delicatamente ciò che rimaneva della testa con una mano e la tastò con l'altra. «Ha una frattura alla nuca, Milo. Vuoi sentire?»

Milo si abbassò accanto a lei, che guidò la sua mano inguantata. «Oh, sì» disse. «Sembra un guscio d'uovo rotto.»

«Qualcuno le ha dato un bel colpo» aggiunse l'agente Ponce. «Magari per tramortirla prima di accoltellarla?» Sollevò lo sguardo verso le due case identiche. «Si trova così vicino a una proprietà privata che probabilmente l'assassino avrà voluto fare meno rumore possibile.»

Milo si alzò. «Dovresti fare l'investigatore, Diana.»

La donna sorrise. «Secondo la televisione, lo sono già.»

Arrivò la busta. Dopo aver riappoggiato la testa con attenzione, Diana Ponce prese la sciarpa e la spiegò. Era un oggetto leggero: fluttuò nella brezza.

«C'è l'etichetta di Louis Vuitton.»

«Pensavo che producessero soltanto valigie.»

«Producono di tutto, tenente.» L'agente Ponce ammirò la seta. La brezza soffiò più forte e alcuni granelli di terra volarono via dall'indumento e si depositarono sul corpo; lei mise da parte la sciarpa e usò delle pinzette per recuperarli.

Milo disse: «Costa una fortuna, ma l'ha lasciata lì.»

Era l'attacco perfetto per una di quelle barzellette che, a volte, i poliziotti e i tecnici di laboratorio raccontano per attenuare l'aspetto macabro.

Stavolta non lo fece nessuno.

***

Gli addetti dell'obitorio avvolsero il corpo nella plastica e lo portarono via. Alcuni minuti dopo, Diana Ponce se ne andò e i criminologi si misero al lavoro.

«È ora di andare da Monica Hedges. Se vuoi, puoi venire anche tu» disse Milo.

«Va bene.»

Lo seguii fino a Wilshire Boulevard, poi svoltammo entrambi a sinistra. A Warner, accostò e mi indicò di fare la stessa cosa.

«Missione annullata. Nessuno risponde a casa degli Hedges e non è esattamente il momento adatto per lasciare un messaggio. Andiamo a dare un'occhiata al posto in cui lavorava Kat. Sei un tipo alla moda?»

«Non proprio.»

«Che peccato» disse. «Speravo potessi farmi da interprete.»

La boutique La Femme si trovava in San Vicente Boulevard, a ovest di Barrington Avenue, stretta tra una caffetteria specializzata in miscele indonesiane e il salone di un parrucchiere affollato di donne dalle acconciature eleganti. Il negozio era stretto, aveva le pareti alte, intonacate di bianco e ricoperte di manifesti d'annata che pubblicizzavano liquore d'assenzio, e i pavimenti rivestiti di marmo color vino. I pochi mobili erano pesanti e vittoriani, gli abiti in vetrina erano pieni di fronzoli e adatti a indossatrici malnutrite.

Non si vedevano clienti in giro. Io e Milo superammo uno stretto corridoio fiancheggiato da scaffali alti il doppio del normale. Alcuni vestiti e certe camicie erano contrassegnati da un cartellino che recava la dicitura 'saldi', e questo abbassava il loro costo a un prezzo a tre cifre.

La radio diffondeva le note di Edith Piaf, mentre sulle etichette c'era scritto 'Made in France'. Non avevo mai sentito nominare quegli stilisti, ma non significava nulla.

«Non ho badato molto alla roba che c'era nella stanza di Kat,» osservò Milo «ma non era come questa. Non aveva nemmeno sciarpe... Ehi, salve!»

Si rivolse a una brunetta dalle guance scavate, con un top di pizzo nero, seduta dietro il banco, intenta a bere acqua Evian e a leggere *InStyle*. Alle sue spalle c'era un alto scaffale ingombro di gingilli per il bagno, candele a forma di frutta, dentifrici e gel che non avrebbero superato i controlli all'aeroporto.

Si alzò e giunse con passo leggero davanti al banco, a testa alta e ancheggiando come un'indossatrice sulla passerella. Aveva più o meno trent'anni e gli occhi scuri pesantemente truccati. Il fondotinta spesso come la glassa di una torta aveva la funzione di nascondere una pelle non migliore di quella di Milo. Il top nero era infilato in un paio di calzoni bianchi di pelle di vitello.

«Buongiorno, ragazzi. Qualcuno deve acquistare un regalo per farsi perdonare qualcosa oppure c'è in ballo un compleanno?»

Milo scostò di lato il bavero e le mostrò il distintivo. «Polizia. Il cadavere di Katrina Shonsky è appena stato trovato a pochi chilometri da qui. È stata assassinata.»

Le guance scavate si gonfiarono. Le palpebre tremarono. «Oh, mio Dio, oh mio Dio... Kat!»

Le si piegarono le ginocchia. La presi per un gomito e la accompagnai verso un divano di velluto. Milo prese la sua bottiglia d'acqua e gliene fece gocciolare un po' sulle labbra. La ragazza inghiottì. Iniziò a respirare in fretta. Andai al banco e presi un sacchetto che recava il nome del negozio. Quando tornai, respirava normalmente e parlava con Milo.

Il suo nome era Amy Koutsakas, ma si faceva chiamare Amelie e lavorava con Kat Shonsky soltanto da un anno. All'inizio si mise a tessere le lodi della morta. L'ascoltammo finché non ebbe finito, le lasciammo assorbire il colpo e ben presto ci confidò che lei e Kat non erano amiche intime. «Non che intenda parlare male di lei. Dio non voglia.»

«Semplicemente non avete legato» disse Milo.

«Non abbiamo mai litigato, ma se devo essere sincera, tenente, avevamo dei punti di vista professionali diversi.»

«A proposito di cosa?»

«Di questo lavoro. Kat era priva di tatto.»

«Con lei o con le clienti?»

«Sia con me che con le clienti» rispose Amelie. «Non dico che faceva tutto il possibile per essere maligna, è solo che... non so quel che dico. Scusate. Non riesco a crederci...»

«Kat aveva la lingua tagliente» intervenni.

«Sì. Il problema era quel che *non* diceva. Alle clienti.»

«Non era brava a adulare.»

Si tirò su a sedere. «Se devo essere sincera, ragazzi, la chiave di questo lavoro è la paura. La nostra clientela è perlopiù composta da donne mature, chi altri potrebbe permettersi questi prezzi? Abbiamo a che fare con donne che portavano la taglia quarantadue e adesso portano la quarantotto. Quando si invecchia il corpo cambia. Lo so perché mia madre faceva la ballerina ed è successo anche a lei.»

Si accarezzò il ventre piatto.

«Kat non lo capiva» aggiunse Milo.

«Ci sono un sacco di donne che vengono qui per occasioni speciali. Vogliono sembrare bellissime e sono disposte a pagare per questo. A volte è un'impresa, ma bisogna assecondare la cliente. Se ne devono studiare i punti forti e quelli deboli senza farsi notare e guidare la cliente verso articoli che riducano al minimo i difetti. Se prova un capo che le sta malissimo, bisogna dirle qualcosa di gentile e indirizzarla verso qualcos'altro.»

«Psicologia applicata» affermò Milo.

«Mi sono specializzata in psicologia all'università e, credetemi, mi è di grande aiuto.»

«Kat non aveva questo approccio?»

«Kat pensava che il suo lavoro consistesse nell'aiutare a portare indumenti nei camerini e starsene lì a guardarsi le unghie mentre le clienti se li provavano. Non esprimeva mai un'opinione di sua spontanea volontà. Mai. Nemmeno quando la cliente ne aveva visibilmente bisogno ed era alla disperata ricerca di approvazione. Ho cercato di farle capire che non siamo delle semplici inservienti. Mi rispondeva sempre: 'Sono adulte, in grado di scegliere da sole.' Ma non è il comportamento giusto. Le persone hanno bisogno di sostegno, vero? Anche se un abito calzava a pennello, Kat se ne stava lì senza dir nulla. Non forniva indicazioni, e così diverse clienti finivano per riportarci i vestiti che aveva venduto lei. La merce restituita viene dedotta dalle provvigioni.»

«Voi due vi dividevate le provvigioni?» domandò Milo.

«Una volta era così, ma poi ho detto ai proprietari che non avrei mai accettato di dividerle con una come Kat. Siccome mi stimano, hanno acconsentito e alla fine guadagnavo tre volte più di Kat.»

«Le provvigioni sono una parte consistente del vostro stipendio?»

«Il settanta percento.»

«Quindi Kat non faceva esattamente soldi a palate.»

«E accidenti, come si lamentava. Di continuo. Era assurdo. Doveva soltanto comportarsi in modo gentile.» Si morse il labbro. «So che sembra che la stia criticando, ma è la verità. È per questo che, quando non è più tornata e non ha più risposto alle telefonate, i proprietari hanno pensato che avesse tagliato la corda. Dopo tre giorni l'hanno licenziata.»

«Chi sono i proprietari?» chiese Milo.

«Il signore e la signora Leibowitz» rispose. «Hanno fatto soldi nel settore della floricoltura e sono andati in pensione. Per Laura – la signora L. – è cominciato tutto come un passatempo. Andavano a Parigi ogni anno e lei portava a casa un sacco di roba elegante che le sue amiche adoravano.»

«I proprietari non si fanno mai vedere in negozio?»

«Quasi mai. Io sono la direttrice e Kat è... era la vicedirettrice.» Il verbo al passato la fece trasalire. «Avete idea di chi possa essere il colpevole?»

«Non ancora» rispose Milo. «È per questo che siamo qui.»

«Non riesco nemmeno a immaginare chi possa aver fatto una cosa simile.»

«Kat non ha mai litigato con una cliente? O con qualcun altro?»

«No, no, la nostra è una clientela sofisticata. Sono tutte donne gentili.»

«Che mi dice degli uomini con cui usciva Kat?»

«Non ho mai conosciuto nessuno di loro,» replicò «ma da quanto diceva, aveva frequentato un sacco di falliti e aveva deciso di lasciar perdere gli uomini.»

«Qualcuno in particolare?»

«Oh, non mi ha mai fatto nomi. Esprimeva solo dei commenti. Le piaceva fare commenti.»

«Sugli uomini?»

«Sugli uomini, sul lavoro, sulla vita in generale. Su sua madre – parlava spesso di sua madre. Diceva che le faceva un sacco di pressioni perché si adattasse al suo modello, e lei non lo sopportava. Da quanto ho potuto capire, era stata una bambina infelice. Fondamentalmente mi è parsa una persona infelice. Probabilmente è per questo che beveva.»

«Sul lavoro?»

Silenzio.

«Amelie?»

«Talvolta arrivava con l'alito che sapeva fin troppo di menta. Un paio di volte si è dimenticata le mentine e ho sentito l'odore di alcol. Ho iniziato a tenere del collutorio per lei.»

«La piaceva divertirsi?»

«Immagino di sì» rispose. «Sapete chi può rispondere a queste domande meglio di me? La sua amica Beth. Lavora in una gioielleria in fondo all'isolato. È stata lei a dire a Kat che avevano aperto questo negozio.»

«Grazie per l'informazione» disse Milo.

«Sono felice di esservi stata d'aiuto.»

Ci accompagnò alla porta, sistemando degli indumenti al suo passaggio. Prima che Milo posasse la mano sul pomello della porta, aggiunse: «Probabilmente non si tratta di nulla di importante, ma forse c'è una cosa che dovrei riferirvi. Su un cliente.»

Ci fermammo.

«Non è scoppiata una vera e propria lite, ma... sono sicura che non è nulla di importante.»

«Tutto può esserci d'aiuto, Amelie.»

«Bene. Circa un mese fa, forse cinque o sei settimane fa, siccome avevo la mattina libera, venni al lavoro dopo pranzo e trovai Kat di un umore davvero strano. Rideva molto, e questo non era da lei. Le chiesi cosa le fosse successo e mi rispose che non le era mai capitata una cosa così divertente. Era appena entrato un cliente – un uomo – che si era messo a curiosare tra gli articoli in saldo. Kat aveva pensato, come ho fatto io con voi, che stesse cercando un regalo. Lo aveva ignorato, come al solito. Quel tizio continuò a ispezionare la merce, concentrandosi sulle taglie più grosse. Dopo un po', Kat si innervosì e infine andò a chiedergli se avesse bisogno d'aiuto.»

«Perché si innervosì?»

«Perché era da sola con lui e perché ci metteva tutto quel tempo. Non siamo un grande magazzino, quanto ci vuole per passare in rassegna tutta la mercanzia? E la maggior parte degli uomini non ha nemmeno un briciolo di pazienza, entra ed esce subito oppure ci chiede aiuto. Comunque, quel tizio le disse che andava tutto bene e lei tornò al banco. Ma c'era qualcosa che non la convinceva, e andò a controllare di nuovo. Non riuscì a vederlo, ma lo udì dietro a uno degli scaffali, così gli diede un'occhiata. Quel tizio aveva scelto un vestito e se lo teneva davanti al corpo. Lo lisciava, come se volesse verificare se gli stava bene. Kat disse che non riuscì a controllarsi e scoppiò a ridere; quando l'uomo la udì, per poco non cadde, rimettendo a posto il vestito. Ma invece di scusarsi, Kat rimase lì. E invece di scappare via, quel tizio si voltò a guardarla. In modo... sfacciato. Come se sentisse il bisogno di dimostrarle che non si vergognava. Kat mi disse che si era stufata di quella storia, non aveva intenzione di farsi prendere a pesci in faccia da un balordo, quindi lo aveva fissato a sua volta. Penso che lo si possa definire uno scontro.»

«Si direbbe che fosse un balordo che sapeva il fatto suo» disse Milo.

«Kat lo trovò divertente» continuò Amelie. «Io ero sbigottita. Tutti hanno i loro segreti, perché farli sentire stupidi?»

«Poi cos'accadde?»

«Quel tizio la fissò un altro po', infine si arrese e se ne andò in fretta. Kat disse che aveva riso ancora per fare in modo che lui la sentisse mentre sgattaiolava via. Probabilmente non è nulla di importante, ma mi avete chiesto se ha mai avuto dei problemi.»

«Kat le descrisse quel tizio?»

Sgranò gli occhi truccati di nero. «Pensate che possa essere stato lui? Oh no, e se ritorna?»

«Sono sicuro che non c'è nessun legame, Amelie. Ma dobbiamo raccogliere più informazioni possibili.»

«Mi spaventerebbe a morte» disse lei «l'idea di trovarmi qui con...»

«Andrà tutto bene, Amelie. Kat glielo descrisse?»

«No, no. Si limitò a raccontarmi la storia e si mise a ridere. Continuò a ridacchiare per il resto della giornata.»

17

In fondo all'isolato si intravedeva una gioielleria di nome Cachet. Milo guardò l'ingresso. «Dal momento che sono un investigatore da urlo, nonché un pezzo da novanta nel mio campo, deduco che quello è il posto in cui lavora Beth Holloway. Ma prima mi ci vuole un po' di zucchero.»

Lo seguii all'interno di un bar. Il locale era semivuoto, ma ci volle un po' per attirare l'attenzione del ragazzo con l'i-Pod nelle orecchie nascosto dietro la macchina dell'espresso. Milo prese due ciambelle ripiene di panna grosse come un frisbee, riempì un bicchiere di plastica di acqua del rubinetto e portò il suo bottino davanti a uno sgabello nell'angolo.

Ingurgitò una ciambella. Si ripulì il mento. «Era da un po' che non mi occupavo di un caso dai *risvolti insoliti*.»

Anni addietro, aveva un capitano che faceva in modo di assegnargli tutti gli omicidi dai 'risvolti insoliti' che venivano segnalati al dipartimento. E questo significava qualsiasi crimine fuorché i delitti commessi da uomini su donne, e più erano efferati tanto era meglio. Il corpo di Kat Shonsky recava i segni di un omicidio passionale: la botta alla testa sferrata all'improvviso, le coltellate con cui aveva infierito l'assassino, la posizione oscena, la collocazione irriguardosa della patente. Ma nulla suggeriva che non si trattasse di un omicidio commesso da un uomo su una donna.

«Non sono sicuro che ci siano risvolti insoliti, amico.»

Sorrise.

«Che cosa ci trovi di divertente?»

«Chissà dove andremo a finire.»

Le vetrine della gioielleria erano piene di sfarzo e di tentazioni. Un giovane dal viso appuntito, con indosso un completo scuro, ci esaminò prima di farci entrare. Una volta che fummo dentro, tenne le mani sotto il banco.

Milo si presentò e chiese di Beth Holloway, facendo tranquillizzare il ragazzo.

«Quella è Beth.» Ci indicò con lo sguardo una biondina minuta intenta a mostrare un vassoio ricoperto di velluto grigio, pieno di anelli, a un uomo dai capelli bianchi sugli ottant'anni.

Beth Holloway aveva grandi occhi chiari, una pelle perfetta, braccia lisce e abbronzate. Una serie di bracciali a cerchietto le cingeva i polsi sottili. Indossava un vestito grigio scuro aderente e scollato e non disdegnava di piegarsi in continuazione per mettere in mostra un florido décolleté lentigginoso. L'attenzione del cliente si divideva tra quella profusione di pelle e i gingilli sul vassoio.

«È bellissimo, non trova, signor Wein?» fece lei.

Il vecchio sospirò. «È sempre una scelta difficile.»

Beth gli toccò il polso. «Lei sa sempre cosa fare, signor Wein.»

«Se lo dice lei...» Sollevò un anello di platino e zaffiri. «Che cosa ne pensa?»

«È perfetto, le piacerà tantissimo.»

Wein alzò l'anello verso la luce e lo rigirò.

«Vuole la lente di ingrandimento?»

«Come se ci capissi qualcosa.»

Beth rise. «Mi creda, signor Wein, queste sono pietre di grande valore. E quelle sono piccole baguette, non schegge qualunque.»

Lo rigirò ancora un po'. «D'accordo, questo va bene.»

«Ottimo! Farò sistemare la misura e tra due giorni sarà pronto per la signora Wein. Vuole che glielo faccia recapitare a casa?»

«Stavolta no, glielo darò a cena.»

Beth batté le mani. «Com'è romantico! È davvero una donna fortunata.»

«Dipende in che giorno glielo chiede.»

Il cliente se ne andò e la donna si rivolse a noi, lisciandosi il vestito. «Salve!»

Milo si presentò e le disse perché eravamo lì.

Rimase raggelata.

Scoppiò a piangere. Si coprì il viso con una mano e si appoggiò con l'altra sul ripiano del banco.

L'uomo col completo scuro prese il vassoio, lo mise sotto chiave e ci guardò incuriosito.

«Mi spiace di doverle dare questa notizia» disse Milo.

Beth Holloway corse nel retro del negozio, spalancò una porta e scomparve.

L'uomo col completo scuro chiese: «Si tratta di Kat, la ragazza del La Femme?»

«La conosce?»

«Accidenti» esclamò.

Milo ripeté la domanda.

«Ci sono andato un paio di volte per prendere qualcosa a mia moglie.»

«L'ha servita Kat?»

«Era lì, ma non ha fatto un granché» rispose l'uomo. «Si tratta proprio di lei, eh? Che strana sensazione.»

«Quale?»

«Conoscere qualcuno che è stato ucciso.»

«Cosa può dirci di lei?»
«Nulla. Ve l'ho appena detto.»
«Detto cosa?»
L'uomo increspò le labbra.
«Non era una commessa efficiente» intervenni.
«No, ma a me non importava» replicò l'uomo. «Mi piace sbrigarmela da solo. Coi gioielli, bisogna assistere i clienti. Ma coi vestiti, va bene qualsiasi cosa ti piaccia.»
Beth Holloway tornò con un maglione color cioccolato sopra il vestito. Aveva gli occhi gonfi. Le labbra sembravano livide.
«Cos'è successo a Kat?» chiese.
Milo la guardò. «Non ne sappiamo ancora molto. Ha un po' di tempo da dedicarci?»
«Può scommetterci. Farei qualsiasi cosa per aiutarvi a trovare la bestia che ha commesso una cosa del genere.»
«Le viene in mente qualcuno?»
L'uomo col completo scuro si era avvicinato furtivamente.
Beth Holloway sospirò. «Magari, ma purtroppo no.»
«Andiamo a fare una passeggiata» propose Milo.
Quando uscimmo, Milo si diresse verso la caffetteria.
Beth si toccò lo stomaco. «Mi viene da vomitare. Limitiamoci a fare due passi.» Si avviò agitando le braccia. «Mi ci vorrebbe una corsa di una quindicina di chilometri.»
«Per me invece ci vorrebbe un'ambulanza.»
«Dovrebbe provarci anche lei. È terapeutico.»
«A Kat piaceva fare esercizio?»
«Neanche un po'. Ho provato a coinvolgerla.» Rallentò e poi riguadagnò velocità. Ci facemmo largo davanti alle vetrine dei negozi schivando i pedoni. Beth Holloway procedeva a tutta velocità tra la folla come se avesse in mente qualcosa.
Milo le lasciò scaricare le energie per un isolato e mezzo. «C'è qualcosa che vuole dirci prima che iniziamo a porle delle domande?»

«A Kat piacevano i falliti, ma non riesco a pensare a nessuno di così cattivo.»

«Può farci qualche nome?»

«C'era Rory... Rory Cline. Smista la posta in un'agenzia della Rappresentazione e Promozione Creativa e si illude di poter diventare un agente importante. Deve avere quarant'anni, ma si sforza di sembrare più giovane. Kat l'ha conosciuto in un locale. Non so dove. Era attratta da lui, ma a quell'uomo non interessava il sesso, voleva soltanto stare mano nella mano ad ascoltare musica. Non la faceva sentire attraente.»

Milo si annotò quel nome. «E poi?»

«Poi c'era Michael... com'è che si chiamava di cognome...» Si picchiettò la testa. «Mi dispiace, mi sfugge. Michael, a differenza di Rory, *adorava* fare sesso. In continuazione. Kat diceva che era uno stallone, ma alla fine è saltato fuori che era sposato. Era un ragioniere, credo. Michael Browning, ecco come si chiamava.»

«Kat smise di frequentarlo quando lo scoprì?»

«No. Ma si era annoiata. Di lui e del sesso. Molto fumo e poco arrosto, diceva Kat. Il terzo era un vero coglione: un bifolco che aggiustava le Rolls-Royce.»

«Clive Hatfield» disse Milo.

Beth si strinse nelle spalle. «Sospettate di lui?»

«Rianna ci ha fornito il suo nome, quindi siamo andati a parlare con lui.»

«E?»

«Non è certo il principe azzurro, ma sfortunatamente ha un alibi di ferro. C'è qualcun altro?»

«No» rispose Milo. «Rory, Michael e Clive, la banda dei falliti.» Milo si fece raccontare l'ultima notte di vita di Kat Shonsky. Beth era più che disponibile a parlare della sua relazione con Sean, il levigatore di tavole da surf, che stava diventando 'sempre più profonda'. «È solo una coincidenza, sapete? Intendo dire che mi dispiace che Kat sia dovuta tornare a casa da sola in macchina, ma non è colpa mia, vero?»

«Naturalmente no.»

«Era incavolata. Per caso quello che le è successo è collegato al fatto che guidava ubriaca?»

«Sembrerebbe di no.»

«Grazie a Dio, altrimenti mi sentirei malissimo.»

«Beth, c'è qualcun altro di cui dovremmo essere informati oltre a Rory Cline e Michael Browning?»

«Non mi viene in mente nessuno.»

«Quella sera Kat non ha conosciuto nessuno al locale?»

«No. Per questo era incavolata. Abbiamo pensato di invitarla, ma poi ci siamo rese conto che si sarebbe sentita a disagio.» Accelerò il passo, digrignò i denti e pianse in silenzio.

«Kat le ha mai detto di avere problemi con qualcuno?»

«Solo con sua madre. Non andavano d'accordo.»

«E al lavoro?»

«Odiava quel lavoro, pensava che la sua collega fosse una leccaculo. Mi dispiaceva, perché ero stata io a dirle di quel negozio.»

«Cosa non sopportava di quel lavoro?»

«La pagavano poco, era noioso e chi più ne ha più ne metta. Kat ha avuto una vita dura. Il suo vero padre morì quando era piccola. Sua madre era una sgualdrina, sempre piena di uomini che andavano e venivano. Alla fine, ha trovato un riccone.»

«Kat andava d'accordo con il riccone?»

«In realtà preferiva lui a sua madre. Diceva che era più tranquillo e non le faceva pressioni. Da sua madre riceveva soltanto critiche.» Inspirò e trattenne il fiato per un po', prima di espirare. «Kat era bella, ma non sapeva di esserlo. La verità è che – me ne rendo conto solo ora – non l'ho mai vista davvero felice.»

«Come affrontava la sua infelicità?»

«Che cosa intende dire?»
«Certe persone scappano.»
«Oh,» esclamò Beth «lei cercava rifugio nell'alcol. A volte si lasciava prendere la mano. Ma mi ha appena detto che la guida in stato di ebbrezza non c'entra nulla con quanto le è successo.»
«Infatti. Kat non ha avuto dissidi con nessuno, di recente?»
«Non che io ricordi.»
«Una persona ci ha raccontato uno strano episodio, Beth.»
«Cioè?»
Milo le riferì l'incidente del travestito.
La donna mormorò: «Ah, quello.»
«Quindi gliel'ha raccontato.»
«L'ha trovato esilarante.» Il cenno di un sorriso ci rivelò che Beth era d'accordo con lei.
«Le ha descritto questo tizio?»
«Oh, mio Dio, pensate che possa trattarsi di lui?»
«Stiamo solo raccogliendo informazioni, Beth.»
«Mi ha detto che non sembrava un finocchio, e che non l'avrebbe mai capito.»
«Era virile?»
«Immagino di sì.»
«Mi permetta di chiederle un'altra cosa, Beth. Kat era tipo da farsi impressionare dal denaro?»
«Non lo siamo tutti?»
«Non è che ne era particolarmente attratta?»
Quel volto grazioso venne sopraffatto dalla confusione.
«Belle case, conti spese, automobili di lusso... Qualcuna di queste cose faceva colpo su di lei?»
«Certo, tutte quelle che ha nominato» disse Beth Holloway. «Ma questo vale per chiunque.»

18

Milo eseguì delle ricerche su Rory Cline e Michael Browning. Fu facile trovare Cline: nella contea di Los Angeles risultava soltanto un automobilista con quel nome. Aveva un appartamento a Studio City, non aveva precedenti penali e non erano stati emessi mandati nei suoi confronti. Possedeva un'Audi di undici anni.

Invece scovò sedici Michael Browning. Restringendo la ricerca ai tre che vivevano nella Valley ed effettuando un controllo incrociato degli elenchi delle professioni, saltò fuori un ragioniere: Michael J. Browning, che lavorava in un ufficio di Lankershim Boulevard, vicino agli studi della Universal.

Aveva una Saab di un anno e la fedina penale pulita.

«Un modesto impiegato che smista la posta e un ragioniere» disse Milo. «Nessuno dei due dovrebbe avere una particolare attitudine al furto d'auto, ma andiamo comunque a parlare con entrambi.»

La Rappresentazione e Promozione Creativa occupava una fortezza di travertino e vetro verde vicino all'incrocio tra Wilshire Boulevard e Santa Monica Boulevard. All'interno era costruita con la stessa pietra beige. Un murale che raffigurava degli individui rigidi intenti a guardare un film dominava il luminoso atrio alto tre piani. Il lucernario opalescente puntava invano a creare l'illusione di trovarsi all'aperto. A Mussolini piaceva il travertino, ma lo appesero a una corda prima che potesse rimodellare Roma.

Due receptionist con camicie di seta color grigio piombo si nascondevano dietro un alto banco e sussurravano nei microfoni collegati agli auricolari che avevano nelle orecchie. Accanto a loro, c'era un corpulento uomo di colore con un completo di qualità scadente.

Milo si avviò a grandi passi verso uno degli uomini in camicia grigia e gli mostrò il tesserino. L'addetto alla sicurezza sorrise e rimase al suo posto. Il receptionist continuò a parlare. A quanto pareva era impegnato in una conversazione privata.

Milo attese, poi batté una mano sul banco. L'addetto alla sicurezza sfoderò un sorriso ancor più smagliante quando il receptionist sobbalzò.

«Resta in linea.» Abbozzò un sorriso fugace, genuino come il silicone. «Siete qui per un appuntamento?»

«Siamo qui per incontrare Rory Cline.»

«Di chi si tratta?»

«Smista la posta.»

«Chi smista la posta non riceve visite.»

«Adesso sì.»

«L'orario di lavoro è...»

«Irrilevante. Lo chiami.»

L'uomo con la camicia grigia indietreggiò. Lanciò un'occhiata all'addetto alla sicurezza. Vide una schiena ampia.

«Senta, non so nemmeno come contattare quelli che lavorano lì.»

«È ora che lei impari a farlo» gli disse Milo.

Ci vollero diverse telefonate sussurrate in tono perplesso e la ripetizione frenetica della parola 'polizia' prima che l'uomo con la camicia grigia annunciasse: «Sta arrivando, potete aspettarlo laggiù.»

Rimanemmo in attesa vicino a delle sedie marroni. Cinque minuti dopo un ascensore si aprì e un uomo minuto, dai capelli scuri e le spalle spioventi, si avvicinò a noi a grandi passi.

Rory Cline dimostrava tutti i suoi quarant'anni e anche qualcuno in più, con le guance scavate e gli occhi gonfi. I capelli a spazzola gli si addicevano come a un pesce rosso si addice il rossetto. La sua camicia bianca era stropicciata e informe come un fazzoletto di carta usato. Una sottile cravatta nera penzolava sotto la vita stretta dei pantaloni che indossava, grigi e dritti come la cannuccia di una pipa.

Si diresse verso la porta principale, ci superò a passo spedito e uscì dall'edificio.

Lo trovammo a mezzo isolato di distanza, mentre percorreva Linden Drive con le mani affondate nelle tasche.

«Signor Cline?»

«Che cosa volete da me? Adesso tutti penseranno che sono un criminale!»

«Nel suo campo, potrebbe aiutarla a fare carriera» commentò Milo.

Cline sgranò gli occhi. «Molto divertente. Non riesco a credere che lei vi abbia mandati qui. Ho già fornito la mia versione dei fatti ai vostri colleghi e loro mi hanno creduto quando gli ho detto che la sua storia era una balla. Adesso siete tornati? Perché? Perché lei ha una barca di soldi, è così che fate voi, come in quel film di Eddie Murphy? Che diamine, mi sembra di vivere in una fottuta commedia di Beverly Hills!» Si muoveva a scatti e parlava come una mitragliatrice, con le pupille contratte.

«Lei» esclamò Milo.

«Lei, ella o che altro» disse Rory Cline. «Permettetemi di

darvi dei ragguagli: l'unico motivo per cui continua a battere su questo tasto è che probabilmente ha saputo che devo salire di grado e vuole approfittarne.»

«Congratulazioni per la promozione.»

«Sì, tra poco la otterrò. O *avrei dovuto* ottenerla, prima che arrivaste voi. Probabilmente avete rovinato tutto. Mi hanno preso in considerazione per fare da assistente a Ed LaMoca. Non so se mi spiego.»

«È un pezzo grosso.»

«Del calibro di...» continuò Cline sciorinando un elenco di stelle del cinema. «Tutti vogliono lavorare per lui, mi ci sono voluti *anni* per raggiungere questa posizione, e adesso che siete arrivati voi penseranno... Come avete potuto fare una cosa del genere soltanto perché ve l'hanno detto quei bastardi? Vi hanno raccontato delle balle, cazzo, tutta questa storia è una fottuta montatura.»

Il ritmo con cui parlava era passato da frenetico a quasi incomprensibile. Mi chiesi se quell'edificio fosse abbastanza grande da nascondere un laboratorio di anfetamine.

«Chi crede che ci abbia chiamati, signor Cline?» domandò Milo.

«Chi credo? Loro. Quella stronza persiana e il suo fottuto marito persiano. Non importa cosa vi hanno raccontato, è stata lei a urtarmi, a distruggere il mio paraurti, a distruggere il mio bagagliaio, a distruggermi una luce posteriore. Io ero davanti e lei dietro, e non è possibile che io sia indietreggiato, visto che non eravamo nemmeno in salita, cazzo. Non vi ho chiamati perché non ero ferito, e lei aveva ammesso che era colpa sua e aveva promesso di pagarmi il più presto possibile. Poi se n'è andata a casa a raccontare tutto a quella fottuta testa di cazzo del suo ricco marito che vende tappeti, e lui ha iniziato a ricamarci sopra. Bene, se vogliono litigare, io sono pronto. Quel che non capisco è perché siete venuti qui a sprecare tempo, visto che ho già parlato con la sua compagnia di assicurazioni e mi hanno detto che mi credono, è ovvio che non sono indietreggiato addosso a lei. L'unico motivo per cui non avevo l'assicurazione è che era scaduta dopo che mi sono trasferito qui dall'Amministrazione Creativa Internazionale e, se leggeste i verbali dell'assicurazione, lo sapreste.» Fece una decina di passi e tornò indietro. «Posso tornare al lavoro per cercare di non mandare tutto all'aria?»

«Non siamo qui per il suo tamponamento» lo fermò Milo bruscamente.

«Allora perché? Ho da fare!»

«Si calmi.»

«Non si azzardi a dirmi una cosa del genere. Probabilmente mi avete appena rovinato la vita, quindi non...»

«La smetta...»

«La smetta lei!»

«Stia zitto. *Subito.*»

Qualcosa nella voce di Milo mise fine a quella filippica. Cline si torse le mani.

«Ricominciamo da capo...»

«E adesso cosa volete? Oh, maledizione» mugugnò Cline. «Non chiudo occhio da non so quante...»

«Allora abbiamo qualcosa in comune, signor Cline. Sto indagando su un omicidio.»

«Omi... che? Qualcuno è stato *ucciso*? Chi?»

«Kat Shonsky.»

Cline assunse una postura più rilassata, come se gli avessero fatto un'iniezione di Valium. «Sta scherzando.» Sorrise.

«Lo trova divertente?»

«No, no, questa cosa è del tutto assurda. Mi avete preso alla sprovvista, cazzo. Chi l'ha uccisa?»

«È quanto stiamo cercando di scoprire. Che cosa c'è di assurdo?»

«Il fatto che qualcuno sia stato ucciso.» La bocca di Cline si irrigidì. «Perché siete venuti a parlarne con me?»

«Stiamo parlando con tutti gli uomini che ha frequentato.»

«Escludetemi pure, non ci siamo mai frequentati. Mi ha abbordato in un locale, abbiamo fatto sesso per alcuni mesi, poi ci siamo resi conto che fingevamo entrambi e ci siamo chiesti che senso avesse continuare.»

«È difficile fingere, per un uomo» asserì Milo.

«Non mi prenda alla lettera» disse Cline. «Non mi dica che non le è mai capitato. Non intendo dire che perdevo colpi, ma che ero lì senza essere presente.»

Milo non rispose.

«Bene,» proseguì Cline «lei è uno di quei maschi rilassati che possono farlo con qualsiasi donna. Per me era diventata una storia senza senso. Perché lei non era mai presente. Decidemmo di rimanere amici e di uscire insieme ogni tanto. Ma non funzionò nemmeno così.»

«Perché?»

«Perché non ci piacevamo.» Cline fece marcia indietro, poiché probabilmente si era reso conto delle conseguenze di quanto aveva detto. «Senta, l'ultima volta che l'ho vista sarà stato forse sei mesi fa. Nel frattempo ho avuto due fidanzate, se volete parlare con loro, fate pure, vi diranno che sono innocuo come un agnellino.»

Cline ci riferì i nomi. Milo li annotò.

«Avete davvero intenzione di chiamarle? Pazzesco. Va bene, fatelo pure, perché no, provate con Lori, magari si interesserà di nuovo a me.»

«Perché?»

«Perché così mi farete sembrare pericoloso» rispose Cline. «Il problema è che sembro troppo tranquillo. Lori pensava che fossi un buono a nulla. Il più delle volte mi sento una nullità. Non mangio, non dormo e adesso mi avete rovinato la carriera.» Emise una risata stridula. «Maledizione, magari mi taglierò le vene.» Si massaggiò i polsi. «E sarà colpa vostra.»

Milo non disse nulla.

Rory Cline aggiunse: «Lo so, lo so, devo riposarmi, fare yoga, prendere vitamine. Scusi, amico, sembra la pubblicità di una palestra. 'Mi riposerò quando sarò morto'.»

«Allora suppongo che Kat stia riposando.»

Cline tacque. Si sforzò di restare fermo e si accontentò di dondolarsi sui talloni. «Incredibile.»

Milo gli chiese dove si trovava quando Kat Shonsky era uscita dal locale.

«Qui» rispose Cline.

«A Los Angeles?»

«Qui» ribadì Cline. «A lavorare. Nei sotterranei, a ingoiare rospi.»

«Lavora nei fine settimana?»

«Cosa sono i fine settimana? Se volete controllare i registri della sicurezza non posso impedirvelo, ma vi prego di non farlo, servirà soltanto a mettermi ancora più nei guai.»

«Le capita spesso?»

«Cosa?»

«Di lavorare nei fine settimana.»

«Sì, cazzo. A volte non torno a casa per giorni. Ed LaMoca stabilì il record vent'anni fa: dieci giorni senza lavarsi. Sottomise tutti gli idioti con un'ambizione stratosferica e un odore di sudore cosmico. Scompaiono senza lasciare traccia, gli idioti, sono quasi tutti marmocchi della Ivy League che si illudono di uscire da Harvard e di arrivare senza intoppi a fare da agenti a Brad Pitt. Ho frequentato la California State Northridge. È stata la fame a darmi la forza.»

«Ha qualcosa da dirci sulla Shonsky?» lo interruppe Milo.

«È brava a fingere» rispose Cline. «Non solo in *quell'ambito,* ma in tutto. Come se volesse vivere la vita di qualcun altro.»

«Di chi?»

«Dei ricchi fannulloni. Era sulla buona strada.»

«Non le piaceva?»

«Gliel'ho già detto.»

Gli ponemmo qualche altra domanda, lanciandogli delle frecciate sulle automobili di lusso e sulle perversioni sessuali. Tutte le allusioni caddero nel vuoto mentre Cline parlava di sé. Quando ci voltammo per andarcene, lui rimase lì immobile. «Può tornare al lavoro.»

Cline non si mosse. «Sentite, se salta fuori una storia interessante, fatemelo sapere. Se si tratta di qualcosa che Brad, Will o Russell possono sfruttare, farò in modo che vi paghino bene.»

«Caspita, grazie» esclamò Milo.

«Ottimo.» Cline sospirò e corse all'interno dell'edificio.

Mentre Milo si avviava in automobile verso la Valley, scovai una delle ex fidanzate di Rory Cline, un avvocato di nome Lori Bonhardt. Mi descrisse Cline come 'un rammollito e uno smidollato' e negò di averlo mai visto comportarsi in modo violento.

«Cos'ha combinato?»

«Conosce una persona a cui hanno fatto del male.»

«Conosce qualcuno?» Rise. «Se è tutto qui, lasciate pure perdere. Avrebbe dovuto fare uno sforzo per aggredire qualcuno, e i passatempi di Rory sono bere e dormire. Gli dicevo che avrebbe dovuto darsi una mossa o qualcosa del genere. Speravo che diventasse più ambizioso. Il mio lhasa apso si sbatteva la sua gamba e non l'ha mai fatto con nessun altro. Sa cosa significa?»

«Che ha una personalità remissiva» dissi.

«È un maschio beta. Sarebbe un perfetto vicepresidente.»

A Michael Browning vennero le lacrime agli occhi quando gli raccontammo di Kat.

Era un individuo tracagnotto, dal torace largo e sporgente e con la barba rossa. Era alto un metro e sessantacinque includendo le suole delle scarpe spesse, aveva i polsi robusti e pelosi e le mani da boscaiolo. Indossava una camicia a quadretti gialli e blu, una cravatta rossa di broccato di seta lucida col nodo grosso e bretelle di pelle lavorata. Le scarpe, marroni scamosciate e con la mascherina allungata, erano pulite in modo impeccabile.

Era l'abbigliamento alla moda degno di un socio di uno studio di avvocati prestigioso, anche se l'ufficio di Browning era un buco al pianterreno, uno dei venti situati in un dedalo di cunicoli illuminati al neon.

Parlò a ruota libera. Kat aveva smesso di frequentarlo quattro mesi prima, dopo aver scoperto che era sposato.

«Non era un vero e proprio tradimento. Avevo problemi con mia moglie. Debbie faceva la sua vita e io la mia. Conobbi Kat da Leonardo, il locale di Ventura Boulevard che adesso ha chiuso. Kat scoprì di Debbie quando lei mi chiamò al cellulare a casa sua. Mia moglie la prese bene, ma Kat mi disse che non voleva fare da tappabuchi e mi cacciò via a calci. Non la biasimai.» Si sfiorò il dotto lacrimale con il pollice piegato. «È una faccenda incredibilmente triste. Era una brava ragazza.»

Era la prima volta che qualcuno usava quell'aggettivo per descrivere Kat.

«Vi siete lasciati in modo amichevole» constatai.

«Certo» confermò Browning. «Kat aveva ragione a non voler essere usata. Le dissi che mi dispiaceva. Lei mi rispose che mi perdonava, ma sapevamo entrambi che non sarebbe più stata la stessa cosa.»

«L'ha più vista in seguito?»

Infilandosi in bocca dei peli ispidi della barba, se li mordicchiò. Guardò a sinistra. «Non di frequente.»

Io e Milo restammo in attesa.

«Non ditelo a mia moglie, d'accordo?» esclamò Browning.

«Adesso non la prende più bene.»

«Siamo tornati insieme. Tra due mesi nascerà il nostro primo figlio.»

«Congratulazioni» disse Milo. «Quante volte ha visto Kat dopo la rottura?»

«Non è che ci *vedevamo*» rispose Browning. «Voglio dire che non avevamo una relazione regolare.»

«Ma...»

Browning sfoderò quel che considerava un sorriso affascinante. «Ci sono stati un paio di fine settimana, delle trasferte stabilite dall'azienda.» Si guardò intorno, all'interno del labirinto. La sinfonia dei computer non era cessata quando eravamo entrati e adesso non ci stava guardando nessuno.

«A quando risalgono questi fine settimana, e dove li avete trascorsi?»

«A Palm Springs e Mission Bay. Quanto al periodo...» Browning consultò la sua agenda. Lesse ad alta voce le date.

Nove settimane prima, e meno di un mese prima.

«L'ha raggiunta da sola in automobile oppure avete viaggiato insieme?»

«A Palm Springs è venuta da sola in macchina. A San Diego siamo andati insieme. Vi prego, non ditelo a Debbie. Adesso siamo felici, e questo rovinerebbe tutto.»

«Non ne dubito» disse Milo.

«Sentite,» proseguì Michael Browning «sono stato assolutamente sincero con voi. Anche se avessi motivo di mentire, non lo farei comunque, perché non ne sono capace. Mia moglie sostiene che parlo troppo quando gioco a poker.»

Milo gli chiese dove aveva trascorso la notte in cui era scomparsa Kat.

Browning sfogliò di nuovo le pagine dell'agenda e gli si sbiancarono le guance. Milo la prese. «Qui c'è scritto 'riunione, trattenute di fine anno, TL'. Che cosa significa?»

«È una parola in codice» rispose Browning.

«Per cosa?»

«È davvero importante?» chiese Browning.

«Adesso sì» rispose Milo.

«Non avrei mai fatto del male a Kat. Tra noi non c'era nient'altro che affetto.»

«Finché Kat non l'ha buttata fuori di casa.»

«Quando stavamo insieme andavamo d'accordo. Ve lo giuro. Anche se volessi, non sarei capace di mentire e non c'è ragione di farlo. Probabilmente una parte di me *amava* Kat. Di certo non le avrei mai fatto del male.»

«TL» incalzò Milo.

Browning si appoggiò alla sedia girevole dallo schienale basso. Il sedile scricchiolò. «Basta che Debbie non lo venga a sapere.»

«Un'altra donna.»

«Non è nulla di serio» disse Browning. «È soltanto un'avventura. Volete davvero sapere tutti i dettagli?»

«Può scommetterci, signor Browning. E riusciremo a scoprirli, in un modo o nell'altro.»

«Va bene, va bene. Tenecia Lawrence era una stagista del Valley College che ha passato l'estate a lavorare per me e si è fatta dare una lettera di raccomandazione per la facoltà di economia. Una cosa tira l'altra...»

«Voleva tastare con mano le sue qualifiche.»

«Era reciproco» continuò Browning. «Se avesse voluto soltanto quella lettera, avrebbe potuto limitarsi a telefonare.»

Milo sorrise. «Era il suo primo appuntamento con la signorina Lawrence?»

«A rigor di termini, no. Ci siamo frequentati ogni tanto quando faceva la stagista.» Toccò il bordo della scrivania. «È di colore.»

Quel particolare irrilevante rimase in sospeso.

«Ha vent'anni,» aggiunse Browning «è bellissima e ha un paio di gambe chilometriche. Non sto accampando delle scuse. Sono completamente preso da lei.»

«Ci dia il suo numero di telefono» disse Milo.

«E se mi limitassi a raccontarvi quanto è successo? Io e Tenecia abbiamo trascorso insieme tutto il fine settimana, posso fornirvi le ricevute dell'albergo. Debbie era da sua madre. È soggetta a sbalzi di umore a causa degli ormoni. Ha subìto molti cambiamenti in questo periodo.»

«Ci dia il numero.»

«Non bastano le ricevute?»

«Se la signorina Lawrence confermerà la sua versione, forse sì.»

«*Forse?*» Il sudore imperlò la fronte arrossata e appiattita di Browning. «Non sono in ansia per via di Kat, ma Debbie...»

«Se lei non ha ucciso Kat, Debbie non verrà mai a sapere che siamo venuti qui.»

Browning sospirò. «Grazie. Grazie mille, lo apprezzo molto.»

«Non chiami la signorina Lawrence prima di noi» lo avvertì Milo. «Tanto verremmo a saperlo comunque.»

«Certo che no, non mi è mai passato per la mente.» Browning tese la mano per stringere la nostra.

Milo fece finta di non essersene accorto.

«L'ultima volta che ha visto Kat, non le ha parlato di uno scontro avuto con un cliente?» gli domandai.

«Un cliente?»

«Incontrato al lavoro.»

«Ah, quello» annuì Browning. «Ammesso che alludiate alla persona che intendo io.»

Restammo in attesa.

«Quel tipo strambo, vero? Il travestito o quel che era.»

«Ci riferisca cosa le ha detto Kat.»

«Un tizio entrò nel negozio e diede un'occhiata alla merce. Kat pensò che volesse comprare qualcosa per sé.»

«Da cosa lo capì?»

«Ha detto che sembrava furtivo e nervoso. Lo trovò esilarante. Sostenne una specie di scambio di occhiate con quel tizio, come per dirgli 'Che cosa credi di fare?' Era proprio da Kat comportarsi in quel modo.»

«In che modo?»
«Aggressivo.» Si strinse di nuovo nelle spalle. «La cosa aveva i suoi lati positivi.»
«Come reagì l'uomo quando si sentì sfidato?»
«Kat mi ha detto che si arrabbiò e andò via, e lei si divertì.»
«Come gliel'ha descritto?»
«Uhm...» rispose Browning «...non me l'ha descritto.»
«Proprio per niente?»
«In effetti mi ha detto che era grande e grosso e che cercava tra le taglie forti. Questo la fece sbellicare dalle risate. Un tizio con addosso un abito da cocktail taglia cinquanta.»
«Cos'altro le ha riferito?»
«Nient'altro. Non è che ci tenessi a proseguire la conversazione.»
«Perché no?»
«Ci stavamo divertendo. L'ultima cosa che desideravo era parlare di un pervertito.»
«Le fece passare la voglia» insinuai.
«Mi fece passare la voglia» disse Browning. «Kat invece era sempre pronta. Faceva un sacco di chiasso. A volte era così rumorosa che sembrava stesse fingendo, ma non era possibile.»
«Come fa a saperlo?»
«Nessuna finge con me. Non ce n'è bisogno.»

«Un consumatore abituale di anfetamine e un imbecille privo di moralità» disse Milo. «Se la cercava col lanternino.» Tornò in città a tutta velocità sfidando le curve di Coldwater Canyon Drive. «È stata una buona idea tirare in ballo il travestito.»
«Browning è stato il suo ultimo amante, pensavo che gliel'avesse detto.»
«Gliel'ha confidato nell'intimità. A quanto pare l'ha raccontato a chiunque fosse disposto ad ascoltarla.»
«Era orgogliosa di sé,» dissi «per averlo trattato male.»
«Si è comportata in modo aggressivo con il tipo sbagliato.

Ma, accantonando questo episodio, credi che quei due tizi meritino ulteriore attenzione?»

«Cline ha il carattere collerico e impulsivo tipico dei drogati, quindi potrebbe aver fatto del male a Kat se lei l'avesse colto nel momento sbagliato. Ma non ha nessun movente lampante, e sembra troppo nervoso per escogitare un piano così ben architettato. Immagino che i registri di sicurezza dell'azienda confermeranno il suo alibi, ma voglio comunque vederli. Browning sembra un tipo simpatico, ma lo trovo più inquietante. Mente con facilità e vive per manipolare gli altri. Sono sicuro che ucciderebbe Kat o chiunque altro gli intralciasse il cammino. Il suo alibi è ancora più semplice da verificare.»

«Tenecia Lawrence» pronunciò Milo, estraendo il bloc-notes dalla tasca. «Chiamiamola, prima che Browning la metta in guardia. Tocca a te, devo tenere le mani sul volante.»

Misi il cellulare in viva voce e chiamai il numero annotato.

Una squillante e allegra voce femminile rispose: «Sono Neesh.» Quando le spiegai il motivo della telefonata, passò dal tono di soprano a quello di contralto. «Sono nei guai?»

Menzionai la data. «Abbiamo bisogno di sapere se si trovava con Michael...»

«Ve l'ha detto lui?» Le si spezzò la voce. «Avrebbe dovuto rimanere un segreto.»

«E potrebbe restare tale» dissi.

«Vi prego,» supplicò «non fatelo sapere ai miei genitori.»

«È vero o no, Tenecia?»

«Uhm. Come faccio a sapere che siete davvero poliziotti?»

«Se vuole possiamo passare a trovarla di persona.»

«No, no, va bene così.»

«Era con Michael?»

Rimase in silenzio.

«Tenecia?»

Con una voce da ragazzina spaventata, cominciò a parlare. «Sì. Mio padre è un capitano dei vigili del fuoco e quel fine settimana portò mia madre a una riunione, a Lake Arrowhead, a cui partecipavano tutti i battaglioni che avevano domato il grande incendio di Laguna. Michael voleva venire a casa mia, ma io non glielo permisi, neanche per sogno. Tutti si sarebbero accorti di lui.»

«Perché?»

«Abitiamo a Ladera Heights» rispose.

Era un ricco sobborgo abitato da afroamericani.

«Dove siete andati lei e Michael?» le domandai.

«Davvero non lo rivelerà a nessuno?»

«Se ci racconta la verità, non c'è motivo per cui dovrebbe trapelare.»

«Va bene, uhm... Michael è venuto a prendermi in automobile all'università e poi siamo andati in un albergo.»

«Quale?»

«Il Dayside Inn.»

«Dove si trova?»

«Vicino all'aeroporto. Non so in che via. Siamo rimasti in camera tutto il giorno a guardare film. *Prima o poi mi sposo* e *Prime* con Uma Thurman e Meryl Streep, perché è uno dei miei preferiti. Michael era d'accordo, gli piacciono i film per ragazze.»

«E poi?»

«Poi, il giorno dopo, siamo andati a Long Beach a visitare l'acquario. Non ci ero mai stata.»

Rimase in silenzio per un po'.

«È veramente bello» disse. «L'acquario.»

«Dopodiché cos'è successo, Tenecia?»

«Nulla.»

«Siete rimasti a Long Beach?»

«Io... sembrerà che... ci stavamo soltanto divertendo.»

«Dove siete andati?»

Sospirò. «In un altro albergo. Il Best Western, vicino all'acquario. Il giorno dopo siamo tornati a casa. Intendo dire, non subito. Prima abbiamo pranzato da Sizzler, poi abbiamo attraversato Palos Verdes per vedere l'oceano. Quindi siamo andati a casa di Michael a Granada Hills. Non me la sentivo di andarci, ma era buio e Michael disse che non c'erano problemi. Il mattino dopo mi ha riaccompagnata all'università. Non avevo lezione fino all'una, quindi abbiamo fatto colazione al campus, abbiamo gironzolato per un po', poi è andato al lavoro. Sono nei guai?»

«No, se ha detto la verità.»

«Sì, glielo giuro.»

«Quindi ha passato sicuramente tutto il fine settimana con il signor Browning.»

«Non lo vedrò più» annunciò lei. «È troppo vecchio per me. È nei guai?»

«Lei non ha nulla di cui preoccuparsi, Tenecia.»

«D'accordo, ma non ho più intenzione di rivederlo. Non dovrete più richiamarmi, vero? A volte mio padre risponde al mio cellulare.»

«Siamo a posto così, Tenecia.»

«Grazie mille. Grazie.»

Milo scosse la testa. «Povera ragazza, probabilmente l'abbiamo spaventata al punto tale che non frequenterà più nessun uomo.»

«Se resterà lontano da Browning,» dissi «avremo fatto la nostra buona azione quotidiana.»

«Quell'individuo è un tipaccio. Peccato che non sia il nostro uomo.»

Milo chiamò il dipartimento per sapere se c'erano dei messaggi per lui. Gordon Beverly voleva sapere se c'erano delle novità; lo richiamò e affrontò una tortura di alcuni minuti sforzandosi di essere comprensivo.

Provò di nuovo a contattare l'ufficiale giudiziario incaricato di sorvegliare Bradley Maisonette da quando era in libertà sulla parola, ma per la terza volta trovò la segreteria telefonica. Milo lasciò un messaggio furibondo e digitò il numero di casa di Wilson Good.

«Non risponde nessuno. Affanculo l'influenza, andiamo a rompere le scatole all'allenatore.»

19

Non c'erano automobili parcheggiate dietro al cancello di rete metallica della casa di Wilson Good. Quando suonammo il campanello non rispose nessuno.

Una telefonata al St Xavier ci confermò che era ancora a casa malato.

«Magari è andato dal medico.»

Milo osservò il tratto di panorama compreso tra la casa di Good e quella dei vicini più a nord. «Quel tizio se la passa bene... d'accordo, torniamo nel bugigattolo.»

Sean Binchy agitò le chiavi della Bentley.

La sua presenza nell'ufficio di Milo comportava mancanza di spazio in cui muoversi e un rapido calo di ossigeno.

«Heubel ha ceduto facilmente?» domandò Milo.

«Ho dovuto lavorarmelo un po', tenente. Pensavo che raccontargli dell'omicidio Shonsky avrebbe funzionato, ma si è spaventato a morte e ha detto qualcosa del tipo 'non mi parli di roba simile'. Non ha gradito l'idea che venisse messa in mezzo la sua automobile, ma gli ho fatto capire che era importante.»

«Dov'è l'automobile?»

«Nel parcheggio, dall'altro lato della strada» rispose Sean. «Quando un paio di agenti mi hanno visto portarla dentro, me la sono spassata un mondo. È stata un'esperienza memorabile. Mi guardavano tutti.»

«Sicuramente ha attirato l'attenzione di Kat Shonsky» dichiarai.

«Un mucchio di ragazze si fiderebbero di un tipo con un'automobile simile» aggiunse Binchy.

«Bene, Sean, ti guarderanno lungo tutto il tragitto fino al laboratorio. Telefonerò per far preparare tutti i documenti.»

Binchy sorrise e girò un volante immaginario. «Nient'altro, tenente?»

«Per ora basta così.»

«Mi sa che ho scoperchiato il vaso di Pandora, vero? Non avrei dovuto chiamarla subito.»

«Evidentemente era un vaso che doveva essere aperto, Sean.»

«Se la mette in questo modo» disse Binchy. «Che strana situazione, eh?»

«Se non ci fosse nulla di strano, la vita sarebbe noiosa, Sean.»

«A questo proposito, non pensa che sarebbe una buona idea se potessi tornare alla omicidi?»

«Penso che dovresti fare ciò che ti rende felice.»

«Quindi... non si opporrebbe?»

«Perché dovrei?»

Binchy annuì e se ne andò.

«Magari ha un futuro» commentai.

«Cosa te lo fa pensare?»

«Ha scoperchiato il vaso di Pandora tutto da solo.»

Tornai a casa in macchina, portai a spasso Blanche, mangiai una pizza con Robin e controllai la posta elettronica.

C'erano un sacco di messaggi urgenti: sei finte dritte per investire in Borsa, un'offerta per allungare il pene, pubblicità di due diversi tipi di Viagra biologico e un messaggio di Jason Blasco di DarkVision.net, che voleva sapere se avevo scoperto qualcos'altro sugli omicidi Bright e Tranh, e mi informava di aver scovato le foto di una delle teste che Jeffrey Dahmer aveva conservato in frigorifero ('*asolutamente* vere non chiedermi dove le *o* trovate').

L'ultima era un'e-mail dello sceriffo George Cardenas:

Dr. Delaware, a quanto pare Ansell Bright non ha mai posseduto dei beni in California con quel nome o col nome 'Dale'. L'ultima volta che ha fatto immatricolare un'automobile è stato l'anno in cui morirono i suoi genitori, quando abitava nella loro casa di San Francisco. Domani proverò a mandarle un'immagine in formato jpg della foto che ha consegnato alla motorizzazione. La casa venne venduta per 980.000 $ poco dopo la morte della signora Bright, e ha già cambiato proprietario due volte. Sono riuscito a trovare la persona che l'ha acquistata la prima volta. La transazione è stata portata a termine dagli agenti immobiliari e l'acquirente non ha mai incontrato Ansell. Mi ha confermato che è stata messa in vendita da Ansell, quindi possiamo presumere che ne abbia ricavato un bel malloppo. Magari ha lasciato questo Stato per un posto più conveniente.

Non sono riuscito ad accedere agli archivi della previdenza sociale senza un mandato, ma magari la polizia di Los Angeles è più influente.

Mi è venuto in mente che la signora Wembley ha detto che Leonora le aveva riferito che Ansell dava da mangiare ai senzatetto. Ho controllato vari enti di San Francisco e ho parlato con alcune persone, ma nessuno si ricorda di Ansell o Dale Bright.

Cari saluti,

George Cardenas

Novecentottantamila dollari erano un movente serio. Ben più di un milione, se i genitori di Ansell Bright avevano lasciato azioni, obbligazioni, contanti o altre proprietà immobiliari.

Tony Mancusi sarebbe diventato milionario non appena fosse stato dato il benestare al testamento di sua madre.

Con un simile incentivo, pagare un sicario sarebbe stato un ottimo investimento, se si accantonavano delle perplessità irrilevanti come la correttezza.

Come si inseriva nello scenario l'omicidio di Kat Shonsky?

Dopo averlo analizzato da ogni punto di vista possibile, giunsi alla conclusione che non vi si inseriva affatto. Se era stata fatta fuori dallo stesso assassino, il movente doveva essere di natura personale.

Una giovane donna scontrosa provoca un travestito che nasconde un segreto molto più oscuro della scelta del guardaroba. Questo mi riportò ai modi effeminati di Tony Mancusi e alla descrizione di Bright fornitami da Donald Bragen, che aveva definito la sua voce al telefono 'palpitante'.

Dale, un nome androgino.

Un assassino su commissione con una passione per gli abiti francesi di lusso si era forse imbattuto in individui con una mente simile alla sua e si era messo in affari con loro?

Risvolti insoliti...

Se Tony conduceva una vita segreta, tenere sorvegliato il suo appartamento avrebbe dato i suoi frutti, prima o poi. Sarebbe stato molto più difficile ritrovare Dale nove anni dopo l'omicidio della sorella.

Tornai al computer in cerca di mense gratuite per i poveri e di missioni di Los Angeles.

Un quarto d'ora dopo avevo stampato tre pagine. Era bello sapere che in città non tutto girava intorno all'amor proprio e alle fasce di reddito. Feci alcune telefonate, ma la maggior parte degli uffici era chiusa fino al mattino seguente. Le persone con cui parlai non avevano mai sentito nominare Ansell o Dale Bright.

Proprio quando fui sul punto di lasciar perdere, arrivò una nuova e-mail.

> Dr. Delaware, sono di nuovo George. Sono appena tornato da un falso allarme procione a casa di Mavis e questo mi ha fatto venire in mente i rifugi per animali. Leonora sosteneva che Dale maltrattava gli animali, ma fingeva che non fosse vero, quindi forse potrebbe trattarsi di un perfetto caso di sdoppiamento di personalità. Comunque, ho trovato un ente in cui faceva il volontario: Zampe e Zoccoli. La persona responsabile della sezione di Berkeley si ricorda di Bright perché lavorava con lui quando faceva la volontaria. Ha detto che un giorno smise di presentarsi e, quando lo chiamò, il numero risultava inesistente. Si ricorda chiaramente che accadde nove anni fa, subito dopo Pasqua, perché qualcuno aveva portato dei coniglietti abbandonati e Bright si era preso cura di loro con solerzia; poi, qualche giorno dopo, era scomparso. Questi eventi risalgono a un mese prima dell'omicidio di Leonora e Vicki Tranh, quindi, probabilmente, scomparve per progettare il delitto. Oppure Mavis si sbaglia ed è soltanto un tipo normale che si è stancato di pulire merda di animali. Se le interessa, l'informatore si chiama Shantee Moloney. Il suo numero è 415...

Shantee Moloney rispose subito. «Oh! Il poliziotto di quel paesino mi ha detto che probabilmente mi avrebbe chiamata, ma non così in fretta.»

«Le sono grato di aver accettato di parlare con me.»

«Se devo essere sincera, non mi piace molto la polizia; quando studiavo all'università della California le forze dell'ordine significavano soltanto gas lacrimogeno e manganelli. Ma suppongo che, se Dale ha fatto una cosa così terribile... credete davvero che l'abbia fatto? Perché una parte di me lo ritiene impossibile. Dale era molto gentile e odiava la violenza.»

«Ma» iniziai.

«Ma cosa?»

«Una parte di lei...»

«Oh» esclamò Shantee Moloney. «Trovai strano il fatto che fosse scomparso senza dir nulla a nessuno.»

«Che tipo era Dale?»

«Gentile, come ho detto. Sosteneva di essere un vegano, non portava nemmeno indumenti di pelle.»

«Sosteneva?»

«In realtà non ho motivo di dubitarne.»

«Ma ne dubita lo stesso.»

«Lei sa leggere nel pensiero?»

«Sono una persona normale che cerca di apprendere delle informazioni» dissi. «Dale ha mai fatto qualcosa che l'ha indotta a mettere in discussione la sua credibilità?»

«No, nulla del genere. Non sono nemmeno sicura che sia vero» rispose.

Attesi.

«Non sono una pettegola.»

«A volte è difficile distinguere le cose insignificanti da quelle importanti.»

Silenzio assoluto.

«Signora Moloney...»

«Va bene, va bene. Dopo che Dale smise di presentarsi, dissi a un altro volontario che avevo cercato di chiamarlo, ma il numero risultava scollegato, quindi mi ero preoccupata per lui. Quest'altra persona rispose: 'Oh, sta bene, l'ho visto al Tadich Grill un paio di sere fa.' È un vecchio ristorante di San Francisco. Dissi: 'Be', sono contenta, perlomeno so che non gli è successo nulla. Ma continuo a chiedermi perché all'improvviso abbia smesso di venire al rifugio.' E quest'altra persona si mise a ridere e disse: 'Mi sa che Dale ha avuto una conversione improvvisa.' Gli chiesi: 'Che cosa intendi dire?' E lui mi riferì che Dale era seduto da solo in un séparé a consumare un pasto abbondante: un enorme piatto di ostriche, cocktail di granchio, poi una gigantesca spalla di agnello. Questo mi ha lasciata sgomenta. Sono vegetariana, ma mangio le uova e i latticini. Dale sosteneva di essere un vegano integrale e si dilungava sulle virtù etiche e salutari che derivano dall'eliminazione delle sostanze di origine animale dalla dieta. E adesso si rimpinza di carne?»

«Fingeva» affermai.

«Immagino che mi abbia ingannata. Ammesso che sia vero. Una cosa che non fingeva era la sua dedizione per gli animali randagi. Nessuno avrebbe potuto occuparsi di quelle creature con più tenerezza.»

«Dei coniglietti?»

«Qualcuno ha avuto la stupida idea di acquistarli come regalo di Pasqua. Si trattava di animali appena nati, grossi circa come un pollice. Dale rimaneva alzato tutta la notte ad allattarli con un contagocce. Quando andavo via, lui era ancora lì.»

«Perché l'altro volontario avrebbe dovuto inventarsi quella storia?»

«Diciamo solo che lui e Dale non erano amici.»

«Potrebbe dirmi come si chiamava questa persona?»

«Brian Leary, ma non potrà esserle d'alcun aiuto, perché è morto di AIDS sei anni fa.»

«C'è qualcun altro che si ricorda di Dale, al rifugio?»

«No,» rispose «solo noi tre facevamo il turno di notte. Sono una ricamatrice freelance e ho un orario flessibile, mentre Brian faceva l'infermiere all'ospedale di San Francisco, lavorava dalle tre alle undici e dormiva poco, quindi veniva qui alla fine del turno.»

«E Dale?»

«Dale trascorreva al rifugio più tempo di chiunque altro. Non accennò mai a un lavoro. Ho avuto la sensazione che provenisse da una famiglia agiata.»

«Perché?»

«Per il modo in cui si vestiva: aveva gli abiti stropicciati, ma di buona qualità. Per il modo in cui si comportava. Percepisco al volo le differenze di classe.»

«Perché non andava d'accordo con Brian?»

«Non saprei dirlo. Brian si occupava soprattutto dei gatti, li amava. Io e Dale sbrigavamo tutte le altre incombenze.»

«Brian non le ha mai detto perché non gli piaceva Dale?»

«No, immagino semplicemente che non ci fosse sintonia tra loro. Io mi trovavo in mezzo, pensavo che fossero entrambi dei bravi ragazzi.»

«Brian capitò per caso al Tadich Grill quella sera?»

«Mi sta chiedendo se stava seguendo Dale? Assolutamente no. Aveva un appuntamento con una dottoressa che frequentava.»

«Ricorda come si chiamava?»

«Sta scherzando» rispose. «Prima di tutto, Brian non ha mai fatto nomi. E poi sono passati quasi dieci anni.»

«Io comunque ci ho provato.»

«Non riesco proprio a credere che Dale abbia commesso un crimine. Comunque, devo andare...»

«Dale iniziò a lavorare al rifugio?»

«Una sera arrivò e si offrì di fare il volontario. Ero piena fino al collo di cuccioli abbandonati, e fu davvero una fortuna. Iniziò subito a darsi da fare: si mise a pulire, a dare da mangiare agli animali e a controllare se avessero le pulci. Era bravissimo.»

«Può descrivermelo?»

«Era corpulento» disse Shantee Moloney.

«Alto o robusto?»

«Entrambe le cose. Era alto almeno un metro e ottanta, forse anche di più. Non era proprio grasso, piuttosto... gonfio.»

«E di che colore aveva i capelli?»

«Chiari, biondo cenere, ma erano tinti. Li portava lunghi e spettinati sulla fronte. Ma erano sempre puliti e lucidi. Molto lucidi. Era questo che intendevo quando ho detto che aveva un portamento elegante. Indossava scarpe e cintura di corda. Ma aveva sempre un certo non so che... voglio dire che riusciva ad avere un'aria distinta.»

«Le ha mai parlato della sua famiglia?»

«No.»
«Non le ha mai detto nulla della sua vita privata?»
«L'altro poliziotto mi ha chiesto la stessa cosa, e questo mi ha ricordato che non nominava mai la sua famiglia. Definirei Dale una persona riservata. Ma non fredda, anzi, l'esatto contrario, cordiale. E capace: sbrigava i suoi compiti con estrema efficienza.»
«Le vengono in mente altri dettagli fisici?»
«Aveva la barba più scura dei capelli; castana.»
Era la prima volta che veniva tirata in ballo la barba. «Aveva la barba o il pizzetto?»
«Gli copriva gran parte del viso. Mi ricordava quel tizio che appariva in televisione, l'uomo di montagna, Grizzly qualcosa... Adams. Ma Dale non era un uomo di montagna.»
«Era troppo distinto.»
Rise. «Può ben dirlo.»
«Era gay?»
«Ce ne sono tanti. Che fine ha fatto Dale?»
«Sarebbe stata la mia prossima domanda.»
«Come faccio a saperlo?» chiese lei.
«Le ha mai parlato di viaggi?»
«Diceva che gli piacevano le grandi città.»
«Quali?»
«Parigi, Roma, Londra, New York. Forse Madrid, non mi ricordo. L'unico motivo per cui mi è rimasta impressa questa conversazione è che lui e Brian si infervorarono su questo argomento. Brian affermò che, se si amano davvero gli animali, non si possono amare le città perché distruggono gli habitat naturali, e Dale si lanciò in una predica sui gatti di Roma e su come si siano adattati alla città, e si siano moltiplicati. Poi Brian disse che la passione per le città è un cliché – aprile a Parigi, eccetera – e Dale ribatté che certi cliché persistono perché sono validi; le grandi città vengono definite in questo modo perché lo sono davvero e, se Brian pensava che San Francisco

fosse sofisticata, era un ingenuo. Andarono avanti per un po' in questo modo, poi ripresero a lavorare.»

«Dale nominò altri luoghi che gli piacevano?»

«Non che io ricordi.»

«Non era come Grizzly Adams» conclusi.

«Aveva sempre le unghie pulite e ben curate, e metteva il profumo. Non saprei dirle la marca, ma era buono e sapeva di limone.»

«Nient'altro?»

«Non le basta? Dopo tutti questi anni, penso di essere stata piuttosto esauriente, accidenti.»

«Infatti lo è stata. È per questo che continuo a indagare. Quindi Dale era bravo con gli animali.»

«Molto più che bravo» disse Shantee Moloney. «Era affettuoso. Soprattutto con quelli più piccoli. Non solo con quelli appena nati, ma con qualsiasi creatura minuscola: aveva una vera passione per i cuccioli e i cani di piccola taglia. Riusciva a calmare anche le bestiole più cattive. Ho la sensazione che fosse esperto di cagnolini.»

20

La foto consegnata da Ansell Dennond Bright alla motorizzazione arrivò alle dieci del mattino seguente. Era stata scattata tredici anni prima, quando lui aveva ventinove anni.

Era alto un metro e ottanta, pesava novanta chili, aveva i capelli biondi, gli occhi marroni e portava gli occhiali. Aveva un'espressione rilassata, nulla di sinistro nello sguardo. Come aveva detto Shantee Moloney, ciocche di capelli chiari e lisci nascondevano la fronte di Bright e gli coprivano le orecchie, sfiorandogli le spalle. La barba, folta e castana, gli avvolgeva il volto dal pomo d'Adamo fin sotto alle occhiaie.

Non si vedeva nient'altro che peli.

L'arte dell'inganno.

Questo spiegava la bugia di Bright sul fatto che non mangiava sostanze di origine animale? Aveva raggirato Shantee Moloney, ma a che scopo? Bright non aveva mai ricevuto nemmeno un centesimo per il lavoro svolto al rifugio. Amava il rischio oppure aveva bisogno di sentirsi buono? O entrambe le cose?

Tutti quei peli erano un travestimento naturale.

Mi venne in mente la tenuta dello sconosciuto di High Plains. Berretto a quadretti, andatura strascicata da vecchio, automobile di lusso. Rientrava tutto nell'ambito di un'astuta messinscena.

Nel caso di Kat Shonsky, la Bentley sarebbe bastata per farle abbassare la guardia, ma mi chiesi se l'assassino si fosse spinto oltre.

Era un uomo irascibile, con una passione per gli abiti femminili e le scarpe col tacco, che continuava a ribollire perché Kat l'aveva preso in giro. Quale miglior vendetta che inseguirla travestito da donna?

Immaginai la grossa automobile nera passare silenziosamente mentre Kat aveva il suo bel daffare con la Mustang. Il finestrino del passeggero si abbassa, mettendo in mostra il guidatore con i capelli cotonati, un abito firmato e forse un filo di perle discreto.

E quel tocco speciale.

Una bella sciarpa trasparente.

La patente di Kat – il simbolo della sua identità – era stata infilata nelle sue parti intime.

Certi assassini si portano via dei ricordi, altri ne lasciano. Si tratta sempre di lanciare un messaggio. Il messaggio dell'assassino di Kat era: 'Non sei la donna che credi di essere. Mi hai preso in giro a tuo rischio e pericolo.'

Kat. Il nome di un animale.

Troppo perfetto per resistere.

Milo mi chiamò appena prima delle due del pomeriggio e mi salutò con uno sbadiglio seguito da un attacco di tosse.

«Polmonite da rock and roll o influenza da boogie-woogie?» scherzai.

«Oh, accidenti, è troppo presto per fare battute.»

«È pomeriggio.»

«Pensavo che fosse l'alba... Cristo, hai ragione. Ho sprecato altro tempo a tenere d'occhio Tony, sono tornato a casa alle sei e sono crollato come un sasso finché una chiamata di emergenza non mi ha svegliato di colpo alle sette. Era l'ufficiale giudiziario incaricato di sorvegliare Bradley Maisonette. 'Mi è sembrato sconvolto, tenente, quindi ho pensato di contattarla al più presto'. Io ero a pezzi e quel bastardo era tutto gongolante. Ed eccoti la grande notizia: Bradley è scomparso da sette settimane. Comunque non c'è nulla di cui preoccuparsi, è già capitato altre volte in passato che non si sia fatto vedere per un po', ma poi è sempre tornato.»

«È andato a cercare la droga» dissi.

«Non è il tipo da frequentare musei e teatri. L'ufficiale giudiziario non la ritiene una questione importante perché ha una lunga lista di persone più violente che non si sono presentate. Sostiene che Maisonette non 'entrerà in azione' finché non avrà esaurito le sue fonti di reddito legali.»

«Lavora?»

«Chiede la carità e vende il proprio sangue. Secondo l'ufficiale giudiziario il suo problema principale è una 'scarsa autostima'.»

«Tutti credono di essere psicologi» commentai.

«Alla fine sono riuscito a convincere quell'idiota a fingere di cercarlo. Grazie per le e-mail di Cardenas. Sei riuscito a parlare con la signora degli animali?»

Gli riassunsi la conversazione che avevo avuto con Shantee Moloney.

«Cani di piccola taglia» disse. «Come quelli di Leonora che sono scomparsi?»

«Se Dale fosse il responsabile degli omicidi di Ojo Negro,» ragionai «sarebbe bello pensare che se li sia presi come animali da compagnia.»

«Ama i cani, ma odia la sorella.»

«Indossa scarpe di corda e di nascosto mangia carne.»

Milo cantò il coro di *Two Faces Have I* di Lou Christie.

«Ha anche la stazza dell'assassino di Ella, del cow-boy e del travestito di Kat.»

«E le misure contano... Gli piacciono le grandi città, eh? Mette le mani su un'eredità consistente, gira il mondo e si stabilisce a Los Angeles?»

«Magari per il clima.» Gli esposi la mia teoria della donna con la sciarpa.

«Una donna di mondo a bordo di un'automobile da duecentomila dollari, perché no? Adesso ci manca soltanto che Dale varchi quella porta e confessi.»

«Nel caso non lo facesse, che ne dici di questo: una delle città che Bright ha citato alla Moloney è New York. La vecchia area di competenza del capo. Perché non partiamo da lì e non appuriamo se sono stati commessi degli omicidi in cui è comparsa un'automobile nera? O se Bright si è lasciato dietro delle tracce cartacee da San Francisco?»

Non rispose.

«C'è qualche problema?»

«No,» disse «al contrario, questo offrirebbe a Sua Generosità la possibilità di dimostrare il suo impegno.»

«Dubiti di lui?»

«Finora è stato onesto come lo può essere un politico, ma io sono come quell'adesivo per paraurti, 'Metti in dubbio l'autorità'. New York, New York... Avevo in mente Roma, ma il mio *francese* è arrugginito. Va bene, mandami una foto di Bright con lo scanner e io lo chiamerò.»

Tre ore dopo era davanti alla mia porta, rasato di fresco, con indosso una camicia azzurra sotto una giacca grigia spigata di tela grezza, una cravatta verde con degli ukulele marroni, calzoni cachi, un paio di scarpe grigie con i lacci, la punta rotonda e le suole di gomma rossa.

Di solito filava dritto in cucina. Stavolta rimase nel vano della porta con lo sguardo che guizzava dappertutto e le labbra corrugate in una mezzaluna sinistra che sapevo essere un sorriso.

«Sua Eccellenza ha svegliato qualcuno di buon'ora, e adesso abbiamo i registri del catasto di New York. Il signor Dale Bright non ha mai posseduto una proprietà immobiliare, ma il suo nome compare in una petizione di otto anni fa. Aveva a che fare con la conversione di un edificio industriale in un condominio.»

«Era a favore o contro?»

«A favore.»

«Un anno dopo essere entrato in possesso dell'eredità, si trova nella sua città americana preferita e cerca di infiltrarsi nel mercato immobiliare?»

Entrò a grandi passi nel mio ufficio, si collegò a internet tramite il mio computer e digitò '518, Trentacinquesima Strada ovest, New York 10001'.

Apparvero sei risultati, tutti tratti da articoli di giornale, ognuno dei quali era una variante dello stesso tema.

Aprì l'articolo del *New York Post*.

COPPIA SCOMPARSA PER LITE CONDOMINIALE?

La misteriosa scomparsa di una coppia di Manhattan, coinvolta in una controversia a lungo termine tra padrone di casa e affittuario, continua a sconcertare la polizia di New York. Tre settimane fa Paul e Dorothy Safran, a cui era stato contestato l'affitto, sono usciti dal loro appartamento al 518 della Trentacinquesima Strada ovest per assistere a uno spettacolo nella zona sud di Manhattan, e da quel momento non sono stati più visti né si sono avute loro notizie.

Paul, 47 anni, litografo, e Dorothy, 44 anni, supplente, erano impegolati ormai da un anno in una lite con il padrone di casa perché non aveva fornito loro il riscaldamento e aveva in mente di dividere in più appartamenti il vecchio magazzino in cui abitavano.

L'edificio a tre piani, in un quartiere tuttora industriale era stato suddiviso ventidue anni fa in loft da affittare, come si usava a Soho, e i Safran vi avevano vissuto protetti dalla clausola del blocco degli affitti. Quando l'edificio passò in

altre mani, il nuovo proprietario, un operatore immobiliare di nome Roland Korvutz, residente a Englewood nel New Jersey, annunciò la sua intenzione di trasformare l'edificio in un condominio. A causa di un accordo stipulato tra Korvutz e un neoeletto comitato di affittuari, era stato offerto ai residenti un indennizzo per trasferirsi altrove oppure un diritto di priorità sulle unità appena costruite.
La maggior parte degli affittuari optò per l'indennizzo, ma i Safran, sostenendo che il comitato era corrotto, non acconsentirono a spostarsi e promossero un'azione legale contro Korvutz. Negli ultimi sei mesi, i Safran si rifiutarono di pagare l'affitto e cercarono di convincere gli altri inquilini a sostenere la loro causa.
In un articolo di tre giorni fa, il *New York Post* ha riportato le parole della sorella di Paul Safran, Marjorie Bell di Elmhurst, secondo cui, appena prima di sparire, la coppia battagliera aveva espresso timori per la propria incolumità per via della disputa con Korvutz. La donna ha anche criticato la polizia perché non ha indagato in modo più approfondito su Korvutz, affermando che in passato un immigrato bielorusso aveva intimidito altri affittuari.
Quando, ieri, il *New York Post* l'ha contattata per chiederle di proseguire il racconto, la Bell si è rifiutata di fare commenti.
Dai registri del tribunale risulta che sono state intentate undici cause contro la compagnia di Korvutz, la R.K. Costruzioni, tutte risolte prima del processo. L'avvocato di Korvutz, Bernard Ring, ha affermato: «Chiunque cerchi di abbellire la città va incontro a questo genere di inconvenienti. Questo è il prezzo che si paga a fare affari in una società litigiosa.»
Diverse chiamate indirizzate alla casa di Korvutz a Englewood e agli uffici della R.K. Costruzioni a Teterboro non hanno ricevuto alcuna risposta. Fonti della polizia sostengono che le indagini sulla scomparsa dei Safran sono 'in divenire'.

Un articolo di cinque anni dopo non riportava alcun progresso.

Guardai Milo. «Dale firmò la petizione. Abitava nello stesso palazzo dei Safran al momento della loro scomparsa.»

«Dale era il presidente del comitato degli affittuari.»

«Quando c'è lui nei paraggi, i problemi di certe persone vengono risolti, mentre altre smettono di respirare.»

«Se si trattava di un movente economico, non c'entrava la compravendita di proprietà immobiliari; Dale non ha mai acquistato appartamenti o altre residenze in quella città.»

«Magari l'hanno pagato per sbrigare un lavoro» dissi. «Mi chiedo quale sia stato il suo passo successivo.»

«Per caso,» mi chiese «hai voglia di viaggiare?»

Alla fine, Milo fece l'inevitabile razzia nel frigorifero di casa mia. Spalmò burro e marmellata su una mezza dozzina di fette di pane, piegò la prima fetta a metà, se la ficcò in bocca e masticò lentamente.

Trangugiando il latte dal cartone, cominciò a fare il punto: «La situazione è questa: con due casi aperti e le indagini su Antoine Beverly ancora in corso, non posso partire. Il capo mi ha proposto di mandarci Sean o un altro novellino, ma Sean non è mai andato in aereo più in là di Phoenix e non voglio coinvolgere un pivello. Quando ho fatto il tuo nome a Sua Eminenza, l'ha trovata un'ottima idea, purché ti attenga 'alle procedure del dipartimento e rispetti le linee guida del dipartimento'.»

«Che differenza c'è?»

«Per 'procedura' si intende che non devi farti arrestare. Le linee guida, invece, consistono nel volare con una compagnia aerea a basso costo, prendere la metropolitana e non il taxi, utilizzare buoni pasto due volte al giorno in un fast food e soggiornare in un ostello che si trova a migliaia di anni luce dal posto in cui avevi intenzione di alloggiare un paio di anni fa, il St Regis.»

Si riferiva a una vacanza, annullata un paio di anni prima, con la donna che avevo frequentato durante la rottura con Robin. Tramite un amico comune, avevo saputo che Allison era fidanzata...

«Puoi portare Robin, se sei disposto a pagare la sua quota» suggerì.
«È impegnata in un progetto importante.»
Mangiò un'altra fetta di pane e marmellata. «Allora, quando puoi partire?»

21

Prenotai un posto sul volo che sarebbe partito alle nove di sera dall'aeroporto di Burbank e sarebbe atterrato l'indomani all'aeroporto Kennedy. Il volo subì un ritardo di un'ora a causa di 'problemi a New York' e, quando l'aereo arrivò, la donna sorridente dietro il bancone annunciò che avremmo dovuto fare una sosta a Salt Lake City per rifornirci di benzina, perché all'aeroporto Bob Hope le piste erano occupate e c'erano 'turbolenze'.

C'imbarcammo con novanta minuti di ritardo e per le sei ore e mezza seguenti rimasi seduto con le ginocchia piegate in modo innaturale, nella stessa fila di una giovane coppia piena di tatuaggi intenta a scambiarsi rumorose effusioni. Cercai di ingannare il tempo guardando la televisione satellitare negli intervalli intermittenti in cui funzionava. Programmi sul giardinaggio, sulle gare di cucina e sui serial killer mi fecero assopire, e alternai fasi di sonno a quelle dei risvegli per i mormorii di passione e i baci bavosi.

L'ultima volta che mi svegliai mancava mezz'ora all'atterraggio e lo schermo era disturbato. Diedi un'altra occhiata al contenuto della busta commerciale.

Era un unico foglio di carta, vergato con la calligrafia inclinata di Milo.

Residenza dei Safran e di Bright: Trentacinquesima Strada ovest, n. 518, adesso sede delle Passamanerie e Rifiniture Lieber (tra la Nona e la Decima Strada).
Investigatore Samuel Polito (in pensione), n. cellulare 917 555 23962. Pranzo alle 13:30, chiamalo per i dettagli.
Nuovo indirizzo della R.K. Costruzioni: Settima Avenue, n. 420 (tra la Trentaduesima e la Trentatreesima Strada).
Nuovo indirizzo di Roland Korvutz: Park Avenue, n. 762, 9A (tra la Settantaduesima e la Settantatreesima Strada).

Ristoranti preferiti di Korvutz:
Lizabeth (colazione), Lexington Avenue, n. 996 (tra la Settantunesima e la Settantaduesima Strada).
La Bella, Madison Avenue, n. 933 (tra la Settantaquattresima e la Settantacinquesima Strada).
Brasserie Madison, Madison Avenue, n. 1068 (Ottantunesima Strada).

Il tuo ostello: The Midtown Executive, Quarantottesima Strada ovest, n. 152 (tra la Sesta Avenue e Broadway – porgi i miei saluti a...)

Alle nove mi presentai al receptionist dalle palpebre cascanti nell'atrio ampio come un ripostiglio dell'hotel Midtown Executive. Il locale aveva un'illuminazione così forte da ferire gli occhi ed era abbellito da uno scaffale pieno di cartoline, piantine della città e bandierine in miniatura con scritto sopra *I love NY*.

Il receptionist mosse le labbra esaminando la mia prenotazione. «Il conto è stato pagato da una specie di garante...»

«Il dipartimento di polizia di Los Angeles.»

«Quel che è.» Controllò uno schedario. «Non sono incluse le spese extra.»

«Avete il servizio in camera?»

«No, c'è solo il telefono. Le tariffe sono molto alte, se fossi in lei userei il cellulare.»

«Grazie dell'informazione.»

«Mi dia una carta di credito. Stanza quattrocentotredici, al quarto piano.»

Aprii la porta e mi infilai nella stanza.

Due metri e mezzo per due metri e mezzo, con un bagno grande la metà: aveva tutto il fascino della stanza di un ospedale.

A un letto singolo con un materasso sottile come quello del letto a scomparsa di Tony Mancusi era addossato un comodino ricavato da un misterioso materiale rosa. Un televisore da nove pollici fissato alla parete contendeva lo spazio a un groviglio di cavi. L'arredamento comprendeva anche una lampada a stelo assicurata al pavimento e un acquerello sudicio che raffigurava il Chrysler Building.

L'unica finestra era fissa e aveva i vetri doppi così spessi da attutire il frastuono della Quarantottesima Strada ovest e di Broadway, riducendolo a un borbottio persistente e irritante intervallato da sporadici colpi di clacson e rombi di automobili. Quando tirai le tende color garza, la stanza si trasformò in una tomba, ma questo non servì ad abbassare il volume.

Mi spogliai, mi infilai sotto le coperte, puntai la sveglia del mio orologio a due ore dopo e chiusi gli occhi.

Un'ora dopo ero ancora completamente sveglio, e cercavo di sincronizzare le mie onde cerebrali col sottofondo urbano che veniva dal basso.

In qualche modo riuscii ad appisolarmi, ma venni ridestato di colpo alle undici dalla sveglia. Chiamai l'investigatore in pensione Samuel Polito e mi imbattei in una voce femminile registrata a cui lasciai un messaggio. Mentre facevo la doccia e la barba, squillò il telefono.

«Polito.»

«Investigatore, sono Alex Delaware...»

«Lo strizzacervelli, come va? Ho un altro appuntamento prima di incontrare lei. Dove si trova?»

Glielo riferii.

«In quel posto? Una volta sistemavamo lì i testimoni, personaggi che dovevamo tener vicino per farli deporre in tribunale, ma che non avrebbero accettato se non li avessimo protetti. Gli fornivamo una pizza gigante, la televisione via cavo e un'attraente viceprocuratore distrettuale che li tenesse sotto sorveglianza.»

«Zero su tre è una buona media» commentai.

«L'Executive mi ricorda i vecchi tempi» disse. «Senta, non posso incontrarla prima dell'una e mezza, se nel frattempo vuole mangiare qualcosa, faccia pure.»

«Avrei voluto portarmi la gelatina di frutta e la farina d'avena in aereo, ma le guardie temevano che potessero prendere fuoco.»

«Che senso dell'umorismo. Ne avrà bisogno. D'accordo, vediamoci al Petit Grenouille, all'una e mezza. Sulla Settantanovesima Strada, tra Lexington Avenue e la Terza Avenue. È francese, ma l'atmosfera è cordiale.»

A mezzogiorno ero in strada. L'aria era frizzante e stranamente fresca, e il borbottio si era trasformato in un suono profondo e melodioso. Mi rimanevano novanta minuti prima dell'appuntamento; ne usai un terzo per recarmi all'ultimo recapito conosciuto di Paul e Dorothy Safran.

Era un quartiere commerciale: c'erano più camion che automobili. L'edificio di mattoni a tre piani che ospitava le Passamanerie e Rifiniture Lieber era pieno di piccole finestre quadrate. I vetri erano incrostati di sporcizia. Mentre mi chiedevo cos'avesse spinto Roland Korvutz ad abbandonare il suo progetto di convertire il palazzo in appartamenti, tornai indietro, affrettai il passo e mi diressi verso la Quinta Avenue.

Ogni tanto, quando mi trovo da solo in una grande città sconosciuta, il mio cervello funziona in modo strano, accendendosi di lampi di euforia seguiti da un senso di malinconia. Di solito ci vuole tempo prima che questo accada. Stavolta il fenomeno fu istantaneo e, mentre camminavo a passo spedito per le strade trafficate di New York, mi sentii anonimo e senza importanza.

Tra la Quinta Avenue e la Quarantaduesima Strada venni risucchiato dalla folla vicino alla biblioteca pubblica, e procedetti con difficoltà verso nord, scansando i pedoni frenetici, le persone che distribuivano volantini, la gente che fissava le vetrine con aria trasognata e i borseggiatori dalla mano svelta. Quando attraversai la cinquantanovesima, superai il cantiere che sorgeva dove un tempo c'era l'hotel Plaza. I guidatori di carrozzelle a due ruote erano in attesa di clienti. L'aria odorava di sterco di cavallo. Costeggiai Central Park. Gli alberi sfoggiavano i loro colori autunnali con arroganza giustificata.

All'una e ventotto ero seduto dietro un séparé di legno rigido al Petit Grenouille, a bere acqua e vino rosso e a mangiare olive sott'olio. Il locale era arredato con tovaglie di lino inamidate e vecchi manifesti pubblicitari di sigarette, mentre le pareti, sotto un soffitto nero di latta, erano intonacate con una vernice color ruggine. Metà dei séparé erano occupati da persone eleganti. Una finestra su cui erano incisi caratteri dorati dava sulla strada piena di vita. Per raggiungere questo posto ero passato davanti alla casa in roccia vulcanica grigia del sindaco, sulla Settantanovesima Strada. Non era diversa da tutte le altre abitazioni dei miliardari, fatta eccezione per i poliziotti in borghese dagli occhi di ghiaccio che sorvegliavano l'entrata principale e sfidavano chiunque volesse leggergli nel pensiero.

Una cameriera sorridente, coi capelli rossi e il petto minuto, portò un cestino di panini rotondi e un piatto con del burro. Feci alzare la mia glicemia e guardai l'ora.

All'una e quarantasette un uomo tarchiato, sui sessant'anni, con la mascella coperta da un velo di barba, entrò nel ristorante, disse qualcosa al proprietario e si avvicinò.

«Sam Polito.»
«Alex Delaware.»
La mano di Polito era forte e ruvida. I pochi capelli che gli erano rimasti erano bianchi e radi. Indossava una giacca a vento nera, un dolcevita grigio a coste, pantaloni color antracite e mocassini con le fibbie dorate di Gucci che sembravano veri. Le guance rosee contrastavano con la parte inferiore del viso, che pareva non essere mai stata rasata del tutto. L'occhio destro era limpido e marrone; il suo compagno era un relitto cascante dall'iride opalescente.
Polito si rivolse alla cameriera: «Ehi, Monique, oggi è buono il salmone?»
«Oh, sì.»
«Lo prendo. Con gli asparagi bianchi e un bel bicchiere di quel vino del Médoc, lo Château qualcosa.»
«Patate?»
Polito ci pensò sopra. «Ma sì, dài. Vacci piano con l'olio.»
«*Bon. M'sieur?*»
«Bistecca ai ferri poco cotta, insalata e patatine fritte.»
Polito la guardò allontanarsi, voltando il viso in modo che l'occhio sano potesse avere la visuale migliore. «Carne rossa, eh? Non ha problemi di colesterolo?»
«Per ora no» risposi.
L'occhio mi scrutò. «Io sono proprio l'opposto. Tutti nella mia famiglia hanno tirato le cuoia entro i sessant'anni. Per ora li ho superati di tre anni, mi hanno messo uno stent coronarico quando ne avevo cinquantotto. Il dottore mi ha detto che se prendo il Lipitor, sto attento a ciò che mangio e bevo vino, ci sono buone possibilità che stabilisca il record.»
«Buon per lei.»
«Allora,» disse «lei ha una certa influenza.»
«Su chi?»
«Il vicecomandante mi ha telefonato a casa mentre stavo per recarmi al lago George con mia moglie e mi ha detto:

'Sam, voglio che incontri una persona.' Come se ne avessi ancora l'obbligo.»

«Mi dispiace di aver mandato all'aria i suoi progetti.»

«Ehi, è stata una mia scelta. Quando ho saputo di cosa si trattava, ero più che felice.» Prese un panino dal cestino, lo spezzò in due e guardò le briciole cadere. «Anche se non stiamo parlando di uno dei miei trionfi.»

«Era un caso complesso.»

«Sarà più facile trovare Jimmy Hoffa che i Safran. Magari nello stesso posto.»

«Sotto qualche edificio» dissi. «O nell'East River.»

«È più probabile la prima ipotesi. Se fossero stati gettati nel fiume, li avremmo già trovati. Quel maledetto scorre in entrambe le direzioni; con quelle acque turbolente i corpi risalgono sempre in superficie. Ho trovato un bel po' di cadaveri.» Prese un'oliva e la mangiucchiò intorno al buco. «Si fidi di me, se fossero stati lì, sarebbero saltati fuori.»

Arrivò il suo vino. Lo annusò, lo rigirò e lo sorseggiò. «Elisir di lunga vita. Questo, e l'olio d'oliva.» Attirando l'attenzione della cameriera, disse 'olio' muovendo le labbra ma senza emettere suoni, e imitò l'atto di versare.

Prosciugò metà della pozza dorata inzuppandovi il pane. «Quando si lavora per un po' in questa città, si impara ad apprezzare il buon cibo. Allora, mi parli di questi omicidi avvenuti a Los Angeles.»

Gli feci un riassunto.

«Tutto qui?»

«Purtroppo sì.»

«Quindi, l'unico motivo per cui è qui è che pensa che questo Dale possa essere colpevole, per associazione di idee?»

«Sì.»

«Automobili di lusso... È tipico di Los Angeles, vero? L'hanno davvero messa su un aereo solo per questo? La polizia di Los Angeles deve essersi modernizzata per mandare uno strizzacervelli... scusi, uno psicologo. Come ha fatto a diventare così influente?»

«Il fatto che soggiorno al Midtown Executive la induce a credere che sia influente?»

«Ha ragione.»

Arrivò il cibo. «Seriamente, dottore,» proseguì Polito «mi interessa l'aspetto psicologico. Abbiamo dei suoi colleghi, qui, ma si limitano a psicanalizzare soltanto quando i capi pensano che qualcuno sia fuori di testa. Fa così anche lei?»

Gli parlai brevemente del mio passato e del mio ruolo.

«Fa di testa sua» concluse. «Se glielo permettono, è questo il modo giusto di procedere. Comunque, torniamo ai Safran. I sospetti caddero subito su Korvutz perché era l'unico con cui si sapeva che avevano seri motivi di dissidio. Inoltre aveva già commesso in passato delle azioni che definirei spregevoli. Come portare operai addetti alla demolizione ad abbattere un edificio nel cuore della notte, in modo che i vicini non si lamentino. Poi, quando tutti danno in escandescenze, i suoi avvocati si giustificano: 'Oh, scusate, abbiamo combinato un pasticcio coi documenti, vi risarciremo per qualsiasi inconveniente.' Ci vogliono mesi per capire in cosa consiste l'inconveniente, ci sono altri ritardi e alla fine tutti si dimenticano.»

«L'articolo di giornale che ho letto diceva che erano state intentate diverse cause contro di lui.»

«È il prezzo da pagare quando si fanno affari.»

«È quanto sosteneva il suo avvocato.»

«Il suo avvocato aveva ragione, dottore. In questa città se si starnutisce controvento si finisce in tribunale. Mio figlio si sta laureando alla Brooklyn Law School. Quando si passano dieci anni nella sezione furti della polizia di Brooklyn, si capisce da che parte viene imburrato il pane.» Sorrise. «Anzi, ricoperto di olio d'oliva.»

Indirizzò la sua attenzione verso il piatto e iniziò a mangiare con gusto. La bistecca era ottima, ma i miei pensieri erano rivolti altrove. Aspettai un attimo prima di chiedergli se i sospetti erano caduti su qualcun altro oltre Korvutz.

«No. E la pista di Korvutz non ci ha portati da nessuna parte perché non siamo riusciti a trovare legami tra lui e la criminalità, nonostante la mafia russa. In certi quartieri come Brighton Beach, dottore, si sente parlare più in russo che in americano. Alcuni sono venuti qui con l'intenzione di non combinare nulla di buono, e i nostri investigatori che parlano russo sono sempre impegnati. Nessuno di loro o dei loro informatori ha mai sentito parlare di Korvutz. Non è di Mosca e nemmeno di Odessa, le città da cui proviene la maggior parte di loro.»

«Viene dalla Bielorussia.»

«Un tempo si chiamava Russia Bianca, adesso è un Paese indipendente» mi spiegò Polito. «Il punto è che, sebbene avessimo indagato a fondo, non emerse nulla di compromettente sul conto di Korvutz. Certo, è stato spesso citato in tribunale, come tutti gli altri operatori immobiliari. E ogni volta che è stata intentata una causa contro di lui, è sempre riuscito a raggiungere un accordo.»

«Sono scomparsi altri suoi inquilini?»

Polito scosse il capo. «E nessuno di quelli che l'hanno contestato in giudizio sarebbe disposto a parlare male di lui, perché questa è la condizione dell'accordo. Se devo essere sincero, dottore, l'unico motivo per cui lo prendemmo in considerazione era che non avevamo nessun altro su cui indagare. E adesso lei mi racconta di questo Bright.»

«Se lo ricorda?»

«Vagamente, soltanto perché era il capo di quel losco comitato degli inquilini.»

«Era chiaro che si trattava di una macchinazione?»

«Senta,» chiarì Polito «non c'era mai stato nessun comitato prima che Korvutz comprasse l'edificio, e lo stesso vale per i primi sei mesi dopo il suo arrivo. Poi presentò una domanda per ottenere il permesso di riconversione e all'improvviso ci fu un'elezione che nessuno ricorda chiaramente da cui uscì un comitato di tre inquilini, ciascuno dei quali era arrivato dopo che Korvutz aveva acquistato il palazzo.»

«Bright e altri due.»

«Una lontana cugina di Korvutz e il figlio dell'idraulico che si occupava della manutenzione dei palazzi di Korvutz situati nel New Jersey.»

Estrasse un foglio di carta a righe piegato, delle stesse dimensioni del blocco di Milo. «Mi sono ricordato i nomi.»

«La ringrazio.»

«Ehi,» disse «quando chiama il vicecomandante, chi sono io per dirgli di no?» Sfoderò un sorriso che si allargò lentamente. «Anche se è il cognato di mia moglie.»

Il foglio era stato battuto a macchina in modo ordinato.

Membri del comitato degli inquilini del n. 518 della Trentacinquesima Strada ovest:
Dale Bright
Sonia Glusevitch
Lino Mercurio

«Korvutz conosceva gli altri due prima di acquistare l'edificio?» chiesi. «Ci sono prove di una sua precedente amicizia con Bright?»

«No. E il bello deve ancora venire, dottore. Anche se il comitato era una montatura, dal punto di vista legale era una cosa di poco conto. Il proprietario non è obbligato a istituire un comitato, punto e basta. E a nessuno degli inquilini fregava niente. Tranne ai Safran, che accusarono i membri del comitato di corruzione.»

Misi il foglio in tasca.

«La verità» proseguì Polito «è che i Safran erano in una posizione indifendibile; non facevano altro che causare problemi. Tutti gli altri erano favorevoli all'accordo proposto da

Korvutz, perché offriva loro un'alternativa migliore di quella topaia. I loft in cui vivevano non erano grossi come quelli di Soho. Si trattava di un posto schifoso: un tempo era un calzaturificio, che fu poi diviso in piccoli alloggi da quattro soldi. C'erano monolocali e appartamenti con una sola camera da letto, tubature e impianti elettrici scadenti, per non parlare dei problemi coi roditori, perché essendo un quartiere commerciale è pieno di bidoni della spazzatura aperti e quant'altro. Korvutz gli fece un'offerta che non potevano rifiutare, e nessuno rifiutò.»

«Tranne i Safran» dissi.

Polito posò la forchetta. «Non mi piace parlare male delle vittime, ma da quanto ho potuto sentire quei due avevano un carattere provocatorio. Si trattava di hippy sopravvissuti agli anni Sessanta. Parecchi anni fa lui frequentava il City College, era un tipico radicale membro dell'SDS[5]. Allora io facevo già parte della polizia e mi occupavo di ordine pubblico. Per quanto ne so, poteva essere uno di quegli stronzetti viziati che urlava contro di me.»

«E Dorothy?»

«Stessa cosa.»

«Ribelli senza una causa» conclusi. «La sorella di Dorothy sosteneva che si sentivano minacciati...»

«Margie Bell» disse. «Lasci che le parli di Margie. In passato ha sofferto a lungo di depressione. Ha preso medicine di tutti i tipi ed è stata ricoverata due volte in un ospedale psichiatrico. L'anno dopo si è impiccata.»

«È stato davvero un suicidio?»

«Suo figlio la trovò in bagno con un biglietto. Dottore, i Safran hanno fatto un sacco di storie inutili. Se in questa città si riesce a sopravvivere spendendo poco grazie al blocco

---

[5] SDS sta per *Student for a Democratic Society*, movimento studentesco di sinistra formatosi negli anni Sessanta.

degli affitti, bisogna ringraziare il cielo per quello che si ha e pedalare. Ho perquisito il loro appartamento, buttando tutto per aria in cerca di una pista.» Scosse il capo. «Non avrei permesso nemmeno al mio cane di vivere in quel modo. Ma loro lo facevano. E lo permettevano anche al loro cane: in un angolo tenevano dei giornali sudici, con macchie di urina e un mucchio di escrementi secchi. Quelle persone non sapevano tenere in piedi una casa... Scusi, le ho rovinato la bistecca. Quel che voglio dire è che vivevano come degli abusivi. Avrebbero dovuto accettare l'offerta di Korvutz.»

«Ha mai visto il cane?»

«No, soltanto i suoi ricordini. Perché?»

Gli raccontai dei cani scomparsi di Leonora Bright. E del fatto che Dale Bright aveva prestato servizio come volontario da Zampe e Zoccoli.

Agitò il vino nel bicchiere. «A questo tipo piacciono le creature pelose, ma non è altrettanto gentile con le persone?»

«Succede spesso.»

«Eccome» concordò. «Quando avevo appena cominciato a fare il poliziotto, mi imbattei in un caso del genere a Ludlow Street, nel Lower East Side. Un tossicodipendente fuori di testa squartò la madre e la lasciò seduta al tavolo della cucina per due settimane. Eravamo in piena estate e in quella casa popolare non c'era l'aria condizionata, quindi le lascio immaginare. Però aveva un pitbull; tutti dicono che sono cani buoni, ma non mi vedrà mai accarezzarne uno. Comunque, quel pazzo lo viziava e decise di aumentare le proteine della sua dieta. Quando arrivammo... Scusi se anche questo le ha tolto l'appetito.»

«Non c'è problema.» Feci qualche boccone per dimostrargli il contrario.

«Pensa che Bright sia proprio il vostro uomo, eh?»

«È implicato in due omicidi, uno dei quali lo ha reso ricco. Se è stato pagato per eliminare i Safran, si tratta di altri due assassinii con un movente economico. E da quanto sappiamo, dopo che scomparvero i Safran scomparve anche lui.»

«Si è volatilizzato.» Sorrise. «Questo potrebbe significare qualcos'altro, dottore.»

«Hanno fatto sparire anche lui» aggiunsi.

Polito si strinse nelle spalle.

«Può darsi, ma al momento non ci sono altri indiziati. Qualsiasi cosa possa riferirmi sul suo conto mi sarà d'aiuto.»

«Non c'è molto. Nemmeno se mio cognato mi permettesse di collegarmi all'archivio ufficiale del suo computer da pezzo grosso.» Schioccò le dita. «Proprio come ha detto lei, quel tizio è svanito nel nulla. Una volta che l'edificio è stato sgombrato, non è più emerso nessun altro recapito. Non siamo mai riusciti a trovare nessuna traccia che lasci pensare che abbia vissuto nei cinque distretti amministrativi di New York, o in tutto lo Stato. Intendo dire che non risultano esserci documenti fiscali, né rogiti, né immatricolazioni di automobili, né altro. Posso soltanto fornirle una descrizione fisica generica risalente a otto anni fa e dirle che, quando lo interrogai, si dimostrò collaborativo. E ne sono sicuro perché, se non avesse collaborato, me ne ricorderei. Parlai con quel tizio una volta sola; si trattò di un interrogatorio d'ordinaria amministrazione, come per tutti gli altri inquilini.»

«Che aspetto aveva?»

«Era un tipo ben piantato, corpulento e pelato.»

«Era rasato?»

«Come una palla da biliardo, senza nemmeno un capello.»

Tirai fuori la mia copia della patente californiana di Ansell Bright.

Polito le lanciò uno sguardo furtivo con l'occhio sano. «Con tutto quel pelo ci si potrebbe fare una pelliccia... immagino che potrebbe trattarsi della stessa persona, ma non posso giurarlo.»

«Forse è proprio questo il punto» dissi.

«È un tipo camaleontico?»
«Era gay?»
«Non era effeminato. Il vostro uomo lo è?»
«Secondo alcune persone sì.»
«Alcune persone... intende dire che fingeva sempre?»
Gli raccontai della tenuta da cow-boy, del vecchio col berretto a quadretti, di un possibile legame col travestitismo e delle automobili di lusso rubate.
«Automobili nere» rifletté. «Forse sono una specie di simbolo di morte.» Allontanò il piatto e si toccò il petto.
«Tutto a posto?»
«È soltanto il reflusso. Non è una bella prospettiva l'idea che questo tizio potrebbe essere il colpevole. Dopo che l'ho avuto in pugno, lui ha continuato a commettere atrocità.»
«Magari si rivelerà innocente.»
«Se pensasse che è innocente, non sarebbe venuto fin qui.» Esaminò la foto ancora un po' e me la restituì. «No, non sono in grado di dire se sia lui. E il Dale Bright con cui ho parlato io si è comportato in modo normale. Non c'era assolutamente nulla di sospetto in lui.»
Finì il vino. «Devo dire, dottore, che parlando con lei mi sono reso conto che avrei preferito essere al lago. Quindi, adesso le dico tutto ciò che so e poi me ne vado. In primo luogo, stamattina mi sono recato a casa di Korvutz, era questo l'appuntamento a cui ho accennato. Ho fatto quattro chiacchiere con il portinaio che, guarda caso, è un ex poliziotto. Non vada a importunarlo, se si scopre che ha parlato dei residenti è rovinato. Mi ha riferito che Korvutz è un tipo tranquillo, che non dà problemi; è sposato, ha una figlia piccola e dà buone mance a Natale. Cena da solo due volte alla settimana, quando la moglie esce con le amiche e, buon per lei, stasera è una di quelle occasioni. È un tipo abitudinario, va sempre negli stessi posti, gli piacciono i ristoranti italiani.»
«Sulla mia lista c'è La Bella» dissi.

Polito sorrise. «Chi crede che abbia stilato la lista? Comunque, Korvutz cena presto, probabilmente lo troverà lì tra le sei e le sei e mezza. È poco probabile che le proponga di mangiare un piatto di pasta con lui ma, perlomeno, quando tornerà a Los Angeles potrà dire di averci provato.»

«Ha delle guardie del corpo?»

«Non si tratta di Donald Trump. È un tipo da quattro soldi. Parlando in senso relativo, s'intende. Vive ancora nell'appartamento di dieci stanze che acquistò parecchi anni fa in un palazzo anteguerra vicino Central Park.»

«Adesso di che costruzioni si occupa?»

«Non se ne occupa più. Riscuote gli affitti.»

«Come mai si è ritirato dagli affari?»

«Magari perché ne aveva voglia, oppure perché l'hanno costretto.»

«Che cosa intende dire?»

«Al giorno d'oggi, per fare affari in città bisogna avere parecchia grana. Bisogna essere di alto livello, non medio.»

«Capisco» dissi. «Che tipo è?»

«Mi dispiace, non ho sue foto» rispose. «Quel tizio non ha la patente. Posso soltanto dirle che otto anni fa aveva cinquantatré anni. È basso, porta gli occhiali, ha i capelli castano rossicci. È una specie di Woody Allen russo.»

«Grazie. Sono andato a vedere il palazzo sulla Trentacinquesima Strada ovest. È di nuovo una fabbrica.»

«A rigor di termini, è un magazzino, dottore. La passamaneria viene prodotta nel Queens e poi viene depositata nella trentacinquesima. Com'è stato possibile che, dopo tutta quella trafila, Korvutz non abbia costruito i suoi appartamenti? Ho sentito dire che ha avuto delle difficoltà economiche, ha perso potere, poi il mercato è crollato e ha dovuto vendere un sacco di proprietà in perdita, compresa quella. È tutta una questione di tempismo. Il mercato è di nuovo impazzito: le case schifose del Lower East Side vengono trasformate in residenze signorili, mentre Hell's Kitchen si è riempito di giovani professionisti rampanti e ha addirittura cambiato nome in Clinton.»

«Il boom non ha toccato la Trentacinquesima ovest.»

«Quegli edifici hanno un gran valore» continuò Polito. «Al momento conviene mantenerli a uso commerciale, ma è solo una questione di tempo. Un giorno o l'altro, su quest'isola vivranno soltanto miliardari.»

Sventolai la lista dei membri del comitato degli inquilini. «Ci sono problemi se mi metto in contatto con la Glusevitch e Mercurio?»

«Non dal mio punto di vista,» rispose Polito «ma avrà problemi su entrambi i fronti. Mercurio è morto; cinque anni fa finì nei guai per una donna, il cui ex marito lo picchiò a morte e poi scaricò il cadavere nel Bronx. Questo episodio non ha nulla a che vedere con Korvutz: in passato l'ex marito aveva già percosso altri fidanzati della donna, l'unico motivo per cui l'ho scoperto è che ho notato il nome di Lino su una lista di vittime. Quel tipo era un idiota che si credeva furbo, uno di quelli col gel sui capelli che vogliono sembrare gangster; me lo immagino mentre manda in bestia qualcuno. Avrei voluto averlo come indiziato, ce lo vedo bene a non farsi scrupolo di accettare incarichi su commissione. Il problema è che aveva un alibi di ferro. Era in vacanza ad Aruba con la fidanzata, la settimana in cui scomparvero i Safran.»

«Che circostanza provvidenziale.»

«Ma veritiera, dottore. Ho controllato i registri dell'albergo e della compagnia aerea: Lino era proprio lì. Magari pagò il viaggio con il denaro che Korvutz gli diede per far parte del comitato.»

«Korvutz ne corruppe i membri per i suoi scopi?»

«Non posso dimostrarlo, ma altrimenti perché avrebbero dovuto prendersene la briga?»

«E il secondo problema è che Sonia Glusevitch è una lontana cugina di Korvutz. Perché dovrebbe collaborare?»

Sollevò le mani.

«In ogni caso, ha idea di dove sia?» domandai.

«Vediamo se riusciamo a scoprirlo.» Estrasse il cellulare, chiamò l'ufficio informazioni, chiese di cercare Sonia Glusevitch negli elenchi, non ottenne nessun risultato e quindi provò con 'la S come iniziale'.»

Fece il segno della vittoria con una mano. «Novantatreesima est, n. 345. Se vuole provare prima con Sonia, faccia pure, ma penso che sarebbe un errore. Meglio sfruttare il fattore sorpresa con Korvutz e non correre il rischio che Sonia lo avvisi.»

«Sono d'accordo. Che tipo era Sonia?»

«Giovane, attraente, con un accento marcato» rispose Polito. «Bionda ossigenata, ma carina.» Plasmò con le mani un immaginario seno prosperoso.

Monique, la cameriera, osservò la pantomima e si accigliò. Polito le fece cenno di avvicinarsi. «Il salmone era delizioso. Portagli il conto.»

La cameriera mi guardò e se ne andò.

«Se fossi in lei, dottore,» disse Polito «lascerei a Monique una mancia molto generosa. Di tanto in tanto io vengo qui.»

22

Quando Polito se ne andò, alle tre meno un quarto, il ristorante si era svuotato.

Monique stava bevendo il caffè al bar. Pagai il conto e lasciai una mancia del trenta percento. Mi ringraziò con gli occhi sgranati e un sorriso dalla dentatura perfetta.

«Le dispiace se mi siedo qui per qualche minuto?»

«Le porto dell'altro vino.»

Avevo più di tre ore a disposizione prima che Roland Korvutz spiegasse il tovagliolo da La Bella. Ingannai parte del tempo bevendo un Bordeaux migliore di quello che avevo gustato a pranzo e ripensando alla conversazione sostenuta con il vecchio investigatore.

Polito era turbato dalla prospettiva di aver avuto davanti a sé il principale sospettato e di essersi lasciato sfuggire degli indizi fondamentali. Ma il fatto che Dale l'avesse passata liscia non sminuiva le sue capacità; se Bright era uno psicopatico apparentemente in pieno possesso delle sue facoltà mentali, poteva sembrare una persona normalissima.

Era un tipo *camaleontico*. Se il suo cadavere non era stato sepolto nelle fondamenta di un grattacielo di Manhattan, probabilmente Bright viveva a Los Angeles sotto falso nome e con un'identità fittizia, trastullandosi con il concetto di identità sessuale e andando pazzo per l'arte dell'inganno.

Controllai se avevo ricevuto dei messaggi sul cellulare: ce n'erano tre, uno di Robin, uno di Milo e uno di un avvocato con una negligenza cronica nel pagare i conti.

«Mi manchi,» disse Robin «ma quella che soffre di più per la tua lontananza è Blanche. Non sorride mai e continua ad annusare il tuo ufficio. Poi insiste per andare giù al laghetto e si siede sulla panca proprio dove ti metti tu. Quando non funziona nemmeno quello, salta giù e fissa i pesci finché non gli do da mangiare. Se non gliene do abbastanza, emette quel suo lieve latrato da ragazzina. Continuo a dirle che papà tornerà presto, ma dal modo in cui mi guarda non se la beve.»

«Dille che le porterò un ricordino.»

«Non è una ragazza che bada alle cose materiali, comunque contaci. Come sta andando?»

«Finora non ho scoperto un granché.»

«Ho controllato le previsioni del tempo su internet» disse. «A quanto pare sarà bello.»

«Fantastico. Un giorno dovremmo venirci insieme.»

«Sicuramente. L'albergo ti piace?»

Le descrissi il Midtown Executive.

«L'unico vantaggio è che continueremmo a sbattere uno contro l'altra» fece lei.

«Torno domani, così avremo un sacco di opportunità di sbattere uno contro l'altra. Come va il lavoro?»

«Ho accettato un paio di nuovi incarichi, delle riparazioni facili.» Fece una breve pausa. «Lui ha telefonato stamattina per assicurarsi che sarò in città quando verrà qui. Mi è sembrato diverso.»

«In che senso?»

«Distante, non pieno di entusiasmo come al solito. Sostiene di essere molto coinvolto nel progetto, ma dal tono non si direbbe.»

«Si è pentito dell'acquisto?» chiesi.

«Forse si è accorto che si tratta di una spesa esorbitante, se non si sa suonare nemmeno una nota.»

«Mal che vada, li venderai a qualcun altro.»

«Mi chiedo solo se abbia afferrato che un eventuale interesse sentimentale non sarà mai corrisposto. Ho cercato di evitare di perdermi in chiacchiere con lui.»

«Se aveva altri scopi e adesso ha deciso di lasciar perdere, sei stata fortunata.»

«Eccome» affermò.

Dal tono di voce non sembrava molto d'accordo.

«Hai messo parecchio impegno in questo progetto, e adesso le cose si sono complicate.»

«Magari mi sono immaginata tutto.»

«Hai un ottimo istinto, Rob.»

«Non sempre... Forse è meglio che mi schiarisca le idee prima di accendere la sega elettrica. A domani, amore.»

Raccontai a Milo del mio incontro con Polito.

«Il cognato del vicecomandante, eh? E si dà il caso che questo vicecomandante in particolare sia anche l'ex autista di Sua Santità.»

«Ci vuole un lavoro di squadra per catturare i criminali» dissi.

«E per produrli. Allora Bright non è sembrato gay a Polito?» mi domandò.

«Se consideri anche le trasformazioni teatrali del suo aspetto, la pretesa di essere vegano e il comportamento da dottor Jekyll e mister Hyde descritto dalla sorella, non abbiamo nessuna certezza sul suo conto.»

«Tutto il mondo è un palcoscenico.»

«Un palcoscenico insanguinato. Adesso vediamo cos'ha da dire su di lui Roland Korvutz.»

«Hai intenzione di rivolgerti direttamente a Korvutz?»

«Non è per questo che mi hai fornito il suo indirizzo di casa e i recapiti dei suoi luoghi di ritrovo preferiti?»

«Sì, ma stamattina, quando mi sono svegliato, ci ho ripensato. Perché Korvutz dovrebbe parlare con te?»

«Se riesco a mantenere il discorso su Dale Bright e non su di lui, magari si sentirà al centro dell'attenzione e si lascerà sfuggire qualcosa d'interessante.»

«Se ha pagato Bright per eliminare i Safran, ti caccerà via o farà di peggio.»

«Perché accontentarsi di essere pessimisti se si può essere fatalisti?»

«Hai letto i miei appunti; potrebbe essere una fonte di guai, Alex, non ci guadagniamo nulla a farlo arrabbiare. Torna in albergo, fatti fare un bel massaggio e poi va' a dormire.»

«Grazie, mamma.»

«Parlo sul serio.»

«Come vanno le cose a casa?»

«Cambiare argomento non modifica la realtà.»

«Mi guarderò le spalle. Qualche novità?»

«Qui non è successo nulla» rispose Milo. «Perché dovrei accontentarmi di essere fatalista se posso essere inutile? Dove avevi intenzione di incontrare Korvutz?»

«Ne ho ancora l'intenzione. Al La Bella.»

«Il ristorante italiano.»

«Si trova nell'Upper East Side, non è mica un circolo sociale in cui degli energumeni si ritrovano a bere caffè.»

«Nella migliore delle ipotesi sarà una perdita di tempo, Alex. Perché Korvutz dovrebbe sbottonarsi con te?»

«Prima o poi, non piace a tutti sentirsi importanti?» Mi si irrigidì il collo. «Mi è appena venuta in mente una cosa. Se Dale è un aspirante Lawrence Olivier, magari è questo il motivo principale per cui è andato a New York.»

«Il richiamo del cerone» disse.

«I Safran stavano andando a teatro la sera in cui scomparvero. Ad assistere a una rappresentazione sperimentale in centro. E se Bright avesse incastrato i Safran porgendo loro un ramoscello d'ulivo? 'Siccome faccio parte del cast di uno spettacolo, mi piacerebbe offrirvi due biglietti in omaggio. Sarei onorato se veniste a vedermi calcare le scene. Poi potremmo bere qualcosa insieme e sotterrare l'ascia di guerra per la faccenda del condominio'.»

«E si è portato un'ascia vera e propria... sarebbe un piano raggelante. Il problema è che abbiamo già eseguito tutte le ricerche possibili su Bright e il suo nome non è saltato fuori in nessuna produzione. O da nessun'altra parte.»

«Forse lo spettacolo ha avuto vita breve oppure non era conosciuto» ipotizzai. «Oppure usava un nome d'arte. Dopo essere uscito dal Midtown, sono passato davanti alla biblioteca principale. Magari è stato il karma. Ho un po' di tempo prima di andare a cercare Korvutz. Vediamo cos'hanno da offrire gli archivi dei quotidiani.»

«Buona idea. Se trovi qualcosa, dimentica Korvutz e torna a casa.»

«Adesso stai diventando insistente» lo rimproverai.

«Da che pulpito viene la predica.»

Tornai di corsa nella Quinta Avenue facendomi largo tra la folla del pomeriggio e mi affrettai su per le scale della biblioteca. La sala per la consultazione dei microfilm era fornita di una dozzina di macchine per la lettura delle bobine, una ventina di apparecchi in grado di leggere vari formati e un paio di visori di pellicole piene. Parecchi ricercatori erano in attesa di avere accesso alle apparecchiature, compreso un senzatetto che, una volta arrivato davanti a tutti, si sedette e si mise a sbobinare a casaccio.

Trovai le pagine del teatro della settimana precedente alla scomparsa dei Safran sul *New York Times*, sul *Post*, sul *Daily*

News e sul *Village Voice*; aspettai che si liberasse una macchina e mi misi al lavoro.

Un'ora dopo avevo ristretto la lista a nove produzioni del centro che mi sembravano sufficientemente sconosciute. Dopo un quarto d'ora d'attesa, potei accedere a un computer con un collegamento a internet. Non c'era traccia di cinque degli spettacoli individuati. Dei restanti quattro, riuscii a trovare l'elenco degli attori soltanto di tre. Ansell/Dale Bright non compariva in nessuno di essi, ma li stampai comunque e uscii dalla biblioteca.

Il cielo era blu scuro. La Quinta Avenue proiettava lampi ramati, bronzei e argentei sullo splendore riflesso dalle vetrine dei negozi. Il traffico sembrava uno sciame di api formato dai taxi gialli e delle automobili nere prese a noleggio. La folla dei pedoni si era addensata in una massa risoluta e polimorfa, e io mi sentii un piccolo ingranaggio di una macchina meravigliosa.

Percorsi Madison Avenue in direzione nord e intravidi il chiaro di luna circondare col suo alone i grattacieli. Lo sviluppo edilizio poteva essere rapace, ma la New York plasmata dall'uomo era bella come un miracolo della natura.

Quando passai dalle vie contrassegnate dal numero sessanta a quelle contrassegnate dal settanta, le insegne degli stilisti più importanti cedettero il passo a boutique e ristoranti accoglienti, dalle cui vetrine si scorgevano membri dell'alta società.

L'osteria La Bella era diversa: la facciata di mattoni era dipinta di bianco e i piccoli caratteri beige sussurravano il nome del ristorante sopra una porta a vetri così ricoperta di arabeschi dorati da sembrare opaca.

Al di là del vetro, il buio. Era uno di quei posti che si notano solo se li si conosce già.

Guardai lungo la via, ma non vidi nessuno che corrispondesse alla descrizione di Roland Korvutz. Erano le 18:20. Se si trovava all'interno, era meglio lasciarlo immergere prima nella solita routine culinaria. Riprendendo a camminare, proseguii fino in fondo alla Novantesima Strada est, affrettando il passo per godere dei benefici del dolce pendio di Carnegie Hill. Alle 19:10 tornai al La Bella, coi polmoni rinvigoriti e il sistema nervoso esaltato.

Il pannello di vetro si aprì su un vestibolo verde scuro lucido, in fondo al quale c'era un'altra porta di solido noce nero. Dalla parte opposta dell'atrio, un piccolo pianerottolo era annunciato dalla scritta 'Attenti al gradino' incisa nel bronzo. Dopo aver sceso tre scalini e aver svoltato improvvisamente a sinistra, mi ritrovai alla postazione di marmo bianco del maître. Un uomo grande e grosso, in smoking, esaminava il registro delle prenotazioni alla luce ambrata di una lampada Tiffany a forma di conchiglia. In sottofondo aleggiavano a basso volume le note di un'opera in cui un tenore cantava in tono lamentoso una storia triste. Le mie narici si riempirono di zaffate di formaggio stagionato, carne arrosto, aglio e aceto balsamico.

Dietro l'uomo in smoking, una rastrelliera di vini si estendeva fino al soffitto intonacato, oscurando tutto il lato sinistro della stanza. La parete destra era rivestita da un murale che ritraeva degli allegri contadini intenti a raccogliere uva. I tre tavoli in bella vista erano rotondi, ricoperti di tovaglie di lino rosso e liberi. Da dietro la rastrelliera giungevano tintinnii di bicchieri e il mormorio sommesso di una conversazione.

«Posso esserle d'aiuto?»

«Non ho prenotato, ma vorrei un tavolo per una persona.»

«Una persona?» sottolineò, come se non avesse mai udito quella parola prima di allora.

«Pensavo di essere stato chiaro.»

«Le persone chiare ci piacciono.» Mi accompagnò a un tavolo libero, mi porse la lista dei vini, il menu e mi consigliò una specialità a base di ossobuco di vitello allevato nella quiete del Vermont, dove gli animali possono trascorrere le loro brevi esistenze senza la costrizione dei recinti.

La sua mole mi impediva di vedere gli altri clienti. Mentre mi descriveva un misto di verdure casalinghe, finsi di essere interessato e diedi un'occhiata al menu. Vini da sala d'asta, tartufi bianchi, pesci pescati con le reti in laghi che non avevo mai sentito nominare. L'aceto balsamico era più datato della maggior parte dei matrimoni.

I prezzi erano all'altezza delle portate.

«Da bere?»

«Acqua minerale gassata.»

«Molto bene.»

Si scansò mettendo in mostra due gruppi di persone nella parte opposta della sala priva di finestre. Il primo era formato da una coppia elegante sui trent'anni, con in mano dei bicchieri di vino e i volti chini l'uno verso l'altro come due pugili. Mascelle serrate, labbra socchiuse e sguardi rapiti. Un momento di passione poco dissimile dal coito o una lite mal celata.

Alla loro destra era seduto un uomo con una bambina paffutella dai capelli chiari che mi dava le spalle mentre era china sul piatto. Dalla corporatura poteva avere sei o sette anni. L'uomo stava curvo per guardarla negli occhi e i suoi lineamenti si confondevano nell'oscurità. Le toccò la guancia. Lei allontanò la sua mano e continuò a mangiare. Indossava un maglione bianco e una gonna rosa a quadretti, calze bianche e un paio di scarpe rosse di vernice. Eccezion fatta per le scarpe, poteva trattarsi di una divisa scolastica. La giacca sportiva grigia e la camicia marrone dell'uomo sembravano incolori, al confronto.

Quanto vedevo di lui mi bastò per capire che era di costituzione minuta. Corrispondeva alla descrizione di Roland Korvutz fornitami da Polito. Lo stesso valeva per l'età – sui sessant'anni – e per il fatto che aveva una bambina.

Spezzò un panino e drizzò la schiena per masticare, consentendomi di vederlo meglio in volto. Aveva gli zigomi alti e piatti, il naso bulboso, il mento stretto e portava un paio di occhiali con la montatura d'acciaio. Se quella era la mia preda, i capelli castano rossicci avevano ceduto il passo a un riporto grigio e rado.

Allungò la mano per prendere la forchetta, arrotolò la pasta e ne offrì un po' alla bambina, che scosse il capo con enfasi. L'uomo disse qualcosa. Non riuscii a sentire se la piccola rispose.

Il cameriere vestito di serge nera ostruì di nuovo la mia visuale. Posò delicatamente sul tavolo una grossa bottiglia di acqua minerale Primo Fiorentina e un bicchiere ghiacciato. «Desidera ordinare?»

Ancora sazio per il pranzo consumato a tarda ora, optai per la portata più leggera: un'insalata di capesante da quaranta dollari. Prima che l'uomo in smoking portasse via il menu, controllai il prezzo dell'acqua. Presa da sola, costava molto più di quanto valesse il buono pasto quotidiano della polizia di Los Angeles. Forse proveniva da pozzi artesiani ed era stata attinta a mano da colte vestali dalla verginità comprovata.

Bevvi. Sapeva di acqua.

La bambina dalla parte opposta della sala disse qualcosa che fece inarcare le sopracciglia all'uomo con la giacca grigia. Lui parlò di nuovo. La bambina scosse il capo. Scese dalla sedia. Le era salita la gonna, quindi l'uomo allungò la mano per aggiustargliela. Lei lo precedette. Puntò i piedi, si arruffò i capelli e si voltò.

Aveva la pelle chiara, gli occhi azzurri, il naso schiacciato e all'insù. Aveva i lineamenti inconfondibili delle persone affette dalla sindrome di Down.

Era più grande di quanto avessi pensato: doveva avere dieci o undici anni.

Si accorse di me. Sorrise. Mi salutò con un cenno della mano. Disse 'ciao' a voce così alta da sovrastare l'opera.

«Salve.»

«Vado in bagno.»

L'uomo provò a fermarla: «Elena...»

La bambina agitò un dito in segno di rimprovero. «Sto parlando con quel signore, papà.»

«Tesoro, se devi andare...»

La bambina batté un piede. «Sto *parlando*, papà.»

«Lo so, tesoro. Ma...»

«Papà» esclamò, battendo un piede. Poi: «Papà *triste*?» Prese il volto dell'uomo con entrambe le mani, gli diede un bacio sulla guancia e saltellò allegramente verso una porta sul retro del ristorante. Sulla porta non c'era nessun cartello: evidentemente la bambina era abituata a consumare cene da cento dollari. L'uomo fece spallucce e, muovendo le labbra senza emettere suoni, disse: «Scusi.»

«È adorabile.»

Riprese ad avvolgere la pasta con la forchetta. Esaminò un orologio di diamanti. Mise giù la posata e guardò di nuovo l'ora. In quel momento l'uomo con lo smoking tornò. «Tutto bene, signor Korvutz?»

«Sì, sì, grazie, Gio.»

«Sono felice di rivedere Elena. Il suo raffreddore è migliorato?»

«Finalmente sì.»

«È una bambina intelligente, signore. Le piace andare a scuola?»

Korvutz annuì debolmente.

«Vuole del vino oltre alla Coca-Cola Light?»

«No, più tardi devo sbrigare del lavoro a casa, quindi devo mantenermi lucido.»

«I bambini» sospirò Gio.

Il volto di Korvutz assunse un'espressione triste. «Ne vale la pena.»

Elena ritornò giocherellando con l'orlo del maglione. Si

fermò davanti al mio tavolo e mi indicò con un dito. «È tutto solo soletto.»

«Lascia in pace il signore» la rimproverò Korvutz.

«È soletto, papà.»

«Sono certo che preferisce...»

«Sei soletto. Puoi mangiare con noi.»

«Elena...»

La bambina mi tirò una manica. «Mangia con noi!»

«Se tuo padre è d'accordo.»

Il viso di Korvutz si irrigidì.

Elena batté le mani. «Urrà!»

«Elena, smettila. Lascia stare il signore.»

Mi alzai e portai il bicchiere d'acqua al loro tavolo.

«Urrà!»

«Non è necessario» disse Korvutz.

«Per qualche minuto non c'è problema...»

«Urrà!»

La coppia di innamorati ci guardò. La donna sussurrò qualcosa al compagno, che fece spallucce.

«Davvero, non è necessario» insisté Korvutz.

«Sì che è *cessario*, papà!»

La coppia che si faceva gli occhi dolci sogghignò.

«Elena...»

«*Cessario!*»

«Sssh, sssh...»

«*Cessa...*»

«Elena! Sssh! Che cosa diciamo sempre di La Bella?»

La bambina mise il broncio.

«Da La Bella bisogna... dillo, tesoro.»

Dall'occhio destro di Elena sgorgò una lacrima.

Roland Korvutz l'asciugò e le diede un bacio sulla guancia. «Tesoro, da La Bella bisogna stare *tranquilli*.»

«Tesoro, tesoro» cantilenò Elena. «Quello è la mamma.»

«Anche tu sei il mio tesoro.»

«No!»

Korvutz avvampò. «Scusi per il disturbo, può tornare...»

«È soletto. La signora Price dice che bisogna essere gentili con le persone solette.»

«Soltanto a scuola, Elena.»

«La signora Price dice che bisogna sempre essere gentili.»

«Posso sedermi con voi finché non vengono a servirmi» proposi.

«Elena, lascia stare questo signore.»

Korvutz aveva alzato la voce. Il volto di Elena si incupì. Lui mormorò alcune parole in una lingua che sembrava russo e si protese verso di lei. La bambina saltò giù dalla sedia singhiozzando. La giovane donna seduta al tavolo accanto alzò gli occhi al cielo.

«Elena...»

La bambina corse verso la porta sul retro. «Io vado di nuovo!»

Korvutz si voltò verso di me. «Mi scusi, è un tipo molto espansivo.»

«La trovo adorabile.» Cercai di non sembrare condiscendente. Lo sguardo di Korvutz mi fece capire che non ci ero riuscito.

«Lavoro coi bambini» spiegai.

«Che cosa fa?»

«Lo psicologo infantile.»

«Bene» disse con totale disinteresse. «Buon appetito.» Guardò il mio tavolo.

Estrassi il distintivo nuovo di zecca di consulente della polizia di Los Angeles che il capo mi aveva spedito a casa la sera precedente e lo posai sul tavolo davanti a lui. «Quando ha un po' di tempo, signor Korvutz.»

Spalancò la bocca per lo stupore. Sgranò gli occhi grigi dietro le lenti spesse. Nonostante la luce soffusa, le sue pupille si erano contratte trasformandosi in punte di spillo.

«Cosa...»

Rimisi in tasca il distintivo. «Dobbiamo parlare. Non di lei, ma di Dale Bright.»

Fu sul punto di alzarsi dalla sedia, ma cambiò idea. Serrò entrambe le mani tenendole sul tavolo. «Se ne vada fuori dalle...»

«Ho percorso più di 4.500 chilometri per parlare con lei. È possibile che Dale Bright abbia ucciso altre persone. Si tratta di omicidi estremamente efferati.»

«Non so di cosa diavolo stia parlando.»

Mi alzai occultandolo allo sguardo indagatore della coppia vicina o di Gio. Continuai a sorridere per fingere che stessimo parlando in modo cordiale.

«Dale Bright. L'ex presidente del comitato degli inquilini della Trentacinquesima Strada ovest.»

Le spalle di Roland Korvutz erano strette intorno al collo. Le sue dita sfioravano la lama di un coltello per il burro.

«Lei non è sospettato. Bright sì. Ho bisogno di dettagli, di qualsiasi cosa possa aiutarci a trovarlo.»

Agli angoli della bocca di Korvutz si accumulò della saliva. «Non so nulla.»

«Voglio fare solo quattro chiacchiere, dove preferisce lei.»

«Mi tormentano di nuovo.»

«Se collabora e ci aiuta a trovare Bright, metterà fine a...»

«Non so *nulla.*» Pronunciò quelle parole a denti stretti.

«Possono bastare anche le sue impressioni. Com'era, che abitudini aveva?»

«Occhio asciutto!» annunciò una voce alle nostre spalle.

Elena saltellò accanto a me, con un fazzoletto di carta in mano. Korvutz la guardò. «Questo signore deve andare.»

«No, pa...»

«Sì!»

«Papà mi fa diventare triste!»

Korvutz balzò in piedi e la prese per un braccio. «La vita è triste. Puoi capirlo perfino tu.»

Trascinò fuori dal ristorante la bambina in lacrime.
Perplesso, Gio osservò la porta richiudersi sbattendo.
Il tenore in sottofondo cantava in tono lamentoso.
La giovane donna disse: «Portare una bambina in un posto come questo...»
Il giovane si lisciò il risvolto della giacca confezionata a mano. «Soprattutto una bambina come quella. Andiamo.»

23

Persone eleganti portavano a spasso cani raffinati lungo Park Avenue.

Il palazzo in cui viveva Roland Korvutz, sul lato ovest della strada, era un edificio alto dieci piani di sobria pietra grigia, e su ogni piano c'era un solo appartamento.

Dei lucenti bastoni d'ottone sorreggevano una tenda immacolata color rosso cupo. Un tappeto di un materiale resistente alle intemperie, che sarebbe stato bene in casa mia, conduceva a una porta di vetro con la serratura di sicurezza e l'intelaiatura di ottone. Il cartello con la scritta 'Tutti i visitatori devono essere annunciati' era dello stesso metallo lucente. Come il citofono.

All'interno dell'atrio il portiere, con indosso una divisa rossa, intento a rilassarsi su una sedia intagliata, mi guardò mentre l'osservavo. Ispanico, coi baffi, era troppo giovane per essere il poliziotto in pensione con cui aveva parlato Polito. Quando mi avvicinai, restò immobile. La luce, proveniente da un lampadario di cristallo, soffondeva di una tinta ambrata il pavimento di marmo a scacchi bianchi e neri dell'atrio. Alcuni pannelli di legno scuro luccicavano come cioccolato fuso.

Il portiere non si mosse finché non premetti il pulsante del citofono. Anche allora, giunse con tutta calma.

Aprì la porta di qualche centimetro. «Posso aiutarla?»

«Sono venuto qui per vedere il signor Korvutz.»

«La sta aspettando?»

«Lo spero proprio.»

«Chi devo annunciare?»

«Il dottor Delaware.»

Chiuse la porta e si mise al telefono. Aspettai a lungo sotto la tenda, pronto a ricevere un rifiuto o un avvertimento per farmi desistere. Mi sentivo in colpa per aver interrotto la cena di Elena, poi pensai ai Safran e soffocai il rammarico. Il portiere riattaccò e aprì di nuovo la porta. «Sta scendendo.»

Roland Korvutz spuntò qualche minuto dopo con una camicia marrone, pantaloni grigi larghi, scarpe da ginnastica bianche e un piccolo e candido volpino in braccio. Mi preparai per un attacco d'ira. Il suo viso era impassibile.

Il portiere eseguì il suo compito principale e Korvutz varcò la soglia. Indicò verso sud senza smettere di camminare, sempre con il cane in braccio. Era un uomo minuto, ma camminava a passo spedito. Lo raggiunsi. Il volpino uggiolò allegramente. Mi leccò una mano.

«Tutti la considerano una persona in gamba.» Un uomo minuto con una potente voce da baritono. In quella relativa quiete il suo accento sembrava più marcato.

«I bambini e i cani» dissi «a volte sono bravi a giudicare il carattere delle persone.»

«Fesserie» disse Korvutz. «Avevo un rottweiler a cui andavano a genio tutti, comprese le peggiori canaglie.»

«Magari questo cane è più intelligente.»

«Si chiama Gigi.» Agganciò un guinzaglio rosa al collare tempestato di strass della cagnolina e la posò a terra.

«Come nel film?»

«A mia moglie piace quel film.» Scosse il capo.

Gigi si mise a scorrazzare. Percorremmo un isolato. Korvutz aspettò che il cane annusasse il palo di un lampione.

«Grazie per aver accettato di vedermi» gli dissi.

Non rispose.

«Mi dispiace averle rovinato la cena.»

«Non è stata colpa sua, sarebbe potuta accadere qualsiasi altra cosa. Mia figlia adora quel posto, ma non è ancora pronta per andarci.»

«C'è troppa pressione per stare tranquilli.»

«A volte Elena è sottoposta, come dire, a troppi stimoli.»

«Penso davvero ciò che ho detto. È una bambina incantevole da ogni punto di vista.»

Korvutz mi fissò. «È davvero uno strizzacervelli?»

«Vuole vedere la mia specializzazione?»

Rise. «Lei è la mia unica figlia. Mi sono sposato tardi.»

La cagnolina strattonò il guinzaglio rosa. «Va bene, va bene» mormorò Korvutz, e le permise di stare davanti.

Dieci passi più avanti chiese: «Quel Bright ha davvero ucciso qualcuno?»

«Forse parecchia gente.»

«Assurdo.»

«Lei non ha mai sospettato di lui per la scomparsa dei Safran?»

Sollevò un palmo. «Ehi, ehi, di loro non parlo, se lo scordi. Non mi hanno causato altro che guai.»

«A me interessa soltanto Bright.»

«L'avrò incontrato due volte. L'unica cosa che ricordo è che era un gran leccaculo. 'Signor K di qua, signor K di là'. A quei tempi nei miei palazzi c'erano tra i 450 e i 475 inquilini. Perché avrebbe dovuto fregarmene qualcosa di quel rompiscatole?»

«Come mai le leccava il culo?»

«Voleva diventare il mio migliore amico, come se non mi

rendessi conto che mi si stava fregando.» Korvutz rallentò e guardò la cagnolina intenta ad annusare un altro lampione. Si sistemò gli occhiali da sole. Gigi cambiò idea. Riprendemmo a camminare. «Se la prende comoda a fare i suoi bisogni. Sbrigati, piccola. Ho del lavoro da fare.»

Ripetei la domanda.

«Bright aveva escogitato dei piani a mio favore» rispose. «'Istituisca un comitato degli inquilini, signor K, renderà le cose più semplici'. Pensai che fosse una stronzata.»

«Però gli diede ascolto.»

«Se qualcuno vuole aiutarmi, sono affari suoi. Mi aspettavo che Bright mi chiedesse un favore ed ero già pronto a dirgli di no. Ma alla fine non è saltato fuori nulla.»

«Non le ha mai chiesto niente?»

«Non so perché.»

«Nemmeno di abbassargli l'affitto?»

«Ehi,» replicò Korvutz «a quello ci avevo già pensato io.»

«Che sconto gli fece?»

«Chi se lo ricorda... forse duemila dollari in tutto.»

«Che buon cuore» esclamai.

Korvutz si voltò verso di me. «Come ho detto, l'ho incontrato un paio di volte. Voleva aiutarmi, e allora ho pensato: 'Perché no'? Alla fine, quello stupido comitato degli inquilini non è servito a niente.»

«Non è servito alla conversione degli appartamenti?»

Accigliato, allungò il passo. «Quel palazzo mi ha rovinato. Lo finanziai con altre proprietà. Non avrei dovuto essere così sciocco da investire in quella topaia. Poi rimasi a corto di denaro, i prezzi aumentarono, le banche non erano disposte a concedermi un prestito se non gli presentavo una valanga di documenti. In questa maledetta città ci vuole un sacco di tempo per ottenere qualcosa. Che diamine gliene importa? Vuole sapere di quel ruffiano di Dale? Questo è tutto. Punto.»

«Perché Bright prese un appartamento in affitto da lei?»
«Fu indirizzato da qualcuno.»
«Da chi?»
«Che differenza fa?»
Camminammo finché Gigi non rimase affascinata dagli aromi emanati da un bidone della spazzatura all'angolo della Sessantanovesima Strada.
«Datti una mossa, una buona volta, *cane*» disse Korvutz.
«Chi mandò Bright da lei?» insistei.
«Ancora?»
«Cosa c'è sotto?»
«Non volevo nemmeno dei nuovi inquilini. Quando si converte un edificio, è meglio che sia vuoto. Mi avevano garantito che Bright non avrebbe dato noie, quindi mi dissi: Al diavolo, va bene. Ho il cuore troppo tenero.»
Gigi si allontanò dal bidone della spazzatura. Percorremmo un altro mezzo isolato prima che tornassi alla carica. «Chi fece da garante per Bright?»
«Si tratta proprio di una faccenda importante, eh?»
«Sonia Glusevitch?»
Korvutz si mordicchiò le labbra. «Conosce Sonia?»
«So che è sua cugina e che faceva parte del comitato insieme a Dale.»
«Cugina» ripeté lui, come se stesse imparando una parola nuova. «Il secondo marito di sua madre è il nipote di una delle mie sorellastre.»
«Conosceva Dale e glielo raccomandò?»
Annuì con riluttanza.
«Aveva una relazione con lui?»
«Sonia era sposata.»
«La domanda è valida comunque» precisai.
«Non mi impiccio degli affari altrui.»
«Lo prenderò come un sì.»
«Senta,» attaccò Korvutz «Sonia venne da me e mi disse

che un suo amico era in cerca di una casa. Le risposi che poteva restare al massimo sei mesi.»

«Questo avrebbe soddisfatto alla perfezione le necessità di Dale Bright.»

«Cosa intende dire?»

«Che si sposta in continuazione» spiegai.

«Buon per lui.»

«Si sono perse le sue tracce dopo che se n'è andato dal palazzo. Ha idea di dove possa essersi recato?»

«E io come faccio a saperlo?»

«Dove lo conobbe Sonia?»

«Questo lo so» rispose Korvutz. «Durante il corso di recitazione per uno spettacolo.»

«Che tipo di spettacolo?»

«Sonia voleva fare l'attrice. A quei tempi, parlava malissimo l'inglese, adesso è un po' migliorata. Un anno dopo che ero arrivato qui dalla Bielorussia, io lo parlavo già alla perfezione. Due anni dopo imparai lo spagnolo di Portorico, cinque anni dopo sapevo parlare con i cinesi. *Hasta luego ying chang chung.*»

«Sonia non è portata per le lingue.»

«Sonia?» Ridacchiò. «Com'è che si dice, non brilla per intelligenza?»

«Ma pensava di saper recitare...»

«Voleva diventare una grande star.»

«Del cinema o del teatro?»

«Ancora adesso» disse Korvutz «continua a frequentare i corsi della New School. Dipinge quadri, fabbrica vasi, portacenere e candelabri.»

«È un'artista.»

«Quando si vive con gli alimenti del divorzio, si ha tempo per prendere lezioni.»

«Il suo ex marito deve essere ricco.»

«È un chirurgo plastico. Le ha rifatto le tette, gli sono piaciute e l'ha sposata per guardarle in continuazione.»

«Come si chiama?»
«Chi se lo ricorda?»
«Ha sposato sua cugina e lei non se lo ricorda?»
«È un ebreo» affermò. «Si sono sposati ad Anguilla, ma non hanno invitato nessuno. Cinque anni dopo, lei si è trasferita in una grande casa a Lawrence e hanno divorziato.»
«Prende ancora gli alimenti?»
«Fa una bella vita.»
«Dove si trova l'ufficio di questo chirurgo?»
«Alle Five Towns.»
«In quale?»
«Forse Lawrence o forse Great Neck.»
«Non ricorda come si chiama?»
«Ha un nome ebreo, qualcosa che finisce con '-witz', forse Markowitz o forse Leibowitz... no, no, Lefkowitz. Bob Lefkowitz. Gioca a tennis.» Mimò una battuta.
«Allora Sonia frequentava Dale Bright mentre era sposata con il dottor Lefkowitz.»
Silenzio.
«Mi ha già detto di sì» gli feci notare.
«Io ho detto soltanto che mi ha riferito che Bright aveva bisogno di un appartamento.»
«Viveva col marito ma aveva una casa sulla trentacinquesima ovest?»
Korvutz distolse lo sguardo. I muscoli del collo sembravano le capriate di un ponte in miniatura. «Le ho dato un appartamento, e allora?»
Gigi andò dritto verso un altro bidone.
Korvutz sospirò. «Ci risiamo.»
«In che spettacolo era impegnata Sonia quando conobbe Dale Bright?» chiesi.
«Non me lo ricordo.»
«Vi assistette?»
«Continuava a dirmi di andare a vederlo. Gratis. Alla fine dovetti andarci. In un posto assurdo.»

«In centro?»

«All'East Village, ma non in un teatro. In una stanza sopra un ristorante messicano; avevano sistemato sedie, un piano e tende nere. Erano tutti vestiti di nero: accappatoi neri e cappucci neri. Per tutto il tempo hanno continuato a correre avanti e indietro cantando. Alla fine qualcuno ha vomitato. Poi abbiamo dovuto applaudire.»

«Come s'intitolava lo spettacolo?»

«Forse *Accappatoi neri e vomito.*» Ridacchiò per la propria arguzia.

Estrassi la lista che avevo tratto dagli archivi dei quotidiani e iniziai a leggerne i titoli ad alta voce.

«Sì,» esclamò Korvutz «è proprio quello: *Le vacanze del naso oscuro*. Cosa diavolo significa 'naso oscuro'? Lo chiesi a Sonia. Mi disse che è come entrare nel cervello di qualcuno. Come se qui ci fosse un tunnel.» Mosse una narice. «La verità sta qui.» Rise. «Ecciù, eh? La verità non c'è più.»

Gigi ispezionò l'aiuola davanti a un edificio di mattoni molto alto. Io passai in rassegna l'elenco in cerca di *Le vacanze del naso oscuro*. Il *New York Times* era l'unico giornale a riassumerne la trama. 'Dramma neoassurdo che esplora le metamotivazioni mistiche'. Non erano citati né il cast né i dati tecnici.

«Quante persone prendevano parte allo spettacolo?» gli domandai.

«È importante?»

«Può darsi.»

«Forse quattro, non lo so. Non molte.»

«Dale Bright era uno degli attori?»

«Forse.»

«Forse?»

«Gliel'ho detto, portavano dei cappucci, non si vedevano in faccia, magari era lui, magari era Topolino.»

«È proprio sicuro che Sonia le disse di averlo conosciuto a teatro?»

«Sì, sì.»
«Cos'altro sa di lui?»
«Nulla.»
«Quando scomparvero i Safran...»
«Le ho detto che di quell'argomento non si parla. Mi hanno quasi rovinato la vita.»
«I Safran?»
«I poliziotti. Mi tormentavano. Cercavo di fare affari, ma loro entravano nel mio ufficio con i distintivi e allora addio tutto. Quel tizio italiano che sembrava un gangster mi tormentava perché sono bielorusso, voleva sapere del contrabbando e della mafia russa. Idiota.»
«Prevenuto» interloquii.
«Continuavo a dirgli 'senta, non troverà nulla perché non c'è nulla da trovare'.»
Gigi trotterellò verso una scatola di cartone abbandonata e sollevò la zampa.
Korvutz ringraziò il cielo con un gesto della mano. «Finalmente.»
«I Safran mi interessano soltanto perché...» cominciai.
«Arrivederci e buona fortuna. L'unico motivo per cui ho accettato di parlare è che non volevo che infastidisse mia figlia. E poi non ho nulla da nascondere. Tornerà presto a Los Angeles?»
«Tra non molto.»
«Mi saluti le palme.»
«Parlare dei Safran la infastidisce proprio.»
Tenendo la bocca chiusa, gonfiò d'aria le guance.
«Se non ha nulla da nascondere...» lo incalzai.
Espulse l'aria con un sibilo. «Magari sono volati sulla luna. Magari il leccaculo gli ha fatto qualcosa. Crede che me ne freghi? Nemmeno un po'.»
«Si è liberato di una bella scocciatura» osservai.
«Ehi,» esclamò «non mi metta in bocca quello che non ho

detto. Perché dovrei piangere per loro? Si sono messi contro di me solo per il gusto di farlo. Non voglio più avere nulla da spartire con tutte quelle cose.»

«Con le liti?»

«Con il *comunismo*... Piccolo cane lento, sbrigati, una buona volta.»

«I Safran erano comunisti?»

«Vada a dare fastidio a qualcun altro.»

«Sonia è in città?»

«Come faccio a saperlo?»

«La chiami. Se accetta di parlare con me, allora la lascerò in pace.»

«Deve lasciarmi in pace comunque.»

«La chiami.»

«Perché dovrei farle un favore?»

«Perché piaccio a sua figlia e al suo cane.»

Mi guardò fisso. Rise. «Perché no? Sonia mi ha mandato quello stupido leccaculo, e io le mando lei.»

Mi lasciò davanti al suo palazzo, passò il volpino al portiere e usò il telefono della guardiola. Fece una breve chiacchierata e poi sollevò i pollici in segno di approvazione.

Muovendo le labbra senza emettere suoni, dissi 'grazie'. Korvutz non mostrò di essersene accorto mentre attraversava l'ingresso. Impassibile, il portiere lo seguì, mentre il cane gli leccava il viso.

24

Sonia Glusevitch abitava in una fortezza di mattoni gialli che occupava un terzo di un isolato sulla novantatreesima est. Le porte dell'ingresso erano spalancate. Le pareti a specchio si alternavano a pannelli di velluto dorato. Delle palme sofferenti agognavano qualcosa di meglio della luce artificiale.

Due portieri senza cappello, in camicia bianca, erano seduti dietro un bancone di fòrmica e ignoravano gli schermi delle telecamere a circuito chiuso. Quando pronunciai il nome di Sonia Glusevitch mi fecero cenno di passare, mentre continuavano a studiare uno di quegli opuscoli di scommesse sui cavalli che avvengono fuori dall'ippodromo.

«In che appartamento abita?»

Si affannarono a consultare un libro nero rilegato in plastica. «Ventiseiesimo piano, appartamento undici.»

Un ascensore rivestito di metallo salì sferragliando fino al piano indicato. I corridoi erano tappezzati con carta da parati color rame lucente, chiazzata perché sembrasse una vernice. La moquette color ruggine aveva perso da tempo elasticità.

Bussai alla porta di Sonia Glusevitch. La donna che venne ad aprire indossava un kimono giallo e arancione e sandali dorati con il tacco a spillo.

Aveva poco più di quarant'anni, era in carne e graziosa, con lunghi capelli neri, ciglia lunghe come le zampe di una tarantola e labbra cremisi. Il suo volto era ricoperto da uno strato di cipria. Nel corridoio si diffuse un intenso profumo di vaniglia.

«Signora Glusevitch? Sono Alex Delaware.»

«Sonia.» Due mani morbide strinsero le mie. Percepii un altro effluvio di vaniglia quando mi palpò le nocche. «Prego, entri pure.»

Il soggiorno era angusto, intonacato di azzurro, arredato con divani di velluto nero, tappeti bianchi, tavoli barocchi con intarsi dorati e il ripiano a specchio. Alle pareti erano appese scene di vita parigina con troppo colore e troppo poca proporzione. Su un mobiletto nero laccato era esposta una collezione di mucchi informi di ceramica.

Si appollaiò sul bordo di un divanetto a S e mi indicò una sedia, sulla quale mi ritrovai con le ginocchia a pochi centimetri dalle sue. Le finestre prive di tende davano sull'East River e sulle luci notturne del Queens.

«Grazie per aver accettato di incontrarmi.»

Si sentì un fruscio di seta quando accavallò le gambe. Un collier d'oro le cingeva il morbido collo bianco. Ulteriori bagliori erano emanati dagli enormi orecchini a cerchio, da un anello con una gigantesca ametista e da un Rolex d'oro e diamanti.

«*Ah-lex*» disse. «È un *niome* diffuso in Russia. Ha del sangue russo?»

«Non che io sappia.»

«Prego.» Mi indicò un tavolino apparecchiato con cracker, pezzetti di formaggio infilzati da stuzzicadenti, una bottiglia aperta di Riesling e due calici di vetro intagliato. Le luci soffuse mettevano in risalto la vista sul fiume ed erano clementi con la sua carnagione.

Versai il vino a entrambi. Il suo primo sorso non alterò il livello del liquido. Io bevvi ancor meno.

Entrambi sorridevamo e fingevamo di godere l'uno della

compagnia dell'altra. Come se si trattasse di un appuntamento al buio malriuscito.

Aveva sfruttato il quarto d'ora che avevo impiegato per arrivare lì dalla casa di Korvutz a Park Avenue per sistemarsi il trucco e allestire quel piccolo banchetto.

«Il signor Korvutz l'ha informata della mia visita?» chiesi.

«Oh, sì, certo.» Aveva la voce squillante e l'accento slavo. Mise in mostra i denti piccoli e bianchi mentre il suo sorriso sbilenco ricordava quello di un'adolescente maliziosa. «Roland ha detto che lei era gran *ficcanasio*. Non ha detto che era molto attraente.»

Mise un pezzetto di formaggio su un cracker e iniziò a mangiucchiare. Giocherellò con lo stuzzicadenti.

«Pensa che *Diale* ha ucciso qualcuno?» riprese.

«È possibile.»

«Bene.»

«Questo non la sconvolge?»

«Certo che mi sconvolge. Formaggio? È buono.»

Al La Bella avevo pagato l'insalata quaranta dollari, ma me n'ero andato prima che arrivasse. Tuttavia, ero affamato soltanto di informazioni. Allungai la mano per prendere un cracker. «Può parlarmi di Dale, per favore?»

«Che cosa devo dire?»

«Che tipo era?»

Sonia Glusevitch rispose: «*Gientile*. Disponibile. Gli piaceva aiutare gli altri.»

«L'ha aiutata?»

«Oh, sì.»

«A fare cosa?»

«Con le battute, la pronuncia, a dipingermi gli occhi. È diverso.»

«Cosa?»

«Il *triucco* per il teatro. Deve essere *apparisciente*.»

«Gliel'ha detto Dale?»

Annuì.

«Dale era esperto di trucchi teatrali?»

«Era molto, molto bravo. Un artista.»

«Voi due vi siete conosciuti durante la produzione di *Le vacanze del naso oscuro*?»

«Oh, sì. Io ero Neurona – una che viaggiava nel cervello – e *Diale* era Sir Axon. Mi fece vedere come usare la luce e l'*uombra*.» Si toccò una palpebra. «Per sembrare *mistieriosa* sul *pialco*. Per rendere il viso drammatico.»

Roland Korvutz aveva detto che gli attori erano completamente avvolti in vesti scure.

«Quindi voi due diventaste amici?»

Sonia Glusevitch bevve il vino. «*Diale* era proprio un tipo cordiale.»

«Non sembra molto sorpresa che sia sospettato di omicidio» osservai.

«Tutto può essere una sorpresa. O niente, dipende.»

«Da cosa?»

Inclinò la testa di lato. «Se ci si fida delle persone, si resta sorpresi.»

«Lei non si fida?»

«Non più» rispose. «Mio marito mi diceva tutti i giorni che mi amava. Ogni singolo giorno, alle sei e mezza, la prima cosa che faceva quando si svegliava, ancor prima di lavarsi i denti, era dirmi 'ti amo, Sonny', coprendosi la bocca per non infastidirmi con l'alito cattivo.» La mano si spostò sull'addome e scese fino al ginocchio. «Faceva il *chiruorgo*. Ogni venerdì mi portava i fiori, tutte le donne erano gelose. Lavorava così tanto, faceva il *chiruorgo* plastico, il mio Stevie. Tante ore. Tante tante ore.» Mostrò i denti. «Aveva assunto delle piccole e graziose infermiere portoricane. Adesso è sposato con una di loro.»

«Ah.»

Accavallò di nuovo le gambe. La stoffa si spostò mettendo in mostra il lato di una coscia bianca e grassottella. Fece dondolare un sandalo.

«Ha conosciuto Dale quando era sposata?»
«Oh, sì.»
«Che tipo di rapporto avevate?»
Sonia fece un sorriso malizioso. «Vuole sapere se andavo a letto con lui? Sì, qualche volta è successo. Stevie si divertiva con le sue infermiere. Se lo fa il gallo, perché non può farlo la gallina?»
«Solo qualche volta?» chiesi.
«A me piaceva farlo. A *Diale* non tanto.»
«Non mostrava entusiasmo?»
«Sì che mostrava entusiasmo» rispose. «Quando lo faceva. Ed era bravo. Non aveva problemi a farlo, ma aveva problemi a farlo spesso.»
«Ha mai avuto l'impressione che fosse gay?»
«Mi ha detto di no.»
«Gliel'ha chiesto?»
«Era un periodo *tristo* per me.» Incurvò le spalle. «Avevo trovato una ricevuta della Platinum American Express nella giacca di Stevie. Era di una cena costosa in un ristorante degli Hamptons in cui avevo chiesto a Stevie di portarmi. Non l'ha *miai* fatto.»
«Che mascalzone» dissi.
«Oh, sì, *Ah-lex*. Un gran mascalzone. Quindi ero *trista*. Piansi con *Diale*, gli chiesi di trattarmi come una donna. Invece, fu gentile.»
«Gentile?»
«Come amica.»
«Era bravo ad ascoltare?»
«Mi teneva la mano, mi ascoltava, mi abbracciava. Mi dava i bacini qui.» Si toccò la punta del naso. «Se abbiamo fatto quella cosa là? *Nuo*.»
Spostò il peso del corpo mettendo in mostra un altro po' di coscia.
«È difficile credere che l'abbia respinta» commentai.

Le si inumidirono gli occhi. «Probabilmente sta mentendo, ma lo apprezzo comunque.»

Bevve il vino e sollevò lo sguardo verso il soffitto. Le tremò il mento. Si coprì la gamba.

«Quindi gli chiese se era gay e lui le rispose di no.»

«Mi disse subito di *nuo*.»

«La domanda lo infastidì?»

«Nient'affatto. Scoppiò a ridere e cambiò argomento.»

«Cosa le disse?»

«'Sei bellissima, Sonny.'» Trasse un sospiro profondo.

«Era effeminato?»

«*Nuo*» rispose. «Direi di *nuo*.»

«Non ne è sicura?»

«Sì, ne sono sicura, proprio *nuo*. *Diale* non era effeminato, era soltanto un tipo sensibile.»

«Disponibile.»

Ammiccò. «Non come gli uomini *nuormali*, vero?»

Risi.

«Era diverso in un altro modo» proseguì Sonia. «Era molto ordinato e pulito, aveva sempre un buon profumo. E non gli piacevano i gingilli. Non intendo gingilli erotici, ma automobili veloci, grossi orologi, grossi televisori, stereo. Stevie adora quei gingilli.»

«Dale non possedeva nulla di simile?»

«*Diale* non *puossedeva* nulla. Dormiva sul futon, nell'armadio aveva jeans e maglioni, *nuon* teneva cibo vero e proprio nel frigo, ma solo succo di frutta e acqua, aveva uno zaino e un baule.»

«Un baule?»

«Un baule verde. Dell'esercito.»

«Dale le disse che era un veterano?»

«Aveva fatto il *capituano* per cinque anni.»

«Dove aveva prestato servizio?»

«In Germania. Riparava i carrarmati.»

«Era portato per la meccanica?»
«Era bravo a usare le mani» rispose. «Una volta mi aggiustò il *fuornello*. E anche il gabinetto. Due volte il gabinetto.»
«Nel suo appartamento sulla trentacinquesima ovest?»
Batté un'unghia rossa contro il calice. «*Ah-lex*, mi sentivo molto, molto sola in quella grossa casa, Stevie lavorava sempre con quelle piccole infermiere. Roland aveva comprato un *paluazzo* nuovo, ero impegnata a teatro, perché tornare a Long Island tutte le sere?»
«Quindi prese un appartamento per sé e poi ne prese uno per Dale.»
«Anche a me piace aiutare gli altri.» Sorrise. «Per esempio, adesso sto parlando con lei.»
«Lo apprezzo molto. Allora...»
«Quanto si tratterrà in città, *Ah-lex*?»
«Parto domani.»
Schioccò la lingua. «Viene qui spesso?»
«Ogni tanto.»
«È una bella città» disse. «Piena di cose eccitanti.»
«Dove abitava Dale prima di trasferirsi nel palazzo di Roland?»
«In albergo.»
«Si ricorda come si chiamava?»
«*Nuon* mi ha mai fatto nomi» rispose. «*Diale* mi riferì che non era un bel posto. Io gli dissi: 'La sai una cosa, ho una soluzione che fa per te.' Ho parlato con Roland e *Diale* si è trasferito vicino a me.»
«Cos'altro le raccontò di sé?»
«Nient'altro.»
«Cosa le disse della sua famiglia?»
«Mi disse che non aveva una famiglia.»
«Perché no?»
«I suoi genitori erano morti. È per questo che si era trasferito in città.»

«Dalla California.»
«Dalla California?» ripeté. «No, da Washington D.C.»
«È da lì che le disse di provenire?»
«Parlava della capitale, del fatto che i politici dicono sempre bugie. Magari era un politico anche lui, eh?»
«Prima di trasferirsi qui viveva a San Francisco.»
«Non mi ha mai parlato della California.»
«Non ha mai nominato fratelli o sorelle?»
«Mi disse che era figlio unico.» Sorrise. «Un'altra bugia?»
Annuii.
«*Diale, Diale, Diale*» mormorò Sonia Glusevitch. «Capisce cosa intendevo a proposito della fiducia?»
«Cos'altro le raccontò?»
«Le ho già detto che non mi riferì nient'altro, *Ah-lex*. Non ha mangiato il formaggio, è buono.»
Staccai con un morso un angolo del cubetto. Era gommoso e duro alle estremità. «Non c'è nient'altro che può dirmi di Dale?»
«Di solito, io parlavo e *Diale* ascoltava. Si è dimostrato un buon amico quando ne ho avuto bisogno. E adesso forse ha ucciso qualcuno? Chi?»
«Probabilmente diverse persone.»
Sussultò. «Sono rimasta da sola con lui parecchie volte. È sempre stato *gientile*.»
«Disponibile» precisai.
«Molto disponibile. L'uomo più disponibile che abbia mai conosciuto.»

Sonia si recò nella 'stanza delle ragazze', tornò qualche istante più tardi senza gioielli, con meno trucco e i capelli raccolti.
Sembrava più insignificante, ma più giovane.
«Non si è mosso» disse rimanendo in piedi. «Nemmeno di un centimetro.»
«Temeva che rubassi l'argenteria?»

Rise. «Parte domani? Mattina o sera?»
«Il mio aereo parte domattina presto.»
Batté le ciglia. «Buon viaggio, *Ah-lex*.»
Allungò una mano. «Se non le dispiace, vorrei porle qualche altra domanda» ribattei.
Sospirò e si sedette. «Adesso vuole parlare dei Safran, vero? Roland mi ha detto che pensa che *Diale* li abbia uccisi.»
«Questo la sorprenderebbe?»
«Quei due...» continuò. «Come si fa a conoscere gente del genere?»
«Di che genere?»
«Sempre così.» Assunse un'espressione disgustata. «Sciatti, sudici, come se non si lavassero. *Diale* diceva che erano come scarafaggi.»
«Parassiti» aggiunsi.
«Sporcavano la proprietà di Roland e non erano corretti con lui. Per il modo in cui trattavano il cane.»
«Lo maltrattavano?»
«*Diale* diceva che non lo portavano mai fuori e che sporcava in casa.»
«Dale è stato nell'appartamento dei Safran?»
La sua bocca si rilassò, ma gli occhi rimasero vigili. «È la prima *vuolta* che ci penso.»
«Dale e i Safran non andavano d'accordo» spiegai. «Non c'era motivo per cui dovesse recarvisi.»
«Fa lo stesso» tagliò corto. «Roland *nuon* chiese mai a *Diale* di aiutarlo, mai.»
«Roland ha fatto in modo che lei me lo riferisse?»
«Roland non è un gangster. In Bielorussia lavorava in ospedale, aiutava i vecchi a prendere le medicine.»
«La notte della loro scomparsa, i Safran andarono a teatro in centro. *Le vacanze del naso oscuro* era ancora in programmazione?»
«In programmazione.» Ridacchiò. «Più che altro tirava avanti. Avevamo ancora quattro giorni.»

«Vennero a vedervi?»
Annuì lentamente.
«Li aveva invitati Dale?» domandai.
«Gli chiesi perché, lui mi rispose: 'Perché non dovremmo essere *gientili?*'»
«Gli piacque lo spettacolo?»
«Non lo so.»
«Vide Dale in loro compagnia dopo la rappresentazione?»
«Non lo so» insistette. «Mi stavo togliendo il trucco. Ci vuole tempo.»
«Dale se n'era già andato?»
«Sì.»
«Ha mai più rivisto i Safran?»
Fece una lunga pausa di silenzio. Scosse il capo. «Dio mio, *Diale.*»
«In seguito Dale ha preso parte ad altre produzioni?»
«*Nuo.*»
«Come passava il tempo?»
«Io ero quasi sempre a Long Island. Uso l'appartamento solo quando non mi va di tornare in macchina.»
«Dale aveva un lavoro?»
«Diceva che aveva intenzione di cercarsene uno, ma non subito, perché aveva del denaro. Dei suoi genitori, ma solo un pochino. Anche quella era una bugia?»
«Ha ereditato più di 'un pochino' di denaro» la informai. «Dopo che se ne andò dal palazzo di Roland, non risulta che abbia lavorato da nessuna parte. Che tipo di lavoro le disse che avrebbe cercato?»
«Non mi... ah, mi è venuta in mente un'altra cosa. Mi disse che aveva intenzione di viaggiare.»
«Dove?»
«Per il mondo. Come se fosse tutto uguale. Gli dissi: '*Diale*, fidati di me, il mondo non è tutto uguale, c'è un sacco di gente che si odia a vicenda e si uccide a vicenda e a nessuno

piace chi è diverso da sé. Vuoi andare in Bielorussia a vedere perché sono scappata?' Lui ripose: 'No, Sonny, voglio visitare le grandi città. Parigi, Londra, Roma.' Gli chiesi perché non era mai andato nelle grandi città quando faceva il *capituano* in Germania. Mi rispose che l'esercito lo teneva troppo impegnato. Ma forse non era in Germania, vero?»

«Immagino di no» risposi.

«Tutte bugie» sospirò. «Sai che novità.»

«Ha delle sue foto?»

«Non *tiengo* ricordini.»

Le chiesi di fornirmi una descrizione fisica.

L'immagine che tratteggiò – un uomo grande, grosso e pelato – si accordava con tutto quanto mi aveva riferito Roland Korvutz.

«Ha gli occhi marroni» aggiunse. «Dolci. A volte portava gli occhiali, a volte le lenti a contatto.»

«Le sembrerà strano, ma l'ha mai visto vestito da donna?»

«Non in giro.»

«La domanda non la sorprende?»

«Nel *Naso oscuro* c'era una *raguazza* grassa che portava la cinquanta o la cinquantadue e interpretava Systema. Ogni tanto *Diale* si metteva a scherzare.»

«Sulla sua taglia?»

«No, no, con i vestiti. Se li metteva, poi indossava una parrucca e parlava con una vocina acuta. Molto divertente.»

«Gli piaceva andare in giro travestito?»

«È strano?»

Mi strinsi nelle spalle.

«Si tratta di un omicidio 'particolare', a sfondo sessuale?» chiese Sonia.

«È difficile dire di cosa si tratti.»

«Oh, accidenti, mi sa che sono stata fortunata. *Diale* è sempre stato gentile con me, ma chi può saperlo, eh? Adesso sono stanca, *Ah-lex*. Abbiamo parlato troppo.»

Mi accompagnò alla porta, si sporse in avanti e mi diede un bacio sulla guancia in una nuvola di vaniglia.
La ringraziai di nuovo.
«Magari un giorno verrò in California» disse lei.

25

«Allora, il capo ha speso bene i suoi soldi?» chiesi a Milo.
«Te lo farò sapere dopo che gli avrò parlato.»
«Quando?»
«Quando il palazzo mi chiamerà.»
Erano le cinque del pomeriggio, il cielo era fosco e l'aria di Los Angeles pesante. Ci trovavamo in una tavola calda di Santa Monica Boulevard nota per le sue omelette grosse come tombini. Io ordinai un caffè, lui un piatto di frittelle alla cannella. Due ore prima aveva consumato un pranzo tardivo al Café Moghul. I suoi vestiti erano impregnati di un miscuglio di cumino e del consueto sigaretto digestivo.
La notte precedente, prima di andare a dormire, gli avevo lasciato un messaggio per riassumergli quanto avevo appreso a New York. Non avevo avuto sue notizie perché aveva sorvegliato Tony Mancusi fino all'alba.
Si stropicciò gli occhi. «Dale ha fatto fuori i Safran... ottimo, ho speso bene il denaro del dipartimento. Permettimi di pagarti il piatto di lattuga da cento dollari che non hai mangiato.»
«Quaranta bigliettoni» dissi. «Lattuga e capesante.»
«Urrà!»

Ero tornato a mezzogiorno. Non ero riuscito a mettermi in contatto con Milo fino alle quattro. Era andato di nuovo a far visita a Gilbert Chacon, all'autonoleggio Prestige, e l'aveva costretto ad ammettere di essere arrivato tardi al lavoro, di aver trovato la catena al suo posto ma senza lucchetto, di essere corso all'emporio di Canon Drive e di avere acquistato il sostituto economico che avevamo visto.

«Pensi che ci sia dell'altro?» chiesi.

«Tipo che qualcuno l'abbia corrotto per lasciarlo aperto? Non credo, si è offerto di sottoporsi alla macchina della verità; gli importa più di non perdere il lavoro che del concorso in reato e favoreggiamento.»

«Comunque sia andata, chi ha forzato il lucchetto se l'è tenuto.»

«Che persona sentimentale.»

Dopo aver lasciato Chacon, Milo aveva partecipato a una teleconferenza con le autorità del Texas e con gli investigatori di sei città in cui Cuz Jackson sosteneva di aver commesso dei crimini atroci. Tre vicoli ciechi, una pista improbabile, due possibili. E poi c'era il caso di Antoine Beverly: un grosso punto interrogativo. Il boia del Texas non aveva più intenzione di rinviare l'iniezione letale. Il capo aveva chiesto a Milo di darci sotto con Antoine, ma non c'erano piste da seguire se non cercare di scovare gli amici di infanzia del ragazzo. Non c'era traccia di nessuno dei due.

«Nelle ultime quarantotto ore le auto civetta di Hollywood hanno pattugliato la zona antistante l'abitazione di Good. Non c'è sicuramente nessuno in casa, e al St Xavier iniziano a preoccuparsi.»

«Magari è davvero malato ed è finito all'ospedale» dissi.

«Abbiamo già controllato, ma non c'è traccia di lui.»

«L'allenatore ha abbandonato il campo» osservai.

«Strano, non trovi? Come ho detto, quell'idiota non doveva far altro che collaborare. Sarebbe già qualcosa se alla fine scoprissimo che Antoine è rimasto coinvolto in una squallida lite tra ragazzi.»

Quel pensiero mi fece sentire stanco. O forse era perché non ero riuscito a dormire in quella camera d'albergo delle dimensioni di una cella, e poi avevo dovuto affrontare uno sfiancante volo di sei ore.

Bevvi il caffè a grandi sorsi. Milo aprì una bustina di dolcificante, ma non lo usò. «Good aveva la stessa età di Antoine al momento della scomparsa. Pensi che un quindicenne possa essere capace di commettere un'azione simile?»

«Non sono mielinati.»

«Cosa?»

«La mielina» spiegai «è una sostanza che riveste le cellule nervose e gioca un ruolo importante nei processi logici. Gli adolescenti ne hanno meno degli adulti. Certi pensano che questa sia una buona ragione per non condannare a morte i giovani criminali.»

«A che età i valori diventano normali?»

«Dipende da persona a persona. A volte non prima della mezza età.»

«Il male trova una giustificazione nella chimica» valutò. «Ma non si tratta di uno stupido omicidio commesso per impulsi abietti. I membri delle bande giovanili lo fanno in continuazione. Se Good fosse colpevole della morte di Antoine, avremmo a che fare con un adolescente abbastanza scaltro da uccidere il suo migliore amico, insabbiare tutto senza difficoltà e continuare a vivere come un onesto cittadino. In questo caso, sarebbe stato capace anche di portare la bara e di piangere tutte le sue lacrime.»

«Considerarsi una persona morale e nel contempo convivere con il ricordo di un atto così crudele deve essere un peso tremendo, ma c'è gente che riesce comunque a sopportarlo. Oppure Good potrebbe essere uno di quegli psicopatici apparentemente in pieno possesso delle proprie facoltà mentali, capaci di evitare guai.»

«E adesso che arrivano i guai,» disse Milo «ha perso la testa e ha tagliato la corda.»

«Oppure la morte di Antoine non è stata un omicidio premeditato. Un paio di ragazzini sono rimasti coinvolti in un gioco pericoloso e qualcosa è finito male. Good si è fatto prendere dal panico e ha nascosto il cadavere di Antoine. Adesso è terrorizzato.»

«Magari tre ragazzini. L'altro amico di Antoine è un tossicodipendente e un criminale incallito. Potrebbe essere una forma di autolesionismo.»

«Secondo Gordon Beverly, Maisonette aveva problemi familiari ed è scampato a una sparatoria da un'auto in corsa. Magari non era forte come Good.»

«Bradley ha condannato sé stesso a vivere un'esistenza ignobile, mentre Wilson ha preso una casa in collina. Magari è Good quello impassibile tra i due. Accidenti, l'omicidio potrebbe essere stato premeditato. I Beverly ci hanno riferito che Antoine aveva venduto più abbonamenti di tutti gli altri. E se quei piccoli bastardi avessero voluto intascare i suoi guadagni e lui si fosse rifiutato di cederglieli?»

«Di solito queste aziende pagano i ragazzi solo dopo che hanno consegnato i contratti.»

«D'accordo, ma il mio intuito mi dice che è successo qualcosa fra quei tre ragazzi. Dobbiamo trovare Good e iniziare a demolire le sue illusioni, ma non posso accantonare i casi Mancusi e Shonsky. A proposito, ieri Tony ha chiamato Jean Barone perché voleva sapere quando verrà aperto il testamento di sua madre.»

«E lei che cosa gli ha detto?»

«Quanto le avevo raccomandato di dirgli: gli ingranaggi della giustizia si muovono lentamente. Quel mascalzone di Tony ha riattaccato senza nemmeno salutare. Magari, se lo mettessimo sotto pressione, lo indurremmo a fare un passo falso. Tipo incontrare chiunque Dale Bright finga di essere.»

Milo agguantò una frittella e le diede un morso, diffondendo una cascata di briciole. «Grazie per aver fatto questo viaggio, Alex. Credi a Korvutz quando sostiene di non aver teso una trappola ai Safran?»

«Non ne aveva motivo, perché il palazzo sarebbe stato svuotato con o senza il loro consenso.»

«Allora qual era il movente di Bright?»

«L'omicidio può essere divertente, quando lo si escogita per altruismo. Sonia Glusevitch ha detto che Bright era l'uomo più disponibile che avesse mai conosciuto.»

«Era il suo confidente» disse. «Lo trovi credibile?»

«Direi di sì.»

«Non aveva problemi a farlo, ma non gli andava di farlo spesso» ragionò. «Però non era gay.»

«Questo tizio elude qualsiasi classificazione.»

Finì la frittella e ne prese un'altra. «Si diverte a vestirsi da donna ed è bravo a truccarsi. Non risulta che abbia mai vissuto a Washington D.C., nel Maryland o in Virginia. Lo stesso vale per il servizio militare in Germania.»

«Che colpo» conclusi.

«Reinventare sé stessi è il passatempo del nuovo millennio. Perché non si è limitato a candidarsi al governo e non ci ha risparmiato tutto questo dolore?»

«La politica non fa per lui» obiettai. «Gli piace davvero aiutare gli altri.»

Milo rise così forte che le briciole gli rimbalzarono giù dalla pancia.

«Dale e Tony potrebbero essersi incontrati in un ritrovo di travestiti» continuai. «Tony si lamenta dei suoi problemi economici e del fatto che sua madre viva in una bella casa a Westwood, mentre lui è costretto a trasferirsi in una topaia perché lei ha stretto i cordoni della borsa. Dale decide di intervenire. Forse Tony non ha idea di cos'abbia messo in moto, ma forse, dopo essere venuto a conoscenza dei dettagli – il fatto che l'assassino si sia presentato sotto mentite spoglie – sospetta qualcosa.»

«Il berretto a quadretti» esclamò. «Ha detto che suo padre ne portava uno identico. Se si trattava di uno degli scherzetti di Dale, come ha fatto a scoprire le abitudini di Tony Senior in fatto di abbigliamento?»

«Tony chiacchiera, mentre Dale è bravo ad ascoltare. Se Tony sa di essere parzialmente responsabile dell'omicidio perpetrato da Dale ai danni di sua madre, questo spiega lo stato emotivo in cui si trovava.»

«Ha vomitato. Ma non ha tirato in ballo Dale perché ha paura di essere arrestato come complice.»

«Quel che mi colpisce è che Dale ha agito senza temere che Tony lo tradisse. Conosce la psiche di Tony.»

«Oppure attende il momento opportuno.»

«Tony è in pericolo? Immagino che sia possibile. In ogni caso, se non riuscissimo a ottenere nulla sorvegliandolo, forse dovremmo affrontarlo direttamente.»

Finì la seconda frittella. «Pensi che sia una forma malata di altruismo e che Dale non venga pagato per i suoi omicidi?»

«Se abbiamo ragione a proposito dei delitti di Ojo Negro, ha ucciso sua sorella e Vicky Tranh, ed è diventato ricco. Ma se il denaro era l'unico motivo per eliminare Leonora, non doveva far altro che nascondersi nel bosco e spararle con un fucile. Invece si è messo un costume, si è mostrato in pubblico, ha rubato un'auto e ha commesso due omicidi efferati. Questo mi fa pensare che ne abbia ricavato un appagamento psicosessuale. E ciò si accorda con quanto Leonora raccontò a Mavis Wembley a proposito di Dale: era un bambino dall'animo crudele.»

«Torturava gli animali e faceva il volontario in un rifugio. Ha un debole per l'ironia, non trovi?»

«Per l'ironia e il teatro» aggiunsi. «Pensa quanto impegno ci è voluto per mettere a segno l'omicidio di Kat Shonsky: ha rubato un'auto che dà nell'occhio, ha pedinato la sua preda, poi l'ha rapita, probabilmente travestito. Quindi ha riportato l'automobile dove l'avrebbero sicuramente trovata e ha lasciato di proposito delle macchie di sangue sul sedile. Ha abbandonato la sciarpa dove sarebbe stata vista immediatamente se fosse stato trovato il luogo in cui aveva sepolto Kat.»

«Quella fossa sarebbe stata scoperta di certo» disse. «Alle due sorelle era appena stato concesso il permesso di costruire la piscina.»

«Sarebbe interessante sapere se Dale ne fosse a conoscenza» dissi.

Milo inarcò le sopracciglia. «Magari le sorelle lo conoscono. Chissà se sono tornate dalla crociera.»

Fece cenno alla cameriera di avvicinarsi e le porse alcune banconote.

«Sono troppe, tenente.»

«Mi hai colto in un momento di debolezza, Marissa.»

«Davvero, ten...»

Milo posò la sua grande mano sulle sue. «Portaci tuo figlio al cinema.»

«È molto gentile.» Si alzò in punta di piedi per dargli un bacio sulla guancia e se la svignò subito.

«Bisogna essere cortesi ogni tanto» commentai.

«Come Dale.»

26

Milo gettò i promemoria nel cestino della spazzatura senza leggerli e sfogliò il dossier dell'omicidio di Kat Shonsky in cerca dei nomi delle sorelle proprietarie del terreno in cui era stata sepolta.

«Susan Appel e Barbara Bruno... andiamo in ordine alfabetico.» Digitò il numero così in fretta che premette i tasti sbagliati e dovette riprovare.

«Signora Appel? Sono il tenente Sturgis... sono... sì, so che è stato un trauma, mi dispiace tantissimo che si trattasse del suo... no, non ci sarà bisogno di scavare ancora, non è questo che... assolutamente, signora Appel, e lo apprezziamo, ma ho bisogno di porle un'ultima domanda.»

Riattaccò, stropicciandosi il viso. «Non conosce nessuno di nome Bright, Dale, Ansell o quant'altro. Non conosce nessuno che sarebbe capace di commettere una cosa così orribile, e lo stesso vale per la sorella, perché frequentano le stesse persone.»

«Sono molto unite» dissi.

«Condividono la stessa proprietà e non hanno intentato causa l'una contro l'altra. Potrebbero essere in combutta. Comunque, proviamo con la Bruno... niente, c'è la segreteria telefonica, è inutile lasciare un messaggio, tanto la contatterà prima la Appel. Grazie per la colazione, vado a comprarmi una Red Bull e qualcosa da mangiare e a prepararmi per le meraviglie di Rodney Drive.»

«Hai pagato tu la colazione.»

«Mi riferivo agli stimoli mentali che mi hai fornito.»

«Hai bisogno di compagnia?»

«Robin è ancora impegnata con il suo progetto?»

«Ceniamo alle sette e poi torna al lavoro.»

«Allora gioca col cane. Grazie per l'offerta, Alex, ma dopo quel viaggio di quarantotto ore a New York non posso farti una richiesta simile. Inoltre, stare in mia compagnia quando ho l'encefalogramma piatto non è divertente. E non dire che non sarebbe la prima volta.»

A cena mangiammo costolette d'agnello e insalata e bevemmo birra. Alle nove Robin tornò a intagliare il legno e io mi sdraiai sul divano del mio ufficio a leggere il giornale. Blanche si accucciò accanto a me fingendosi interessata all'attualità. Alle dieci e mezza mi svegliai di scatto, indolenzito e con il prurito. Blanche russava di gusto. La misi nella cuccia e tornai nello studio.

Robin era seduta sulla sua panca, intenta a incidere e a intagliare. «Oh, no. Poverino.»

«Cosa c'è?»

«Ti sei addormentato e adesso ti senti scombussolato.»

«È così evidente?»

Posò lo scalpello e mi toccò il volto. «Ti sei addormentato sul divano di pelle. Hai i segni delle cuciture.»

«Sherlock Holmes in gonnella» dissi.

«Vuoi che ti accompagni?»

«Dove?»

«In uno dei tuoi giri in macchina.»

«Non avevo intenzione di andare da nessuna parte.»

«No?» esclamò. «Va bene, allora smetto, così possiamo giocare a Scarabeo.»

Il lato posteriore di acero levigato del mandolino per quel pezzo grosso del commercio elettronico era appoggiato sulla panca immacolata. Sul pavimento si era accumulato un ordinato mucchio di trucioli.

«Non voglio ostacolare il tuo genio.»

«Figurati» rispose. «Cos'hai in mente di fare?»

«Potrei andare a trovare Milo. Sta sorvegliando Tony Mancusi: magari riuscirà a trascinarlo al dipartimento di polizia per fargli delle domande.»

Sorrise. «Adesso sono sicura che sei proprio tu e non una specie di clone alieno. Dammi un bacio e vai.»

Gli telefonai quando ero già in strada.

«Avrai un calo di mielina» scherzò.

«Probabilmente ne ho troppa comunque.»

«Che uomo maturo.»

«Non per scelta.»

Milo aveva preso in prestito dal parcheggio della polizia una Camaro marrone ammaccata e aveva parcheggiato a una decina di metri a nord della casa di Tony Mancusi, in modo tale che i lampioni illuminassero il retro dell'automobile e non il sedile del guidatore.

Quando mi vide, aprì le sicure. L'interno puzzava di sudore, tabacco e carne di maiale. Tre contenitori di costolette rosicchiate fino all'osso dividevano il sedile posteriore con una grossa ciotola sporca di riso fritto, una serie di scodelline di plastica di salsa agrodolce completamente vuote, tovaglioli di carta macchiati di grasso, salviettine detergenti usate e un paio di bacchette rotte. C'erano tre lattine di Red Bull schiacciate fino a diventare dei dischi. Sulle ginocchia di Milo era posato un thermos a quadretti.

Il viso e il corpo costituivano un'unica massa scura. Quando i miei occhi si abituarono al buio, vidi che indossava una tuta da ginnastica nera, una fondina con la sua nove millimetri e un paio di scarpe Keds che sembravano nuove.

«Come sei elegante.»

Si tolse gli auricolari e spense l'iPod. «Hai detto qualcosa?»

«Soltanto ciao.»

«Ti offrirei qualcosa da mettere sotto i denti, ma...»

«Ho già mangiato.»

«Un'altra insalata da nababbo?»

«Abbiamo cucinato a casa.»

«Che uomo di poche pretese.»

«Cosa stavi ascoltando?»

«Non farti ingannare dai soliti stereotipi, tipo Judy, Bette, Liza o Barbra. Indovina.»

«Rhythm and blues.»

«L'*Eroica* di Beethoven.»

«Sei proprio un uomo di classe» commentai.

«È l'iPod di Rick. L'ho preso per sbaglio.»

Restammo lì per un'ora, poi fummo contattati dall'autopattuglia di Hollywood. Non c'era traccia di Wilson Good.

All'una e mezza, la noia della vigilanza iniziò a farsi sentire. Pensavo di trattenermi ancora per un'ora, poi di tornare a casa a dormire per riadattarmi al fuso orario.

«Finché stai qui tu,» disse Milo «faccio un pisolino. Svegliami se succede qualcosa.» Spinse indietro il sedile e posò la testa su quello posteriore. Dopo venti minuti, si svegliò con uno spaventoso sussulto gutturale e uno sguardo stravolto. «Che ora è?»

«Le due meno dieci.»

«Vuoi fare un pisolino anche tu?»

«No, grazie.»

«Hai intenzione di sloggiare?»

«Magari tra un po'.»

«Ti avevo detto che era noioso» disse. «Buonanotte.»

«Deve essere bello avere ragione una volta tanto. E sottolineo *una volta.*»

«Guarda guarda, la privazione del sonno tira fuori il lato cattivo delle persone...» Qualcosa alla sua sinistra lo fece voltare bruscamente.

Seguii la direzione del suo sguardo, ma non vidi nulla. Poi la porta d'ingresso della casa di Tony Mancusi si aprì. Come se Milo l'avesse fiutato. Un uomo uscì in strada. Era tozzo e avanzava con passo pesante e strascicato.

Tony Mancusi si avviò verso sud, in direzione della sua Toyota, salì a bordo e puntò verso Sunset Boulevard.

Milo abbassò il finestrino e lo osservò. La mia visuale era quasi completamente ostruita dalle automobili parcheggiate, ma riuscii a scorgere i due puntini paralleli delle luci posteriori venti metri più avanti.

Mancusi percorse un isolato senza fermarsi a uno stop.

«Prima infrazione» annotò Milo, avviando il motore. «Speriamo che ne commetta altre.»

La Toyota si diresse verso ovest in Sunset Boulevard superando il Centro medico pediatrico occidentale e proseguì lungo Hospital Row. A quell'ora il viale era deserto fino a Vine Street, dove il paesaggio notturno era costellato di vagabondi, tossicodipendenti e lavoratori che percepivano un salario minimo in attesa dell'autobus.

Il fatto che il traffico fosse scarso significava che Milo doveva mantenersi a una certa distanza dalla Toyota, ma contribuiva anche a trasformare le luci posteriori di Mancusi in fari da seguire. L'insegna di un grosso centro commerciale di articoli per ufficio illuminò una macchia di salsa rossa all'angolo della bocca di Milo. Se si aggiungevano i capelli neri e la carnagione pallida, sembrava Dracula con un debole per i grassi insaturi.

Mancusi trovò un semaforo rosso all'incrocio con Highland Avenue, indietreggiò dove non gli era consentito e passò nella corsia per la svolta a sinistra.

«Tony, Tony» mormorò Milo, e si tenne a mezzo isolato di distanza.

La freccia verde si illuminò. Mancusi svoltò e si immise in un parcheggio buio sul lato sinistro del viale. Spense i fari quando si fermò accanto a un chiosco chiuso.

Milo spense le luci della Camaro e lo osservò dal lato opposto di Highland Avenue.

Su un'enorme insegna dipinta sul tetto del chiosco campeggiava un maiale esultante che sfoggiava un sombrero e un poncho. I taco di Gordito.

Mancusi restò a bordo della sua automobile. Novanta secondi dopo, tre donne emersero dall'oscurità.

Acconciature appariscenti, minigonne mozzafiato, tacchi a spillo, borsette con le catene. Si avvicinarono al finestrino abbassato di Mancusi sculettando e ancheggiando.

Confabularono gettando indietro il capo per le risate.

Poi due donne se ne andarono. L'unica rimasta aveva i capelli color platino cotonati, un davanzale prosperoso e gambe magre. Un top rosso metteva in mostra un ventre piatto sopra una minuscola gonna rosa pastello... no, un paio di pantaloncini aderenti. Un bell'applauso per l'originalità.

La bionda raggiunse il lato del passeggero della Toyota dimenando i fianchi, si sistemò i capelli, si aggiustò il top e salì a bordo.

«Suppongo che Tony non sia gay» dissi.

Milo sorrise.

Mancusi accelerò percorrendo Highland Avenue in direzione sud verso la Sesta Strada, svoltò a sinistra, superò a tutta velocità Hancock Park e si immise in Windsor Square, con i suoi alberi secolari, i vasti prati e le case signorili.

Svoltò improvvisamente verso nord in Arden Boulevard, dove percorse un isolato, si fermò e parcheggiò davanti a una piccola Tara.

La via era tranquilla e buia. Nel punto in cui era stato abbattuto un albero, si apriva un varco nel paesaggio sterminato. Gli indicatori dei freni della Toyota rimasero accesi. Dopo dieci secondi se ne andò, proseguì verso nord per un altro isolato e parcheggiò di nuovo, stavolta davanti a un capolavoro georgiano semioscurato da tre enormi cedri. Un sicomoro altrettanto massiccio ombreggiava l'automobile lungo il viale alberato.

Le luci si spensero.

La Toyota rimase ferma per dieci minuti, poi ripartì e tornò dai Taco di Gordito. Mancusi tenne al minimo il motore della macchina accanto al marciapiede mentre la bionda scendeva dall'automobile. Giocherellò con la cintura dei calzoncini, si sporse in avanti e disse qualcosa attraverso il finestrino. Tirò fuori una sigaretta e si mise a fumare mentre la Toyota si allontanava.

Milo attraversò la strada e le mostrò il distintivo. La bionda si diede un pugno sulla coscia. Lui parlò, e lei rise nel modo in cui lo aveva fatto quando aveva avvicinato Mancusi. Milo indicò la sigaretta. La donna la spense schiacciandola. Milo la perquisì e le portò via la borsa.

Prendendola per un gomito, la condusse dal lato opposto di Highland Avenue, dritto verso la Camaro.

Il viso di Milo era impassibile. Gli occhi della donna erano spalancati per la curiosità.

27

Milo estrasse dalla borsa della prostituta un rasoio con l'impugnatura d'acciaio.

«Metti le mani sull'auto.»

«Quello mi serve per autodifesa.» Aveva la voce roca.

«Sull'automobile.» Infilandosi l'arma in tasca, Milo ripose la borsetta nel bagagliaio, fece salire la prostituta sul sedile posteriore e si infilò dentro accanto a lei.

«Tocca a te guidare, amico.»

Scivolai dietro il volante.

«Mi piace la compagnia» disse la donna.

Accanto a Milo, sembrava piccola e fragile. Aveva tra i trentacinque e i quarant'anni, i capelli stopposi e ispidi, con le radici color platino e le punte ramate. Il viso affilato, punteggiato di brufoli, luccicava sotto uno strato di fondotinta color bronzo. Naso sbarazzino, labbra piene, décolleté cosparso di brillantini e grossi cerchi alle orecchie. Gli occhi blu cobalto si sforzavano di non saettare avanti e indietro sotto le ciglia lunghe un centimetro, impiastrate di trucco. Aveva il collo muscoloso. E un pronunciato pomo d'Adamo. Si accorse che stavo guardando le sue mani enormi e le nascose.

«Questa è Tasha LaBelle» la presentò Milo.

«Salve, Tasha.»
«Il piacere è tutto mio.»
«Partiamo» ordinò Milo.
«Dove stiamo andando?» chiese Tasha.
«In nessun posto preciso.»
«Tra qualche ora apre Disneyland.»
«Ti piacciono i parchi dei divertimenti?» domandò Milo.
Lei non rispose.
Immettendomi in Highland Avenue, presi una buca che mise a dura prova le sospensioni.
«Ahi» fece Tasha. «Una macchina così piccola per degli omoni così massicci.»
Superai Sunset e Hollywood Boulevard e mi diressi verso est lungo Franklin Avenue, passando davanti a palazzi bui e alberi secolari. In giro non c'era nessuno. Un cane randagio scavava accanto ad alcune siepi.
«Cos'ho combinato per meritare un giretto in auto?»
«Ci piace la compagnia» rispose Milo. «Quando ti prenderemo le impronte, che nome salterà fuori?»
«Impronte? Non ho fatto niente di male.» La tensione le fece salire la voce di qualche nota.
«Ci serve il tuo nome per il verbale.»
«Il verbale di cosa?» Una sfumatura di aggressività le abbassò il timbro di voce. Quello che sentivo adesso era un ragazzo di strada dalla voce nasale, con le spalle al muro e pronto alla lotta o alla fuga.
«Delle nostre indagini. C'è anche la questione della tua limetta per le unghie.»
«È un pezzo d'antiquariato. L'ho comprata su eBay.»
«Qual è il tuo vero nome?»
Tirò su col naso. «Io sono *io*.»
«Non ne dubito. Non ingrandiamo questa faccenda più del necessario.»
«Lei non capisce.»

«Sì, invece. Il passato è passato» affermò Milo. «Giusto?»
Si calmò. «Sì, signore.»
«Ma a volte il passato è importante.»
«Che cosa ho fatto per essere caricata a bordo di questa macchina?» protestò.
«Oltre al coltello, ti abbiamo vista adescare un cliente. Ma puoi tornare da Gordito tra un quarto d'ora invece di finire in galera. Dipende da te.»
«Su che cosa state indagando?»
La penna di Milo scattò. «Prima il nome di battesimo. Non uno dei soprannomi che fornisci quando vieni pizzicata.»
«Non mi arrestano da, vediamo, trentotto... trentasette giorni. Ed è successo a Burbank, per taccheggio. Le accuse sono cadute.»
«Accuse contro chi?»
Fece una pausa. «Mary Ellen Smithfield.»
«Come il prosciutto» osservò Milo.
«Eh?»
«Cosa c'è scritto sul tuo certificato di nascita, Tasha?»
«Non avete intenzione di arrestarmi, vero?»
«Dipende da te.»
Trasse un lungo sospiro. «Robert Gillaloy» sussurrò.
Sentii Milo scribacchiare. «Quanti anni hai, Tasha?»
«Ventidue.»
Milo si schiarì la voce.
«Ventinove.» Rise in modo concitato. «E questa è la mia ultima offerta.»
«Indirizzo.»
«Kenmore Avenue, ma è provvisorio.»
«Fino a quando?»
«Finché non trovo una villa a Bel Air.»
«Da quanto tempo ti trovi a Los Angeles?»
«Sono nata in California.»
«Dove?»

«A Fontana. I miei genitori lavoravano con i polli.» Ridacchiò. «Letteralmente. Mi sono scocciata delle piume e della puzza.»

«Quando?»

«Più o meno tredici anni fa.»

Mi immaginai un adolescente confuso, catapultato dalle fattorie della contea di San Bernardino a Hollywood.

«Numero di telefono» incalzò Milo.

«Ho cambiato numero e non ho ancora quello nuovo.»

«Usi carte prepagate?»

Non rispose.

«Come fanno i clienti a contattarti?»

«Gli amici sanno dove trovarmi.»

«Gli amici come Tony Mancusi?»

Silenzio.

«Parlaci di Tony, Tasha.»

«Di Tony Nientespaghetti?»

«Che cosa intendi dire?»

«Non sembra italiano. Ricorda più un budino... quella roba a base di uova... di tapioca.»

«È un cliente fisso?»

«Volete dire che Tony è un delinquente?» La sua voce aveva assunto di nuovo una tonalità vibrata e nasale da ragazza spaventata.

«Ti sorprenderebbe?»

«Non si è mai comportato da delinquente con me.»

«Ma?»

«Ma niente» ribatté Tasha.

«Lo vedi spesso?»

«Non tengo un'agenda» disse Tasha. «Non è un cliente fisso.»

«Tony frequenta altre prostitute?»

«No, gli piaccio soltanto io. O io o niente. Il problema sono i soldi.»

«Tony è a corto di denaro?»

«Così dice.»

«Se ne lamenta spesso?»

«Non è forse quello che gli uomini fanno in continuazione? Della moglie, della prostata, del tempo.» Rise. «Dei Dodgers. Tony si lamenta anche del disco.»

«Di cosa?»

«Dell'ernia al disco. Mi fa male qui, mi fa male lì. E allora io gli dico povero tesoro. Ma niente massaggi, queste unghie finte sono molto fragili.»

«Visto che riesci a sopportare tutte queste lamentele,» disse Milo «potresti trovarti un marito.»

«Lei è un uomo simpatico e gentile. Di cosa si lamenta di solito?»

«Dei cattivi che riescono a farla franca» rispose Milo. «Dove hai conosciuto Tony? E non dire 'in giro'.»

«In giro. Eh, eh... va bene, va bene, non mi lanci quelle occhiatacce, l'ho conosciuto a una festa. A una festa di aspiranti su in collina.»

«Che cosa sono gli aspiranti?»

«Signori che fingono di fingere.»

«Di essere ragazze» concluse Milo. «Al contrario di voi ragazze di Gordito.»

«Le mie amiche sono ragazze, non importa cosa ne pensa il governo. Le mie amiche sono *femme* nel cervello, dove conta davvero.»

«Gli aspiranti...»

«Gli aspiranti non ci provano nemmeno. A loro piacciono solo le cose brutte. Brutte parrucche, brutti vestiti, bruttissime pance depilate e scarpe con la punta quadrata. Non hanno stile. Gra-zia. Per gli aspiranti è come partecipare a una specie di sfilata di Halloween, poi il lunedì tornano in giacca e cravatta.»

«Una festa in costume» disse Milo.

«Magari. Non ci provano nemmeno.»
«In che parte della collina si svolgeva questa festa?»
«In un posto vicino alla scritta 'Hollywood'.»
«Sopra Beachwood?»
«Non conosco le strade. È passato parecchio tempo.»
«Quanto tempo?»
«Sei mesi?» si chiese Tasha. «O forse cinque? Ho parlato con Tony, ma sono tornata a casa con un avvocato. Quella sì che era una casa, a Oxnard, vicino al mare; per arrivarci abbiamo percorso parecchia strada in macchina e l'aria era salmastra. Qualsiasi cosa facciate, non vi dirò il suo nome, perché è stato molto dolce. Dolce, anziano e solo, sua moglie era all'ospedale. Il mattino dopo ha preparato le frittelle con le banane fresche mentre io guardavo il sole sorgere sull'oceano.»
«Era anche lui un aspirante?»
«No, lui era eterosessuale.»
«C'erano anche persone eterosessuali alla festa, quindi.»
«Ragazze, aspiranti ed eterosessuali.» Sorrise. «Forse anche canguri.»
«E Tony cos'era?»
«Eterosessuale. Pensavo che fosse il giardiniere o l'idraulico o qualcosa del genere. E che fosse venuto ad aggiustare il water.»
«Portava una divisa?»
«Era trasandato» disse Tasha, come se fosse un crimine. «Portava dei Dockers stropicciati e una felpa con scritto sopra *Aloha*. Roba di infima qualità.»
«Come hai fatto a finire a quella festa?»
«Mi ha invitato una ragazza. Germania, so solo che si chiama così. Era sempre nei guai ma era un tipo rispettabile. È tornata a casa qualche mese fa. Mi ha raccontato che suo padre aveva due mogli nello Utah; la matrigna era molto bendisposta, ma sua mad...»
«Quante persone c'erano alla festa?»

«Trenta, cinquanta, la casa era piena di gente. Le ragazze erano molto attraenti, gli aspiranti sembravano un branco di nonnette, gli etero non sapevano cosa fare.»

«Chi era il proprietario della casa?»

«Non l'ho mai saputo.»

«Come hai fatto ad attaccare discorso con Tony?»

«Era triste.»

«E?»

«Tutti gli altri si stavano divertendo, mentre lui era lì seduto a lamentarsi con un aspirante. Quello è rimasto ad ascoltarlo per un po', poi si è alzato e lo ha lasciato tutto solo. Tony mi sembrava triste e, siccome mi piace fare la balia, mi sono seduta vicino a quel povero diavolo. Ha iniziato a lamentarsi con me, poi abbiamo fatto una passeggiata sulla strada, ma abbiamo sentito i coyote. Mi sono spaventata e siamo tornati indietro.»

«Non ci sono coyote a Fontana?» chiese Milo.

«Ci sono un sacco di coyote, è per questo che mi sono spaventata. Ho visto cosa fanno ai polli.»

«Di cosa si lamentava Tony?»

«Come le ho detto, del denaro. Una volta abitava in un bel posto, poi si è rovinato a causa dell'ernia al disco e sua madre non ha più voluto aiutarlo, gli diceva che era un buono a nulla.»

«Ha raccontato tutte queste cose all'aspirante?»

«Prima di sedermi ho sentito la parola 'soldi'. Quella parola mi fa sempre drizzare le orecchie. Mentre camminavamo mi ha detto che sua madre lo maltrattava. Gli aveva tagliato i fondi; era figlio unico, quindi si chiedeva perché avrebbe dovuto fare una cosa del genere.»

«Era arrabbiato?»

«Più che altro triste. Addirittura depresso. Gli ho detto di provare a prendere il Prozac o qualcosa del genere. Non mi ha risposto.»

«Quando si lamentava con l'aspirante, ti è sembrato che quest'ultimo lo stesse ascoltando?»

«Immagino di sì, guardava Tony dritto in faccia, annuendo come se volesse dirgli 'capisco, fratello'. Poi si è alzato all'improvviso come se avesse sentito abbastanza.»

«Aveva un'aria annoiata?»

«No. Piuttosto... sembrava che lo trovasse troppo triste.»

«Ti dispiacerebbe descrivermi l'aspirante?»

«Era più alto di Tony, ma non alto quanto lei.»

«Era robusto?»

«È difficile dirlo, con quei vestiti. Portava un completo di tweed e faceva pure caldo. Tipo... tipo... quelle cose che si mettono le nonnette nei film, quelle fredde nonnette stronze dell'alta società. Con le calze con la cucitura nel mezzo.»

«Quanti anni poteva avere?»

«Cercava di sembrare una vecchia bisbetica, con tutto quel trucco e la parrucca grigia. Avrebbe potuto avere dai trenta ai cinquant'anni. Lo fanno molti di loro, come per dire 'vieni dalla nonna'. Come il cibo che tira su il morale, capisce cosa intendo dire? Come se una nonnetta che non si depila le gambe e ha una faccia come l'asse del water possa tirarti su il morale. Dove ci troviamo? Non sono mai andata così lontano.»

Ci eravamo spinti tre chilometri a est rispetto a dove lavorava lei.

Quando ci avvicinammo a Rodney Drive, Milo mi disse: «Amico, perché non svolti?»

Passai davanti alla casa di Tony Mancusi. Milo guardò Tasha in volto. Sembrava che stesse dormendo.

Imboccai una traversa a sinistra di Sunset Boulevard. «È curioso, Tasha. Tony si lamenta della madre con un tizio che cerca di sembrare una madre.»

«Ehi,» ribatté Tasha «non ci avevo pensato.»

«Come si chiama quel tizio?» chiese Milo.

«Se lo sapessi ve lo direi, davvero.»

«Grande e grosso, tra i trenta e i cinquant'anni. Forniscici altri dettagli.»

«Era brutto. Aveva la faccia gonfia, il naso rosso e lucido come se avesse bevuto tutto il giorno e tutta la notte... uhm, uhm... portava gli occhiali. Con la montatura di plastica rosa. E gli strass. Occhiali da vecchia bisbetica... oh, sì, e lo smalto trasparente.»

«Di che colore aveva gli occhi?»

«Non lo so. È passato troppo tempo, mi ricordo soltanto che era brutto. Si è dato da fare per sembrarlo, sa? La parrucca grigia sembrava uno strofinaccio, il tailleur di tweed era largo e pesante, con le rifiniture di velluto verde.» Fece finta di vomitare. «Con quelle scarpe avrebbe potuto camminare nel fango senza che se ne accorgesse nessuno. Come se una sciarpa avesse potuto aggiustare tutto il resto.»

«Portava una sciarpa?» le domandò Milo di scatto.

«Era l'unica cosa passabile di tutto l'*ansamble*» rispose Tasha. «Violacea, bellissima. Di *Lui Vittone*. Che spreco.»

Mentre attraversavo East Hollywood, proseguendo lungo Silver Lake Boulevard e Echo Park Avenue, Milo incalzò la confidente di Tony Mancusi per farsi rivelare altri dettagli, ma non ottenne nulla. Apparvero le luci del centro.

Tasha sbadigliò.

«Questa è la foto di un tizio di nostra conoscenza» le indicò Milo.

«Che omaccione villoso» esclamò Tasha.

«Potrebbe essere l'aspirante?»

«Dategli un tosaerba e magari sarò in grado di dirvelo.»

«Prova a guardare oltre i peli.»

«Mi spiace, ma devo essere sincera. Ha troppi capelli.»

«Hai avuto la sensazione che Tony e Tweed si conoscessero già prima della festa?»

«Tweed... eh, sì, dovrebbe chiamarsi così. Non avevo mai visto né lui né Tony prima di allora e lui non l'ho mai più rivisto. Non ho più partecipato ad altre feste lassù. Perché quello zuccherino del mio vecchio avvocato mi ha detto di non andarci. Mi vuole tutta per sé quando viene in città. Mi ha dato un sacco di soldi. E continua a farlo.»

«Ma hai ancora tempo per Tony.»

«Non è bello avere troppo tempo libero. Non c'è nulla di gratis a questo mondo.»

«Che cosa eccita Tony?»

«Provare dispiacere.»

«Per sé stesso?»

«Anche, ma intendevo dire che chiede sempre scusa.»

«Per cosa?»

«Per tutto» rispose Tasha, scuotendo la testa. «Perché mi porta via tempo. Quando arriva vuole quello che vuole e poi, dopo che l'ha ottenuto, è tutto mogio mogio, tanto che gli ci vorrebbe il Prozac, e dice che non avrebbe dovuto farlo, che lui non è così.»

«Nega di essere gay?»

«Tony non pensa di essere gay. Se lo si definisce in quel modo, si arrabbia. Crede di essere attratto da me perché sono una ragazza e a lui piacciono solo le ragazze. Parecchi sono come lui. Lo vogliono e lo succhiano pure.» Rise.

«Con che frequenza lo vedi?»

«Di solito una volta al mese, ma ultimamente ha smesso. Stasera era la prima volta dopo circa tre mesi. Posso tornare indietro? Per piacere, non conosco questa zona della città e non mi piace trovarmi in un posto che non conosco.»

«Certo» acconsentì Milo.

Trovai un passo carraio e feci inversione di marcia.

«Grazie. Posso riavere il mio piccolo sostegno?»

«Ora non esagerare» replicò Milo. «Allora Tony è combattuto.»

«Lo definisca come vuole. Prima di ottenere quello che vogliono, sono tutti affamati. Poi, dopo che è finita la bottarella, è come se gli si accendesse una luce dentro che mostra loro qualcosa che non gli piace. Non si sa mai come i clienti possono reagire a quella luce, alla loro prima esperienza. È per questo che ho bisogno del mio sostegno.»

«Facciamo finta che ti serva solo in questi casi.»

«Sì, nel mondo dei sogni. Tony è davvero un delinquente?» chiese Tasha.

«Non lo sappiamo ancora.»

«L'aspirante è un delinquente? Mi avete fatto un sacco di domande su di lui.»

«Stiamo solo raccogliendo informazioni, Tasha.»

«Qualcuno è stato ucciso? Io lavoro sulla strada, devo saperlo» insisté.

«La madre di Tony.»

«No! Ho notato che stasera Tony era un tantino nervoso. Ma non mi ha detto nulla.»

«Nervoso in che senso?»

«Si guardava in giro come se ci fossero nemici ovunque. Ha parcheggiato in un posto che non aveva mai dato problemi, ma poi gli è venuta la paranoia che qualcuno potesse vederci e si è spostato in un altro punto, ed era ancora nervoso. Credete che abbia potuto fare una cosa del genere? A sua madre?»

«Tu cosa ne pensi?»

«Voglio dire... sono senza parole.»

«Sua madre è stata uccisa e lui non ti ha detto niente» affermò Milo.

«Nemmeno una parola» confermò Tasha. «Come ho detto era nervoso, ma per il resto era come al solito.»

«Cioè?»

«Ci ha dato dentro. Poi è diventato silenzioso. Alla fine ha attaccato con le scuse.»

28

Quando ci trovammo due isolati a nord di Gordito, Tasha mi fermò. «Lasciatemi pure qui.»

Milo le restituì la borsa e la guardammo ancheggiare lungo Highland Avenue. Un altro travestito che ciondolava vicino a una cabina telefonica la salutò agitando la mano. Tasha le rivolse un cenno del capo impercettibile e proseguì.

«Aspirante» riflettei, ripartendo. «Non ho mai sentito usare questa parola in quel modo.»

«L'ha inventato lei» disse Milo. «Fino a che punto credi alla sua storia?»

«Se aveva intenzione di mentirci, non doveva nemmeno tirare in ballo l'argomento.»

«Tweed si è dimostrato un tipo disponibile.»

«Se Korvutz mi ha detto la verità, ha incontrato Bright due volte, e lui si è offerto di sua spontanea volontà di commettere un duplice omicidio senza che nessuno glielo chiedesse. Abbiamo a che fare con un tipo generoso a cui piace disporre del destino altrui.»

«Tony è un debole. Devo pensare a come convincerlo a parlare. Come faccio a portarlo al dipartimento?» si domandò Milo.

«Ella collezionava biglietti da visita di tecnici addetti alle riparazioni. Digli che hai trovato dei collegamenti tra il suo omicidio e una banda di finti tecnici che truffano gli anziani, e che hai delle foto segnaletiche da mostrargli. A un certo punto potresti addirittura fargli vedere la foto della patente di Bright, lasciandoti sfuggire come si chiama, per valutare la sua reazione.»

«Che piano creativo... d'accordo, fissiamo una riunione per le nove e mezza. Una volta messi a punto i dettagli, telefonerò a Tony e gli chiederò di fare un salto alla stazione di polizia. Quel tizio non esce mai prima delle tre del pomeriggio; noi saremo pronti per mezzogiorno e poi faremo venire lui.»

Alle nove e un quarto del mattino dopo stavo bevendo un caffè forte nell'ufficio di Milo mentre lui scompigliava un nuovo mucchio di messaggi.

L'ufficiale giudiziario non era riuscito a trovare Bradley Maisonette e stava 'allestendo un'indagine'.

Wilson Good era ancora irreperibile e al St Xavier High erano tutti 'estremamente preoccupati'. Il viceallenatore di Good, un uomo di nome Pat Crohan, aveva cercato di mettersi in contatto con Andrea Good tramite il numero di telefono dell'azienda grafica in cui lavorava. La signora Good si era licenziata improvvisamente quattro giorni prima.

«Marito e moglie se la sono data a gambe» osservò Milo.

«Hanno un cane» dissi. «Se staranno via per un bel po', l'avranno portato con loro. Se si sono nascosti per un breve periodo a soppesare le varie opzioni che gli si presentano, è possibile che l'abbiano sistemato in una pensione. Vuoi che provi a scoprirlo?»

«Certo. Questo è un caso maledetto, ormai sono trascorsi sedici anni. Due messaggi di Gordon Beverly, che è passato a sentire se c'erano novità... Fra tre giorni il capo ha intenzione di organizzare una riunione per fare il punto della situazione su tutte le questioni irrisolte.»

Estrasse un sigaro. «Occupiamoci di Tony.»

Squillò il telefono. «Cosa? Sono occupato... *chi*? Hanno un appuntamento? D'accordo, d'accordo, non importa, falle salire. Cosa? Bene. Scendo.»

Milo saltò giù dalla sedia, raggiunse la porta a grandi passi e la spalancò. «Resta qui.»

Cinque minuti dopo non era ancora tornato. Sfruttai il tempo cercando le pensioni per cani nella zona di Hollywood e ne trovai otto. Fingendo di essere un veterinario di nome Dichter, iniziai a scorrere la lista, informandomi sulla salute di un mio paziente, Indy Good, il bassotto acrobatico.

Al quarto tentativo una donna gentile dell'Animalandia Hotel disse: «Oh, sta bene. Andy è preoccupata per qualche cosa?»

«Mi ha chiamato per appurare come se la sta cavando.» Qualsiasi cosa significasse.

«Be', Indy è irritabile come sempre e non gioca con gli altri. Andy ha detto quando ha intenzione di venire a riprenderlo?»

«A me no. Non gliel'ha specificato?»

«Oh, non si preoccupi, dottore, andrà tutto bene. Ha idea di come stia il marito?»

«Ha qualcosa che non va?»

«È per questo che ha portato in pensione Indy. Per prendersi cura del signor Good, che ha una brutta influenza. E sa com'è Indy.»

«Irritabile» ripetei.

«Reclama tutte le attenzioni.»

«Credevo che fossero in vacanza. Adesso che ci penso, Andy non mi sembrava rilassata. Comunque, Indy ha un sacco di cose da fare.»

«Fantastico. Andy è così carina. Non ho mai incontrato il marito, ma è fortunato ad avere una moglie come lei.»

Non appena riattaccai, un agente bussò alla porta aperta. «Il tenente è nella stanza cinque, ha detto di raggiungerlo.»

Mi recai nella stanza degli interrogatori. Milo aveva tolto di mezzo la scrivania ed era seduto davanti a due donne.

«Signore, questo è il dottor Delaware, il nostro consulente psicologo. Dottore, queste sono la signora Appel e la signora Bruno.»

Una bruna e una bionda. Sfoderarono entrambe sorrisi nervosi. Erano tutte e due sui quarant'anni e portavano dei maglioni girocollo di cachemire, jeans confezionati su misura, un anello di parecchi carati, un braccialetto tennis e orecchini a bottone. Tutti i gioielli erano tempestati di diamanti puri.

La bruna si tirava il maglione color prugna. Aveva un viso ovale luminoso, fisico tonico, gli occhi azzurri e i capelli scuri dal taglio maschile.

La bionda era rotonda, un po' più giovane, con le sopracciglia dipinte e gli occhi marroni penetranti. Indossava un maglione di cachemire color zucca con dei fili d'argento. Mi porse la mano per prima. «Barbara Bruno.»

«Susan Appel» si presentò la bruna, con un tono di voce leggermente più sommesso.

«Siamo sorelle.»

«Susan e Barbara sono le proprietarie del terreno in cui Kat Shonsky è stata...» cominciò Milo.

«Che tragedia» lo interruppe Barbara Bruno. «Ci hanno avvisate quando eravamo in crociera. Non abbiamo ancora superato il trauma.»

«Avevamo intenzione di costruire una piscina olimpionica per le nostre famiglie» aggiunse Susan Appel. «A pensarci...»

«E comunque non abbiamo cambiato idea; non possiamo permettere a un evento così orribile di impedirci di vivere.

Per noi la famiglia è sempre stata la cosa più importante, i nostri genitori ci hanno allevate secondo questi princìpi. Vi ricordate il mercato del ranch 'circolo F' di Brentwood? Quello era nostro padre, Reuben Fleisher.»

Non avevo mai sentito nominare quel posto. «Ah.»

Susan Appel allungò una mano dietro un orecchio e si attorcigliò un ricciolo di corti capelli scuri intorno a un dito. Un'occhiata della sorella minore le fece abbassare la mano e immaginai la voce di una bambina che la sgridava.

Smettila di tirarti i capelli!

«Non siamo ancora sicure di aver fatto la cosa giusta venendo qui» continuò Barbara. «Dopo che avete chiamato Susan, lei mi ha avvisata e abbiamo convenuto entrambe che probabilmente non si tratta di nulla di importante. Poi ci abbiamo pensato sopra – *io* ci ho pensato sopra – ho chiamato Susan e ne abbiamo discusso ancora un po'. Siamo giunte alla conclusione che, qualsiasi cosa sia successo, era nostro dovere chiamarvi.»

«Lo apprezziamo molto» replicò Milo. «Dunque, se poteste riferirci...»

«Questo non significa che i nostri mariti siano d'accordo con noi, anzi non lo sono affatto» intervenne ancora Susan Appel, torcendosi di nuovo i capelli ed evitando lo sguardo della sorella.

«Sono entrambi avvocati, a capo dei loro studi legali» specificò Barbara Bruno.

«Sono esperti di diritto societario» completò Susan Appel. «Sia Hal che Mike sarebbero i primi ad ammettere di non intendersi di diritto penale, ma vogliono essere sicuri che siamo tutelate.»

«Sono dei tipi protettivi.» Barbara estrasse da una borsa di pelle scamosciata un foglio ripiegato di carta intestata.

Milo lo lesse e lo posò. «Volete che vi assicuriamo la massima riservatezza.»

«Non ci sembra di chiedere troppo, visto che siamo venute qui di nostra spontanea volontà.»

Susan aggiunse: «Non siamo nemmeno sicure di sapere qualcosa di utile. Francamente, speriamo di no. Ma non si sa mai.»

«Potremmo essere in pericolo,» disse Barbara «se ci fossimo davvero imbattute in qualcosa.»

«Se sapessimo chi è il colpevole,» proseguì Sue «e lo denunciassimo.»

«Signore, questo genere di coinvolgimento da parte dei cittadini è molto importante. Ma anche se firmassi sarebbe inutile, perché non ho l'autorità per garantirvi...»

«Allora chi ce l'ha?» chiese Barbara.

«Non lo so proprio, signora. La questione non è mai stata sollevata prima d'ora.»

«Oh, suvvia. L'ho visto fare un sacco di volte. In *Law and Order* e *Crossing Jordan*.»

«A volte nei casi federali viene garantita la riservat...»

«Vedi?» Barbara si voltò e picchiettò il ginocchio della sorella. «È proprio quello che ha detto Mike.»

«Tuttavia, Hal ritiene che questo valga anche per i casi non federali» chiarì Susan.

Barbara roteò gli occhi.

«Signore, vi prometto che farò tutto il possibile per garantirvi la massima sicurezza. I vostri nomi non verranno resi noti nei verbali a meno che non ci sia un processo e l'avvocato della difesa faccia richiesta...»

«È *proprio* quello che ha detto Mike.»

«Hal non nega che...»

«Signore, se si arriverà a quel punto – e questo è un grosso interrogativo – l'indiziato verrà tenuto in stato d'arresto.»

«E se pagherà la cauzione?» chiese Susan.

«A differenza di quanto si vede in televisione, agli assassini non viene concessa la cauzione.»

«Assassini» ripeté Barbara. «È difficile credere che sia avvenuto sul nostro terreno, è così umiliante... Allora non ha intenzione di firmare, tenente?»

«Posso firmarlo, ma vi mentirei. E se siete davvero in possesso di informazioni importanti, dovete riferirmele.»

Silenzio.

«Sapete bene quanto me che siete obbligate a farlo.»

«A quanto pare questa è la ricompensa per aver fatto il nostro dovere di cittadine. Se non ci fossimo presentate qui di nostra spontanea volontà, non ci troveremmo in questa situazione.»

«È quel che succede a tutti gli eroi» commentò Milo.

Barbara arrossì. Il colore si diffuse anche sul viso della sorella, come per osmosi tra consanguinei.

«Non vogliamo diventare eroine, ma...» cominciò Susan.

«Suppongo che in un certo senso lo siamo» finì Barbara.

Milo piegò il foglio e se lo infilò nella tasca della giacca. «Per piacere, ditemi perché siete venute qui.»

Stavolta fu Barbara a giocherellare con i capelli. Susan la fissò affascinata. Le due sorelle si guardarono. Barbara rispose: «Se non può firmarlo, che ne pensa di quanto sto per proporle? Una volta che questo pasticcio sarà concluso, costruiremo la nostra piscina. È l'ovvio rimedio feng shui da adottare: bisogna sfruttare la natura purificatrice dell'acqua. I regolamenti della città sono completamente sballati; il comitato di zona ci sta letteralmente facendo impazzire perché non riesce ad afferrare il concetto di proprietà condivisa e di responsabilità duplice. Vogliono imporci dei limiti ridicoli di dimensioni e profondità, ci hanno ordinato di erigere un'assurda recinzione anche se i nostri figli sanno nuotare bene e noi vogliamo soltanto costruire una piscina che non avrà nessun impatto sul quartiere perché abbiamo dei favolosi progetti paesaggistici e la nostra recinzione proviene da un giardino zen di Niigata, in Giappone.»

«Dove vengono allevate le carpe» affermai.

La donna si illuminò. «Sì, proprio lì. Abbiamo un bellissimo laghetto, di prima qualità.»

«Mia figlia fa parte della squadra di nuoto della Archer School e ha bisogno di una piscina di grandezza standard per esercitarsi» spiegò Susan.

«Abbiamo superato tutti l'età in cui si rischia di annegare» andò avanti Barbara. «Ci occuperemo anche della deposizione scritta e giurata, che ci è stata richiesta, in cui si attesta la comproprietà del terreno. Anche se non lo riteniamo necessario. Ma le saremmo grati se potesse esercitare la sua influenza per facilitarci le cose.»

«Con la commissione di zona» concluse Milo.

«Gli enti comunicano tra loro» chiarì Susan. «È quello che sostiene Hal.»

«Chieda a un pezzo grosso del suo dipartimento o, meglio ancora, dei vigili del fuoco – perché c'è anche un problema idrico – di chiamare il capo del settore urbanistico e sistemare la faccenda. È il minimo che possa fare per noi.»

«Mi sembra fattibile» concordò Milo.

«Davvero?» esclamò Susan.

La sorella le scoccò un'occhiata tagliente. «Certo che sì. Quando se ne ha la volontà.»

Milo annuì. «Parlerò personalmente con il capo della polizia. A breve avremo una riunione.»

«Fantastico» esclamò Barbara, avvicinandosi a lui.

«Andate avanti, per piacere.»

«Va bene. Quando ha telefonato a Sue per chiederle di quel Bright, lei le ha risposto che non lo conosceva. Perché in effetti non lo conosce, e nemmeno io. Ma poi abbiamo parlato e ci siamo rese conto che era successo qualcosa che trovavamo un tantino sinistro.»

Tese la mano verso Susan.

Susan sospirò. «Una persona ha cercato di convincere i

nostri mariti a investire con lui. Ci ha invitati a cena da Cut, il nuovo locale di Wolfgang al Beverly Wilshire. Ha speso un sacco di soldi per il vino, è un posto molto raffinato.»

«Il Beverly Wilshire Four Seasons» specificò Barbara. «Adesso ci sono due Four Seasons, a un chilometro e mezzo di distanza, chissà che confusione faranno i turisti.»

Susan riprese a raccontare. «Questo tizio parlava proprio come un venditore. È venuto a trovarci a casa. A casa mia, perché Barbara stava risistemando la cucina e lei, Mike e Lacey venivano sempre a mangiare a casa nostra. I nostri mariti stavano ancora prendendo in considerazione la sua offerta, così, quando abbiamo organizzato il ricevimento, abbiamo invitato anche lui.»

«Si trattava di una serata di beneficenza per il museo di arte contemporanea» spiegò la sorella. «Ci siamo occupate di ogni cosa noi due. Abbiamo allestito una tenda e abbiamo chiamato un'orchestra, si sono divertiti tutti un mondo.»

«Abbiamo preparato tutto nella mia cucina,» proseguì Susan «e spostato i mobili per permettere agli invitati di salire al piano di sopra a godersi il panorama dal soggiorno.»

«È stata una bella festa» riattaccò Barbara. «La gente ne ha parlato per settimane. L'unico particolare sinistro era *lui*. O meglio, una cosa che ha detto a entrambe, e il fatto strano è che non ne eravamo a conoscenza fino a ieri, quando abbiamo avuto uno scambio di idee.»

«Quindi, ovviamente, non si è trattato di un commento casuale» sottolineò Susan.

«Ovviamente» ribadì Milo.

«Per prima cosa ci ha chiesto del terreno, sembrava molto interessato. Ma parecchie persone si comportano in questo modo, perché al giorno d'oggi chi possiede del terreno edificabile nel centro di Bel Air? E nessuno capisce come facciamo io e Sue a convivere in tale armonia nella stessa proprietà. Quindi, quella domanda di per sé non avrebbe destato la nostra attenzione. Ma poi, dopo che quell'uomo apprese i dettagli...»

«Sulla piscina» s'intromise Susan. «Anche se gliene avevo già parlato io, sostenne la stessa conversazione con Barbara.»

«Ci ha prese in giro, come se noi non ci scambiassimo le nostre opinioni» disse Barbara.

«Mi sa che allora non l'abbiamo fatto» rifletté l'altra.

«In ogni caso, il punto è che, dopo aver parlato della piscina, ha abbozzato uno strano sorrisino da far accapponare la pelle.»

«Lascivo, se vuole proprio sapere la mia opinione» puntualizzò Barbara. «Per tutta la sera ho avuto la sensazione che mi stesse facendo delle avance.»

«Anch'io» concordò Susan.

«Non ha fatto nulla di male, tenente, ma sa cosa intendo dire. La stretta di mano che dura troppo a lungo, il bacio sulla guancia che scende un tantino troppo vicino alle labbra...»

«Non è stato furbo da parte sua, visto che voleva convincere Hal e Mike a investire con lui. Che pensava, che ci saremmo lasciate sedurre e avremmo influenzato i nostri mariti?»

«Per un attimo ho pensato che mi volesse baciare sul serio» disse Barbara. «Invece, mi ha sussurrato nell'orecchio: 'Andrebbe bene per tutta la famiglia.' Ho detto: 'Scusi?' E lui ha soggiunto: 'Il terreno. Per la sepoltura. In Europa è un'usanza delle famiglie benestanti, è un segno di nobiltà.'»

«Come se avesse voluto fare colpo su di noi» mormorò Susan sgranando gli occhi azzurri. «Mi ha detto la stessa identica cosa, parola per parola.»

«L'abbiamo ignorato entrambe e non l'abbiamo mai riferito a nessuno» continuò Barbara. «Non ce n'è stato bisogno, perché Hal e Mike hanno deciso di non fare investimenti con lui. Hanno eseguito delle ricerche sul suo passato e non hanno trovato nulla.»

«Nulla sul suo passato?» chiese Milo.

«Esatto. Ha addotto come scusa il fatto che ha vissuto in Europa e che tutti i suoi progetti erano concentrati oltremare. Mike ha detto che era una gran balla.»

«Anche Hal. Quindi non c'era motivo di ripensare alle sue parole. L'abbiamo dimenticato.»

«Ma adesso, visto che quella povera ragazza è stata...»

«Come si chiama questo tizio?» domandò Milo.

«Le nostre identità rimarranno davvero segrete, a meno che non ci sia un processo?»

«Al cento percento.»

Ci fu un altro consulto silenzioso tra le sorelle.

Barbara Bruno prese fiato. «È un tipo raffinato. Guida una Bentley e porta abiti eleganti. Per quanto ne sappiamo, magari non ci ha nemmeno detto il suo vero nome.»

Milo attese.

«Diglielo» esclamò Susan.

Barbara Bruno prese un respiro più profondo. «Si fa chiamare Nick. Nicholas St Heubel.»

29

Milo percorse a grandi passi la stanza degli interrogatori. Le sorelle se n'erano appena andate raccomandandogli di non dimenticare i loro 'problemi col consiglio di zona'.

Lui le aveva incalzate per ottenere altri dettagli sull'uomo che conoscevano come Nicholas St Heubel. A Barbara Bruno sembrava che il suo sgarbato ospite giocasse a tennis. Susan Appel era convinta che il suo sport preferito fosse il golf. Entrambe ammiravano la sua eleganza, ma lo trovavano 'fin troppo untuoso'. Entrambe avevano gettato via il suo indirizzo e il suo numero di telefono.

Milo citò la via di Brentwood in cui c'eravamo imbattuti in Heubel e nella Bentley, e le donne esclamarono all'unisono: «È proprio quella.»

Chiese loro i numeri di telefono dell'ufficio dei mariti.

«Mike non vuole avere nulla a che fare con questa storia.»

«Lo stesso vale per Hal.»

«Grazie, signore, siete proprio delle eroine.»

«Heubel.» Milo si massaggiò la spalla e si toccò i capelli.

«L'età e l'altezza corrispondono» dissi. «È più magro rispetto alle descrizioni che ci hanno fornito di Bright, ma potrebbe aver fatto una dieta.»

«È riuscito a scansare ogni responsabilità» aggiunse, portandosi una mano alla cintura. «Solo questo fa di lui un maledetto criminale.»

«Tasha ha detto che 'Tweed' aveva la faccia gonfia, e Heubel ha la bocca increspata, come se si comprimesse le guance.»

«Atteggia le labbra come se stesse mandando un bacio.»

«Il bacio della morte» commentai.

Batté una mano sul muro con una violenza tale da far vibrare il pavimento. «Quel bastardo ha tirato in ballo la Bentley per agitare le acque quando l'abbiamo incontrato di persona. Dà per scontato che i poliziotti siano stupidi.»

«L'ha fatta franca dopo aver commesso nefandezze sin da quando era bambino, si crede invincibile.»

«Non si fa più chiamare *St* Heubel. Cos'è, un altro gioco? 'Dopotutto non sono poi così puro'.»

«Ruota tutto attorno ai giochi» affermai. «Ha preso in giro le sorelle, è tornato dopo mesi e ha seppellito un cadavere sotto il loro naso. L'idea che un escavatore smuovesse le ossa di Kat deve averlo fatto impazzire di gioia.»

«Si è finto un cittadino spaventato e io l'ho calmato.» Si accigliò. «Temevo che potesse conoscere il sindaco.»

«Magari lo conosce. Rosalynn Carter andava alle stesse feste a cui prendeva parte John Gacy.»

«Oh, accidenti» esclamò Milo. Fece il giro della stanza altre tre volte.

«Quel bastardo ha seguito Kat a bordo della sua automobile, si è inventato una storia sul furto e il ritrovamento della macchina e ha lasciato una macchia di sangue. Tutto questo soltanto per prenderci per i fondelli.»

«L'aver usato la sua automobile è stata una copertura perfetta» ammisi. «La Bentley è una macchina che attira l'attenzione, perfino a quell'ora doveva tenere in conto che qualcuno potesse vederla. E con ciò? Sarebbe stato comunque l'ultima persona di cui avrebbero sospettato. Se non avesse fatto innervosire le sorelle, non sarebbe mai stato messo in relazione con nessuna di queste vicende.»

«È vero» disse. «A che scopo ha tirato in ballo la storia del terreno in cui seppellire tutta la famiglia?»

«A causa della sua arroganza.»

«Perché avrebbe dovuto spaventare le sorelle se voleva convincere i loro mariti a investire con lui, Alex?»

«Forse sapeva che i mariti non avrebbero abboccato, e stuzzicare le loro mogli era una sottile forma di aggressione. O aveva semplicemente voglia di essere cattivo. Ciò che fa di lui una preda difficile da acciuffare è l'impossibilità di capire cosa vuole. Forse neanche lui ne è sempre consapevole.»

«Che cosa intendi dire?»

«Immagino che il suo cervello sia una specie di campo di battaglia, in cui la logica e le pulsioni sono in perenne conflitto. Il suo stile di vita – la sua capacità di adattarsi, di vivere in modo sobrio quando ce n'è bisogno – fa capire che la logica è l'elemento dominante. Poi ci sono momenti in cui avverte la necessità di sfogare un po' di energia, e allora muore qualcuno.»

«Quel suo 'stile di vita' è stato sovvenzionato da un'eredità milionaria ottenuta grazie a un massacro.»

«La maggior parte degli psicopatici avrebbe sperperato il denaro rapidamente. Lui è riuscito a farlo fruttare. Non mi sorprenderebbe se commerciasse davvero in materie prime. È un lavoro solitario che può dare forti emozioni.»

Milo si massaggiò il viso. «Un lasso di tempo di otto anni tra l'omicidio dei Safran e quello di Kat è troppo lungo.»

«Sono d'accordo. Devono esserci altri cadaveri.»

«Il fatto che finora non siano venuti a galla altri omicidi in cui sono implicate delle automobili nere non significa nulla. Un sacco di storie simili non fanno notizia.»

«Le automobili sono soltanto un diversivo,» dissi «non la sua firma. Le usa in posti in cui guidano tutti. È un tipo adattabile. Non ha mai immatricolato un veicolo a New York.»

«Ha accompagnato a piedi i Safran da qualche parte e li ha ammazzati... Poi se n'è andato in Europa? Ha mai detto la verità su qualcosa?»

«I bugiardi patentati la mescolano alle menzogne. A New York ha usato il suo nome, ma ha adottato una nuova identità quando è tornato in California. Probabilmente l'ha fatto per coprire le tracce dei misfatti commessi nel frattempo.»

«Nick St Heubel, il ragazzaccio europeo... mi chiedo come abbia scovato quel nome.»

«Magari alla vecchia maniera.»

Digitò il nome 'Heubel' nel database dei criminali, ma non trovò nessun riscontro. Una ricerca su internet non si rivelò più fruttuosa.

«Bene,» affermò «è andata nella vecchia maniera.»

La segretaria disse che il capo si trovava a Sacramento a fumare sigari col governatore, e che gli avrebbe riferito il messaggio. Chiamai Sam Polito che, con le lusinghe, si avvalse della collaborazione di suo cognato, il vicecomandante della polizia di Manhattan. La sua segretaria trascrisse l'informazione, e dieci minuti dopo ci chiamò un impiegato di Albany.

Nicholas Heubel, nato a Yonkers lo stesso anno di Ansell 'Dale' Bright, era morto di meningite alla tenera età di cinque anni. Non era stato emesso nessun codice della previdenza sociale fino a venticinque mesi prima.

Milo combatté per mezz'ora con il fisco per poi apprendere che Heubel aveva presentato la dichiarazione dei redditi negli ultimi due anni.

«Per sei anni è rimasto lontano dal Paese,» conclusi «poi è tornato e ha seguito la legge a menadito.»

«Farò intervenire l'Interpol, ma con tutta l'attenzione concentrata sul terrorismo ci vorrà tempo. Intanto, l'infido Nicky fa comodamente colazione al Country Mart di Brentwood.»

Milo si alzò, prese la giacca, controllò il caricatore della pistola e la infilò nella fondina.

Chiese al comandante di turno di concedergli sei agenti in borghese e tre auto civetta. Ci vollero altri tre quarti d'ora per radunarli, ed erano quasi le due quando partimmo per Brentwood. Non ci scortarono squadre di SWAT perché avrebbero dato troppo nell'occhio nell'incantevole quartiere immerso nel verde di Nicholas Heubel. Ma portammo giubbotti antiproiettile per tutti e fucili pronti per l'uso.

Milo fece fermare le altre automobili a un isolato di distanza, parcheggiò dieci case più a nord rispetto a quella color crema, mi raccomandò di rimanere lì seduto e si avviò a piedi. Camminò con passo tranquillo, come se si trattasse di una visita informale.

Superò sei case. Si fermò. Indicò qualcosa.

Un cartello con su scritto 'Affittasi' era conficcato nel prato davanti alla casa color crema.

Dopo aver estratto la pistola, la tenne vicino ai pantaloni. Dato che erano scuri, l'arma era a malapena visibile. Si fermò per un attimo davanti alla porta d'ingresso e suonò il campanello.

Inevitabilmente non venne ad aprire nessuno. Fece un giro intorno alla casa. L'anno prima, una simile incursione era sfociata in un appuntamento con una doppietta.

Rimasi seduto lì.

Milo riapparve scuotendo il capo. Aveva rimesso la pistola nella fondina.

Teneva in mano il cellulare. Premette i tasti con una foga tale da romperlo.

Dieci minuti dopo, una Jaguar bianca si avvicinò alla casa e una donna scura e minuta con un tailleur color melanzana scese dall'automobile.

Milo la salutò. «La signora Hamidpour?»
«Sono Soraya. Lei è il tenente?» Raddrizzò il cartello con la scritta 'Affittasi'.
«Sono il tenente Sturgis. Grazie di essere venuta.»
«Non appena mi ha detto che c'era un problema con la casa, mi sono precipitata qui. Di cosa si tratta?»
«Da quanto tempo è stata messa in affitto?»
«Due giorni.»
«Da quanto tempo è vuota?»
«Il proprietario non lo sa di preciso. Qual è il problema?»
«Quand'è stata l'ultima volta che il proprietario ha avuto notizie dell'inquilino?»
«Il proprietario non ha contatti con l'inquilino. È una proprietà amministrata da terzi.»
«Dalla sua agenzia?»
«Adesso sì.»
«E prima?»
Lei menzionò un suo concorrente.
«Il proprietario non era soddisfatto del loro operato?» le domandò Milo.
«Nient'affatto. L'inquilino se n'è andato senza preavviso. Non ha pagato l'affitto degli ultimi due mesi. Perlomeno ha lasciato la casa in ordine.»
Milo si massaggiò il viso. «L'avete pulita ulteriormente?»
«Ieri,» rispose Soraya Hamidpour «abbiamo eseguito le solite pulizie.»
«Avete passato l'aspirapolvere?»
«Abbiamo pulito la moquette con il detersivo per farla sembrare nuova. Abbiamo strofinato per bene con una spazzola. Nella maggior parte delle stanze sembra che non ci abbia vissuto nessuno.»
«Chi è il proprietario?»
«Vive in Florida.»
Milo estrasse il blocco e la penna. «Mi dica il suo nome, per piacere.»

Soraya Hamidpour schioccò le labbra. «È un po'... complicato.»
«In che senso?»
«Il proprietario vuole rimanere segreto.»
«È un eremita?»
«Non esattamente.» Si voltò verso il cartello e grattò via qualcosa da un angolo.
«Signora?»
«Dobbiamo proprio affrontare questo argomento?»
«Sì.»
«Il problema della casa è che...»
«L'inquilino non è una brava persona.»
«Capisco... ma il mio problema è il proprietario... non gradisce un certo tipo di pubblicità...»
«Tenente?» Un corpulento poliziotto biondo, che indossava una camicia e un paio di calzoni di denim, gli fece un cenno con la mano a circa tre metri di distanza. Quando si avvicinò, il risvolto della camicia si gonfiò mettendo in mostra la fondina.
Soraya Hamidpour parve rapita dall'arma.
«Che c'è, Greg?» fece Milo.
«Mi dispiace disturbarla, ma continuiamo a ricevere chiamate e il comandante di turno vuole sapere per quanto tempo avrà bisogno di noi.»
«Per ora basta una macchina, gli altri possono andare. Chiama gli uomini della scientifica. Metteremo sottosopra questo posto.»
«Sottosopra?» esclamò la Hamidpour.
«Il mandato...» cominciò Greg.
«Firmato, sigillato e consegnato.» Gli strizzò l'occhio senza farsi vedere dall'agente immobiliare.
Greg sogghignò. «Afferrato, tenente.» Tornò di corsa all'autocolonna.
«Non potete metterla a soqquadro» protestò Soraya.
«Potrebbe trattarsi di una scena del crimine.»

«Oh, no. Non è possibile, è così pulita...»

«Disponiamo di agenti chimici che operano sotto la superficie.»

«Ma c'è già qualcuno interessato...»

«Faremo il più in fretta possibile.»

Soraya Hamidpour sollevò le braccia. «Che disastro.»

«Stia a sentire» disse Milo. «Se potessimo parlare con il proprietario e farci riferire alcuni dettagli sull'inquilino, creeremmo meno disordine.»

«Il proprietario è... posso fornirvi dei dettagli, ma il proprietario non gradisce...» Trasse un respiro profondo. Citò il nome di una nota stella del cinema.

«Conosceva il signor Heubel?» chiese Milo.

«No, non l'ha mai visto. La casa è gestita da amministratori. Lui vive in Florida.» Si mise una mano sulla bocca. «Si tratta di beni in regime di comunione. In seguito all'ultimo divorzio. Inoltre, c'è posto per parcheggiare il suo aeroplano.»

30

Una telefonata all'agenzia che aveva affittato la casa a Nicholas Heubel confermò i dettagli.

La stella del cinema possedeva quella proprietà da cinque anni, come parte dell'accordo nella divisione dei beni dopo il divorzio dalla quarta moglie.

Il piano prevedeva che lei si stabilisse lì, ma la donna aveva cambiato idea e si era trasferita con un attore più giovane in Colorado, dove l'ex marito le aveva comprato un ranch. Su consiglio del suo amministratore, la casa era stata data in affitto. Da allora, si erano alternati tre inquilini. Due giovani coppie che avevano 'legami con l'industria' e, negli ultimi ventidue mesi, Nicholas Heubel.

Heubel si era recato all'agenzia dichiarandosi un investitore freelance, e aveva esibito un conto in banca 'più che sostanzioso, tale da fornirgli i requisiti necessari'. Aveva pagato l'affitto del primo e dell'ultimo mese, oltre a versare una cauzione contro i danni di ventiquattromila dollari.

L'agente immobiliare, ancora seccata all'idea di rischiare il licenziamento, promise di trasmettere via fax la richiesta di affitto presentata da Heubel e qualsiasi altro documento avessero in archivio.

«È ora di parlare con Tony Mancusi» disse Milo. Prima di partire per Hollywood, chiamò Sean Binchy. «Lascia perdere la faccenda delle cromature. C'è una cosa più concreta che puoi fare.»

Dopo avergli dettato parola per parola la stesura di un mandato per entrare nella casa color crema, gli fece il nome di un giudice che probabilmente avrebbe velocizzato le cose. «Vedi se riesci a trovare una foto recente di Heubel. Quello stronzo è un camaleonte, ma magari possiamo recuperarne una con una discreta somiglianza... sì, è bizzarro. Ed è tutta colpa tua, Sean... sto *scherzando*. Hai fatto un ottimo lavoro.»

La Toyota di Tony Mancusi si trovava ancora dove l'avevamo vista l'ultima volta.

Quando suonammo il campanello non rispose nessuno.

Ci infilammo in uno stretto varco, reso ancora più angusto da piante incolte, e ci dirigemmo verso il lato posteriore dell'edificio. Una porticina sul retro dava su un vicolo pieno di cassonetti dell'immondizia. La spazzatura fuoriusciva dai bidoni e l'asfalto era cosparso di pattume.

Mi guardai intorno. «Mi ricorda qualcosa. Il retro del salone di Leonora Bright.»

«Davvero?» Milo esaminò il vicolo e si avviò verso la porta. Solida, con una robusta serratura di sicurezza.

Nel centro esatto era affisso un cartello che diceva 'Si prega di tenere sempre chiuso a chiave'.

Il pomello girò con facilità. La porta si spalancò.

Dal piano di sopra proveniva una musica messicana, che si diffondeva lungo tutto il luminoso corridoio su cui si affacciavano porte blu verniciate in modo approssimativo.

Quando raggiungemmo l'appartamento di Tony Mancusi, una donna uscì da un'abitazione vicina portando due sacchetti di plastica trasparente. Ci scoccò un'occhiata e proseguì verso la porta d'ingresso.

«Signora?»

La donna si fermò.

Il distintivo la fece sussultare. Sui cinquant'anni, bassa e tarchiata, dalla pelle color noce moscata e i capelli neri raccolti in una crocchia tirata. I sacchetti erano pieni di pacchetti e dolciumi.

Milo indicò una porta. «*Señor esta aqui?*»

La donna scosse il capo e se ne andò frettolosamente.

Milo bussò alla porta di Mancusi contrastando il frastuono della musica. Non venne ad aprire nessuno. Sortì l'effetto di un martello di gommapiuma anche quando batté più forte e urlò: «Signor Mancusi, sono il tenente Sturgis.»

Accostò l'orecchio alla porta. «Se è lì dentro, non vuole farlo sapere.»

La porta principale si spalancò e la donna con i sacchetti rientrò nell'edificio.

«*Señora?*» esclamò Milo.

«Parlo inglese» rispose lei. «Mi dispiace non averle risposto, ma mi ha spaventata. Come avete fatto a entrare?»

«La porta sul retro non era chiusa a chiave.»

«Di nuovo! Ci mancava anche questa.»

«Avete subìto dei furti con scasso?»

«Alcune settimane fa, degli inquilini del piano di sopra sono stati derubati. Penso che fossero degli spacciatori, perché non hanno mai chiamato la polizia e subito dopo se ne sono andati. Prima, si sono verificati altri due incidenti. Ogni volta che vedo aperta quella porta, la chiudo a chiave. Ma gli altri non se ne prendono la briga.»

Milo le chiese come si chiamava.

«Irma Duran.»

«A quanto pare qualcuno sta facendo una festa.»

«La classe di mio nipote. È un premio per i risultati ottenuti nella lettura. Faccio la bidella nella sua scuola, è lì che sto andando. Il motivo per cui sono tornata indietro è che un'altra persona è venuta a cercare quel tizio. Sua madre, sembrava preoccupata.»

«Sua madre» disse Milo. «Quando è venuta?»

«Quando ho accompagnato mio nipote a scuola, verso le sei e mezza. Raymond frequenta un istituto nella Valley, quindi dobbiamo uscire presto. La signora mi ha chiesto la stessa cosa che mi ha chiesto lei – se l'avevo visto. Mi ha detto che era sua madre e che non l'aveva chiamata quando avrebbe dovuto farlo. Le ho detto che non l'avevo visto, lei mi è sembrata preoccupata e se n'è andata. È tutto a posto?»

«Conosce il signor Mancusi?»

«Lo vedo una volta ogni tanto, ci salutiamo e basta. Se ne sta quasi sempre per conto suo.»

«Che aspetto aveva sua madre?»

«In realtà non l'ho guardata molto bene, perché ero occupata con Raymond e il suo zaino e cercavo di fargli mangiare la merendina e bere il latte. Sembrava preoccupata, mi dispiaceva per lei. È per questo che sono tornata indietro. Così potete mettervi in contatto con lei.»

«Grazie, signora Duran. Per caso le ha lasciato un numero di telefono?»

«No, mi dispiace.»

«Ricorda qualcosa del suo aspetto?»

«Uhm... era alta. E aveva una bella macchina. Una Lexus bianca, l'ho vista mentre si allontanava. Sono rimasta un po' sorpresa.»

«Di cosa?»

«Del fatto che fosse ricca. Perché lui sembra uno che va a fare compere in un negozio di articoli usati. Adesso che ci ripenso, lei era l'esatto contrario.»

«Era ben vestita?»

«Elegante» specificò Irma Duran. «In modo antiquato.

Nell'insieme sembrava una di quelle donne che si vedono nei vecchi film. Tailleur, calze, scarpe e una grossa borsa di pelle. Come quell'investigatrice di Agatha Christie.»

«Miss Marple» disse Milo.

«Adoro quei libri» affermò Irma Duran. «Era identica a lei, un tipo tradizionalista, assennato. Fatta eccezione per la sciarpa, quella era diversa, tutta colorata. Era grossa come uno scialle e a tinte sgargianti. Il figlio è uno spacciatore?»

«Perché ha questo sospetto?»

«Non fa nulla tutto il giorno. Non ho mai visto nessuno venire a trovarlo... oh, immagino che questo significhi che non è uno spacciatore. O almeno che non lo fa nel suo appartamento.»

«La madre è stata il suo primo ospite» insinuò Milo.

«Le madri si preoccupano» rispose Irma Duran. «Sembrava così... come se fosse in ansia per lui da un po' di tempo.»

Milo sferrò un forte calcio alla porta. Lo schianto del legno squarciato sovrastò le trombe e il *guitarrón,* ma il pannello rimase chiuso. Al secondo tentativo lo staccò dal telaio. Indietreggiammo.

Il letto a scomparsa di Mancusi, sorretto da un comodino, formava un angolo acuto con la parete. Due braccia pendevano dai lati del materasso, che era grigio tranne nei punti in cui era di un marrone rossiccio. Ed era quasi tutto marrone rossiccio. Alcune chiazze dello stesso colore ricoprivano il comodino, colavano dai cassetti e si diffondevano sul tappeto.

A una mano mancavano due dita. Le estremità recise giacevano in una pozza del loro stesso sangue ed erano ormai delle larve avvizzite, bianche e rinsecchite. Una scia di sangue conduceva nel cucinino disordinato.

Milo si avvicinò alla soglia, tenne i piedi in corridoio infilando la testa nell'appartamento. Lo sentii inspirare bruscamente. Si guardò intorno.

Sul bancone, accanto a una confezione di analgesici, c'era una bottiglia vuota da un litro e mezzo di acqua tonica dietetica. A sinistra del recipiente c'era un oggetto sferico posato su un piatto.

Un oggetto con i capelli biondi flosci.

Tony Mancusi aveva gli occhi aperti e la bocca chiusa.

Il piatto non fece altro che peggiorare le cose. Era stato servito. Un primo piatto per cannibali.

«Oddio» esclamò Milo.

Non avevo nulla da aggiungere.

31

Milo si infilò i guanti, risistemò la porta di Mancusi, uscì dall'edificio, si mise a fumare e si ricompose. Estrasse dal portabagagli il nastro giallo.

Il sole emerse da un banco di nuvole. Rodney Drive sembrava quasi bella.

Mi sedetti sul marciapiede nel tentativo di schiarirmi le idee. Fu una perdita di tempo: i trucchi del mestiere non mi furono di alcun aiuto.

L'omicidio di Tony Mancusi era il primo a verificarsi a Hollywood, quell'anno, quindi Milo chiamò l'investigatrice Petra Connor. Lei era in vacanza in Grecia e il suo collega, Raul Biro, convocò la scientifica e il coroner.

Biro era un giovane veterano dell'Afghanistan, riflessivo, sagace, con una fibra fuori dal comune. Uscì dall'appartamento di Mancusi con un'aria impassibile, prese appunti mentre Milo gli riassumeva i fatti e si sistemò la cravatta di broccato azzurro che non aveva bisogno di essere aggiustata. Aveva inumidito i folti capelli neri, che stavano iniziando a ingrigire prematuramente, per tenerli in ordine. Indossava un immacolato completo blu scuro, confezionato su misura. I mocassini lucidi erano protetti da soprascarpe di carta.

Quando Milo finì, disse: «Fatemi capire, pensate che Bright, Heubel, o in qualsiasi modo vogliate chiamarlo, sia già stato qui e sappia che di solito la porta sul retro non è chiusa a chiave. Oppure che abbia forzato la serratura, perché sa come si fa. Allo stesso modo è entrato nell'appartamento di Mancusi. Una volta dentro, ha fatto quello che doveva fare. Uscendo, ha incontrato la vicina e allora ha finto di cercare Mancusi e se l'è svignata. Mi sembra plausibile.»

«Ma?»

«Credo che potrebbe esserci un'altra possibilità, tenente. Dopo che Mancusi ha scaricato il travestito, ha incontrato Bright e sono tornati qui insieme.»

Milo si grattò il lato del naso. «Può darsi. Anche se è probabile che Mancusi diffidasse di lui.»

«Ma forse Bright e Mancusi erano *davvero* amici» continuò Raul Biro. «Mancusi potrebbe avergli dato una chiave. Magari Bright è venuto qui vestito normalmente. Quando tornerò al dipartimento, vedrò se riesco a trovare una sua foto recente e la mostrerò agli inquilini.»

«In qualsiasi modo Bright sia entrato in casa di Mancusi, possiamo circoscrivere con una certa sicurezza il lasso di tempo in cui tutto ciò è avvenuto. Abbiamo visto Mancusi allontanarsi da Gordito intorno alle tre meno un quarto, e la vicina ha visto la finta madre qui alle sei e mezza. Un intervallo di tempo di quasi quattro ore è sufficiente per compiere un atto simile e per ripulirsi.»

«Ha riposto gli attrezzi nella grossa borsa di pelle descritta dalla vicina ed è uscito alla luce del sole. Non ha avuto nessun problema, perché era protetto da un'ottima copertura.» Biro chiuse il blocco. «Era travestito in modo sciatto, fatta eccezione per la sciarpa. Là dentro c'era un sacco di sangue, ma non ho visto schizzi dovuti all'impatto. E lei?»

Milo scosse il capo.

«Allora ritengo che probabilmente Mancusi fosse morto

quando è stato decapitato, tenente. Bright potrebbe aver usato la sciarpa per soffocarlo, procurandosi un corpo passivo da sezionare.»

«Con la Shonsky ha usato la sciarpa come arredo scenico. L'ha pugnalata a morte. Con tutte le vittime di cui siamo a conoscenza si è servito di un coltello. Ma, siccome cambia sempre identità, magari gli piace variare anche il metodo.»

«È plausibile che abbia strangolato Mancusi prendendolo di sorpresa» intervenni. «Tony era un uomo corpulento e questo rendeva più difficile soggiogarlo. Ed era diffidente perché sapeva, o sospettava, di cosa fosse capace Bright.»

«È arrivato di soppiatto alle sue spalle e gli ha stretto la sciarpa intorno al collo per evitare uno scontro violento. E per non fare rumore alle tre o alle quattro di notte.» Biro giocherellò di nuovo con la cravatta. «Prima la madre e poi il figlio. Ha qualcosa contro questa famiglia?»

«Magari fosse così semplice, Raul.»

«È un benefattore psicopatico, eh? È convinto di fare del bene e poi colpisce?»

«Quello del benefattore è un gioco di potere» dissi. «Da bambino era crudele, poi ha ucciso la sorella per ottenere un considerevole vantaggio economico, e alla fine ci ha preso gusto a interpretare il ruolo di Dio.»

«A scrivere le regole» commentò Biro. «Stabilisce chi, quando e come. Ma Bright ha fatto fuori Mancusi perché temeva che avrebbe parlato.»

«Noi pensiamo che sia andata così» concluse Milo.

«Ma servendo la sua testa su un piatto ha compiuto un gesto di un'efferatezza fuori dal consueto.»

Milo accese un sigaretto. Aspirò a lungo il fumo e poi lo soffiò verso il cielo. «Se Bright mi ha seguito quando ero alle calcagna di Tony, mi ha visto far salire Tasha a bordo dell'auto, e questa potrebbe essere stata la condanna a morte di Tony. Perché Bright sapeva che Tasha si trovava alla festa quando Tony si lamentò di sua madre, e pensava che gli fosse stata troppo vicino per i suoi gusti.»

«Se Bright stava sorvegliando Tony, aveva già in mente di risolvere le questioni in sospeso» osservai.

Milo borbottò.

«Come ci dividiamo le incombenze?» domandò Biro.

«Mancusi è tutto tuo; del resto mi occuperò io anche se mi farà venire il mal di testa.»

«Ci saranno problemi se le indagini si allargheranno?»

«In che senso?»

Biro si sistemò la cravatta. «Con così tanti omicidi commessi nel giro di tutti questi anni e un tale psicopatico come indiziato, qualcuno suggerirà la costituzione di un'unità di crisi. Non penso proprio che si potrà evitarlo.»

Milo annuì. «Qualsiasi cosa succederà, l'accetteremo.»

«D'accordo. Nel frattempo, inizieremo a occuparci di ciò che abbiamo. Per prima cosa cercheremo il travestito. Volete che stanotte mandi la buoncostume da Gordito?»

«Di quello me ne occupo io, voi concentratevi su questa faccenda.»

Biro sfogliò il suo blocco. «Quindi sappiamo chi è il colpevole e forse, almeno in parte, come e perché ha agito. Adesso non dobbiamo far altro che trovare questo benefattore.» Un sorriso indolente gli illuminò il viso senza rughe. «Una vecchia e ricca signora. Forse dovrei iniziare a ispezionare uno di quei circoli femminili dove si gioca a bridge o al bingo e si prende il tè coi pasticcini.»

«Ormai queste usanze appartengono a un mondo passato, Raul.»

«In realtà, a Pasadena e a San Marino prendono ancora il tè, tenente.»

«Sei cresciuto lì?»

«No, nella zona orientale di Los Angeles,» rispose Biro «però mia madre faceva le pulizie nelle sale della biblioteca Huntington.»

***

Un tecnico della scientifica uscì dall'appartamento con una tuta che gli copriva tutto il corpo, senza maschera, detergendosi il sudore dal viso.

«Abbiamo oscurato il bagno per sottoporlo all'analisi del luminol. Qualcuno ha tentato di ripulire usando un detersivo granulare, ma ha lasciato in giro moltissime di tracce di emoglobina. Nella vasca da bagno, sul pavimento, nel lavandino, e un fracco nella doccia.»

«Un fracco» ripeté Milo.

«È un termine scientifico» disse il tecnico. «È già qualcosa, non trova? Avete una sigaretta?»

Alle tre e mezza del pomeriggio ci dirigemmo verso Gordito. Due prostitute slanciate, che non sembravano nemmeno lontanamente donne, erano sedute a mangiare, bere e chiacchierare. Tre operai edili occupavano il tavolo vicino, ognuno intento a farsi gli affari propri.

«Prosegui per un pezzo e poi torna indietro,» mi disse Milo «continueremo a cercarla per un po'. Una volta che Tasha avrà scoperto che Tony è stato fatto fuori, se la darà a gambe.»

Gli squillò il cellulare. «Che cosa c'è, Sean? Ci vedi una somiglianza? Meglio di niente, mandane una copia a Raul Biro... quel furbacchione che lavorava con Petra... sì, lui. Nient'altro? Bene, va' a casa di Mancusi e sovrintendi a tutte le operazioni, mentre i tecnici fanno il loro lavoro... Non mi importa, Sean, se quegli esperti di cromature hanno un problema, digli di chiamarmi. Adesso leggimi tutto ciò che hai trovato, va' piano e parla chiaro. Sono duro d'orecchi.»

Ascoltò per diversi minuti, annuì e riattaccò.

«Ha trovato una foto della motorizzazione di Nicholas Heubel risalente a due anni fa. Sfortunatamente, lo ritrae con una folta barba grigia e la testa rasata, e l'indirizzo che ha fornito è una casella postale di Brentwood presa solo per il mese in cui ha fatto domanda per affittare la casa. Ha presentato tre referenze: Ansell D. Bright di San Francisco, Roland Korvutz di New York e un certo Mel Dabson di Los Angeles.»

«Si è dato una falsa identità e si è fatto spalleggiare dal suo vero nome» osservai.

«È un ragazzo intelligente, eh? L'agenzia immobiliare sostiene che la referenza di Bright era 'ottima'. E che il numero a cui l'hanno contattato riconduce a un cellulare prepagato. Korvutz non ha mai risposto alla richiesta. A differenza di questo Dabson, che ha affermato di conoscere Heubel da anni e lo considera un uomo retto, onesto e affidabile. Due referenze su tre e ventiquattromila dollari in contanti sono bastati per concludere l'affare.»

«In che zona di Los Angeles vive Dabson?»

Controllò gli appunti. «Ad Altair Terrace: dal codice di avviamento postale si direbbe che non si trova molto lontano da qui, tra le colline di Hollywood.»

«Mi chiedo se da lì si può scorgere la scritta.»

Percorremmo su e giù Highland Avenue e ci dirigemmo verso Santa Monica Boulevard, dove i transessuali e le prostitute si dividevano il marciapiede non sempre in armonia.

Milo cercò Tasha mentre era impegnato al telefono. Cercò di scovare prima Melvin, poi Mel Dabson.

Non c'era traccia di una persona con quel nome.

«Potrebbe trattarsi di un altro alter ego» suggerii.

Milo eseguì una ricerca in AutoTracks e nell'archivio dei criminali provando con Melford, Melrose, Meldrim e Melnick, poi si appoggiò al sedile imprecando.

Quando chiamò l'ente per le imposte sulle società e chiese di Dabson, non ottenne nessun riscontro. Ma una breve chiacchierata con un impiegato disponibile che lavorava all'agenzia delle imposte della contea gli fece tornare il sorriso sulle labbra.

«*Tram*mel Dabson. Ha pagato l'imposta fondiaria ad Altair Terrace per ventuno mesi.»

Quando tornò a consultare l'Archivio nazionale dei criminali, non trovò nulla di utile.

«*Trammel* significa 'ostacolare'» gli feci notare.

«Giorno dopo giorno capisco sempre di più il potere delle parole.» Chiamò Sean per sapere com'era andata la perquisizione della casa di Brentwood. Era vuota, in ordine, e non c'era traccia di automobili nel box.

Quando chiuse gli occhi e si appoggiò allo schienale, qualcosa attirò la mia attenzione all'estremità di un centro commerciale vicino a Orange Drive.

«Sveglia!» Gliela indicai.

Si alzò di scatto. «Accosta.»

32

Stavolta Tasha correva.

«Oh, fantastico» esclamò Milo, quando scomparve da Santa Monica Boulevard per infilarsi in Orange Drive e svoltò in un vicolo.

Milo saltò giù dall'automobile e io feci il giro dell'isolato verso Mansfield. Quando raggiunsi l'imboccatura del vicolo, Tasha si stava precipitando verso di me: lo scatto delle sue gambe magre distanziò facilmente l'andatura pesante di Milo, ormai boccheggiante.

Aveva le scarpe in mano e le calze rotte.

Milo agitò le braccia nel vuoto. Aveva il volto paonazzo.

Tasha si voltò a guardarlo e accelerò. Mi vide. Si voltò di nuovo. Inciampò. Cadde di schiena, e la borsetta precipitò fuori dalla portata del suo braccio slogato. Quando si rialzò, Milo la raggiunse ansimando. La fece voltare, si affrettò a perquisirla e ad ammanettarla e le ordinò in tono brusco di non muoversi. Agguantò la borsetta e la svuotò. Sull'asfalto caddero fazzoletti di carta, profilattici, cosmetici e un pacchetto di Oreo. Si udì un rumore metallico quando scivolò fuori anche un rasoio dall'impugnatura madreperlacea. Ancora ansimante, Milo calpestò l'arma con forza, riducendo in polvere la madreperla. Trascinò via Tasha bruscamente.

«Idiota» disse.

Tasha si afflosciò nella sua stretta. Aveva il viso a pezzi. Dei frammenti di ghiaia le si erano incollati allo spesso strato di fondotinta. Abbozzò un sorriso, ma il tono di voce stizzito di Milo lo stroncò sul nascere. La gettò sul sedile posteriore dell'automobile e usò la cintura di sicurezza per farla sentire ancora più in trappola.

Stavolta lui si sedette davanti.

Tasha fece tintinnare le manette. «Può anche togliermele. Non scapperò. Glielo prometto.»

«Se apri di nuovo il becco» ansimò Milo «ti incapretto.» Rivolgendosi a me, aggiunse: «Alla stazione di polizia di Hollywood.»

«Non è necessario!»

Milo boccheggiava a tal punto che la sua grossa mole si sollevava dal sedile.

Avviai il motore.

«Perlomeno è un bel viaggetto» continuò Tasha. «Adoro queste vecchie Cadillac. L'hanno per caso confiscata...»

«Chiudi il becco, maledizione!»

«Scusi.»

«Sei sorda?»

A cinque isolati da Wilcox Avenue, Tasha disse: «Non si arrabbi, ma respira ancora a fatica. È sicuro di sentirsi bene?»

«Perché diavolo sei scappata?»

«Mi sono spaventata.»

«Ti abbiamo fatto del male l'altra volta?»

«No, ma...»

«Ma cosa?»

Silenzio.

Milo scosse la testa. «Dio non voglia che tu perda un cliente. Idiota.»

«Una ragazza deve pur guadagnarsi da vivere.»

«Non vivrai ancora per molto, se non la smetti di comportarti come una stupida. Indovina chi è stato aggredito subito dopo averti lasciata?»

«Qualcuno è stato aggredito?»

«Allora sei proprio sorda.»

Calò un lungo silenzio. «Non intenderà Tony?»

«Puoi partecipare a *Chi vuol essere milionario,* genio.»

«Tony è stato aggredito? Oh, mio Dio, sta bene?»

«Tutt'altro» rispose Milo.

«Intende dire...»

«Ormai è un cliente con cui non farai più affari.»

«Oh, mio Dio, oh Gesù...»

«È successo subito dopo che ti ha incontrata» proseguì Milo. «Pensiamo che lo stesse sorvegliando qualcun altro, oltre a noi.»

«*Chi, chi, chi?*»

«Cos'è, l'imitazione di un gallo?»

«Chi? La prego!»

«Pensa a un brutto tailleur e a un paio di calze con la cucitura nel mezzo.»

«Lui? Oh, mio Dio, non è possibile!»

«Sai qualcosa sul suo conto di cui non siamo al corrente?»

«No, no...»

«Ma?»

«È solo che non ho mai conosciuto qualcuno che... abbia fatto una cosa simile.»

«In tutti questi anni passati sulla strada?» le chiese Milo. «Risparmiami questo sfoggio di innocenza.»

«Ho assistito a diverse risse. Ho visto un uomo picchiare a morte un altro uomo per un'occhiata che non aveva gradito. Ho visto persone strafatte perdere la vita perché un... insomma, ho visto parecchi delinquenti, ma no, quello no, non ho mai visto una cosa simile...»

«Cos'è che non hai visto?»

«Una cosa... programmata nei minimi dettagli.»

«Come fai a sapere che era programmata nei minimi dettagli?»

«Per le aspiranti» disse Tasha «è tutto un gioco. Tony non ha fatto del male a nessuno, vero?»

«Perché no?»

«Era un debole, non provava rancore; soltanto tristezza.»

«Su una cosa hai ragione» replicò Milo. «Questo omicidio è stato davvero programmato nei minimi dettagli.»

«Non voglio sapere, la prego, non mi dica i particolari.»

«Va bene, ma a noi interessano i particolari. Devi dirci tutto ciò che sai su Tweed.»

«Nient'altro, giuro, niente.»

Milo si rivolse a me: «Così non va bene, socio.»

«So soltanto ciò che vi ho già riferito!» strillò Tasha.

«A quante feste hai incontrato Tweed?»

«Soltanto a quella.»

«Perché non ad altre?»

Silenzio.

«Qual era il problema?» chiese Milo.

«Non sono più andata in quel posto.»

«Non è una risposta.»

«Se devo essere sincera, non mi ha più invitata nessuno.»

Quando raggiungemmo la porta sul retro della stazione di polizia di Hollywood, Tasha disse: «Non c'è bisogno che mi chiudiate in prigione, ve lo prometto.»

Milo fischiò. «Tutto fiato sprecato.»

«C'è un problema, un vero problema: di solito c'è soltanto una cella per ragazze, perché tutti i piantagrane sono ragazzi, ma se la stanza delle ragazze è al completo ti mettono in una stanza dei ragazzi: e questo è pericoloso.»

«Hai i requisiti per la stanza delle ragazze?»

Silenzio.

«Li hai?»

Rispose a voce a malapena comprensibile: «Non ancora, sto mettendo da parte il denaro.»

«Allora non posso farci niente. Conosci le regole.»

«Sono un essere umano, non un pupazzo.»

«Cosa posso dirti?» Milo usò un tono duro, ma gli si contrassero i muscoli delle guance.

«La prego. Altri poliziotti sono gentili con me, se non faccio storie, mi sistemano nella stanza delle ragazze. Lì dentro le ragazze mi vogliono bene, vada a chiederglielo, non causo problemi, controlli i verbali.»

«Quando sei stata qui per l'ultima volta?»

«Un anno fa. Forse anche di più. Glielo giuro. Se mi mettete nel posto giusto, farò qualsiasi cosa...»

«Sta' a sentire» la fermò Milo. «Se collabori, non ti arresterò per il rasoio, anche se ti avevo già avvisata. O per resistenza a pubblico ufficiale, anche se mi hai costretto a fare esercizio.»

«Sì, certo. Che cosa intende per collaborare?»

«Sei una testimone chiave. Potrei perfino portarti uno spuntino.»

«Com'è gentile... È stato lei a perdere i miei Oreo.»

La sezione di Hollywood ci fornì una stanza degli interrogatori vuota in cui Milo nascose Tasha. Le portò una ciambella e una lattina di Coca-Cola e telefonò a Raul Biro, che si trovava a Rodney Drive, sulla scena del crimine.

Biro, ancora in attesa di entrare nell'appartamento, ci riferì delle ipotesi formulate dalla scientifica.

La testa di Tony Mancusi era stata mozzata appena sotto il mento, lasciando intatta quasi tutta la struttura interna del collo. L'assassino aveva fatto attenzione a recidere le vertebre senza spezzarle.

Si trattava di un lavoro accurato: l'investigatore mandato dal coroner supponeva che fosse stata impiegata una grossa lama estremamente affilata, non seghettata, compatibile con l'arma con cui era stata uccisa Ella Mancusi. Probabilmente la stessa lama era stata usata per tranciare le dita di Tony. Il fatto che l'assassino avesse tentato di praticare alcuni tagli sull'altra mano suggeriva che aveva intenzione di eseguire un'amputazione bilaterale.

«Magari si è stancato» disse Biro. «Oppure non ne ha avuto il tempo.»

Anche se l'ultima parola spettava al coroner, l'investigatore che aveva mandato, un infermiere diplomato con vent'anni di esperienza, aveva ammesso ufficiosamente che la cartilagine dell'osso ioide sembrava rotta. Le minuscole emorragie agli occhi potevano essere state provocate da diverse cause, ma se le si sommava alla lesione al collo, lo strangolamento era un'ipotesi probabile.

Quando Milo cercò l'indirizzo di Altair Terrace sullo stradario, trovò una serpeggiante traversa senza uscita che s'immetteva nell'estremità nordorientale di Beachwood Drive. Non era lontano da un ranch con annesso un maneggio, dove ero solito andare a cavalcare quando lavoravo al Western Pediatric. Si trovava a pochi passi da Franklin Avenue, ma era una zona piena di alberi e insolitamente tranquilla. Mi sovvenne che le curve del sentiero si aprivano improvvisamente sulla mesa arida e piatta, sul messaggio volgare dell'insegna di Hollywood.

«Sono affamato» affermò Milo, e ordinò quattro panini con manzo grigliato in un locale di Western Avenue. Io ne presi uno, lui ne mangiò due e diede l'ultimo a Tasha, che disse: «Di solito sto alla larga dalla carne rossa, ma questo ha un profumino delizioso.»

Alle sei e quaranta, quando il cielo era ormai grigio feltro e si stava oscurando sempre di più, la ricaricammo a bordo della Seville.

«Sto ancora gustando quella salsa squisita» mormorò Tasha.

«Se ti comporterai bene potrai avere anche il dolce» le rispose Milo.
«Com'è gentile. Mi piace proprio questa macchina.»

Percorsi Beachwood Drive e parcheggiai due isolati più a sud di Altair Terrace. Milo si slacciò la cintura di sicurezza. «È ora di fare un giretto.»
«È in salita: è sicuro di farcela?»
«Le tue premure mi commuovono. Andiamo.»
«Mi garantisce che è sicuro?»
«Di cos'hai paura?»
«Potrebbe vedermi.»
«Perché pensi che sia qui?»
«Perché mi ci avete portata.»
«L'abbiamo fatto soltanto per rinfrescarti la memoria.»
«Vi ho già detto che il posto è sicuramente questo.»
«Non siamo ancora arrivati nella strada giusta.»
«È questo, lo sento.»
«Avverti delle percezioni extrasensoriali?»
«Ho delle sensazioni» replicò. «Quando sento un formicolio alle radici dei capelli significa che sto ricevendo un messaggio.»
«Scendi dalla macchina.»

Un isolato più avanti, Tasha protestò: «Potremmo almeno andare un po' più piano? I miei poveri piedini sono tutti doloranti.»
«Ti avevo detto di procurarti un paio di scarpe da ginnastica.»
«Con questo vestito? Non se ne parla. Non potremmo rallentare?»
Milo sospirò e accorciò il passo.
Tasha mi fece l'occhiolino.

Era buio pesto; non c'erano né marciapiedi né lampioni:

gli ampi spazi tra le ville erano occupati da vegetazione incolta e da alberi secolari.

Si scorgevano soltanto i contorni delle cose.

«La casa della festa è là,» annunciò Tasha «ne sono sicura. Andiamo.»

«Abbassa la voce.»

«Scusi. La casa...»

«Ho capito. Quale?»

«Uhm, non ci siamo ancora arrivati.»

«Allora continuiamo a marciare.»

Un minuto dopo, Tasha si fermò. «Eccola! Lassù in cima!»

«Abbassa la voce, maledizione!»

«Scusi, scusi. È quella.»

La sua mano dalle unghie lunghe indicò una bassa casa quadrata dalla tinta pallida, appollaiata sul margine estremo di quel luogo isolato.

Milo ci fece segno di non muoverci, superò tre case, poi altre quattro. Si fermò a breve distanza dall'obiettivo. Attese. Si azzardò a illuminare la facciata con una torcia elettrica. Sulla parete si stagliava un'unica finestra con le imposte chiuse. A sinistra c'era il box, chiuso da una porta basculante.

Il raggio della torcia si abbassò su un vialetto di cemento. Sul retro, pini ed eucalipti sovrastavano il tetto piatto. Sul davanti la vegetazione era rada: erano spuntate soltanto una malferma pianta di yucca e una palma striminzita.

Milo tornò con passo felpato. «Ne sei sicura?»

Tasha annuì: «Assolutamente. Quello stupido affare pieno di spine mi ha smagliato una calza. E lassù c'è un punto da cui si può vedere la scritta, ed è il posto in cui io e Tony – pace all'anima sua – abbiamo passeggiato.»

Percorremmo la curva di quel luogo isolato. «Mi sta tornando in mente tutto... quello è il punto da cui provenivano gli ululati dei coyote. Mi spaventai, era buio come adesso. Odio l'oscurità, possiamo andarcene?»

«Resta qui con il mio collega.» Milo riprese a salire su per la collina, avvicinandosi alla casa.

«Se continua a camminare in salita, si sentirà male» fece Tasha.

Non risposi.

«Dovrebbe fare esercizio... lei non parla mai... questo è uno strano posto, così tranquillo da far paura, capisce cosa voglio dire? Come se potesse sbucare fuori qualcosa da un momento all'altro. Come se qualcosa potesse... Il silenzio è quasi sempre una brutta roba. Al diavolo piace il silenzio. Il diavolo è contento quando si pensa che tutto sia a posto e tranquillo, poi salta fuori e ti porta via. Questo è un silenzio negativo. Perfino a Fontana c'era un silenzio migliore di questo. Quando tutti i polli dormivano, si riusciva a sentire il treno. Mi piaceva restare sdraiata a letto ad ascoltare il treno e a chiedermi dove fosse diretto. Bene, eccolo che torna, magari ha visto abbastanza e possiamo andare via.»

Milo ci raggiunse. «Non ne sono certo, ma si direbbe che in casa non ci sia nessuno.»

Tasha sospirò. «I miei capelli dicono che è un messaggio divino: torniamo in un posto un po' più rumoroso di questo.»

33

Mentre scendevamo lungo Altair Terrace, Milo chiamò la centrale delineando un piano di sorveglianza da predisporre più tardi, nel corso della notte.

A Beachwood Drive, Tasha disse: «Mi sta tornando l'appetito. Potete lasciarmi da Baskin-Robbins?»

Prima che potesse rispondere, fummo investiti da una luce di fari. Appartenevano a un veicolo che risaliva la strada da sud. Milo spinse Tasha nella boscaglia.

I fari raggiunsero l'incrocio. Si trattava di un furgone Volkswagen, di un colore indefinito, difficile da distinguere al buio. Si udì un rumore stridulo allorché gli pneumatici svoltarono a sinistra in Altair Terrace.

«Hanno bisogno di liquido per le trasmissioni» osservò Tasha.

Milo fece un passo avanti, raggiunse la fiancata del veicolo proprio quando stava svoltando e bussò alla portiera del passeggero. Aveva una mano sulla pistola nella fondina, mentre con l'altra sventolava il distintivo.

Il furgone si fermò bruscamente. Milo fece segno di girare una manovella.

Il finestrino del passeggero si abbassò manualmente. Il

guidatore tenne la mano sulla maniglia mentre si sporgeva verso di lui.

Era una giovane donna sui trent'anni, con gli occhi spalancati per la sorpresa e i capelli castani corti. Il retro della vettura era carico di scatole di cartone.

«Abita in questa via, signora?»

«Sì. È successo qualcosa.»

«Nulla di cui preoccuparsi. Conosce gli abitanti della casa in fondo alla via?»

«Non proprio.»

«No?»

«Io... non c'è nessuno.»

«Non si vedono spesso nei paraggi?»

Il suo sguardo guizzò verso il retro del veicolo. «No.»

«Tutto bene?» domandò Milo.

«Mi ha colto di sorpresa. Devo andare, agente. Ho un bambino a cui badare.»

Mordendosi le labbra, inserì la marcia, partì a tutto gas, avanzò zigzagando e per un pelo mancò il piede di Milo.

Lui indietreggiò, mantenendo a malapena l'equilibrio.

Guardammo il veicolo arrancare su per Altair Terrace.

«Magari è una mia impressione, ma quella sì che era una ragazza spaventata» disse Tasha.

Rimanemmo nascosti nell'oscurità e osservammo il furgone parcheggiare tra la casa pallida e quella più vicina.

«Quando le hai chiesto se abitava lì,» riflettei «lei ha risposto: 'È successo qualcosa.' Era un'affermazione, non una domanda.»

Milo telefonò di nuovo per sussurrare degli ordini.

Il furgone rimase lì per diversi minuti prima che la donna scendesse e aprisse le portiere posteriori.

Scosse il capo, come se stesse rispondendo a un interlocutore invisibile.

Uscì dal veicolo una seconda sagoma, più alta, coi capelli corti, in camicia e calzoni.

Era un uomo.

Fece un cenno alla donna e insieme scaricarono qualcosa dal furgone.

Era un oggetto rettangolare: una scatola di cartone, lunga forse un metro e venti.

L'uomo allontanò la donna, finì di scaricare la scatola e l'appoggiò a terra.

Produsse un forte tonfo.

La donna cacciò un urlo acuto. L'uomo la zittì posandole una mano sulla spalla.

La donna si protese verso la scatola.

L'uomo allontanò la sua mano con uno schiaffo. Le fece un altro cenno. La donna si scostò di qualche metro. Rimase in piedi immobile, con una mano sulla bocca.

L'uomo iniziò a scuotere la scatola.

La lasciò andare.

La donna si lanciò in avanti, attutì la caduta e raddrizzò la scatola.

L'uomo si mise le mani sui fianchi.

Il suono della sua risata si diffuse lungo Altair Terrace.

Lei cercò di sollevare la scatola, ma non ci riuscì.

Lui ne afferrò un'estremità e i due la trasportarono verso la casa pallida.

«È ora di fare un po' di aerobica» affermò Milo, e partì con le scarpe pesanti dalle suole di gomma.

34

Udii la zuffa prima di vederla.

Tasha rabbrividì e afferrò un ramo in cerca di sostegno. Le foglie frusciarono.

«Non muoverti di un centimetro» le ordinai.

«Non c'è bisogno che mi convinca.»

Mi misi sulle tracce di Milo lungo la via.

A sei metri di distanza dalla casa, cominciai a comprendere i dettagli.

Milo era fermo e impugnava la nove millimetri con entrambe le mani. L'arma era puntata contro il volto sorridente dell'uomo che si faceva chiamare Nicholas Heubel.

Nonostante fossi salito di corsa su per la collina, non avevo nemmeno il fiato corto.

Heubel portava una camicia di tela dalla scollatura ampia e profonda, una gonna pantalone bianca che metteva in mostra le caviglie pelose, degli orecchini rossi di bachelite e si era messo il rossetto.

Il quadro era completato da una barba incolta di due giorni e un paio di occhiali da anziana signora.

Sarebbe stato uno scherzo di pessimo gusto, se non avesse tenuto un braccio intorno al collo della donna dai capelli corti, costringendola a piegarsi all'indietro, in modo da farle arcuare la schiena e puntare gli occhi verso il cielo.

Con l'altra mano, Heubel premeva una piccola pistola nera contro la parte superiore della scatola.

Sembrava trapassare il cartone, incastrata in un buco sulla sommità.

La donna lo implorò. «Ti prego, lascialo andare. Non avrà più molta aria, lì dentro.»

«Buona idea, Dale» disse Milo.

Heubel non rispose.

«Il mio bambino» esclamò la donna, e Heubel fece pressione sulla pistola, conficcandola ancor più nella scatola.

«Magari sarebbe un gesto pietoso fargli saltare quelle sue piccole cervella da bambino» commentò.

«*Ti prego!*» gridò la donna.

Si accesero le luci in una casa nel bel mezzo di Altair Terrace. «Guarda cos'hai combinato» la rimproverò Heubel, e spinse la pistola così in profondità che la canna scomparve. Il cartone si piegò. Lui sferrò un calcio alla scatola. Dall'interno giunse un rumore. Delle urla soffocate.

«Oh Dio, ti prego, ti prego, ti supplico» esclamò lei.

Heubel le impedì di parlare serrandole il braccio intorno al collo.

«Pessima idea, Dale» lo avvertì Milo.

Con una strana voce assente, Heubel replicò: «Sono un vulcano di idee.»

«Ho chiamato i rinforzi, Dale. La cosa più intelligente da fare è arrendersi subito.»

«Dale» ripeté Heubel. «Chi diavolo è?»

Le urla provenienti dalla scatola si fecero più forti.

Poi si sentì tossire.

La donna strillò: «Non riesce a respirare!»

«La vita è fugace» rispose lui. «Dobbiamo apprezzare quello che abbiamo.»

«Ti prego! Ha solo due anni!»

Milo fece un passo avanti.

Heubel diede un altro calcio alla scatola.

Milo gli si accostò.

Heubel lo bloccò. «Se fai soltanto un altro passo, sparo a questo coso.»

«Emilio» disse la donna. «Ha un nome.»

«Manteniamo la calma» disse Milo.

«Buona idea» ribatté Heubel. «Sono tranquillissimo. Qualcuno vuole... giocare agli anagrammi?»

La donna piagnucolò.

«Arriveranno da un momento all'altro, Dale.»

«Non offendere la mia intelligenza, so che ci sei soltanto tu e che non hai nemmeno una ricetrasmittente.»

«Li ho già chiamati.»

Serrò velocemente il braccio della donna. Lei ansimò.

«Adesso taci» disse Heubel. «Mi piacciono le storie a lieto fine... a te no, *chiquita*?»

«Sì, sì, ti prego, lascialo andare...»

«Immagino che però il mio concetto di lieto fine sia diverso dal tuo.»

«L'ultima cosa che desidero è offendere la tua intelligenza, ma...» continuò Milo.

«La tua *presenza* offende la mia intelligenza.» Affondò la pistola nella scatola.

«Che bel completo. Chi è il tuo sarto?»

Heubel trasalì. Per un secondo allentò la presa sulla pistola. Balzai fuori gridando.

«Fermo, getta la pistola a terra, gettala!» dissi, o qualcosa del genere, chi se lo ricorda.

Heubel si girò bruscamente verso di me, mollando la presa abbastanza da consentire alla donna di abbassare la testa.

Lei gli morse un braccio.

Heubel se la scrollò di dosso e dichiarò: «Addio, Emilio.»

Milo scaricò l'arma.
Heubel rimase immobile per un istante. Alzò le mani, come se volesse arrendersi. Cadde.
Un orecchino cadde a terra come un chicco di grandine.
La donna si gettò sulla scatola e riuscì a raddrizzarla.
Strappò via il coperchio urlando.
Estrasse dal contenitore un bimbetto singhiozzante e scalpitante e se lo strinse al petto.
Heubel emise uno strano rumore stridulo.
Quando il bambino si calmò, la donna lo portò davanti al corpo di Heubel e gli diede un calcio con cattiveria.

35

La donna si chiamava Felicia Torres e aveva ventotto anni. Suo marito, un architetto di giardini che di sera studiava biologia, era stato mandato in Iraq dalla Guardia Nazionale tre mesi prima. Senza lo stipendio di Stuart, i risparmi della giovane famiglia si erano esauriti rapidamente e Felicia aveva iniziato a cercare un lavoro saltuario. Dal momento che non sapeva usare il computer, non poteva aspirare a un lavoro d'ufficio, così aveva abbassato le sue pretese.

Aveva trovato un paio di impieghi come donna delle pulizie in un ufficio, ma non aveva funzionato perché i soldi per la baby-sitter le prosciugavano quasi tutto lo stipendio.

L'inserzione online in cui si cercava 'una donna delle pulizie per due giorni alla settimana' a Brentwood le era sembrata promettente. Il quartiere era elegante, la paga era 'generosa' e l'uomo che aveva risposto al telefono le era sembrato cordiale.

La paga generosa ammontava a venti dollari l'ora, molto più di quanto lei avesse sperato. Quando 'Nick' le permise di portare con sé Emilio, conclusero l'affare.

Siccome la Hyundai era in officina, aveva dovuto prendere l'autobus dal suo monolocale di Venice e percorrere un lungo tratto di Sunset Boulevard, spingendo Emilio nel suo passeggino. Aveva faticato a trovare la strada e, poiché non c'erano marciapiedi, il passeggino non faceva che sobbalzare, ma questo servì a far addormentare Emilio.

Quando finalmente trovò la casa, capì di aver fatto centro. L'abitazione era bellissima ed enorme, simile a quelle che apparivano su *House & Garden*. Davanti era parcheggiata una Lexus bianca splendente.

Bussò alla porta e la voce cordiale disse: «È aperta, entri.»

Nick era altrettanto gradevole di persona, un tantino allampanato, ma davvero ben fatto. Attraente come possono esserlo gli uomini ricchi non tanto giovani.

Le porse una banconota da cento dollari. «Questo è l'anticipo, tenga il conto delle ore e mi faccia sapere quando gliene devo degli altri.»

La casa era ancora più grande di quanto sembrava dall'esterno, con i soffitti simili a quelli di una cattedrale e le pareti bianche. Era molto luminosa, anche con le luci spente. Probabilmente sarebbe stata allegra, se fosse stata ammobiliata. Al momento, con somma sorpresa di Felicia, era completamente vuota. E sembrava pulitissima. Ma aveva accettato il denaro e le piaceva la sensazione che le davano quei cento dollari nella tasca dei jeans.

Emilio stava ancora dormendo. Felicia cercò un posto in cui sistemare il passeggino.

Nick sorrise e sussurrò: «Com'è carino.» La condusse in una stanza sul retro, dove aveva allestito un box con dei giocattoli. Incredibile.

Quando lo ringraziò, lui si strinse nelle spalle; prese il passeggino e lo spinse in un angolo.

La luce del sole, che splendeva attraverso una grossa finestra immacolata, conferì una tinta dorata ad alcuni tratti del pavimento di quercia. Il raggio non colpiva direttamente Emilio; Nick aveva collocato il passeggino in un angolo fresco e ombreggiato: era davvero un uomo premuroso. Attraverso il vetro, Felicia scorse un lussureggiante giardino tropicale e una piscina. Si chiese cos'avrebbe pensato Stuart delle piante. A lei sembravano ben curate, ma non era un'esperta.

I giocattoli erano belli e alcuni erano ancora confezionati. Nick sorrise.

«Non riesco a credere che si sia preso la briga di fare una cosa simile.»

«Non è niente di speciale, Felicia.»

L'aveva chiamata per nome, come se si conoscessero da tempo.

Lei arrossì. «Per me lo è, eccome. Deve esserle costato...»

Nick le posò un dito sulle labbra. «L'importante è che, quando si sveglierà, ne sia entusiasta.»

«Lo sarà di certo, sono proprio i suoi giocattoli preferiti. Lei ha dei figli?»

«Non ancora. Sono andato a Toyland e ho chiesto alla commessa.»

«È così...»

«Felicia, se nessuno facesse mai qualcosa di speciale, il mondo sarebbe un luogo piuttosto triste. Su, adesso ti mostro cosa devi fare. Quando devi andare a dare un'occhiata all'ometto, fai pure.»

Felicia si sentì le lacrime agli occhi.

Forse Nick si accorse della sua emozione. «Mi piace aiutare il prossimo» disse. «In realtà è un comportamento egoista, perché fa sentire bene me.»

Emilio si svegliò di buonumore. Rimase sopraffatto dai giocattoli e si agitò, ma poi si calmò, prendendo alcune macchinine di plastica. Assunse quell'espressione concentrata e seria che a Felicia ricordava il padre che abitava in Florida.

L'unica cosa buffa era che Emilio non sembrava gradire Nick, e si metteva a piagnucolare quando lui cercava di parlargli. Ma era un bambino timido, e non era abituato agli estranei.

L'importante era che qualcosa lo tenesse occupato e Felicia potesse lavorare.

Col lavoro fu un altro paio di maniche: non avrebbe potuto chiedere nulla di più semplice.

Felicia si domandò perché Nick pagasse una persona per lavare ogni centimetro di parete e di pavimento e per strofinare i banconi di granito e gli elettrodomestici della cucina che palesemente non era mai stata usata.

Quando Nick le fece dare una seconda e una terza ripassata alle pareti e le consegnò delle magliette che erano appena state stracciate e l'ammoniaca per 'pulire bene' negli angoli, Felicia lo trovò un tantino strano, ma era libero di scegliere come spendere il suo denaro, e il cibo tailandese che si fece consegnare a domicilio da un locale del Country Mart era delizioso, per non parlare delle caramelle che comprò per Emilio. Per qualche motivo sapeva che Felicia adorava il cibo tailandese.

Avrebbe usato uno spazzolino da denti e una lente di ingrandimento, se lui l'avesse desiderato.

Mentre faceva le pulizie, Nick era impegnato nella camera da letto principale e usciva di tanto in tanto per chiederle se era tutto a posto.

Tra la seconda e la terza ripassata, lei fece una battuta a proposito del fatto che le sembrava di essere in uno di quei telefilm sulla scientifica e di cancellare le tracce di un omicidio. Nick la trovò spassosa.

Il secondo giorno, l'autobus arrivò in ritardo e di conseguenza anche lei, ma Nick non si lamentò. Carezzò Emilio sulla testa e le fece pulire di nuovo il soggiorno. Poi la fece entrare nella camera da letto principale, l'unica parte della casa in cui non era ancora stata.

Lì la situazione era diversa.

C'erano indumenti ammucchiati dappertutto – sul letto, sul pavimento, nell'armadio – tranne che in un angolo, in cui erano impilate diverse scatole di cartone ripiegate, pronte per essere montate.

Sembrava che il contenuto di tutta la casa fosse concentrato in un unico locale.

«Ti dispiacerebbe piegare tutto e metterlo nelle scatole? Ma non troppo stretto» le disse. «Se riuscissi a riordinare i vestiti in modo approssimativo secondo il colore sarebbe fantastico, ma non preoccuparti se non ti riesce alla perfezione. Sai come piegare i lati per ottenere le scatole?»

«Certo.»

«Allora sei a posto.» Le rivolse un sorriso a trentadue denti. «Devo uscire per un po'. Ho lasciato delle bibite nel frigorifero e alcuni stuzzichini. Sono proprio contento che tu sia qui a darmi una mano, Felicia.»

«Anch'io» disse lei. Accidenti, che assurdità. «Uhm, dopo – quando il cibo sarà finito – devo strofinare di nuovo il frigorifero?»

Nick ci pensò sopra. «No, non è necessario.»

Non ci mise molto a capire che c'erano soltanto indumenti da donna. Una donna grande e grossa. Era roba costosa, in gran parte vintage.

Abiti da sera lunghi, vestiti, camicie di seta e gonne. Aveva un'intera collezione di tailleur di tweed. Vestaglie e collant impalpabili e calze di seta che richiedevano l'uso di giarrettiere e fermagli, come non ne aveva mai viste. Parecchi reggiseni, taglia ottava. In fondo a un mucchio, trovò una serie di piccoli e graziosi astucci di pelle pieni di bigiotteria. In un angolo erano stipate delle vecchie cappelliere, rotonde ed esagonali, con dentro soffici cloche, bombette di feltro, baschi e cappelli di paglia con finte ciliegie di legno incollate sui nastri. E un berretto blu a quadretti che sembrava da uomo, ma che sarebbe stato bene anche a donne con il viso adatto a portare i cappelli.

Se lo provò, inclinandolo in modo sbarazzino, e sorrise allo specchio. Le avevano detto che i cappelli le donavano.

Quando divise altri due mucchi in un angolo, trovò diversi sacchetti di plastica che contenevano tubetti e barattoli di cosmetici costosi. Alcuni si erano seccati, ma li inscatolò ugualmente, perché il capo era Nick.

In un enorme sacchetto di plastica trovò una dozzina di parrucche, separate tra loro da carta velina. Avevano tinte e acconciature diverse. In un altro sacchetto c'erano quegli affari di gommapiuma su cui si riponevano le parrucche.

La cosa più bella che scoprì furono trentatré sciarpe tra le più eleganti che Felicia avesse mai visto. Di Louis Vuitton, Armani, Chanel, Escada e altri che non aveva mai sentito nominare. Le contò perché non aveva mai visto così tanta seta raffinata dipinta a mano tutta insieme.

Non c'erano indumenti maschili, nemmeno un calzino.

Felicia si chiese se Nick fosse un costumista. O magari era sposato con un'attrice che viaggiava molto e aveva bisogno di tutti quei cambi. Era una donna robusta, però: forse faceva la caratterista. Evocò l'immagine di una donna alta, prosperosa e probabilmente bionda. Robusta, ma soda e proporzionata; bisognava riconoscere che Nick non si era scelto una donna grissino.

Una volta Felicia era così magra da portare la taglia quaranta. Aveva perso tutto il peso accumulato durante la gravidanza ma, visto che venticinque mesi dopo aveva ancora un po' di pancetta, prediligeva le felpe larghe. Non avrebbe retto il confronto con l'affascinante moglie di Nick.

Che pensiero stupido!

Come le fantasie che avevano iniziato a riempirle la mente dalla sera precedente.

Era sdraiata a letto, con la speranza che Emilio dormisse per tutta la notte, e pensava a Stuart a Fallujah. Non aveva sue notizie da tre settimane, e non aveva nessuna intenzione di guardare il telegiornale, che non faceva altro che peggiorare le cose.

Il volto di Stuart svanì dalla sua mente.

Quello di Nick prese il suo posto.

Felicia si sentì stupida e si vergognò di sé stessa.

Scacciò quella fantasia, che però continuò a tornare, e alla fine Felicia si arrese.

Lei e Nick.

Comincia in modo amichevole, completamente innocente; sono entrambi persone perbene.

Loro due in quella casa color crema. In una bella giornata calda e soleggiata.

Sta pulendo, spolverando, spazzando all'esterno.

Esce, si avvicina alla piscina con la paletta per la spazzatura. Fa molto caldo. Si toglie la felpa. Sotto, porta quella canottiera nera succinta. Quella che Stuart le chiedeva sempre di mettere quando...

Per qualche motivo, l'ha indossata per andare al lavoro.

Senza reggiseno.

Si stiracchia. Si piega, accidentalmente mette in mostra i seni. Va tutto bene, non c'è nessuno.

Oh, invece *c'è* qualcuno.

Nick. Che poltrisce sotto una palma intento a leggere un libro. Indossa il costume da bagno, nient'altro. Ha un bel corpo, senza nemmeno un grammo di grasso.

La vede e le sorride.

Lei ricambia il sorriso timidamente. Il suo sguardo si sposta sul costume da bagno.

Oh-oh. È difficile non accorgersene.

Nick arrossisce. Cerca di nascondere l'evidenza con il libro. Lei sorride. Gli si avvicina molto lentamente.

Entrambi si sforzano di controllarsi, perché sono persone educate.
Ma...

Ricordandosi della fantasia della sera precedente, Felicia si sentì avvampare le guance. Le tremarono le ginocchia.
Nella stanza ad angolo piena di giocattoli, Emilio scoppiò a piangere.
Ringraziò Dio per l'interruzione.

Alla fine del terzo giorno, Nick tornò a casa intorno alle cinque del pomeriggio, fischiettando tutto allegro con in mano un borsone di pelle marrone che avrebbe potuto essere una sacca o uno di quegli affari che usano gli uomini.
«Vuole che imballi anche quella?» chiese Felicia.
«Non è necessario. A quanto pare hai fatto grandi progressi, Felicia.»
Era vero. Aveva piegato quasi tutti i vestiti, organizzandoli perfettamente secondo il colore e il tessuto. Felicia se ne vantò. «Seta con seta, lino con lino.»
Nick sfoderò un sorriso smagliante mettendo in mostra i denti bianchi. Si tolse gli occhiali e la guardò con i limpidi occhi marroni. Felicia era contenta di poter compiacere qualcuno. La sua felicità era un concetto sfuggente, sapeva che Stuart le scriveva più spesso che poteva, ma...
«Perché non fai una pausa?» le propose Nick.
Sentì delle dita fresche sfiorarle la nuca. Quando le si era avvicinato abbastanza da toccarla?
Felicia si ritrasse, conscia che le scottavano le guance. Si chiese se avesse fatto qualcosa che gli aveva permesso di capire cosa le passava per la testa.
Il suo sorriso prese una piega sbilenca. «Darò un'occhiata a quelle scatole per verificare se c'è qualcosa da farti cambiare.»
«Spero che ci sia dell'altro lavoro» disse Felicia. «Lei è un ottimo capo.»

Perché l'aveva detto?

Nick rise. «Capo? Siamo due persone che hanno raggiunto un accordo. Fa' una pausa, Felicia. Va' a rinfrescarti vicino alla piscina, bevi qualcosa, sei accaldata.»

Le fece correre un dito lungo il braccio.

Felicia rabbrividì. «Certo.»

Nick chiuse la porta della camera da letto principale mentre Felicia andava in cucina a prendere un tè freddo alla pesca e una confezione di fragole che trovò tra la frutta fresca e succulenta che Nick aveva acquistato quella mattina al Country Mart.

Si accomodò su una poltrona. La stessa su cui si era immaginata Nick. Si stiracchiò, sbadigliò e, dopo che ebbe bevuto mezza bottiglia di tè ed ebbe mangiato sette fragole, il sole le fece un brutto tiro.

Quando si svegliò, il cielo era buio e l'orologio le rivelò che era rimasta a sonnecchiare per trentacinque minuti. Adesso avrebbe dovuto prendere l'autobus più tardi e percorrere le vie in cui a volte si aggiravano bande di teppisti.

Oh, mio Dio, Emilio non aveva cenato!

Allora perché non piangeva?

Si precipitò nella stanza dei giocattoli.

Non c'era traccia di Emilio.

Lo chiamò.

Sentì uno strano rumore, come quello emesso da un uccello a cui stessero tarpando le ali.

Proveniva dalla camera da letto principale.

Quando vi si fiondò, trovò la porta chiusa.

La aprì.

Nick aveva spostato le scatole creando uno spazio ristretto all'interno del quale Emilio stava seduto sul passeggino. Circondato su tre lati. Come se il suo bambino fosse prigioniero dietro un muro.

Quando la vide, gridò piangendo: «Maaaammaa!»

«Povero piccolo, si è svegliato male» mormorò Nick.

Felicia si voltò verso di lui. Rimase a bocca aperta.

Nick indossava un abito da sera di satin color lavanda. Siccome era scollato, aveva imbottito il corpetto per riempire il seno al livello del décolleté.

Un décolleté peloso.

Aveva degli orecchini viola, un rossetto violaceo di cattivo gusto e ciglia finte da vera sgualdrina. Tutto questo, sommato ai capelli corti e alla barba incolta, era... era...

Girando su sé stesso e ancheggiando, dimenò il fondoschiena verso di lei. Poi verso Emilio.

«Maaammaa!»

«*Voilà*» disse Nick. «*Très chic, non?*»

Emilio pianse più forte.

Per qualche assurdo motivo, Felicia rise.

Non sapeva perché. Anche se si fosse sforzata più volte di capirlo, non ne avrebbe mai scoperto il motivo. Perché non lo trovava divertente, nient'affatto; si sentiva soltanto disgustata e scioccata e...

Proruppe in una risata.

E questo cambiò tutto con Nick.

E Nick aveva una pistola.

36

Passai gran parte del giorno dopo al Western Pediatric Medical Center ad ascoltare Felicia Torres, facendole da guida nel sistema ospedaliero e tenendo sotto osservazione Emilio.

Il bambino si stringeva alla madre, silenzioso e agitato.

Fisicamente stava bene, a detta del dottor Ruben Eagle, un vecchio amico a capo del reparto dei pazienti esterni. Convenimmo che Rochelle Kissler, una giovane e brillante psicologa che era stata mia allieva, sarebbe stata perfetta per una terapia a lungo termine.

Presentai entrambi a Felicia, rimasi con lei dopo che se ne furono andati e le chiesi se volesse parlare di qualcos'altro.

«No, sono esausta.»

«C'è qualcuno che può stare con voi?»

«Mia madre» rispose. «Abita a Phoenix, ma verrà qui se glielo chiedo.»

Digitai il numero e rimasi lì seduto mentre lei parlava.

Riattaccò con un sorriso stanco. «Sarà qui domani.»

«Nel frattempo vuole che qualcuno le faccia compagnia?»

«No, andrà tutto bene... è molto gentile da parte sua.»

«Siamo tutti qui per aiutarla.»

Iniziò a tremare.

«Cosa c'è?»

«Il modo in cui l'ha detto, dottor Delaware. Il fatto che vuole essermi d'aiuto. È ciò che lui fingeva di voler fare. Che razza di scherzo perverso era?»

Non risposi.

«Non mi sono mai fidata di lui, dottore. Dal primo momento in cui l'ho incontrato.»

Io e Milo smaltimmo la tensione in un bar di Santa Monica. Erano le undici di sera; Milo aveva trascorso la giornata a passare al setaccio la casa di Altair Terrace.

Una delle abitazioni acquistate da Dale Bright con il nome di Nicholas Heubel. L'altra era un capanno nei pressi di Palmdale in cui aveva rinchiuso Felicia Torres in un bagno costringendola a immaginare cosa stesse facendo a Emilio.

Per la maggior parte del tempo aveva ignorato il bambino. Lo aveva lasciato piangere e poi strillare. Non gli aveva dato né cibo né acqua. Poi lo aveva sbattuto in una scatola di cartone per le spedizioni.

Aveva praticato degli spiragli per far passare l'aria, in modo tale da prolungare lo strazio.

«So che dovrei avere una qualche reazione dopo aver sparato a una persona» disse Milo. «Ma, che Dio mi aiuti, Alex, avrei voluto avere più proiettili.»

Tre delle cinque stanze di Altair Terrace erano piene di oggetti conservati per ricordo. Da un angolo del balcone si godeva di una buona vista sull'insegna di Hollywood. Nel box c'era la Lexus bianca.

La Bentley era stata trasferita dal laboratorio della polizia di Los Angeles al deposito convenzionato con il dipartimento in cui era stata scaricata l'automobile di Kat Shonsky.

«Magari il capo può usarla come vettura di rappresentanza» dissi.

«Se si attaccassero al paraurti anteriore un paio di purosangue di razza, sarebbe perfetta.»

Nell'armadietto dei medicinali di Ansell 'Dale' Bright c'erano soltanto una confezione di aspirina e delle compresse contro il raffreddore.

Sotto il lavandino c'erano una scatola lucida di noce nero piena di ampolle di testosterone sintetico e aghi ipodermici sigillati in buste di plastica.

«Si gonfiava per poi vestirsi da donna?» esclamò Milo.

Alzai le mani.

Finì il suo Martini e mi raccontò dei passaporti con una mezza dozzina di falsi nomi e della dovizia di documenti che seguiva le tracce di Bright da New York a Londra, poi a Parigi e Lisbona, e di nuovo in Inghilterra, Irlanda e Scozia. L'ultima tappa era stata Zurigo.

Trammel Dabson era un'altra identità rubata. Aveva la stessa data di nascita di Bright e dello sfortunato Nicholas Heubel. Il proprietario originario di quell'identità era un bambino sepolto al Morton Hall Cemetery di Edimburgo.

Bright aveva ricalcato la lapide e ne aveva incollato la copia su un album di ritagli.

Uno dei quindici album di ritagli.

La cronaca di un'esistenza vissuta sotto mentite spoglie.

I souvenir non si limitavano alla carta. In un piccolo seminterrato ricavato nel fianco della collina dietro la casa, Milo scoprì tre bauli contenenti armi da fuoco, coltelli, due lampade di acetilene per saldare, una corda robusta, guanti e arnesi da chirurgo, bisturi, sonde, separatori di tessuti e fiale di veleno. Dei ritagli di giornali stranieri creavano un'altra cronologia.

L'omicidio irrisolto del proprietario di un residence dell'undicesimo arrondissement di Parigi. La scomparsa di un oste di Oxford dall'indole notoriamente irascibile. Un articolo in portoghese che doveva ancora essere tradotto. Ma la fotografia sfuocata di una donna tarchiata e il ricorrere del termine 'assassinato' la dicevano lunga.

La casa di Brentwood era servita da copertura e non fruttò nulla di utile per l'indagine. Era un luogo esclusivo adatto alla vita sociale che Bright/Heubel aveva sperato di avere in qualità di consulente finanziario. Soraya Hamidpour aveva già un cliente 'che proveniva dal settore dell'industria' pronto a subentrare.

Fu facile accedere al computer di Bright. Non era criptato e la sua password era 'Ragazzo sveglio'[6].

L'hard disk conteneva soprattutto file riguardanti la finanza – algoritmi per le operazioni di Borsa, resoconti dei rendimenti, collegamenti con le Borse di tutto il mondo – e una discreta quantità di foto pornografiche.

In una cartella separata c'erano cinque bozze di un prospetto stilato da Nicholas St Heubel III che risaliva a due anni prima. Si trattava di progetti per l'avvio di 'Idrovalore', un fondo di investimento sull'utilizzo del petrolio come materia prima. Bright aveva aggiunto una biografia romanzata in cui raccontava, mentendo, di aver frequentato Eton, Harvard e Wharton e si definiva 'un brillante e scaltro consulente finanziario dall'intuito spiccato'.

In realtà, quelle millanterie non erano prive di fondamento. Quando era arrivato a Londra da New York, si era avvalso di false credenziali per trovare lavoro presso una società di intermediazione immobiliare. Aveva imparato a commerciare in *futures* abbastanza bene da meritarsi dei sostanziosi premi per la produttività e una lettera di raccomandazione dell'amministratore delegato.

---

[6] Gioco di parole tra il nome proprio *Bright* e l'aggettivo *bright* che significa 'sveglio', 'intelligente'.

***

Diciotto mesi più tardi se n'era andato e aveva iniziato a investire in proprio. Nove anni dopo che aveva ereditato un milione e trecentosessantamila dollari, i suoi risparmi erano saliti a sette milioni e centomila. Per non parlare del conto svizzero, a cui non sarebbe stato tanto facile accedere.

Ma in Svizzera era accaduto dell'altro: sul retro di uno degli album era incollata la ricevuta, vergata con un'elegante calligrafia, di una clinica di Lugano. Non veniva specificata la ragione della degenza; la cifra in franchi ammontava a un equivalente di 55.000 dollari americani.

«Forse aveva dei problemi con la droga e si è fatto ricoverare in una di quelle cliniche costose per la disintossicazione» disse Milo. «Ma, eccetto l'ormone per potenziare la virilità, non abbiamo trovato nulla di sospetto.»

«Magari la disintossicazione è andata a buon fine» osservai. «In questo caso, è stato un male per la società.»

«Che cosa intendi dire?»

«Gli hanno rimesso la testa a posto al punto tale che ha potuto tagliarla ad altri.»

Nonostante lo spiccato senso degli affari, Nicholas St Heubel III non aveva trovato clienti, e 'Idrovalore' era rimasto un progetto.

«Di primo acchito l'hanno trovato affascinante, ma magari quando l'hanno conosciuto meglio si sono spaventati come le due sorelle.»

«Si è rovinato con le sue mani.»

«Il gioco era troppo divertente.»

«Raul ha trovato una frase che aveva scritto su una copia cartacea del prospetto: 'È ora di vivere in modo frugale, concentrati sulle cose importanti.'»

«Ha messo in chiaro le sue priorità» dissi.

«Anche questo è stato un male» affermò Milo.

***

Mentre eravamo alle prese con il secondo giro di bevute, il cellulare di Milo vibrò sul bancone. Non lo si sentì al di sopra delle chiacchiere da bar e di una vecchia partita di football trasmessa dall'ESPN Classic.

Lo guardò sussultare come un fagiolo messicano, masticò l'oliva, la inghiottì e rispose. «Sturgis... è ancora alzato, dottore... ah, sì? Oh, accidenti... lo apprezzo molto, nient'altro? È vero... glielo chiederò, grazie di avermelo fatto sapere.»

Dopo aver svuotato il bicchiere, fece cenno al barista di riempirglielo di nuovo.

«Di che dottore si trattava?» gli chiesi.

«Di Weinberg, dall'ufficio del coroner. Su ordine del capo è stata data la priorità all'autopsia del vecchio Dale.»

«Con tutti quei fori di proiettile, che bisogno c'era di sottoporlo all'autopsia?»

«Le sparatorie in cui è coinvolta la polizia richiedono la massima attenzione.» Pronunciò quelle parole come se stesse parlando di un'altra persona.

Arrivò il suo drink. Lo sorseggiò. Bofonchiò qualcosa che non riuscii a capire.

«Cosa?»

Posò il bicchiere sul bancone, facendone ruotare il gambo. «A quanto pare Dale-Nick-Signor Bizzarro non aveva le palle. Letteralmente. Gliele hanno rimosse chirurgicamente. Gli hanno fatto un bel lavoretto, tutto cicatrizzato.»

«Nella clinica svizzera.»

«Ho sentito dire che da quelle parti si può comprare tutto, se si ha il denaro.»

«Ha pagato per farsi castrare» pensai «e poi ha preso il testosterone per rimanere virile.»

«Senza dubbio, troverai una spiegazione basata sui tuoi studi e sulla tua esperienza.»

Sopra di noi, sullo schermo, qualcuno corse per una trentina di metri per un touchdown. Era roba vecchia, ma alcuni avventori del bar si entusiasmarono.

«Potrei formulare una teoria sul desiderio del controllo totale. Regolava le dosi per godersi le variazioni.»

«Ma?»

Attirai l'attenzione del barista e indicai il bicchiere di Milo. Muovendo le labbra senza emettere suoni, dissi: 'Anche per me.'

37

Due giorni dopo la liberazione di Felicia ed Emilio Torres, Milo venne convocato nell'ufficio del capo, aspettandosi di ricevere una pacca sulla spalla. Quella mattina eravamo stati entrambi nell'ufficio del coroner, e lo accompagnai per un breve tratto fino a Parker Center.

Al patologo forense era stato richiesto di condurre un'autopsia psicologica, quindi volle conoscere la mia opinione professionale sul motivo che aveva spinto Ansell 'Dale' Bright a infliggersi quella mutilazione e quella manipolazione ormonale e sulla ragione per cui era così affascinato da quella forma di 'altruismo macabro'.

Snocciolai una serie di termini incomprensibili che parvero soddisfare tutti.

Quando Milo si immise nel parcheggio del quartier generale, disse: «Perché non vieni anche tu? Probabilmente Sua Maestà sarebbe felice di conoscerti.»

«Probabilmente?»

«A volte è di cattivo umore.»

«Grazie comunque, ma preferisco prendere un po' d'aria.»

Lui entrò, e io andai a fare una passeggiata. Non c'era molto da vedere, ma l'aria autunnale era pulita per essere il centro di Los Angeles, e i senzatetto che incontrai sembravano tranquilli.

Mezz'ora dopo tornai davanti al quartier generale e trovai Milo intento a fare avanti e indietro sul marciapiede.

«È da tanto che aspetti, amico?»

«Venti minuti.»

«È stata una riunione rapida.»

«Gli altri cadaveri rivendicati da Cuz Jackson non sono saltati fuori, l'unica cosa che trattiene il Texas dal giustiziare quel bastardo è Antoine.» Puntando il dito e aggrottando le sopracciglia, disse: «'Faccia qualcosa, tenente'.»

«Non ha detto nemmeno una parola su Bright?»

«'Quel bastardo travestito ha avuto quanto meritava'.»

Milo tornò tra le colline di Hollywood. Sorvegliò la casa di Wilson Good dopo il tramonto. Una notte infruttuosa, seguita da un giorno identico. Fu difficile trovare un riparo sulla via erta e soleggiata, ma Milo non si era fatto illusioni.

La seconda notte mi offrii di accompagnarlo.

«Hai troppo tempo libero?» mi chiese.

«Più o meno.»

La segretaria del pezzo grosso del commercio elettronico aveva chiamato quella mattina, annunciando 'l'intenzione del suo capo di venire a vedere l'opera che aveva commissionato' fra tre giorni. Robin faceva gli straordinari per montare il mandolino.

«Non ti dispiace restare qui?» domandò Milo.

«Posso aiutarti con l'attrezzatura?»

«Quando ci si trova in un certo stato d'animo, tutto ciò che si dice sembra allusivo.»

«E qual è il problema?»

«Assolutamente nessuno.»

Parcheggiai la Seville all'estremità meridionale della via in cui abitava Wilson Good. Abbastanza vicino da vedere bene la casa e il cancello elettrico che ne intrappolava la facciata. Un paio di fari a basso voltaggio creavano delle inutili chiazze di luce. Quasi tutta la proprietà era al buio.

«Dov'è la Red Bull?»

«Ho bevuto caffè per tutto il giorno» rispose Milo.

Ci sistemammo per la lunga attesa.

Non ce ne fu bisogno: due minuti dopo, scorgemmo entrambi dei movimenti dietro la rete.

L'uomo era in trappola. Sgattaiolando in un angolo, ignorò l'ordine di Milo di uscire allo scoperto e si chinò nel tentativo di scomparire alla nostra vista.

Milo rimase nascosto con la mano sulla pistola. Quella settimana aveva usato l'arma più di quanto avesse fatto nei mesi precedenti. «Fuori, amico. Fatti vedere.»

Si udì il ronzio dell'autostrada.

«Metti le mani sopra la testa e indietreggia verso il suono della mia voce. *Subito.*»

Si levò il lontano lamento bovino del clacson di un camion. Milo ripeté l'ordine alzando la voce.

Nulla.

«Fa' come ti pare, amico. In un modo o nell'altro riusciremo a stanarti.»

Silenzio.

«Ti piacciono gli idranti?»

Ancora solo il rumore dei motori in sottofondo.

Milo chiamò tre autopattuglie di Hollywood e un fabbro. Arrivarono cinque agenti agli ordini di un sergente che studiò la situazione e annunciò: «Non possiamo fare nulla.»

Il fabbro comparve dieci minuti dopo e guardò di traverso il cancello a una decina di metri di distanza. «È armato?»

«Non lo so.»

«Cosa volete che faccia? In ogni caso, è elettrico, quindi non saprei dove mettere le mani.»

«Qualche suggerimento?»

«Usate un'arma nucleare tattica.»

«Accidenti, grazie.»

«Prego. Posso andare, adesso?»

Ci furono cinque minuti di stallo prima che Milo gridasse: «Sei pronto per un'arrampicata, amico?»

Non ci fu risposta.

«Ehi tu, in un modo o nell'altro sei spacciato.»

«Magari è sordo» ipotizzò il sergente. «L'anno scorso alla centrale c'era un tipo sordo che si è fatto sparare. Brutta storia.»

Milo proseguì il suo monologo alternando lusinghe e minacce. Quando disse: «Bene, procedete col gas lacrimogeno» una voce proveniente da dietro il cancello esclamò: «Esco.»

Una sagoma si fece avanti verso il centro della proprietà recintata. La luna ne illuminò metà volto.

Era un uomo di colore, magro e sparuto, con i capelli ispidi, la barba incolta e i vestiti sformati.

«Mani sopra le testa.»

Alzò subito le braccia scheletriche.

«Voltati e avanza verso di me. Cammina all'indietro e metti le mani sul cancello.»

«Conosco la procedura» lo interruppe l'uomo.

Milo lo ammanettò al cancello.

«Pensavo che mi volesse far uscire di qui, agente. Come sono entrato scavalcando, posso anche uscire.»

Milo si rivolse al sergente: «Dovrebbe esserci un controllo manuale laggiù, vicino al motore. C'è qualcuno abbastanza in forma?»

Il sergente si girò verso i suoi uomini. «Qualcuno ha voglia di fare Tarzan?»

Una poliziotta bassa e tracagnotta si fece avanti. «Una volta facevo ginnastica.»

«Lanciati, agente Kylie.»

Dopo un paio di false partenze, Kylie trovò un punto

d'appoggio sulla rete. Alcuni momenti dopo si arrampicò su per il cancello e scese dall'altra parte. «Eccolo qui, proprio sul motore.»

Milo si rivolse all'uomo ammanettato. «Ascoltami bene: quando il cancello si aprirà, segui i suoi movimenti. Non farti prendere dal panico.»

«Non mi faccio mai prendere dal panico» replicò l'uomo.

«Sei imperturbabile.»

«Può dirlo forte.»

Dopo essere stato liberato dal cancello e riammanettato, l'uomo fissò il vuoto. Milo congedò gli agenti in uniforme e si sedette sul marciapiede.

«Finalmente ci incontriamo, Bradley.»

Bradley Maisonette stava a capo chino.

«Sei venuto a trovare il tuo vecchio amico Will? Strano modo di andare a fare visita a qualcuno.»

«Sa chi sono?» chiese. «Perché io non so chi è lei.»

«La stavamo cercando, signore.»

Quell'appellativo fece trasalire Maisonette. Sorrise. «Per un bel po' non siete riusciti a trovarmi.»

«Complimenti. Adesso dobbiamo parlare.»

«Come avete fatto?» domandò Maisonette. «A cercarmi, intendo. Che tecnica avete usato? Ero alla luce del sole e mi godevo la vita sulla Quarta Strada.»

«In una tendopoli?»

Lui mostrò i denti guasti. «Noi lo chiamiamo il Sobborgo del Marciapiede. Entro ed esco da lì in continuazione: non dovevate far altro che chiedere. Se aveste sventolato un po' di anfetamine, qualche tossico mi avrebbe tradito.» Parlava con voce sommessa e chiara. Aveva i vestiti a brandelli, ma al telefono sarebbe sembrato un uomo sofisticato.

«L'ufficiale giudiziario incaricato di sorvegliarti sa che sei qui?»

Bradley Maisonette rise. «Quel tizio? Non ci parlo mai.»

***

Riportammo Bradley Maisonette alla stazione di polizia di Hollywood.

«Di cosa mi accusate?» chiese.

«Così, su due piedi, mi viene in mente violazione di proprietà privata, tentato furto e resistenza a pubblico ufficiale» rispose Milo. «Ma se mi concedi un po' di tempo, troverò qualcos'altro.»

«Roba da poco. Me la caverò.»

«Non ce ne sarà bisogno, se accetterai di parlare con noi.»

«È così semplice?»

«Perché no?»

«Nella vita non c'è mai nulla di semplice.»

Maisonette si ritrovò nella stessa stanza in cui Tasha aveva lasciato una scia di profumo e lozioni agli aromi floreali. Emanava l'acre fetore di sporcizia che aveva riempito la Seville durante il tragitto fino alla stazione di polizia.

Fiutò l'aria e si accigliò come se si fosse reso conto per la prima volta del suo stesso odore.

Milo gli chiese se voleva qualcosa da bere.

«Prendo una bistecca di filetto, al sangue all'interno, croccante all'esterno, con un po' di cipolle fritte. Per iniziare, una Cesar Salad con una dose abbondante di condimento. Vino rosso. Preferisco quello californiano al Pinot Nero francese.»

«Se collabori, Bradley, posso procurarti perfino il caviale.»

«Mi fa schifo.»

«Ti è capitato spesso di rifiutarlo?»

Maisonette sorrise.

«Perché stavi cercando di introdurti in casa di Wilson Good?» chiese Milo.

«Nessuno si stava introducendo da nessuna parte.»

Sotto la luce intensa, la pelle di Maisonette era giallastra, rovinata, macchiata dal sole. Gli occhi cerchiati di rosso erano semichiusi. Aveva trentun anni, ma poteva dimostrare l'età di suo padre. I tatuaggi grossolani che gli ornavano le braccia non riuscivano a nascondere le vene straziate e le cicatrici nodose lasciate dai buchi.

«Che cosa ci facevi lì?» gli domandò Milo.

«Volevo vedere Will.»

«Perché?»

«Mi ha chiamato.»

«Quando?»

«La settimana scorsa.»

«Hai il telefono?»

«Mi correggo,» rispose Maisonette «ha mandato la sua fidanzata nella Quarta Strada per invitarmi da loro. Ha detto che io e Will dovevamo parlare.»

«Di cosa?»

«Non l'ha specificato.»

«Ma ci sei andato comunque.»

«Dopo una settimana.»

«Non aveva bisogno di spiegartelo, vero. Lo sapevi già.»

Dallo sguardo, si sarebbe detto che Maisonette avesse preso in considerazione l'ipotesi di non rispondere. «Al diavolo.» Annuì piano e stancamente.

«Di cosa dovevate parlare?» chiese Milo.

«*'Tuan*» rispose Maisonette. «Non c'è nient'altro che mi leghi a Will.»

«Good voleva parlare di Antoine Beverly?»

«L'esatto contrario. La sua ragazza mi ha detto che Will voleva discutere, *non* parlare. Mi avrebbe spiegato una volta lì.»

«Chi è questa ragazza?»

«Una bianca lentigginosa di nome Andy.»

«È sua moglie» intervenni.

Maisonette sorrise. «Credete a tutto ciò che vi dicono?»

«Perché avrebbe dovuto mentire?» domandò Milo.

«Will sta con lei da dieci anni. Siccome fa l'allenatore in una scuola religiosa, deve sembrare rispettabile, quindi dice ai preti di essere sposato. Ma non hanno mai presentato nessun documento.»

«Dieci anni, eh?»

«Will è uno di quei tipi restii a impegnarsi» commentò Maisonette.

«Voi due siete sempre rimasti in contatto?»

«Non sempre, di tanto in tanto.»

«Quando vi siete sentiti per l'ultima volta?»

«Un po' di tempo fa, non lo scrivo sul calendario.»

«Anni o mesi?»

«Forse un anno» rispose Maisonette. «Avevo bisogno di un prestito per rimettermi in piedi.»

«Will acconsentì?»

«Certo.»

«È un vero amico.»

«Ci conosciamo da tanto tempo.»

«Torniamo al presente» lo esortò Milo. «Andrea, la finta moglie, è venuta a dirti che Will ti avrebbe pagato per non parlare di 'Tuan.»

«Non avevo comunque intenzione di parlare» affermò Maisonette. «L'ho chiamato, ma non mi ha risposto nessuno. Per me andava bene così.»

«Perché all'improvviso Will ha temuto che ne avresti parlato?»

Maisonette sorrise. «Perché mi pone domande di cui conosce già la risposta?»

«Vorrei che mi rispondessi tu.»

«Perché si stava smuovendo qualcosa.»

«Il caso di Antoine è stato riaperto.»

Annuì.

«E dopo la visita di Andrea sei scappato.»

Maisonette gli scoccò un'occhiata come per dirgli 'chi, io?'

«Bradley, non sono stupido come sembro, sono stato nella Quarta Strada un sacco di volte. I tossici mi hanno detto che eri scomparso.»

Era una bugia bella e buona: non gli aveva detto niente nessuno.

Maisonette si strinse nelle spalle. «Sono andato un po' in giro. Non vi siete dati abbastanza da fare.»

«Be',» disse Milo «perlomeno adesso sei qui e ci stiamo divertendo. Cos'è che preoccupa Will a proposito di Antoine?»

Maisonette si grattò l'incavo di un braccio devastato. «Non avete intenzione di incriminarmi, giusto? Quando troverete Will, vi dirà chiaro e tondo che posso andare a casa sua quando voglio, quindi non ho violato nessuna proprietà e, di certo, non ho tentato di infrangere la 459.»

Milo rise. «Hai scavalcato la sua recinzione.»

«Prima però ho suonato il campanello. Pensavo che fosse in casa.»

«Se non ha risposto nessuno al campanello, come faceva a essere in casa?»

«A volte Will si comporta così.»

«Così come?»

«È depresso, sta a letto per giorni, non vuole parlare né vedere nessuno. Negli ultimi anni è stato meglio perché ha preso delle medicine. Gli piace il suo lavoro, non vuole dare fastidio a nessuno. Ma una volta, quando andavamo all'università, perdeva un sacco di lezioni e prendeva in prestito i miei appunti.»

«Avete frequentato l'università insieme?»

«La California State di Long Beach» spiegò Maisonette. «Per un anno ho studiato ingegneria elettronica. Will si è specializzato in una materia da quattro soldi.» Fletté le dita. «Educazione fisica.»

«Will soffre di depressione da molto tempo?»

«Da secoli.»

«Ha iniziato a soffrirne prima della morte di Antoine, oppure dopo?»

Maisonette sollevò lo sguardo verso il soffitto e rimase in silenzio.

«È una domanda difficile, Bradley?» lo incalzò Milo.

Maisonette si agitò sulla sedia. «Adesso vorrei qualcosa da mangiare. E una Coca-Cola, con lo zucchero, non light.»

«Prima rispondi alla domanda.»

Maisonette si sfregò i palmi uno contro l'altro. Si mise le mani nei capelli e li tirò con una tale forza da sollevare le sopracciglia.

«Prima o dopo?» ripetei.

«Dopo.»

«Will non è riuscito a togliersi dalla testa Antoine, e questo gli ha impedito di affrontare la vita con serenità.»

«Parla come uno strizzacervelli.»

«A volte mi capita. Che effetto ha avuto su di te la faccenda di Antoine?»

«Su di me? Sono un tipo distaccato, io.»

«Will invece no.»

Maisonette si cinse con le braccia. «Fa freddo qui dentro, le dispiacerebbe abbassare l'aria condizionata?»

Milo ignorò la richiesta. «Qual è stata la causa dell'esaurimento di Will? Ha fatto qualcosa a 'Tuan? Gli avete fatto qualcosa tutti e due?»

Maisonette voltò lentamente il capo. Gli occhi gli si riempirono di lacrime. «La pensa così?»

«Maisonette, ho a che fare con un caso di omicidio di sedici anni fa in cui si sta smuovendo qualcosa, come hai detto tu, e due presunti amici della vittima se la sono data a gambe.»

«Presunti? La verità è questa: eravamo i suoi migliori amici. I *migliori*. Io non ho fatto nulla ad Antoine, e nemmeno Will.»

«Quindi Antoine è scomparso nel nulla?»

«Non siamo stati noi. Né io, né Will.»
«Allora chi è stato?»
Maisonette si passò le mani tra i capelli. La forfora scese come neve sul tavolo.
Milo sbatté la mano sul tavolo con una violenza tale da far vibrare il metallo. «Falla finita! Cosa accadde ad Antoine?» Era veramente arrabbiato.
Maisonette eluse la sua domanda con una lunga occhiata gelida. «Nulla.»
Milo balzò in piedi. Si appoggiò al tavolo e per poco non lo rovesciò con il suo peso. «Bradley, i genitori di Antoine convivono da sedici anni con l'angoscia di non sapere che fine ha fatto il figlio. Tu e il tuo cosiddetto amico avete preso parte al funerale fingendovi distrutti. Sono passati *sedici* maledetti anni.»
Il corpo esile di Maisonette iniziò a tremare.
«Dillo!»
Maisonette abbassò il capo. «Maledetto Will.»
«Will ha fatto qualcosa?»
«Mi ha costretto a giurare.»
«Cosa?»
«Di tacere. Non perché siamo stati noi a fare qualcosa. Ma perché hanno fatto qualcosa a lui.»
Ci fu un attimo di pausa.
«E a me.»

38

Quell'uomo si chiamava Howard Ingles Zint.

Alias Floyd Cooper Zindt. Alias Zane Lee Cooper. Alias Howard Cooper Sayder.

Sedici anni prima, era il direttore commerciale della 'Gioventù in azione' sulla costa occidentale. L'azienda, chiusa ormai da più di dieci anni, si era rivelata una truffa, dal momento che incassava contanti per abbonamenti a riviste che non venivano quasi mai consegnate.

Zint era arrivato a Los Angeles in maggio, dopo un periodo trascorso a Tucson, e aveva cominciato a reclutare studenti nelle scuole del posto. Si indirizzò soprattutto verso ragazzi appartenenti a minoranze etniche, basandosi sulla logica razzista secondo cui la pelle scura equivaleva alla povertà e la povertà era un grosso incentivo. Quando Antoine, Will e Bradley conobbero Zint, quest'ultimo era un trentacinquenne mellifluo, capace di vendere qualsiasi cosa, che si definiva 'un ex atleta universitario'.

Adesso era un detenuto di mezza età della prigione di massima sicurezza di Florence, in Colorado. La foto segnaletica mostrava un fantasma macilento con la barba bianca e gli occhi spenti.

Ventitré ore al giorno trascorse in una cella potevano fare quell'effetto. Soprattutto se c'erano da passare in prigione ancora novantadue anni, su una condanna a cento per aver rapito, percosso, accoltellato e molestato centinaia di ragazzi.

Sedici anni prima, Zint non aveva ancora iniziato a ricorrere alla violenza, ma si accontentava di attirare le sue prede con denaro e la promessa di videogiochi, scarpe da ginnastica e abbigliamento sportivo alla moda. Ai ragazzi più grandi assicurava agganci con 'pollastrelle sexy'.

A Los Angeles era iniziato tutto senza problemi: Zint andava a prendere i tre allegri ragazzi di colore a un angolo della strada, descriveva loro il percorso che dovevano compiere e tornava a prenderli alla fine del turno. Li pagava in anticipo, anche se era contrario alle regole.

Quando i ragazzi iniziarono a fidarsi di lui, prese a caricarli presto, uno per volta, sul furgone, dove li attendevano lattine ghiacciate di birra, spinelli appena arrotolati e pillole che, a detta di Zint, servivano soltanto 'per rilassarsi'.

Allora Zint gli dava denaro, poi accendeva uno stereo portatile e, sorridendo, guardava i ragazzi stordirsi.

«Intendo dire» affermò Bradley Maisonette «che nemmeno adesso sono sicuro che sia successo davvero. Anche se, sì, so che è accaduto. Magari, da solo, non sarei mai giunto a quella conclusione, non lo so, non lo so proprio.»

«Ma, quando te l'ha detto Will...» lo incoraggiai.

«Me l'ha detto dopo aver tentato di buttarsi dal molo di Long Beach. Eravamo al secondo semestre di università. Io l'ho trattenuto, ma ho dovuto lottare con lui che è sempre stato robusto. Gli ho chiesto: 'Perché vuoi fare una cosa del genere, cazzo?' Allora me l'ha detto.»

Trasse un respiro profondo.

«Gli ho salvato la vita, e sapete cos'ha fatto lui dopo aver finito di parlare? Mi ha picchiato.» Si massaggiò la mascella. «Gli ho detto: 'Amico, cosa diavolo ti è preso?' Lui mi ha risposto: 'Hai rovinato tutto, non valeva la pena di salvarmi la vita'.»

Bradley Maisonette si sfregò gli occhi. «Quell'omone piangeva come un bambino.»

«Ti ha raccontato cosa gli aveva fatto Zint e allora ti sei ricordato» continuai.

«L'ho sempre saputo, ma l'avevo... nascosto dietro una specie di tenda. Sentendo Will, qualcosa si è risvegliato nella mia mente, e ho spinto la tenda da parte. Insomma... Al diavolo.»

Gli domandai: «L'hai detto a Will?»

«Allora no, assolutamente no, era troppo... sconvolgente. Era la settimana degli esami finali. Will era sempre depresso, prendeva in prestito i miei appunti e copiava le mie verifiche di inglese. Aveva proprio una brutta cera. E, sì, iniziò a essere depresso *dopo* quello che era successo a 'Tuan, *subito* dopo, avrei dovuto capirlo, ma...»

«Alla fine hai riferito a Will cosa ti era accaduto.»

«Sì.» Scosse il capo. «Eravamo entrambi distrutti. Will non si applicava. Io sì. Ma copiava da me, e adesso lo considerano una persona rispettabile.» Sollevò le mani. «Guardate invece come mi sono ridotto io.»

«Ma adesso stai collaborando, Bradley. Sei una brava persona» intervenne Milo.

«Sì, sono un santo.»

«Cosa accadde a 'Tuan?»

«Cosa *accadde*? Se ne andò con Zint e non tornò mai più. Salì a bordo del furgone che poi partì. Di solito Zint non faceva così, ma parcheggiava in una via tranquilla e rimaneva fermo per fare festa. Come se il furgone fosse casa sua, lì dentro teneva cibo, bevande, libri, giochi e roba del genere.»

«Quel giorno Zint cambiò le sue abitudini e se ne andò via a bordo del furgone.»

«Non chiedetemi dove, me lo sono domandato per sedici anni.»

Maisonette saltò su, fece il giro della stanza, infilò la testa in un angolo e rimase così per un po'. Quando tornò a sedersi, posò il capo sul tavolo e chiuse gli occhi.

Mosse le labbra. Dopo un po' emise un suono. «Era la prima volta.»

«Era la prima volta che 'Tuan saliva a bordo del furgone?» chiesi.

Annuì; i suoi capelli sfregavano il tavolo. «Lui non si fidava. Era più sveglio di noi. Ma quel giorno...»

Strinse gli occhi. «Oddio, è così...» Si portò una mano alla guancia.

Milo gli toccò una spalla. «Stai facendo la cosa giusta.»

Maisonette si tirò su a sedere e fissò un punto a chilometri di distanza. Le sue guance scavate fremettero. Aveva gli occhi rossi e umidi. «'Tuan salì a bordo del furgone perché *noi* gli avevamo detto che era una figata. Zint ci aveva dato cinquanta dollari per convincerlo. Will non volle ammettere quanto gli era successo e nemmeno io. Dicemmo a 'Tuan che era una figata salire su quel furgone e lui lo fece, e non lo rivedemmo mai più. E adesso nessuno potrà mai perdonarmi.»

Howard Zint, diabetico, ammalato di tubercolosi e sieropositivo, strinse l'accordo su un letto dell'infermeria della prigione. Due barrette di cioccolato al mese e nessuna condanna aggiuntiva.

Raccontò i fatti in modo conciso, senza emozione.

Antoine Beverly aveva respinto le avance di Zint e aveva cercato di scappare dal furgone. Lui l'aveva colpito al volto e la testa di Antoine era scattata indietro, sbattendo contro lo spigolo di una slot-machine in miniatura che Zint aveva appena acquistato.

Zint si era diretto verso la zona desertica e non edificata a nord del giacimento di petrolio di La Cienega Boulevard e aveva seppellito il ragazzo in una duna, in un punto sul confine orientale di quello che adesso era il centro ricreativo Kenneth Hahn.

Dopo sedici anni, fu ancora in grado di disegnare una mappa.

I cantieri edili avevano tolto la terra in alcune zone per spostarla in altre. Ci volle un po' per trovare il punto.

Ossa.

L'autopsia non rivelò tracce di lesioni gravi alla testa, ma evidenziò ferite multiple alle costole di Antoine.

Comportandosi fino in fondo da carcerato, Zint aveva cercato di confezionare l'ennesima bugia che riducesse la sua colpa.

Qualcuno manifestò l'intenzione di negargli l'accordo e di sottoporlo a un processo per omicidio.

Sharna e Gordon Beverly dissero: «Dateci Antoine e lasciateci in pace.»

Il funerale venne celebrato una bella mattina d'autunno.

Vi presero parte oltre duecento persone tra amici, parenti e conoscenti, più il prevedibile manipolo di politici, giornalisti e 'attivisti della comunità', presenti soltanto per farsi fotografare.

Bradley Maisonette non si trovava da nessuna parte e nemmeno Wilson Good. Lui e Andrea avevano soggiornato in un motel di Tarzana, erano andati a prendere il loro cane il giorno prima che scovassimo Maisonette e avevano lasciato la città per lidi sconosciuti.

«Speriamo che abbiano scelto un posto senza un molo» commentò Milo.

Dopo la cerimonia, ci mettemmo in fila per porgere le condoglianze ai genitori.

Gordon Beverly ci strinse la mano e avanzò verso di noi come se volesse abbracciarci, ma si trattenne. Sharna Beverly scostò il velo. Il suo viso sembrava intagliato nel legno di noce, gli occhi erano limpidi e asciutti.

«Ce l'ha fatta, tenente.»

Prendendo il viso di Milo con entrambe le mani, gli diede un bacio su tutte e due le guance. Poi riabbassò il velo e si voltò in attesa della persona successiva.

39

Robin lavorò per tutta la notte e finì di assemblare e verniciare il mandolino sei ore prima dell'arrivo del suo mecenate. Lo avvolse nel velluto verde e lo portò sul tavolo del soggiorno.

«Magnifico» dissi.

«Ha appena chiamato. È stato molto chiaro.»

Aveva fatto la doccia, si era asciugata i riccioli con un asciugamano, non si era truccata e si era messa un vestito marrone lungo fino al ginocchio che non le vedevo indosso da anni.

«Lo so» affermò.

«Cosa sai?»

«Non è esattamente un abito che indosserebbe Audrey.»

Prese a giocherellare con i capelli.

Preparai il caffè.

«Decaffeinato, mi raccomando.»

Cercai di tenerla occupata con un gioco di indovinelli.

Con che tipo di automobile arriverà?

Avevo cercato il pezzo grosso del commercio elettronico sulla rete che aveva contribuito a sviluppare. Aveva trentatré anni, si era laureato a Stanford, era scapolo e aveva un patrimonio netto di 475 milioni di dollari.

«Immaginavo che si aggirasse su quella cifra» disse Robin.

«Allora, che macchina ha?»

«E chi lo sa?»

«Tu che ne dici, bionda?»

Blanche sollevò lo sguardo e sorrise.

«Potrebbe essere di qualsiasi tipo, un estremo o l'altro.»

«Cioè?» chiesi.

«Una Ferrari o un'ibrida.»

Una Bentley o un furgone Volkswagen, pensai.

La macchina del caffè emise un suono. Riempii due tazze. Robin bevve un sorso mormorando: «Sono proprio una smidollata.» Si alzò e aprì le imposte del soggiorno.

«È una bella giornata» disse. «Tanto vale che aspetti fuori.»

«Vuoi portarti il caffè?»

«Certo, grazie.»

E la risposta esatta era: un Econoline blu della Ford.

Dal furgone scese un uomo grande e grosso con un paio di jeans neri e una maglietta con il logo della compagnia di commercio elettronico.

Ci vide sul terrazzo. Esaminò la casa. Si diresse verso il retro del furgone.

«La guardia del corpo» annunciai. «Nel caso tu non voglia consegnargli la merce.»

«Non è divertente» replicò Robin. Ma sorrise.

Il tipo grande e grosso aprì gli sportelli posteriori del furgone. Si abbassò uno scivolo elettrico. L'uomo entrò e condusse all'esterno una sedia a rotelle.

La sagoma seduta sulla sedia a rotelle era esile, pallida, coi capelli a spazzola e un volto da bambino.

Indossava una felpa nera con lo stesso logo e un paio di jeans pressoché vuoti. Mentre la sedia a rotelle scendeva lungo lo scivolo, il suo corpo sbatacchiava, tenuto fermo da una cinghia di pelle intorno alla vita.

Premette un pulsante con un dito. La sedia avanzò. Si fermò. Guardò la casa come aveva fatto l'autista. Scrutò i ripidi gradini di pietra che portavano alla terrazza. Dalla parte opposta si dipartiva un sentiero, in parte erboso e in parte roccioso, in forte pendenza.

Io e Robin eravamo stati attratti da quel terreno proprio perché era in pendenza. Avevamo scherzato sul fatto che avremmo avuto bisogno di un ascensore quando fossimo invecchiati.

L'uomo sulla sedia a rotelle sorrise.

Robin si precipitò verso di lui.

Me lo presentò. L'uomo salutò: «Piacere di conoscerti, Alex. Dave Simmons.»

Non sapendo cosa fare, allungai un tantino la mano.

Dave Simmons ammiccò.

«Dave, mi dispiace tantissimo che tu non possa entrare in casa» disse Robin.

«Può sempre portarmici, Tom.»

«Può scommetterci» bofonchiò l'uomo.

«Stavo scherzando. Voglio soltanto vedere il capolavoro.»

«Vado a prenderlo.» Robin corse su per le scale.

«Attenta a non inciampare» lo ammonì Dave Simmons, e rivolgendosi a me soggiunse: «Non volevo sconvolgerla, ma di solito non ne parlo. L'ultima volta che ci siamo visti ero debole, ma riuscivo a reggermi in piedi, quindi probabilmente non se n'è accorta. Va e viene. In questo momento si è acutizzata.»

«Sclerosi multipla?»

«Più o meno, ma non esattamente.» Simmons sorrise. Aveva un viso privo di rughe e grandi occhi azzurri e allegri. «Ho sempre voluto essere diverso dagli altri, quindi adesso... oh, accidenti, è stupendo.»

***

Robin gli porse lo strumento.

«Non riesco a prenderlo» disse Dave. «Ho le mani troppo deboli.»

Lei glielo avvicinò.

Simmons trattenne il respiro. «È incredibile, sei un genio, o comunque lo si dica al femminile. Ti dispiacerebbe voltarlo... guarda il legno d'acero! È fatto con un unico pezzo, oppure mi sono lasciato sfuggire i segni di giunzione?»

«È fatto con un unico pezzo» rispose Robin.

«Doveva essere una grossa asse... con quella venatura e quell'ondulazione verticale che l'attraversano come caramello.» Simmons chiuse gli occhi per un attimo.

Quando li riaprì, si sforzò di avvicinare la testa alla superficie lucida come uno specchio. «Come un fiume di caramello fuso che scorre... dove hai trovato un legno così spettacolare?»

«Da un vecchio liutaio in pensione. Ce l'ho da anni» disse Robin. «Migliora con il passare del tempo.»

«Certo, grazie all'essiccazione naturale» affermò Simmons. «Non si può riprodurla in una fornace, ho fatto delle ricerche. È stupefacente, Robin. Grazie per averlo fabbricato e grazie soprattutto per averlo terminato così in fretta. Ho intenzione di darlo a un musicista meritevole; di organizzare un evento di beneficenza per qualche ente, con tanto di lotteria. Senza però far pagare il biglietto, perché per prendervi parte bisognerà eseguire un classico della musica country con una certa bravura. Chiameremo come giudici dei virtuosi. Magari Grisman o Statman, qualcuno di quel calibro. Che ne dici?»

«È un'idea fantastica, Dave.»

«Penso che sia la cosa migliore da fare, Robin. Avevo davvero intenzione di imparare a suonarlo e mi ero già cercato un insegnante.» Invece di stringersi nelle spalle, riuscì soltanto a muovere il braccio con un fremito. «Avevo progettato tutto nei minimi particolari.»

«Mi dispiace tantissimo, Dave.»

«Ehi, le cose vanno a modo loro. E poi cambiano all'improvviso. Resto comunque ottimista.» Lanciò un'altra lunga occhiata sognante al mandolino. «È davvero eccellente, sono sconvolto. Bene, Tom, sarà meglio andare. È stato bello rivederti, Robin. Tienilo qui finché non avrò messo a punto i dettagli. Se ti vengono altre idee, fammelo sapere. Piacere di averti conosciuto, Alex.»

Tom afferrò la sedia a rotelle e iniziò a spingerla verso lo scivolo.

Robin corse per raggiungerli. Posò una mano sul braccio di Simmons.

«Oh, un'altra cosa» disse l'uomo. «Posso chiederti quando prevedi di terminare il resto del quartetto?»

«Oggi inizio la mandola.»

«Nove mesi ti sembrano un tempo ragionevole?»

«Lo finirò prima, Dave.»

Simmons sorrise. «Prima è, meglio è.»

Il catalogo One

On Fire di Sylvia Day
Ossessione di Jonathan Kellerman
Killer di Tom Wood
Sotto tiro di David Baldacci
I tre demoni di John Connolly
La lunga notte di Linda Castillo

Il catalogo Timecrime

L'ombra della verità di Karin Slaughter
Venti corpi nella neve di Giuliano Pasini
In difesa di Jacob di William Landay
Omicidio allo specchio di David Ryan Jahn
Ogni goccia di sangue di Michael Robotham
I dannati non muoiono di Jim Nisbet
I sonnambuli di Paul Grossman
La lunga notte di Linda Castillo
L'ultimo Vangelo di Barbara Goldstein
Il caso Maloney. La prima indagine dell'ispettore Faraday di Graham Hurley
Tre giorni per morire di Karin Slaughter
Il settimo sacramento di David Hewson
L'ultima profezia di Liz Jensen
La casa sul fiume di Penny Hancock
L'ermellino di porpora di Pierre Borromée
La trilogia nera di Dave Zeltserman
Punto di rottura di Simon Lelic
Morte di uno sbirro di William Landay
Vittime di Jonathan Kellerman
Il canto delle sirene di Val McDermid
Genesi di Karin Slaughter
The Game di Michael Olson
Tra due fuochi di Karin Slaughter
Nessun indizio di Paul Grossman
La preda di Graham Hurley
Il Codice Amadeus di Phillip Swann
Killer di Tom Wood
Lo Strangolatore di William Landay
Sotto tiro di David Baldacci
Il libraio di Parigi di Mark Pryor
I tre demoni di John Connolly
L'imprevisto di Liz Jensen

Morte sospetta di Tim Weaver
Senza nessuna colpa di Helene Tursten
Abisso senza fine di Karin Slaughter
Venerdì nero di Michael Sears
Il Giardino del Male di David Hewson
Il manipolatore di Michael Robotham
Costretta al silenzio di Linda Castillo
Ossa di Jonathan Kellerman
Senza traccia di David Levien
L'assassino americano di Vince Flynn
Il burattino di Jim Nisbet
In un vicolo cieco di Linda Castillo
Nel segreto dei codici di Barbara Goldstein
La colpa di Jonathan Kellerman
L'innocente di David Baldacci
Il testimone di Nora Roberts
Omicidi a luci rosse di Allison Brennan
Attrazione letale di JoAnn Ross
Noi siamo qui di Michael Marshall
Alta velocità di David Jackson
Nemico di Tom Wood
La frode di Michael Sears
Mente criminale di Karin Slaughter

Nero Italiano

La banda dei tre di Carlo Callegari
A casa del diavolo di Romano De Marco
Strega di Remo Guerrini
Venti corpi nella neve di Giuliano Pasini
Rosso veneziano di Guido Sgardoli

Dal catalogo Fanucci Editore

TIF Extra

L'arte del delitto – Omaggio a Ellis Peters a cura di Maxim Jakubowski
Ai confini della realtà di Rod Serling
Elric di Melniboné vol. 1 di Michael Moorcock
Il ciclo di Belgariad vol. 1 di David Eddings
Il ciclo di Belgariad vol. 2 di David Eddings
Il ciclo di Belgariad vol. 3 di David Eddings
La Spada della Verità vol. 1 di Terry Goodkind
La Spada della Verità vol. 2 di Terry Goodkind

La Spada della Verità vol. 3 di Terry Goodkind
La Spada della Verità vol. 4 di Terry Goodkind
Elric di Melniboné vol. 2 di Michael Moorcock
Visioni dal futuro di Philip K. Dick
La saga di Peggy Sue di Serge Brussolo
Il Signore dei Tranelli di The Harvard Lampoon
Lila Black - Comincia la sfida di Justina Robson
Debito di ossa di Terry Goodkind
La Spada della Verità vol. 5 di Terry Goodkind
Elric di Melniboné vol. 3 di Michael Moorcock
Il bacio di mezzanotte di Kim Harrison
La Spada della Verità vol. 6 di Terry Goodkind
La Spada della Verità vol. 7 di Terry Goodkind
La Spada della Verità vol. 8 di Terry Goodkind
La Spada della Verità vol. 9 di Terry Goodkind
La Spada della Verità vol. 10 di Terry Goodkind
La morte ci sfida di Joe R. Lansdale
In fondo alla palude di Joe R. Lansdale
Anche i diavoli piangono di Sherrilyn Kenyon
Io sono leggenda di Richard Matheson
Atto d'amore di Joe R. Lansdale
Blade Runner di Philip K. Dick
La spada spezzata di Poul Anderson
Fuoco nella polvere di Joe R. Lansdale
Incubo a seimila metri di Richard Matheson
La settima strega di Paola Zannoner
Elric di Melniboné vol. 4 di Michael Moorcock
Nessun dove – nuova edizione di Neil Gaiman
L'apprendista assassino di Robin Hobb
L'assassino di corte di Robin Hobb
Freddo a luglio di Joe R. Lansdale
Il viaggio dell'assassino di Robin Hobb
La svastica sul sole di Philip K. Dick
Per amore del sangue di Charlie Huston
Tre millimetri al giorno di Richard Matheson
I guerrieri del silenzio di Pierre Bordage
Il risveglio dell'assassino di Robin Hobb
L'eredità Scarlatti di Robert Ludlum
Il valzer dell'orrore di Joe R. Lansdale
Fuga impossibile di George R.R. Martin, Gardner R. Dozois e Daniel Abraham
Io sono Helen Driscoll di Richard Matheson
La Roma degli illuminati di James B. Winter
Il libro senza nome di Anonymous
Il demone malvagio di Kim Harrison
Straniero in terra straniera di Robert A. Heinlein
Trilogia del Sicario di Laura Iuorio
Fantasy lover di Sherrilyn Kenyon
Sette chiese di Miloš Urban

Flashforward – Avanti nel tempo di Robert J. Sawyer
Notte di piaceri di Sherrilyn Kenyon
La figlia della luna di Patricia Briggs
La furia dell'assassino di Robin Hobb
La cacciatrice della notte di Jeaniene Frost
L'Occhio di luna di Anonymous
Toccata dalle tenebre di Karen Chance
Le creature della notte di Kim Harrison
Il lato oscuro dell'anima di Joe R. Lansdale
L'abbraccio della notte di Sherrilyn Kenyon
Londra tra le fiamme di Joe R. Lansdale
La regina della notte di Jeaniene Frost
Rivendicata dalle tenebre di Karen Chance
Unione di sangue di Patricia Briggs
Danza con il diavolo di Sherrilyn Kenyon
L'urlo della notte di Jeaniene Frost
I migliori racconti di Richard Matheson
La Spada della Verità vol. 11 di Terry Goodkind
L'abbraccio delle tenebre di Karen Chance
Il nome del vento di Patrick Rothfuss
L'odore della notte di Jeaniene Frost
Il bacio della notte di Sherrilyn Kenyon
Il ciclo di Belgariad vol.1 di David Eddings
Io sono leggenda di Richard Matheson
Miniature di Paola Rondini
Perdido Street Station di China Miéville
Sotto un cielo cremisi di Joe R. Lansdale
Lo specchio di Dio di Andreas Eschbach
La trilogia di Valis di Philip K. Dick
Ubik di Philip K. Dick
L'ultima profezia del mondo degli Uomini di Silvana De Mari
La maledizione delle tenebre di Karen Chance
Il fascino della notte di Kim Harrison
Hyperion di Dan Simmons
La caduta di Hyperion di Dan Simmons
Endymion di Dan Simmons
Il risveglio di Endymion di Dan Simmons
Crepuscolo cremisi di Jeaniene Frost
La città e la città di China Miéville
La grande marcia di Sabina Colloredo
I fiumi di Londra di Ben Aaronovitch
Dune di Frank Herbert
Messia di Dune di Frank Herbert
I figli di Dune di Frank Herbert
L'Imperatore-Dio di Dune di Frank Herbert
Gli eretici di Dune di Frank Herbert
La rifondazione di Dune di Frank Herbert
La strana storia dell'androide Philip K. Dick di David F. Dufty

Il bacio eterno dell'oscurità di Jeaniene Frost
Il Re Solo di Sabina Colloredo
Ma gli androidi sognano pecore elettriche? di Philip K. Dick
Le tre stimmate di Palmer Eldritch di Philip K. Dick
Tutti i racconti 1954 di Philip K. Dick
Tutti i racconti 1955-1963 di Philip K. Dick
Tutti i racconti 1947-1953 di Philip K. Dick
Tutti i racconti 1964-1981 di Philip K. Dick
Radio libera Albemuth di Philip K. Dick
Tempo fuor di sesto di Philip K. Dick
Noi marziani di Philip K. Dick
I giocatori di Titano di Philip K. Dick
Labirinto di morte di Philip K. Dick
E Jones creò il mondo di Philip K. Dick
I simulacri di Philip K. Dick
In senso inverso di Philip K. Dick
Occhio nel cielo di Philip K. Dick
Un oscuro scrutare di Philip K. Dick
Mr Lars sognatore d'armi di Philip K. Dick
Illusione di potere di Philip K. Dick
La penultima verità di Philip K. Dick
Nostri amici da Frolix 8 di Philip K. Dick
Cronache del dopobomba di Philip K. Dick
Voci dalla strada di Philip K. Dick
Scorrete lacrime, disse il poliziotto di Philip K. Dick
Lotteria dello spazio di Philip K. Dick
Follia per sette clan di Philip K. Dick
L'androide Abramo Lincoln di Philip K. Dick
Confessioni di un artista di merda di Philip K. Dick
Svegliatevi, dormienti di Philip K. Dick
Deus Irae di Philip K. Dick e Roger Zelazny
Il gioco della notte di Sherrilyn Kenyon
L'ombra del Torturatore di Gene Wolfe
L'artiglio del Conciliatore di Gene Wolfe
La spada del Littore di Gene Wolfe
La Cittadella dell'Autarca di Gene Wolfe
Urth del Nuovo Sole di Gene Wolfe
Flashback di Dan Simmons
Il Circolo segreto di Ted Dekker
Il cavaliere eterno di Larissa Ione
I demoni della notte di Kim Harrison
Il libro di Jade di Lena Valenti
Il libro sepolto dei segreti di David Sakmyster
Il giovane Philby di Robert Littell
La porta sull'abisso di Scott Sigler
La via di fuga di James Dashner
Il Fiume della vita di Philip José Farmer
Alle sorgenti del Fiume di Philip José Farmer

Il grande disegno di Philip José Farmer
Il labirinto magico di Philip José Farmer
Gli dèi del Fiume di Philip José Farmer
I sussurri della notte di Jeaniene Frost
Eterna di Victoria Álvarez
Il cavaliere immortale di Larissa Ione
I fantasmi della notte di Jeaniene Frost
La luce del sole di Octavia Butler
Mistborn – L'Ultimo Impero di Brandon Sanderson
Mistborn – Il Pozzo dell'Ascensione di Brandon Sanderson
Mistborn – Il Campione delle Ere di Brandon Sanderson
Mistborn – La legge delle Lande di Brandon Sanderson
Tutti i racconti vol. 1 – 1950-1953 di Richard Matheson
Tutti i racconti vol. 2 – 1954-1959 di Richard Matheson
Tutti i racconti vol. 3 – 1960-1993 di Richard Matheson
Tutti i racconti vol. 4 – 1999-2010 di Richard Matheson
Devil Red di Joe R. Lansdale
L'eternità della notte di Sherrilyn Kenyon
Le colpe della notte di Sherrilyn Kenyon
Il cavaliere letale di Larissa Ione
La Ruota del Tempo vol. 1 - L'occhio del mondo di Robert Jordan
La Ruota del Tempo vol. 2 - La Grande Caccia di Robert Jordan
La Ruota del Tempo vol. 3 - Il Drago Rinato di Robert Jordan
La Ruota del Tempo vol. 4 - L'ascesa dell'Ombra di Robert Jordan
La Ruota del Tempo vol. 5 - I fuochi del cielo di Robert Jordan
La Ruota del Tempo vol. 6 - Il Signore del Caos di Robert Jordan
La Ruota del Tempo vol. 7 – La corona di spade di Robert Jordan
La Ruota del Tempo vol. 8 – Il sentiero dei pugnali di Robert Jordan
La Ruota del Tempo vol. 9 – Il cuore dell'inverno di Robert Jordan
La Ruota del Tempo vol. 10 – Crocevia del crepuscolo di Robert Jordan
Un oscuro segreto di Kalayna Price
Eterna è la notte di Jeaniene Frost
La fiamma del desiderio di Jeaniene Frost
La Terra morente di Jack Vance
Le avventure di Cugel l'Astuto di Jack Vance
La saga di Cugel di Jack Vance
Rhialto il Meraviglioso di Jack Vance
Il paradiso maoista di Philip K. Dick
In terra ostile di Philip K. Dick
Lo stravagante mondo di Mr Fergesson di Philip K. Dick
L'uomo dai denti tutti uguali di Philip K. Dick
Redenzione immorale di Philip K. Dick
Il libro di Ruth di Lena Valenti
Skinwalker di Faith Hunter
In fuga di Kevin Hearne
La seduzione della notte di Sherrilyn Kenyon
Il cavaliere solitario di Larissa Ione

Collezione Immaginario Philip K. Dick

Ma gli androidi sognano pecore elettriche?
I giocatori di Titano
Mary e il gigante
In senso inverso
L'uomo nell'alto castello
E Jones creò il mondo
Deus Irae di Philip K. Dick e R. Zelazny
Divine invasioni + video 'Il vangelo secondo Dick' di Lawrence Sutin
Svegliatevi, dormienti
Confessioni di un artista di merda
Noi marziani
Rapporto di minoranza e altri racconti
I simulacri
Le tre stimmate di Palmer Eldritch
Ubik
Tempo fuor di sesto
In questo piccolo mondo
I labirinti della memoria
Un oscuro scrutare
Radio libera Albemuth
Visioni dal futuro
Follia per sette clan
Lotteria dello spazio
L'androide Abramo Lincoln
Cronache del dopobomba
Nostri amici da Frolix 8
L'uomo dai denti tutti uguali
Tutti i racconti vol. 1 – 1947-1953
Un oscuro scrutare – il Graphic Novel
Valis
Divina Invasione
La trasmigrazione di Timothy Archer
Il paradiso maoista
Scorrete lacrime, disse il poliziotto
Voci dalla strada
Tutti i racconti vol. 2 – 1954
La penultima verità
Illusione di potere
Tutti i racconti vol. 3 – 1955-1963
Tutti i racconti vol. 4 – 1964-1981
Mr Lars sognatore d'armi
In terra ostile
La città sostituita
Dottor Futuro
Redenzione immorale
Lo stravagante mondo di Mr Fergesson

Vulcano 3
Il cerchio del robot
Guaritore Galattico
Menzogne S.p.A.
Nick e il Glimmung
La conquista di Ganimede di Philip K. Dick e Ray Nelson

FanucciChrono

Zero History di William Gibson
Il bibliotecario di New York di Nathan Larson
Gioco mortale di Neal Stephenson
False verità di Matt Ruff
Gioco mortale – Guerra assoluta di Neal Stephenson
Fatto da Dio di Craig Clevenger
Tony Tormenta di Rosanna Rubino
Il Riparatore di F. Paul Wilson
Il prefetto di Alastair Reynolds
Mindspace di Alex Hughes
L'ombra del killer di Nathan Larson
Il paradiso perduto di Andrew Pyper
I pirati del cielo di Chris Wooding
La porta dell'infinito di Frederik Pohl

Collezione Immaginario Fantasy

La Ruota del Tempo vol. 1 – L'occhio del mondo di Robert Jordan
Il risveglio dell'Ombra di Luca Trugenberger
L'apprendista assassino di Robin Hobb
La Ruota del Tempo vol. 2 – La grande caccia di Robert Jordan
Il mondo di Lythande di Marion Zimmer Bradley
La leggenda dei Drenai di David Gemmell
Le spade dei Drenai di David Gemmell
La Ruota del Tempo vol. 3 – Il drago rinato di Robert Jordan
L'assassino di corte di Robin Hobb
La Ruota del Tempo vol. 4 – L'ascesa dell'ombra di Robert Jordan
L'ultimo eroe dei Drenai di David Gemmell
Il risveglio della magia di Jude Fisher
Il re degli alberi di Greg Keyes
La Ruota del Tempo vol. 5 – I fuochi del cielo di Robert Jordan
Il viaggio dell'assassino di Robin Hobb
Magia selvaggia di Jude Fisher
Il lupo bianco di David Gemmell
Nuova primavera di Robert Jordan
Il principe delle ombre di Greg Keyes
La Fonte ai confini del mondo vol. 1 di William Morris

Petali e sangue di K.J. Bishop
La Ruota del Tempo vol. 6 – Il Signore del caos di Robert Jordan
La nave della magia di Robin Hobb
La nave in fuga di Robin Hobb
Le Cronache di Thomas Covenant l'Incredulo vol. 1 – La conquista dello scettro di Stephen R. Donaldson
La Rosa del Mondo di Jude Fisher
Nessun dove di Neil Gaiman
La nave dei pirati di Robin Hobb
La nave della pazzia di Robin Hobb
Le Cronache di Thomas Covenant l'Incredulo vol. 2 – La guerra dei Giganti di Stephen R. Donaldson
La Ruota del Tempo vol. 7 – La corona di spade di Robert Jordan
Temeraire: Il drago di sua Maestà di Naomi Novik
Il cavaliere sanguinario di Greg Keyes
Temeraire: Il trono di giada di Naomi Novik
Il risveglio dell'assassino di Robin Hobb
La ruota del Tempo vol. 8 – Il sentiero dei pugnali di Robert Jordan
Il destino degli Eldowin di Laura Iuorio
La furia dell'assassino di Robin Hobb
Il nome del vento di Patrick Rothfuss
Temeraire: La guerra dei draghi di Naomi Novik
La Ruota del Tempo vol. 9 – Il cuore dell'inverno di Robert Jordan
Il destino dell'assassino di Robin Hobb
Le Cronache di Thomas Covenant l'Incredulo vol. 3 – L'assedio alla rocca di Stephen R. Donaldson
Temeraire: L'impero d'avorio di Naomi Novik
Un regno in ombra di China Miéville
Mistborn – L'Ultimo Impero di Brandon Sanderson
La città dei poeti di Daniel Abraham
Le spade del giorno e della notte di David Gemmell
La nave del destino di Robin Hobb
Mistborn – Il Pozzo dell'Ascensione di Brandon Sanderson
La Nuova Regina di Greg Keyes
La Ruota del Tempo vol. 10 – Crocevia del crepuscolo di Robert Jordan
Lo spirito della foresta di Robin Hobb
Harold il ladro di Aleksej Pechov
Il custode del drago di Robin Hobb
La Ruota del Tempo vol. 11 – La lama dei sogni di Robert Jordan
Il mago della foresta di Robin Hobb
L'ultima profezia del Mondo degli Uomini di Silvana De Mari
Sunshine di Robin McKinley
La Ruota del Tempo vol. 12 – Presagi di tempesta di Robert Jordan e Brandon Sanderson
Il rifugio del drago di Robin Hobb
Mistborn – Il Campione delle Ere di Brandon Sanderson
L'uomo senza nome di Aleksej Pechov
La paura del saggio di Patrick Rothfuss
Il guardiano della città perduta di Daniel Polansky

La macchina del presagio di Terry Goodkind
I rinnegati della foresta di Robin Hobb
Io mi chiamo Yorsh di Silvana De Mari
La Via dei re di Brandon Sanderson
La Ruota del Tempo vol. 13 – Le Torri di Mezzanotte di Robert Jordan e Brandon Sanderson
Il sigillo del cavaliere di Guo Jingming
La rinascita di Shen Tai di Guy Gavriel Kay
Il Conciliatore di Brandon Sanderson
La città dei draghi di Robin Hobb
L'ultima profezia del mondo degli Uomini. L'epilogo di Silvana De Mari
La leggenda di Magda Searus di Terry Goodkind
La Ruota del Tempo vol. 14 – Memoria di Luce di Robert Jordan e Brandon Sanderson
Attila di William Napier
Il Libro segreto del Signore Oscuro di Paul Dale
Il canto del sangue di Anthony Ryan
Il legame del drago di Thea Harrison
Elantris di Brandon Sanderson
La luna che uccide di N.K. Jemisin

Finito di stampare nel gennaio 2014 presso il
Nuovo Istituto Italiano d'Arti Grafiche – Bergamo
Printed in Italy